KB264612

러브크래프트 코드 5

레드훅의 공포

H.P. 러브크래프트/정광섭 옮김

옮긴이 정광섭 (鄭光燮)

경남 거창 출생. 대구에서 태어남. 경북대학교 문리대 철학과 서양철학 전공. 《청색
시대 시인을 위하여》 외 4편으로 「자유문학」 신인문학상 시부문 수상. 지은책 시집
《빛의 우울과 고독》 옮긴책 애거서 크리스티 《검찰측 증인》 등이 있다.

러브크래프트 코드 5
레드훅의 공포
H.P. 러브크래프트/정광섭 옮김
초판 발행/2005년 8월 8일
발행인 고정일/발행처 동서문화사
창업 1956. 12. 12. 등록 16-345 (윤)
서울강남구신사동 540-22 ☎ 546-0331~6 (FAX) 545-0331
www.epascal.co.kr

✻

편찬·필름·제작 일체 「동판」 자본으로 이루어짐에 따라
출판권 소유권자 「동판」에서 제조출판판매 세무일체를 전담합니다.
사업자등록번호 211-90-02201
ISBN 89-497-0331-9 04840
ISBN 89-497-0324-6 (전5권)

러브크래프트 코드 5

레드훅의 공포

차례

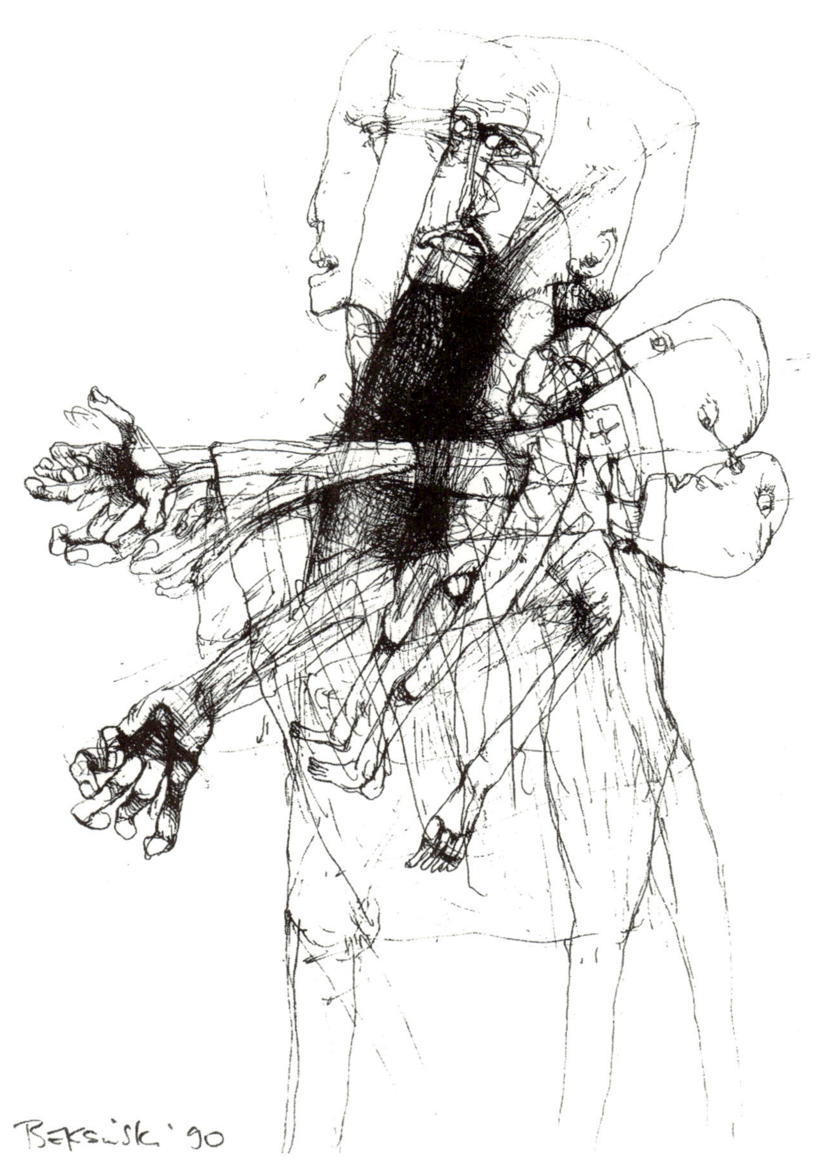

Beksiski '90

레드 훅의 공포

우리 주위에는 선의 성찬식처럼 악의 성찬식도 존재한다. 그리고 나는
확신한다, 우리들은 미지의 세계, 즉 동굴이나 그늘이나 희미한 어둠 속에
서식하는 존재들 틈에서, 삶을 살며 활동하고 있다고. 인간은 때로는 진화
를 역행할 수도 있으며, 무서운 전승의 지식은 아직도 사멸하지 않았다고
나는 믿는다.

아서 맥켄

1

그리 오래전 일은 아니지만, 로드 아일랜드 주 파스코그라는 마을
의 한 길모퉁이에서, 키가 크고 근육질 체격의 건장해 보이는 남자
가 특이한 행동을 하여 꽤 물의를 일으킨 적이 있었다. 체파쳇 쪽에
서 길을 따라 언덕을 내려온 것으로 보이는 이 남자는, 집들이 밀집
해 있는 곳에 도착하자 왼쪽으로 길을 꺾어, 아담한 상점들이 몇 블
럭이나 늘어서 있는 제법 시가지다운 분위기를 느끼게 하는 큰길에
들어섰다. 이 지점에서 그는, 흥분시킬만한 것은 아무 것도 보이지

않았는데도 이상한 행동을 했는데, 눈앞에 서 있는 가장 높은 건물을 잠깐 기묘한 눈길로 응시한 뒤, 공포에 찬 히스테릭한 비명을 지르면서 미친 듯이 달려가다 결국 다음 모퉁이에서 비틀거리며 쓰러지고만 것이다. 급히 달려간 사람들이 부축해 일으켜 옷의 먼지를 털어주었을 때, 남자는 의식도 말짱하고 몸에는 상처도 없었으며 돌연한 발작도 진정된 것 같았다. 남자는 부끄러워하는 기색으로, 긴장해서 그렇다는 둥 횡설수설 해명의 말을 중얼거린 뒤, 눈을 내리깔고 체파챗으로 가는 길로 돌아서서 그대로 한번도 뒤돌아보지 않고 터벅터벅 걸어가 버렸다. 그토록 건장하고 우람한 체격에 진지한 얼굴을 한, 유능해 보이는 남자치고는 참으로 이상한 행동이었다. 광경을 목격한 구경꾼 가운데 그를 알고 있던 사람이, 체파챗 변두리의 잘 알려진 농장에 하숙하고 있는 사람이라고 알려주었지만 석연찮은 인상은 여전했다.

나중에 알게 되었지만, 그 사람은 토머스 F. 말론이라는 뉴욕경찰 형사로, 이변에 의해 극적으로 끝난 이 지역의 끔찍한 사건에 대해 특별히 힘든 수사를 담당한 뒤, 오랫동안 일을 쉬며 의사의 치료를 받고 있었다. 동료와 함께 급습한 낡은 벽돌건물이 몇 채 무너지고 범죄자와 경찰 양쪽에 많은 사망자가 발생했는데, 그 일에 관련된 무언가에 큰 충격을 받은 것 같았다. 그래서 무너진 그 건물을 조금이라도 연상시키는 건물에 대해서는 이상할 정도로 극심한 공포를 품게 되어, 결국 몇 명의 정신병 전문의한테서 한동안 그런 것은 보지 말라는 엄명까지 받은 형편이었다. 체파챗에 친척이 있는 경찰의가 식민지 시대풍의 목조가옥이 서 있는 고풍스러운 이 작은 마을을 마음을 치료하는 데는 이상적인 요양지라고 추천하여, 환자는 그가 소개받은 운소컷의 주치의한테서 허락이 있을 때까지, 큰 마을의 벽돌건물이 늘어선 거리에는 절대로 가지 않겠다는 약속을 하고 이곳으로 오게 되었다. 잡지를 사러 파스코그까지 걸어간 것은 커다란 실수였고, 환자는 의사와의 약속을 어김으로써 갑작스럽게 찾아온 극심한 공포와 몇 군데의 상처, 그리고 야간의 굴욕을 대가로 치러야 했다.

　대략 이 정도가 체파챗과 파스코그에 나도는 소문의 내용으로, 높은 학식을 가진 전문의들의 의견이기도 했다. 하지만 말론은 처음에 전문의에게 더 많은 것을 애기했지만 아무리 애기해도 전혀 믿으려 하지 않는다는 것을 안 뒤로는 입을 다물고 말았다. 그 뒤로는 마음의 평정을 유지하며, 대부분의 사람들이 한결같이 브루클린의 레드 혹 지구에서 더러운 벽돌건물이 몇 채 무너졌을 때 용감한 경찰들이 많이 죽은 일에서 충격을 받은 것이라는 결론을 내렸을 때도 아무런 이의를 제기하지 않았다. 전문의들이 하나같이 입을 모아 말론이 무법과 폭력의 소굴을 일소하기 위해 너무 과로한데다 사건의 특정한 양상에 확실히 커다란 충격을 받았는데, 그에게 예상치 못한 비극까지 최후의 일격으로 더해졌다는 애기였다. 그것은 누구라도 이해할 수 있는 간단한 설명이 되었기에, 그들은 단순하고 소박한 남자가 아닌 말론을 그대로 두는 편이 좋다고 생각했다. 상상력이 부족한 사람들에게 모든 인간의 관념을 뛰어넘는 공포——태고의 세상에서 초래된 사악으로 인해 나병이나 암에 점령당한 가옥과 거리와 도시의 공포를 애기해봤자, 온전하게 전원생활을 보내는 대신 벽에 충전물을 채운 독방에 수용될 뿐이라고 깨달은 말론은, 신비주의자이기는 했지만 한편으론 양식 있는 지성인이었던 것이다. 기이한 것과 숨겨진 것을 간파하는 켈트인다운 깊은 통찰력을 지녔으면서도, 쉽게 이해할 수 없는 것에 대한 이론가다운 예리한 안목도 겸비하였는데, 이 두 가지가 혼합된 성질은 그를 45년의 인생과는 아득히 먼 곳으로 흘러가게 만들어, 피닉스파크 부근에 있는 조지아왕조 양식의 저택에서 태어나 더블린 대학을 졸업한 사람치고는 이색적인 장소에 발을 들여놓았던 것이다.

그리고 지금 말론은 자신이 보고 느끼고 두려워한 일을 돌이켜보면서 용감한 투사에서 두려움에 떠는 신경증 환자로 전락하여, 오래된 벽돌로 된 빈민굴과 말할 수 없이 음산한 무수한 얼굴들을, 악몽 같은 끔찍한 의미를 품은 것으로 바꾸어버린 전율스런 비밀을 혼자 가슴에 묻어두는 것으로 만족했다. 자신의 심정을 남들이 눈치 채지 못하게 하는 것은 이번이 처음은 아니었다. 애초에 뉴욕의 암흑가라는, 온갖 언어들이 난무하는 심연에 몸을 던진 행위 자체가 논리정연하게 설명할 수 없는 광적인 행동이 아니었을까? 병든 시대의 온갖 앙금들이 독소처럼 뒤섞여서 혐오스러운 공포를 영원한 것으로 만들어버리는 그런 유해한 가마솥 속에서, 예민한 눈만이 알아볼 수 있는 고대의 요술과 기괴한 경이에 대해 범인(凡人)들에게 무슨 말을 할 수 있으랴? 밖으로는 탐욕을 드러내고 안으로는 모독을 품는 이 시끄럽고 종잡을 수 없는 혼란 속에서 말론은 지옥을 닮은 비밀스런 놀라운 초록 불기둥을 목격했고, 직무를 수행하는 틈틈이 사실을 밝히려하자 하나같이 얼굴이 익은 뉴욕시민들의 야유를 받고는 씁쓰레한 미소를 지은게 고작이었다. 그들은 기지가 풍부한 야유가 들로 베일에 싸인 신비를 탐구하고자 하는 말론의 돌발적인 기도를 우롱하면서 요즘 뉴욕에는 싸구려나 천박한 것밖에 없다고 서로 맞장구를 쳤다. 〈더블린 리뷰〉에는 말론의 진면목을 알 수 있는 감동적인 글이 수없이 게재되고 있었음에도, 언젠가 그들 가운데 한 사람은 뉴욕의 하층생활을 다룬 참으로 흥미진진한 단편소설을 하나 쓸 수 있을 거라며 큰 돈을 건 일이 있었는데, 지금 돌이켜보면 우주적인 야유라고도 불러야 할 것이 그들의 경조부박한 생각을 은근히 논파하는 한편, 이 예언자의 말을 정당화했음을 알 수 있다. 마지막으로 얼핏 목격한 공포는 도저히 소설로 쓸 수 있는 것이 아니었다. 에드거 앨런 포에 관한 독일인 권위자가, "에스 라스트 지히 니히트 레센——읽혀지기를 거부한다"고 언급했던 책과 같은 것이었으므로.

2

말론에게는 이 세상의 감춰진 신비가 쉽게 눈에 띄었다. 젊은 시절에는 다양한 것들에 숨겨진 아름다움과 황홀을 느끼고 시인이 되기도 했지만, 빈곤과 비통과 유랑을 겪으면서 그늘진 곳으로 눈을 돌리게 되면서 사악하다고 알고 있는 것들이 주위에 가득하여 가슴이 두근거렸다. 나날의 생활이 말론에게는 불길한 그림자를 연구할 수 있는 변화무쌍한 환등기 같은 것이 되었는데, 그는 비어즐리(Aubrey Vincent Beardsley. 1872~1898. 전형적인 세기말적 탐미주의의 영국인 화가)의 최고의 기법에 의한 작품처럼 숨겨진 부패를 느끼게 하는 번뜩이는 눈으로 노려보거나, 귀스타브 도레의 한마디로 말하기 어려운 음산한 작품에서처럼 평범한 물체의 배후에 숨어있는 공포를 암시하곤 했다. 높은 지성을 갖춘 자들이 한결같이 내면의 신비를 경시하는 것을 말론은 종종 자비로운 일로 생각했는데, 그도 그럴 것이 뛰어난 두뇌가 태고의 혐오스러운 사교에 의해 보전되는 비밀에 직면할 때 생기는 이상사태는 즉각 세계를 파멸시킬 뿐만 아니라, 지금의 우주 자체를 위협할 거라고 생각했기 때문이다. 그러한 것을 깊이 생각하는 자체가 틀림없이 병적이겠지만, 그는 예리한 판단력과 깊은 유머감각으로 적당히 균형을 유지하고 있었다. 말론은 자신이 품은 여러 가지 생각을 반쯤 들여다본 금단의 통찰에 머물게 하며, 가벼운 마음으로 즐기는 정도로 만족하고 있었다. 그런데 어느 날 갑자기 직무 때문에 달아날 수도 없는 상태에서 지옥 같은 사실의 계시 앞에 내던져졌을 때, 처음으로 억제할 수 없는 공황상태에 빠졌다.

말론은 한동안 브루클린의 버틀러 거리의 경찰서에 배속되었을 때, 처음으로 레드 훅에 관한 문제를 알게 되었다. 레드 훅은 거버너스 섬과 마주보는 오래된 해안도로에 가까운 혼혈인들이 사는 약

간 미궁 같은 지저분한 지구로, 부두에서는 더러운 국로 몇 개가 조
금 높은 언덕으로 올라가고, 거기서부터 황폐한 클린턴 거리와 코트
거리가 구청을 향해 길게 뻗어 있다. 대부분이 벽돌인 레드 혹의 집
들은 건축시기가 19세기 초에서 중엽까지 거슬러 올라가는데, 그다
지 사람들 눈에 띄지 않는 오솔길과 몇몇 골목길들은, 전통적인 독
서를 하는 사람이라면 '디킨스풍'이라고 부르고 싶어할 것 같은 매
혹적이고 고색창연한 분위기가 없지도 않았다. 이 지구의 주민들로
말하면 차라리 절망을 느낄만큼 복잡한 수수께끼 그 자체로 시리아
스페인 이탈리아 흑인들의 요소가 뒤섞여 있고, 그리 멀지 않은 곳
에 소규모 스칸디나비아인 지구와 미국인 지구가 있다. 왁자지껄한
소란 속에서 외설스런 난잡한 말이 불쑥 튀어오르더니, 기름이 떠다
니는 물결이 지저분한 부두에 부딪치는 소리와 거대한 파이프 오르
간을 닮은 항구의 단조로운 기적소리에 맞장구라도 치듯이 요란한
반향을 불러일으켰다. 이 지구도 먼 옛날에는 화려하고 아름다워서
골목길에는 눈이 맑은 뱃사람들의 모습이 보였고, 지금보다 큰 저택
이 언덕을 따라 늘어서 있는 곳에는 고상하고 품격 높은 유복한 가
정들이 있었다. 지난날의 행복한 이러한 모습은 정돈된 건축물과 이
따금 눈에 들어오는 우아한 교회에서 볼 수 있는 섬세한 조각들과
본바탕의 흔적——발판이 닳은 계단, 부서진 출입문, 벌레 먹은 장
식 벽기둥, 그리고 녹슨 철책이 늘어서 있는 녹지의 흔적 같은 데서
그 자취를 느낄 수 있다. 집들은 대체로 견고한 구획을 이루고 있는
데, 군데군데 우뚝 솟아있는 창문이 많은 둥근 지붕은 선장과 선주
의 가족들이 바다를 바라본 수많은 나날들을 얘기하고 있다.

　정신적 물질적으로 부패한 이 혼란 속에서, 다양한 지방 사투리가
뒤섞인 모독적인 언어가 오가며 하늘을 어지럽힌다. 부랑자들이 무
리지어 욕설을 퍼붓거나 노래를 부르면서 골목길과 대로를 휘젓고
다니고, 사람 눈을 꺼리는 자는 급히 불을 끄고 커튼을 치는가 하

면, 몰래 다가오는 자가 있으면 거무스레하고 죄악처럼 얽은 얼굴이 급히 창문에서 사라지기도 했다. 경찰관들도 질서와 감화를 주기 위해 노력하는 것을 포기하고, 바깥세상을 나쁜 영향으로부터 보호하는 방벽을 쌓는 데 치중할 정도였다. 경찰관이 순회하며 쨍그렁거리는 소리에 응하는 것은 불길한 침묵뿐, 체포되는 자들은 결코 입을 열지 않는다. 눈에 띄는 범죄는 지방사투리들과 마찬가지로 다양하였고, 럼주의 밀수와 불법입국의 주선에서부터 다양한 단계의 불법행위와 이해하기 힘든 비행을 거쳐, 가장 혐오스러운 양상을 띠는 살인과 상해에 이것들이었다. 눈에 띄는 이러한 사건들이 그다지 빈발하지는 않는 이유는, 범죄를 은폐하는 힘의 행사가 필요한 기술이기는 해도, 이웃사람들의 명예가 되는 일은 아니기 때문이다. 레드 혹에 굴러 들어오는 자는 떠나는 자——적어도 육지로——보다 많았고, 떠날 가능성이 가장 높은 것은 과묵한 자들이었다.

　말론은 이러한 다양한 상태 속에서, 주민이 밀고하거나 사제와 박애주의자가 탄식하는 그 어떤 죄보다 무서운 비밀의 악취를 희미하게 맡고 있었다. 무법상태에 놓인 현대인이 일상생활과 형식적인 관습 속에서, 거의 유인원 같은 원시적인 잔인성을 내포한 험악하기 짝이 없는 본능적인 행동양식을 불길하게 되풀이하는 경향이 있는 것은, 상상력을 과학지식에 결부할 줄 아는 말론도 의식하고 있어서, 이른 새벽 미명 속에서 텅 빈 눈을 한 얽은 얼굴의 젊은이들이 줄지어 기도를 올리거나 독설을 내뱉으면서 거리를 활보하는 모습을 보면서, 소름 끼치는 행위를 목격한 인류학자처럼 자주 몸을 떨었던 것이다. 이러한 젊은이의 집단은 늘 눈에 들어왔는데, 거리 모퉁이에서 곁눈으로 망을 보고 있거나 출입문에 서서 싸구려 악기를 음산하게 울리기도 했다. 때로는 구청에 가까운 카페테리아 테이블에서 깜박깜박 졸고 있거나 외설스러운 대화에 시간가는 줄 몰랐고, 덧문이 닫힌 다 쓰러진 낡은 가옥의 높은 현관 앞이나 그곳에 정차

해 있는 꾀죄죄한 택시 주위에서 목소리를 죽여 서로 얘기를 나누기도 했다. 말론은 어렵게 경찰동료에게 털어놓았지만, 한편 두려움을 느끼면서도 그들 젊은이들에게 매료되었던 것도 사실이었다. 왜냐하면 그들 사이에 어떤 비밀이 전해지고 있다는 불길한 특징, 즉 경찰이 전문가적인 견지에서 세심한 주의를 기울여 열거하는 범죄의 내용이나 수법, 또는 범죄자의 소굴과 같은 혐오스러운 기록물들에서는 찾아보기 힘든, 어쩐지 꺼림칙하게 느껴지는 비밀에 싸인 태고의 행동양식을 보았다고 생각했기 때문이었다. 그들은 뭔가 충격적인 원초의 전통을 계승하는 자들, 인류보다 기원이 오래 된 제식과 의식이 타락하여 조각조각 흩어진 단편을 공유하는 자들이 틀림없다고 말론은 남몰래 생각하였다. 그들의 행동이 일관되어 있고 나름대로 틀에 맞는 것임을 암시하고 있어, 아무리 비열하고 무질서하게 보여도 그 뒤에는 예사롭지 않은 어떤 격식과 질서가 존재하는 듯한 의심을 떨쳐버릴 수가 없었다. 말론은 머리 여사의 《서구의 마녀신앙》 같은 논문을 장난삼아 읽은 것이 아니어서, 최근까지 농민과 도적들 사이에 무서운 집회와 난행을 일삼는 비밀조직이 분명히 남아 있었다는 사실과, 아리아 어족의 세계가 탄생하기 전부터 있었던 다양한 어두운 신앙에서 출발하여, 세상에 널리 알려진 흑미사나 마녀의 축제 같은, 세상에 널리 알려진 전설 속에 간직되어 있다는 것을 알고 있었다. 오래된 그 아시아의 우랄알타이계 마술과 풍년신앙의 지옥 같은 자취가 지금은 완전히 사멸해 버렸다는 건 말론으로서는 한 순간도 상상할 수 없었고, 그런 것의 일부가 실제로는 전승되는 가장 무서운 얘기보다 얼마나 더 오래 되었고 또 얼마나 더 끔찍한 것인지 생각하는 일이 자주 있었다.

3

　말론이 레드 훅 문제의 핵심에 다가선 것은, 로버트 사이덤 사건이 계기가 되었다. 사이덤은 유서깊은 네덜란드 가계에 속하는 박식한 은둔자로 원래는 겨우 자립할 수 있을 정도의 재산을 가지고 넓기는 하지만 노후 일로를 걷는 저택에서 살고 있었는데, 그 저택은 그의 조부가 플랫부시에 지은 것이었다. 그 즈음에는 마을도 높이 솟아 있는 첨탑과 덩굴로 뒤덮인 개혁파 교회를 중심으로 철책으로 둘러싸인 네덜란드인의 묘지와, 식민지 시대양식의 가옥이 약간 서 있었을 뿐이었다. 마텐스 거리에서 들어간 곳에 고목이 늘어선 숲의 한복판에 있는 이 한적한 저택에서 사이덤은 60년 동안 독서와 사색에 잠겨 있었는데, 예외로 약 30년 전에 딱 한번 배를 타고 구세계로 떠난 뒤 8년 동안 행방을 감추었던 시기가 있었다고 한다. 하인을 고용할 여유가 없어 오로지 혼자 살면서 방문객을 거의 받지 않고 친밀한 교류는 더더욱 피하고 있었는데, 몇 안 되는 친지라면 구석구석 잘 손질된 일층의 3개의 방 중 한 곳에 머무르게 했다. 바로 천장이 높고 널찍한 서재로, 어딘지 모르게 불쾌감을 주는 고풍스럽고 묵직한 외관의 몹시 훼손된 책들이 벽이라는 벽을 꽉 메우고 있었다. 마을이 계속 발전하여 마지막으로 브루클린에 합병된 것도 전혀 관심이 없었던 사이덤은 어느새 사람들에게 점점 잊혀지게 되었다. 나이가 지긋한 주민은 거리를 걷는 사이덤의 모습을 여전히 알아볼 수 있었지만, 새로 이주해온 대부분의 사람들에게는, 그저 헝클어진 백발에 제멋대로 자란 수염, 번들번들한 검은 옷에 도금된 손잡이가 달린 지팡이를 든 모습이 조금 눈길을 끄는, 뚱뚱하고 유별난 노인에 지나지 않았다. 사건을 담당하기 전에는 말론도 사이덤의 풍모에 대해서는 몰랐지만, 중세의 사교(邪教)에 대해 조예가 깊은 권위자라는 이름만은 간접적으로 듣고 있었다. 그래서 문득 기억이 떠오른 친구가 말했던 카발라와 파우스투스 전설에 관한 사이덤의 절판된 소책자를 한번 찾아볼까 하는 생각을 한 적도 있었다.

사이덤이 하나의 '사건'이 된 것은, 친척이라 해도 먼 친척에 해당

하는 자들이 사이덤의 정신상태에 대해 재판소에 감정을 요구한 일
이었다. 세상 사람들에는 뜻밖의 일로 생각되었지만, 실제로는 장기
간에 걸친 관찰과 고통스러운 숙고 끝에 결행된 소송이었다. 그 근
거가 된 것은 사이덤의 말투와 버릇에 나타난 묘한 변화로, 경탄할
만한 일이 가까이 다가와 있다고 하는 당치도 않은 말을 하거나, 브
루클린의 불온한 지역에 자주 발걸음을 하는 불가해한 행동을 했던
것이다. 해가 거듭될수록 행색이 점점 초라해지더니 결국 진짜 거지
처럼 거리를 헤매다니다 영락한 친구들에게 이따금 지하철역에서
발견되는가 하면, 구청의 벤치에 앉아서 피부색이 검고 인상이 나쁜
외지인들과 얘기를 나누는 일도 눈에 띄었다. 입을 열었다 하면 어
김없이 영원한 힘을 거의 손안에 넣었다는 얘기를 떠벌리면서 의기
양양한 얼굴로 눈을 두리번거리며 '세피로트'니 '아슈마다이', '사마
엘' 같은, 정체를 알 수 없는 수수께끼 같은 말과 이름을 되풀이하
는 것이었다. 재판에서 밝혀진 바로는, 런던과 파리에서 보내오는
기묘한 큰 책을 구입하거나 레드 혹 지구의 지저분한 아파트식 반지
하 주택을 유지하느라 이자수입을 탕진했을 뿐만 아니라 원금마저
낭비하고 있으며, 밤에는 거의 매일같이 그 아파트에서 다양한 부류
의 부랑자와 외국인으로 구성된 이상한 집단을 불러모아 창문에는
녹색 블라인드를 치고 무언지 모를 비밀스러운 의식 같은 것을 올리
고 있다는 것이었다. 추적조사를 의뢰받은 탐정들이 밤의 의식에서
흘러나오는 이상한 외침과 기도와 커다란 발소리를 보고하면서, 술
에 젖은 그 지구에서는 이상야릇한 소란 따위 놀라운 일이 아님에도
불구하고 꺼림칙한 광기와 방탕을 얘기하는 목소리에는 이상한 공
포가 깃들어 있었다. 그러나 막상 심문단계에 이르렀을 때, 사이덤
은 교묘하게 자유의 몸을 유지할 수 있었다. 재판관 앞에서 그는 예
의 바르고 이성적인 태도로, 행동거지와 과장스러운 말투에 기묘한
점이 있었던 것을 깨끗하게 인정하고, 연구조사에 지나치게 열중한

나머지 그렇게 된 것 같다고 변명했다. 자신은 유럽의 전승에서 특정한 세부를 조사하다 보니 외국인들을 만나 그들의 노래와 민속무용을 직접 접할 필요가 있었다고 했다. 친척들의 암시처럼 무슨 저속한 비밀결사의 희생물이 되고 있다는 우려는 당치도 않으며, 그것은 자신과 자기의 연구를 슬플 정도로 이해하지 못하기 때문이라고 지적했다. 그리하여 온화한 변명으로 승리를 얻은 사이덤은 구속을 받지 않고 그대로 퇴정하는 것이 허락되었고, 사이덤 집안, 콜러 집안, 반 브란트 집안에 고용되었던 탐정들은 두 손 들고 포기한 명문가로부터 해고당했다.

일이 여기에 이르자 연방수사국과 경찰이 손을 잡았고, 말론은 그들과 함께 사건 조사에 착수한 것이다. 경찰당국은 사이덤 사건을 흥미롭게 지켜보았고, 사립탐정으로부터 도움을 요청받은 적도 여러 번 있었다. 이 조사에서 사이덤의 새로운 동료들이 레드 훅의 꼬불꼬불한 골목길에 모여드는 가장 악랄하고 흉악한 범죄자들로 구성되어 있으며, 적어도 그 3분의 1이 절도, 치안문란, 불법이민 알선 같은 범죄를 일삼는 소문난 상습범이라고 밝혀졌다. 사실 더 간단하게 말하면, 이 노학자의 이색적인 추종자들은 엘리스 섬의 이민검역소에서 추방된 이름도 없는 국적불명의 아시아인 쓰레기들을 밀입국시키고 있는 조직화한 도당 가운데 가장 흉악한 자들과 거의 완벽하게 일치하고 있었던 것이다. 사이덤이 아파트 반지하를 빌리고 있었던 파커 플레이스——지금은 이름이 바뀌었다——의 복작거리는 빈민굴에는, 아라비아 문자를 사용하면서도 애틀랜틱 거리와 그 근처에 사는 다수의 시리아인들로부터 단칼에 퇴짜 맞은, 국적이 확실하지 않은 눈이 찢어진 자들의 지극히 수상쩍은 거주구가 형성되어 있었다. 필요한 서류를 소유하지 않은 혐의로 전원을 국외추방 처분할 수도 있지만, 형식을 중시하는 관청업무라는 것이 늘 그렇듯이 사태가 널리 세상에 알려지지 않는 한 레드 훅에 풍파를 일으키는 것을 좋아하는 사람은 아무도 없었다.

　이러한 자들이 모여드는 곳은 매주 수요일에 댄스홀로 사용되는 황폐한 석조교회로, 고딕 양식의 테라스가 해안거리에 있는 가장 지저분한 지구 부근까지 이어져 있었다. 명목상으로는 가톨릭교회이지만 브루클린의 모든 사제들은 이를 한 마디로 부정하고 있었고, 경찰관들도 밤에 교회에서 들려오는 소리를 듣고는 그게 사실인 것 같다고 고개를 끄덕였다. 교회에 사람이 아무도 없고 불도 켜져 있지 않을 때면 아득히 먼 땅속에 숨겨진 오르간이 연주하는 섬뜩하고 분명하지 않은 저음이 들리는 것 같다고 말론은 생각했고, 의식이 거행되고 있을 때는 하나같이 의식에 수반되는 새된 목소리와 둔한 음향에 동향을 주시하는 경찰관들은 소름이 끼치는 걸 느꼈다. 사이덤은 이에 대해 질문을 받았을 때, 티베트의 샤머니즘에 물든 네스토리우스파의 의식이 지금도 전해지고 있는 모양이라고 말했다. 사이덤의 추측에 의하면, 의식에 참여하는 자들의 대부분은 발상지를 쿠르디스탄 혹은 그 부근에 두고 있는 준(準)몽고 인종이라고 했다. 이 말을 들은 말론은, 쿠르디스탄이 페르시아의 악마숭배자들의 마지막 후예, 예지디 종파의 땅임을 떠올리지 않을 수 없었다. 그 진상이야 어떻든 나중에 사이덤에 대한 수사활동에서 불법으로 입국한 이들 신참자들이 점차 수를 늘려 레드 훅에 흘러들어와 있다는 사실이 드러났고, 그들은 밀수감시관과 해양 경찰의 눈을 속이고 서로 도와 바다에서 상륙한 뒤 파커플레이스에 모여 살거나 재빨리 언덕 전체로 흩어져서 그 일대에 있는 동류의 주민들로부터 기묘한 동료의식 아래 환영받았다. 땅딸막한 체격에 찢어진 눈을 특징으로 하는 그들이 저속하고 현란한 미국식 옷을 입은 기괴한 모습이 구청 부근의 부랑자와 주거부정의 불량배들 속에서 갈수록 눈에 띄게 되자, 결국 무슨 일이 있어도 이들의 수를 밝혀내고, 나아가서는 출신지와 직업을 확인한 뒤 가능하다면 전원을 체포하여 입국관리국에 인도할 방법을 찾아야 한다고 생각하기에 이르렀다. 연방수사국과 시경의 합의 하에 그 임무를 맡은 말론은, 레드 훅을 철저하게 조사하기 시작하면서 자신이 형언하기 어려운 공포의 절벽 끝에 위태롭게 서서 초라하고 단정치 못한 로버트 사이덤을 마왕과 같은 적으로 마주하고 있다는 느낌이 들었다.

경찰의 수사방법은 다채롭고 기묘한 것이었다. 드러나지 않게 막연히 거리를 걷거나, 신중하게 넌지시 말을 걸고, 상대방의 기호를 살펴서는 바지 뒷주머니에서 술병을 꺼내기도 하고, 겁먹은 체포자를 어르기도 하면서, 말론은 위태로운 양상을 띠기 시작한 레드 훅의 동향에 대한 단편적인 정보를 수없이 입수할 수 있었다. 신참자들은 예상했던 대로 쿠르디스탄 출신의 쿠르드 인이었는데, 정밀한 언어학으로도 전혀 이해할 수 없는 방언을 사용하고 있었다. 일을 하는 자들은 거의 부두 노동자나 무허가 행상이 되어 생계를 유지하고 있었지만, 종종 그리스 요리 레스토랑에서 종업원으로 있거나 거리 모퉁이의 신문매점에서 일하기도 했다. 하지만 대부분은 특별한 직업도 없이, 밀수나 주류 밀매를 제외하고는 기록하기도 꺼림칙한 암흑가의 영업에 관계하고 있는 것 같았다. 그들은 부정기 화물선을 타고 찾아와 달이 뜨지 않는 밤에 보트로 옮겨 탄 뒤, 암벽 밑으로 숨어들어와 숨겨진 운하를 따라 어떤 집 지하에 있는 비밀의 못까지 간다. 말론이 그들이 이용하는 암벽과 운하와 집을 밝혀내지 못한 것은 정보제공자들의 기억이 너무 애매했을 뿐만 아니라 그들이 하는 이야기가 가장 우수한 통역자도 거의 이해할 수 없는 것이었기 때문으로, 그토록 조직적인 밀입국을 기도해야 하는 이유에 대해서도 구체적인 정보는 아무것도 얻을 수가 없었다. 정보제공자들도 출신지의 정확한 장소에 대해서는 입을 다물었고, 자신들을 찾아와 행동을 지시한 조직을 밝힐 정도로 경계를 풀지도 않았다. 사실 뉴욕에 나타난 이유를 물으면, 뭔가 극심한 공포 같은 것을 느끼는 눈치를 보일 뿐이었다. 다른 인종의 부랑자들도 마찬가지로 말수가 적어서 간신히 모은 최대한의 정보에 의하면, 그들은 신이나 제사장 같은 자로부터 미지의 나라에서 전대미문의 권력과 예사롭지 않은 영광, 그리고 지배자의 지위를 약속받은 것 같았다.

엄중한 경계 속에 열리는 사이덤의 밤의 집회에는 신참자와 옛날부터의 부랑자들이 극히 규칙적으로 참석하고 있었는데, 얼마 안 있어 지난날의 은둔자가 따로 몇 채의 아파트를 빌려 암호를 알고 있는 자들에게 제공하고 있을 뿐만 아니라 아예 세 채의 가옥을 점유하여 기묘한 추종자들을 늘 숨겨주고 있다는 사실을 경찰이 밝혀냈다. 사이덤은 이제 플랫부시의 집에서 지내지 않게 되어 책을 내가거나 갖다놓기 위해서만 드나들고 있는 모양이었는데 용모와 행동거지가 놀랄 만큼 거칠어져 있었다. 말론은 두 번에 걸쳐 사이덤으로부터 이야기를 들으려고 했지만, 모두 냉담하게 거절당했다. 수수께끼 같은 음모니 움직임 따위는 아무것도 모르며, 쿠르드인들이 어떻게 들어왔고 무엇을 원하는지는 짐작도 가지 않는다고 했다. 이 지구의 모든 이민자들의 민간전승을 누구의 방해도 받지 않고 조사하고 있을 뿐이므로, 경찰이 쓸데없이 참견할 일이 아니라고 힐책했다. 말론은 카발라 같은 신화에 관한 사이덤의 소책자에 대해 찬사를 늘어놓았지만, 노인의 표정이 누그러진 건 잠시뿐이었다. 사이덤이 사사로운 일에 끼어드는 것으로 간주하고 노골적으로 대화를 거부했기 때문에, 말론도 고개를 설레설레 저으며 물러나 다른 정보원에게 알아보기로 했다.

말론이 그대로 사건수사를 계속하는 동안 과연 무엇이 밝혀졌는지는 누구도 알 수 없는 일이지만, 사실을 말하자면 시경과 연방수사국 사이에 의견대립이 있어서 수사는 몇 달 동안 중지되었고, 그동안 말론은 다른 임무에 여념이 없었다. 하지만 사건에 대해 한시도 관심을 잃은 적이 없었으니 로버트 사이덤에게 일어난 변화에 놀라지 않을 수가 없었다. 유괴와 실종이 빈발하여 뉴욕이 흥분의 물결에 휩쓸렸던 바로 그때, 초라한 행색의 노학자가 별안간 눈부시게 변모한 것이다. 어느 날 구청 근처에서 목격된 사이덤은 수염을 깨끗하게 밀고 머리도 말쑥하게 가다듬어 한 치의 빈틈도 없는 품위 있는 모습을 하고 있었고, 그때부터는 날마다 그에게서 미묘하게 개선된 변화가 일어나고 있음을 눈치챌 수 있었다. 사이덤의 이 새로운 결벽은 끝간 데를 몰랐고, 그와 아울러 눈에는 예사롭지 않은 광채와 얘기하는 모습에는 쾌활함이 나타나기 시작했으며, 오랫동안 볼품없는 모습으로 만들었던 비만까지 조금씩 해소되어 갔다. 실제 나이보다 젊게 보이는 일도 종종 있어서 새로운 변신에 어울리는 경쾌한 걸음걸이와 가벼운 동작이 몸에 배었을 뿐만 아니라, 염색을 한 것도 아닌 것 같은데 이상하게 머리까지 검어졌다. 시간이 흐를수록 보수적인 경향이 사라지고, 급기야는 플랫부시의 집을 개조하여 새로운 친구들을 놀라게 하더니, 여러 번 환영회를 열어 알고 있던 모든 지인을 초대해서는 얼마 전에 자신을 고발한 친척까지 관대하게 용서하며 특별한 환영의 마음을 아끼지 않았다. 일부는 호기심에서, 나머지는 의리 때문에 참석했던 사람들은 지난날의 은둔자에게 나타나기 시작한 우아함과 기품에 모두들 그 자리에서 매료되고 말았다. 사이덤은 참석자들에게 목적한 사업의 대부분을 달성했으며, 거의 잊고 있었던 유럽의 친구로부터 약간의 유산을 상속받았기 때문에, 여유와 절제 그리고 식이요법으로 가능했던 화려한 제2의 청춘을 즐기면서 여생을 보낼 생각이라고 선언했다. 사이덤은 점차 레드 훅에 모습을 드러내지 않게 되었고, 자신이 태어난 상류사회에서의 사교가 확대되어 갔다. 부랑자들이 이제 파커플레이스 아파트 지하뿐만 아니라 오래된 석조교회에 모여든다는 사실은 경찰도 놓치지 않고 있었지만, 파커플레이스의 아파트와 최근에 새로 마련된 집은 여전히 유해한 생활로 넘치고 있었다.

　얼마 뒤 두 가지 사건이 일어났다. 각각 동떨어진 것이기는 했지만, 말론에게는 양쪽 모두 사이덤과 관련된 무척 흥미로운 사건이었다. 하나는 〈이글〉지에 게재된 조용한 로버트 사이덤과 항구의 코닐리어 게리슨, 곧 늙은 신랑의 먼 친척에 해당하는 예사 신분이 아닌 여성과의 약혼소식이 전해진 일이고, 다른 하나는 유괴된 아이의 얼굴이 반지하의 창문에서 잠깐 비쳤다는 통보를 받고 시경이 댄스홀로 사용되고 있는 교회를 급습한 일이었다. 이 급습에 가담한 말론은 교회에 진입하자 상당한 주의를 기울여 조사했다. 결국 아무것도 발견되지 않았지만——사실 진입했을 때 이미 텅 비어있었다——이 예민한 켈트인은 교회 내부에 보이는 수많은 것들에서 어딘지 모르게 심상치 않은 느낌을 받았다. 거울에는 도저히 마음에 들지 않는 기분 나쁜 그림이 노골적으로 그려져 있었다. 성인들의 얼굴이 묘하게 저속한 냄새를 풍기는 조소의 표정을 띠고 있었고, 속인의 감각으로도 도저히 받아들일 수 없을 만치 예법에 왜곡되어 있는 것도 있었다. 말론은 설교단 위의 벽에 붙은 그리스어로 새겨진 글귀에도 미간을 찌푸렸는데, 그것은 더블린대학 재학 중에 어쩌다가 접한 고대의 주문으로 직역하면 다음과 같다.

　깊은 밤의 동료인 친구여, 개들의 울음소리, 뚝뚝 듣는 선혈에 기뻐하는 그대, 묘지들 사이 어둠의 한가운데를 떠도는 그대여, 피를 갈구하다 죽어갈 운명에 공포를 안겨줄 그대, 고르고여! 모르모여! 천의 얼굴을 가진 달의 영혼이여, 기뻐하며, 우리가 준비한 산 제물을 굽어보소서!

　이것을 읽었을 때 말론은 몸을 떨면서, 특정한 밤이면 교회 지하에서 들려오는 것 같았던 낮고 희미한 오르간 가락을 어렴풋이 뇌리에 떠올렸다. 제단 위에 놓인 금속제 물그릇의 가장자리가 녹슬어 있는 것을 보자 또다시 몸을 떨었고, 어딘가 가까운 곳에서 묘하게 꺼림칙한 악취가 풍기는 느낌이 들었을 때는 온 신경을 긴장한 채 그 자리에 얼어붙고 말았다. 오르간의 기억이 뇌리에 달라붙어 그를 괴롭혔고, 말론은 특별히 신중하고 치밀하게 지하를 조사한 뒤, 가까스로 교회에서 나왔다. 말론에게는 증오하고도 남을 장소였지만, 과연 모독적인 벽화와 명문이 무지한 자가 저지른 조잡한 행위보다 더 지독한 것인지에 대해서는 말론으로서도 확신이 없었다.

사이덤이 결혼한 무렵에는 빈발하는 유괴사건이 대중지의 지면을 어지럽히고 있었다. 희생자의 대부분은 하층계급의 유아들이었는데, 점차 늘어가는 실종에 시민들은 격분하였다. 각종 신문잡지가 경찰의 단호한 조치를 강력하게 요구했기 때문에, 버틀러 거리의 경찰서는 다시 레드 혹에 경관과 형사를 파견하여 단서의 입수와 실종자의 발견, 범인의 체포에 나서게 했다. 말론은 기꺼이 다시 수사에 착수하여, 사이덤이 소유한 파커플레이스의 한 집을 의기양양하게 급습했다. 비명이 들려왔다느니 지하실로 내려가는 입구에서 붉게 물든 띠를 찾았다느니 하는 여러 가지 소문이 있었음에도 유괴된 아이는 실제로는 하나도 발견되지 않았고, 하지만 거의 모든 방마다 떨어져 나간 벽에서는 그림과 잡다한 명문이 발견되었고, 더욱이 다락방에 갖춰져 있던 소박한 화학실험실은 말론으로 하여금 뭔가 심상치 않은 것이 추구되고 있었음을 확신하게 해주었다. 벽에 그려져 있는 그림은 보는 사람을 경악하게 하였다. 모든 형태와 크기를 지닌 무서운 괴물과, 윤곽은 인간을 풍자한 것 같았지만 말로 표현할 수 없는 것이 그려져 있었던 것이다. 명문은 붉은 색의 아라비아 문자, 그리스 문자, 로마 문자, 히브리 문자로 다양하게 적혀 있었다. 말론도 대부분 읽을 수 없는 글이었지만, 간신히 판독할 수 있었던 것만으로도 충분히 불길하고 신비적이었다. 빈번하게 되풀이되는 글귀의 하나는, 이른바 유대인이 그리스 문화의 영향을 받았던 시대의 히브리어 풍으로 나타난 그리스어로, 알렉산드리아 문화 퇴폐기의 가장 무서운 악마소환을 연상시켰다.

HEL·HELOYM·SOTHER·EMMANVEL·SABAOTH·
AGLA·TETRAGRAMMATON·AGYROS·OTHEOS·
ISCHYROS·ATHANATOS·IEHOVA· VA·ADONAI·
SADAY·HOMOVSION MESSIAS·ESCHEREHEYE·

음산하게 그려져 있는 원과 별 모양의 도안은 이곳에 사는 자들이 혐오스러운 기괴한 신앙과 야심을 품고 있었음을 역력히 말해주었다. 지하실에서는 그 중에서도 가장 이채로운 것이 발견되었다. 산더미처럼 쌓인 진짜 금괴가 노란 삼베로 아무렇게나 덮여 있는 상태로 발견되었는데, 그 빛나는 표면에는 벽을 장식한 것과 같은 불길한 상형문자가 새겨져 있었다. 급습이 이루어지는 동안, 경찰은 모든 출입구로 모여들어 엿보고 있는 수동적인 동양인들을 만났을 뿐이었다. 결국 결정적인 것은 아무것도 찾지 못한 채 경찰은 모든 것을 그대로 두고 떠나지 않을 수 없었지만, 관할구역의 경위는 사이덤에게 서장을 발송하여, 시민의 원성이 높아지고 있는 점에 비추어 세입자와 피보호자의 품성에 주의를 기울여 달라고 권고했다.

5

이윽고 6월에 결혼식이 거행되면서 세상을 깜짝 놀라게 하는 대사건이 일어났다. 플랫부시는 정오 무렵부터 화려한 분위기로 물들었고, 출입구에서 도로까지 차양이 쳐진 오래된 네덜란드 교회 부근의 거리는 온통 삼각기를 매단 차로 북적거렸다. 품격과 규모에서 사이덤과 게리슨 양가의 혼례를 능가하는 행사는 일찌기 없었을 정도로, 신랑과 신부를 환송하러 큐너드 부두까지 간 사람들은 최고의 명사들만 모인 것은 아닐지라도 적어도 신사들 목록에 이름이 올라 있는 자들이었다. 5시에 작별의 손을 흔드는 가운데 묵직한 정기선은 긴 부두에서 조금씩 멀어지면서 천천히 뱃머리를 바다 쪽으로 돌린 뒤 예인선에 작별을 고하고, 구세계의 경이로 통하는 망망한 해원으로 나아갔다. 밤의 장막이 쳐질 무렵 바다 위의 하늘은 맑게 개어 있었고, 늦도록 잠들지 않은 승객들은 오염되지 않은 대양 위에 반짝이는 별을 바라보았다.

화물선과 비명 중 어느 것이 먼저 사람들의 주의를 끌었는지 확실하게 대답할 수 있는 사람은 아무도 없었다. 아마 거의 동시에 일어났겠지만, 그것 역시 믿을 만한 것은 아니었다. 비명이 일어난 것은 사이덤 부처의 특등실로, 그 자리에서 완전히 발광해버리지 않았더라면 문을 부수고 들어간 그 선원은 어쩌면 무서운 사실을 말해 줄 수도 있었을 것이다. 실제로는 최초의 희생자보다 이 선원이 더 큰 비명을 질렀고, 그 후는 감금될 때까지 히죽히죽 웃으면서 배안을 뛰어다녔다. 특등실에 들어가자 바로 불을 켠 선의(船醫)는 발광까지는 하지 않았지만, 나중에 체파챗에 있는 말론과 편지를 교환할 때까지 자신이 목격한 것을 끝내 아무한테도 털어놓지 않았다. 살인——교살——이었지만, 사이덤 부인의 목에 남아 있던 갈고리발톱의 흔적은 남편은 물론 어떠한 인간의 손에 의한 것도 아니었고, 하얀 벽에 잠시 무섭도록 붉게 떠올랐던 명문은 나중에 기억을 토대로 기록된 바로는 '릴리스'라는 글자를 의미하는 불길한 칼데아 문자 같았다. 순식간에 사라져버렸기 때문에 더 이상 얘기할 필요는 없을 것이다. 어쨌든 사이덤에 대해서는 어떠한 조치를 취하면 좋을지 결정이 내려질 때까지 특등실 출입을 금지할 수 있었습니다——말론에게 보낸 편지에 그렇게 적은 의사는, 사건을 직접 본 것은 아니라고 분명하게 단언했다. 의사가 불을 켜기 직전 열려 있던 현창이 한

순간 인광 같은 것으로 흐려졌고, 어둠 속에서 입을 다문 채 희미하게 웃는 소름끼치는 웃음소리가 들린 것 같았지만 모습은 전혀 보지 못했습니다. 그 증거로 나는 제 정신을 유지하고 있으니까요, 하고 의사는 적고 있었다.

그러는 사이 화물선이 모두의 시선을 끌었다. 한 척의 보트가 화물선에서 출발하여, 고급선원 제복을 입은 검은 피부의 난폭한 무뢰한들이 잠시 정지해 있던 큐너드 기선회사의 배에 난입한 것이다. 그들은 사이덤 또는 그의 시체를 요구했다. 사이덤의 여행에 대해 알고 있었고, 어떠한 이유에서인지 그가 죽을 거라고 확신하고 있었다. 선장실은 당장 혼란의 도가니에 빠졌고, 특등실에서 나온 선의의 보고와 화물선에서 침입한 사내들의 갑작스런 요구에는, 아무리 현명하고 침착한 바다의 사나이라도 당장 어떻게 행동해야 할지 몰라 허둥대지 않을 수 없었다. 난입해온 사내들의 우두머리는 혐오스러운 흑인의 입술을 가진 아랍인이었는데, 느닷없이 지저분하고 꾸깃꾸깃한 종이를 꺼내 선장에게 건넸다. 거기에는 로버트 사이덤의 서명과 함께 다음과 같은 이상야릇한 말이 적혀있었다.

갑자기 불가해한 사고 또는 죽음이 내 신상에 일어날 경우, 내 몸을 이 서류를 휴대한 자들에게 무조건 신속하게 인도할 것. 아무 조건도 없을 뿐더러 당사자들이 충분히 합의한 사항임. 해명은 훗날 있을 것이니 반드시 나의 희망을 들어주기 바람.

로버트 사이덤

선장과 선의는 서로 얼굴을 마주보았고, 선의가 선장에게 무언가 속삭였다. 결국 두 사람은 하는 수 없다는 듯이 고개를 끄덕인 뒤 사내들을 사이덤의 특등실로 데리고 갔다. 선의는 선장에게 쳐다보지 말 것을 지시하면서 문을 열어 이상한 사내들을 안으로 들여보냈는데, 까닭을 알 수 없을 정도로 준비에 오랜 시간이 걸린 뒤 사내들이 짐을 지고 나올 때까지, 모두들 숨도 제대로 쉬지 못하고 있었다. 사내들이 지고 있는 물건이 침대 시트로 둘둘 말려 있어서 그 윤곽조차 분명히 드러나지 않는 것을 선의는 다행으로 생각했다. 사내들은 지고 있던 물건을 뱃전에 내려, 시트가 벗겨지지 않도록 주의하면서 화물선으로 옮겼다. 큐너드 기선회사의 배가 다시 출발하자, 선의와 배에 고용된 장의사는 뭔가 마지막으로 할 일이 없을까 하고 사이덤의 특등실을 조사했다. 그리고 선의는 또다시 입을 다무는 건 물론이고 거짓말까지 하지 않을 수 없었다. 사이덤 부인의 피를 왜 닦아버렸느냐고 장의사가 물었을 때 선의는 그런 짓은 하지 않았다고 변명하지도 않았고, 선반에 놓여 있던 병이 없어진 것과, 병에 들어 있던 것이 급히 폐기되어 개수대에 그 냄새가 남아 있다는 사실도 굳이 말하지 않았다. 그들이 인간이라는 전제 아래 하는 얘기지만, 그 사내들의 주머니는 배에서 떠날 때 이상하게 부풀어 있었다. 두 시간 뒤, 이 괴사건에 대한 모든 사실은 무선을 통해 세상에 알려졌다.

6

같은 6월의 어느 해질 무렵, 말론은 바다에서 일어난 사건의 소식을 듣지 못한 채 레드 훅의 오솔길을 이리저리 뛰어다니고 있었다. 마치 갑작스러운 소동이 일어나 '비밀 정보망'을 통해 이상사태가 알려진 것처럼, 주민들이 무슨 일인지 궁금해 하며 댄스홀로 사용되는 교회와 파커플레이스의 집 주위로 모여들었다. 푸른 눈의 노르웨이인 거리에서 고와누스거리 쪽으로, 방금 세 명의 아이들이 사라져서, 그 지구의 건장한 스칸디나비아인들 사이에 폭동의 조짐이 있다는 소문이 퍼지고 있었다. 말론은 지난 몇 주일 동안 동료들에게 일제단속을 촉구하고 있었는데, 마침내 사태가 여기에 이르자 동료들도 더블린 출신의 한 몽상가의 추측 때문이 아니라 자신들의 상식에 비추어 봐도 명백한 상황에 마음이 움직였고, 그들은 결정타가 될 단속에 동의한 것이다. 이날 저녁의 심상치 않은 불온한 분위기가 결정적 요소가 되어, 정각 자정 무렵에 세 경찰서에서 파견된 경관과 형사들이 파커플레이스와 그 주변을 급습했다. 문을 부수고 들어가 미처 달아나지 못한 자들을 체포하고, 촛불이 켜진 모든 방에서 돋을무늬 사제복에 사제 관, 수수께끼 같은 물건들로 치장한, 믿기 어려울 정도로 잡다하게 뒤섞인 외국인들을 강제로 끌어냈다. 난투 속에서 대부분의 물건들이 사라진 것은, 생각지도 않은 곳에 설치된 수직굴에 급히 던져 넣었기 때문이며, 진상을 말해주는 냄새도 급히 피운 자극적인 향에 의해 지워지고 말았다. 하지만 곳곳에서 피가 튄 자국이 발견되었고, 말론은 아직 연기가 피어오르고 있는 제단과 화로를 보면서 몸을 떨었다.

 말론은 동시에 여러 장소에 가고 싶은 심정이었지만, 황폐한 댄스홀의 교회가 완전히 비어 있음을 알고 곧장 사이덤의 반지하 아파트를 수색했다. 그 아파트에야말로 비밀스런 신비주의 학자가 명백하게 중심인물이자 지도자가 되어 있는 사교의 단서가 있을 것이 틀림없다고 생각하여, 큰 기대를 품고 곰팡내 나는 방을 샅샅이 뒤지며 희미한 죽음의 냄새 속에서 여기저기 아무렇게나 뒹굴고 있는 기괴한 책과 기구와 금괴와 유리마개가 달린 병을 조사했다. 한번은 앙상하게 여윈 흑백 얼룩무늬 고양이가 다리 사이를 빠져나가는 바람에 말론은 비틀거리다가 붉은 액체가 반쯤 들어있는 비커를 쓰러뜨렸다. 지금까지 자신이 목격한 것에 대해 확신을 가지지 못하고 있었는데, 늘 꿈속에서 요술로 기괴한 모습으로 둔갑하여 달아나던 바로 그 고양이였기에 말론의 충격은 대단했다. 그 뒤 닫혀 있는 지하실 문이 나오자 문을 부술 만한 것을 찾았다. 근처에 무거워 보이는 의자가 있었는데, 낡은 거울판을 깨기에는 충분하고도 남을 정도로 튼튼해 보였다. 균열이 생기고 점점 커지더니 마침내 문 전체가 부서졌다. 그러나 반대쪽에서 부서진 것이었다. 그곳에서 바닥없는 굴의 모든 악취를 품은 얼음처럼 차가운 바람이 크게 신음하면서 몰아쳐오더니 결코 이 세상의 것이 아닌 흡인력이 작용하여, 마치 지각력이라도 있는 듯이 마비상태에 있는 형사에게 달라붙어 개구부를 빠져나간 뒤, 속삭임과 한탄, 조소가 울려 퍼지는 측량할 길 없는 공간으로 끌고 들어갔다.

물론 이것은 꿈이었다. 모든 전문의가 그렇게 말했고, 말론에게는 아무 반증할 만한 것이 없었다. 사실 그렇게 생각할 수 있다면 차라리 그 편이 나았다. 단순한 꿈이라면, 벽돌로 된 낡은 빈민굴과 거무스름한 외국인의 얼굴 같은 광경이 이토록 깊게 마음을 좀먹지는 않을 것이기 때문이다. 그러나 그것을 목격했을 때는 모든 것이 무서우리만치 현실감이 있어서, 암울한 어둠에 싸인 지하납골당, 거대한 통로, 침묵 속에 당당하게 활보하는 반쯤 지옥을 닮은 존재에 대한 기억은 도저히 뿌리칠 수가 없었다. 그 반쯤 지옥을 닮은 존재는 뭔가 반쯤 먹은 것을 들고 있었는데, 아직 살아있는 부분은 자비를 구하며 울부짖거나 광기어린 웃음을 짓고 있기도 했다. 향냄새와 부패의 냄새가 구토를 느끼게 하는 이 향연 속에, 검은 대기는 눈을 가진 무정형의 근원적 존재인 몽롱하고 어슴푸레한 거체(巨體)들로 가득 차 있었다. 어디선가 검은 점액질의 물이 줄마노로 된 제방을 씻고 있고, 한번은 귀에 거슬리는 소름끼치는 음색의 작은 방울소리가 울려 퍼지면서 미친 듯한 낮은 웃음에 호응했는데, 그 웃음소리를 내는 것은 인광을 뿜어내는 벌거벗은 어떤 물체로, 물속을 헤엄쳐 나타나 기슭에 기어오르더니 뒤쪽에 있는 조각된 황금 좌대에 올라가 가부좌를 틀고 앉아 주위를 노려보았다.

모든 방향으로 뻗어 있는 것 같은 끝없는 어둠의 통로야말로 도시를 병들게 하여 에워싼 뒤, 잡다한 병마의 악취 속에서 국가마저 삼커버리려 하는 혐오스러운 해독의 근원이 아닌가 하고 생각될 정도였다. 이곳에는 우주적인 죄악이 흘러들어와, 모독적인 그 뜻에 따라 썩고 문드러지거나 차가운 죽음의 행진과 함께 모든 인간을 부패시키고, 무덤에도 묻지 못할 곰팡이 같이 끔찍하고 이상한 것으로 전락시키려 한다. 마왕 세이턴이 이곳에 바빌론과 같은 악덕의 궁전을 짓고, 순결한 유아의 피로 인광을 발하는 릴리쓰(Lilith. 앗시리아와 바빌로니아의 전설에서 유래하는 마녀로 밤에 갓난아기를 잡아간다)의 비늘로 뒤덮인 사지를 씻고 있었다.

천상과 지상과 지하계를 지배하고 마술을 관장하는 여신 헤커티(Hecate. 달, 대지, 지옥, 마술의 여신)를 향해, 사람을 덮치는 꿈속의 마귀와 마녀가 숭배의 탄성을 바치고, 머리가 없는 괴물들이 대지의 여신에게 아부를 하고 있었다. 염소가 저주받은 가녀린 플루트의 음색에 맞춰 뛰어다니고, 잔뜩 몸을 부풀린 두꺼비처럼 일그러진 암반에 있는 기형의 파우누스(고대 로마의 목신)들을 아이기판(양의 신)이 끝없이 쫓아다녔다. 무서운 산 제물을 요구하는 셈족의 신 몰럭(Moloch. 셈족의 신. 갓난아기의 희생을 요구함. 끔찍한 희생을 요구하는 것의 비유로도 쓰임)과 여신 애철레쓰(Ashtoreth. 고대 셈족의 풍요의 여신)의 모습까지 있었는데, 그것도 그럴 것이 영원한 벌을 받아야 할 일반적인 죄악의 근원인 이 땅에서는 의식의 한계가 가라앉는 대로 내버려둠으로써, 사악한 힘으로 만들어진 모든 공포의 영역과 모든 금단의 차원의 광경이 인간의 몽상대로 펼쳐지기 때문이다. 인간사회도, 어머니인 자연도, 봉인되지 않은 밤의 우물에서 시작되는 이런 습격 앞에서는 어찌할 방법이 없으며, 일찍이 불길한 열쇠를 지닌 현인이 계승되어오는 악마학의 비밀이 가득 든 자물쇠가 달린 궤를 가진 무리를 만났을 때 도래한 공포의 발퓨어기스(Walpurgis. Night 5월 1일 전야. 독일에서 악마산에서 마녀들이 축제를 연다고 전해짐. 악마같은 끔찍한 일을 비유하기도 함)의 밤은 어떠한 영험이나 기도로도 저지할 수 없는 것이다.

갑자기 현실의 빛이 이들 환영에 비쳐들어 죽어야 할 것들의 모독적인 아비규환의 한복판에서, 말론은 물살을 헤치고 노를 젓는 소리를 들었다. 뱃머리에 등불을 매단 보트 한 척이 갑자기 나타나 끈적거리는 석조 부두의 쇠고리에 밧줄을 단단히 동여매더니, 뱃머리 쪽에서 침대시트로 감싼 기다란 물건을 진 검은 피부의 사내들을 토해냈다. 그들이 화물을 운반해 오자, 조각이 새겨진 황금 대좌에서 인광을 발하고 있던 벌거벗은 물체가 음산한 웃음을 지으며 앞발로 침대시트를 건드렸다. 그러자 시트가 벗겨지면서 대좌 앞에 곧추 선 모습을 나타낸 것은, 짧고 굵은 턱수염과 헝클어진 백발을 한 뚱뚱한 노인의 부패가 진행된 시체였다. 인광을 발하는 것이 다시 음산한 웃음을 짓자 사내들은 각자의 호주머니에서 병을 꺼내 시체의 발에 붉은 액체를 바른 뒤, 나머지는 인광을 발하는 것에게 마시라고 병을 건넸다.

그때 갑자기 끝없이 이어진 통로에서 악귀처럼 왈각달각대며 씨근거리는 모독적인 오르간소리가 울려오더니, 조소하듯 갈라진 저음으로 지옥의 냉소를 지워버렸다. 그러자 움직이고 있는 모든 실체가 강한 충격을 받고 의식용 행렬을 지은 뒤, 그 악몽 같은 무리들은 소리의 근원을 가리키며 줄줄이 미끄러지듯이 나아갔다. 염소, 사티로스(그리스 신화에 나오는 산야의 괴인), 아이기판, 남녀의 몽마들, 원귀, 뒤틀린 무덤과 무정형의 정령, 개의 얼굴로 울부짖는 것과 어둠 속을 은밀하게 휘젓고 다니는 것들 모두가, 지금까지 조각이 새겨진 황금 대좌에서 가부좌를 틀고 앉아 있다가 이제 동굴처럼 텅 빈 눈을 한 비만한 노인의 시체를 안고 혐오스러운 인광을 발하여 거만하게 걸어가는 벌거벗은 물체를 따라가고 있었다. 거무스름하고 이상한 사내들이 뒤에서 어지러이 춤을 추자, 행렬 전체가 디오니소스 축제처럼 격렬하게 춤추며 날뛰었다. 말론은 행렬 뒤를 따라 비틀거리는 다리를 몇 걸음 앞으로 내밀었지만, 정신은 몽롱하고 눈도 어지러워 자신이 도대체 어디에 있는 건지도 알 수 없었다. 이윽고 뒤돌아보다가 발을 헛디뎌 축축하고 차가운 돌 위에 쓰러져 헐떡이면서 몸을 떨고 있는데, 악마 같은 오르간 소리가 울려 퍼지는 가운데 광기어린 행렬이

지르는 신음과 북과 방울 소리가 점점 멀어져 갔다.

그는 단조롭게 되풀이되는 무서운 언어, 그리고 소름끼치는 갈라진 목소리가 아득한 저편에서 들려오는 것을 말론은 어렴풋이 의식하고 있었다. 바로 그때 의식에 바쳐진 산 제물의 비명과 울음소리가 암담한 통로에서 흘러오더니, 마침내 댄스홀로 사용되는 교회 설교단 위에서 본 적이 있는 그 무서운 그리스어 주문이 끓어올랐다.

깊은 밤의 동료인 친구여! 개들의 울음소리(이때 끔찍한 개짖는 소리가 울려퍼졌다), 뚝뚝 듣는 선혈(형언할 수 없는 음성이 음울한 비명과 함께 새어나왔다)에 기뻐하는 그대, 묘지들 사이 어둠의 한가운데를 떠도는 그대여(깊은 한숨소리), 피를 갈구하다 죽어갈 운명에 공포를 안겨줄 그대(수천 목구멍에서 새어나오는 짧고 날카로운 환성), 고르고여! (복창) 모르모여! (환희의 절정에서 복창) 천의 얼굴을 가진 달의 영혼이여 (한숨과 플루트 가락) 기뻐하며, 우리가 준비한 산 제물을 굽어보소서!

영창이 끝나자 일제히 포효가 끓어올랐는데, 그 소음은 오르간의 갈라진 저음을 거의 지워버릴 정도였다. 그러는 사이 수많은 목구멍에서 신음소리가 새어나오고, 다음의 말이 모든 입을 통해 나왔다.

릴리쓰여, 위대한 릴리쓰여, 신랑을 굽어살피소서!

다시 비명이 일어나고 혼란스러운 소동이 있은 뒤, 누군가가 달려가는지 격렬하게 짤깍거리는 발소리가 들려왔다. 그 발소리가 가까이 오자 말론은 팔꿈치를 짚고 상체를 일으켰다.

조금 전에 약해졌던 지하납골당의 빛이 다시 희미하게 밝아지더니 그 악마 같은 빛 속에 무언가 달려왔는데, 그것은 원래 달아날 리도 없고 느끼거나 호흡을 할 리도 없는 존재의 모습이었다. 부패가 시작된, 퀭한 눈을 한 비만한 노인의 시체가 이제 누구의 도움도 필요하지 않을 정도로, 방금 끝난 혐오스러운 주문의 요술로 생기가 되살아난 것이었다. 시체 뒤에는 조각이 새겨진 대좌에 앉아 있던, 인광을 발하는 벌거벗은 물체가 소리도 없이 웃으면서 따르고, 아득히 먼 뒤쪽에서는 검은 사내들과 너무나도 모두 역겹고 끔찍한, 유정(有情)의 것들인 뱃놈들이 숨을 헐떡이고 있었다. 뒤따라오는 것들과 거리를 넓혀가던 시체가 뭔가 명확한 목표를 정한 듯, 썩은 근육 모두를 조각이 새겨진 황금 대좌를 향해 뻗고 있는 것을 보니, 아무래도 그 대좌야말로 시체소생의 요술에서 가장 중요한 것 같았다. 다음 순간 시체가 목표에 도달하려고 하자, 뒤따르는 것들은 안간힘을 다해 미친듯 속도를 냈다.

　그러나 이미 때는 늦은 뒤였다. 마지막 힘을 짜내어 돌진한 나머지 힘줄이라는 힘줄은 모두 끊어지고, 젤리가 녹는 것처럼 악취를 내뿜는 거체는 바닥에서 바르작거렸지만, 전에는 로버트 사이덤이었던, 그 노려보고 있던 시체는 마침내 목표에 도달하여 승리를 거두었다. 대좌를 미는 데는 엄청난 힘이 필요했지만 시체의 체력은 이를 잘 견디었고, 무너져 내리던 부패하고 질척한 덩어리로 변하는 마지막 순간까지, 시체가 밀던 대좌는 기우뚱 흔들리더니, 마침내 줄마노로 된 받침에서 분리되어 그 아래의 탁한 바다 속에 떨어진 뒤, 조각이 새겨진 황금이 빛을 발하는 가운데 상상도 할 수 없는 아득한 타르타루스(Tartaros, 지하의 명계 가장 밑에 있는 나락의 세계)의 심연으로 무겁게 가라앉았다. 그 순간 말론의 눈앞에서는, 공포 속의 정경 전체도 무로 돌아가버리고, 사악한 우주의 모든 것을 파괴하는 무시무시한 굉음 속에서 말론은 정신을 잃었다.

　　바다 위에서의 사이덤의 죽음과 시체의 인도에 대해 알기 훨씬 전에 말론이 충분히 체험한 꿈은, 사건에 얽힌 어떤 기이한 사실로 기묘하게 보완되었는데, 그렇다고 해서 말론의 꿈을 신뢰해야할 하등의 이유는 없다. 파커플레이스에 있는 세 채의 낡은 집은, 눈에 띄지 않는 형태로 오래전부터 분명히 노후가 진행되고 있어서, 경찰관의 반수와 체포자의 대부분이 그 안에 있는 동안, 뚜렷한 원인도 없이 무너지면서 경관과 체포자 양쪽에 순식간에 다수의 사망자를 냈다. 반지하와 지하실에서만 상당한 인명이 구조되었는데, 말론은 다행히도 로버트 사이덤의 집 지하 깊은 곳에 있었다. 말론이 실제로 그곳에 있었다는 사실에 대해 부정하려는 사람은 아무도 없다. 의식을 잃은 말론이 발견된 곳은 칠흑같은 연못 가장자리로, 몇 피트 떨어진 곳에 무섭도록 기괴하게 흩어져있던 부패물과 뼈는 나중에 치열을 조사한 결과 사이덤의 유해로 확인되었다. 밀입국한 자들이 이용하는 지하운하가 이 못으로 통하고 있었기 때문에, 사건 자체는 단순하여, 배에서 사이덤의 시체를 빼앗은 자들이 사이덤을 집으로 운반해왔던 것이다. 이들은 결국 발견되지 않았고, 아니 아직 신원조차 밝혀내지 못했으며, 배의 의사는 경찰의 단순한 단정에 아직도 만족하지 못하고 있다.

　　집으로 통하는 운하도 일대에 뻗어 있는 지하수로와 터널의 하나에 지나지 않았기 때문에, 사이덤은 틀림없이 광범위하게 불법입국을 주선하는 조직의 우두머리였다. 이 주거에서 뻗어 있는 터널은 댄스홀로 사용되는 교회 지하납골당으로 통하고 있었고, 그 지하납골당에는 교회 북쪽 벽에 설치된 좁은 비밀통로를 통해서만 접근할 수 있었으며, 몇 개의 방에서는 특히 끔찍스런 것이 발견되었다. 그곳에는 갈라진 소리를 내는 오르간 외에, 나무벤치와 기괴한 의장으로 장식된 제단이 있는 광대한 아치 모양의 예배당도 있었다. 모든 벽을 따라 작은 방들이 늘어서 있었는데, 그 중 17개의 방에서는—
—말할 수 없는 공포 때문에 여기에 기록하는 것도 꺼림칙하지만—
—완전히 백치가 되어버린 쓸쓸한 희생자들이 한 명씩 쇠사슬에 묶
여 있는 것이 발견되었으며, 그 중에는 소름끼치는 이상한 모습을
한 젖먹이를 안은 네 명의 어머니들도 있었다. 이들 유아는 빛을 쬐
는 즉시 죽어버렸고, 의사들은 그 현상을 오히려 자비로운 일로 간
주했다. 조사에 임한 사람들 중에서, 노(老) 델리오의 암울한 의문
을 떠올린 것은 말론뿐이었다.

꿈속에서 사람을 겁탈하는 마귀나 마녀가 실제로 존재하는가?
설령 그렇다하더라도 이러한 것들과 동침으로 과연 아기가 태어
날 수 있을까?

운하를 메우기 전에 철저히 밑바닥을 훑어 낸 뒤 살펴보았더니,
톱으로 잘리거나 세로로 갈라진 온갖 크기의 백골이 수없이 발견되
었다. 빈발했던 유괴사건은 확실하게 그 근원이 밝혀진 셈이지만,
살아남은 체포자 가운데 일정한 상황증거에 의해 그 사건과 관련되
었음이 입증된 사람은 불과 두 명뿐이었다. 그 두 사람이 지금 구류
중에 있는 것은, 실제 살인의 종범이라는 유죄결정이 내려지지 않았
기 때문이다. 비밀의 의식에서 가장 큰 중요성을 가지는 것이라고
말론이 종종 입에 올렸던 조각이 새겨진 황금 대좌 또는 옥좌는 결
국 햇빛을 보지 못했지만, 사이덤의 집 지하의 한 곳에서 다 훑어낼
수도 없을 만큼 깊은 우물로 운하가 가라앉듯 통하고 있다는 것이
확인되었다. 그 우물은 새로운 집에 지하실이 만들어졌을 때, 입구
가 콘크리트로 막혀 있었는데, 말론은 그 밑바닥에 무엇이 누워 있
을까 하고 자주 생각에 잠기곤 했다. 경찰은 광인이나 불법입국자의
안내자로 구성된 위험한 악당들을 소탕한 것에 만족하고 미결수 쿠

르드인들을 연방당국에 인도했고, 이들에게 국외추방 처분을 내리기 전에 악마를 숭배하는 예지디 종파에 속하는 자들이 틀림없다고 단정했다. 화물선과 그 승무원들은 행방이 묘연하여 알 수 없는 수수께끼가 되어버렸지만, 무슨 일에나 의심부터 하고 덤벼드는 형사들은 다시 불법입국과 주류밀수와 대결할 준비에 여념이 없었다. 말론은 이러한 형사들이 사건의 수많은 불가해한 세부와 사건 전체가 막연히 암시하는 것에 관심을 보이지 않음으로써, 유감스럽게도 그들 스스로 한정된 통찰력밖에 가지지 않았음을 드러냈다고 생각했을 뿐만 아니라, 우주의 중심 자체에서 초래되는 공포라고 할 수 있는 것을 병적인 소동에만 초점을 맞춰, 사소한 사디스트들의 사교로만 바라보는 신문에 대해서도 마찬가지로 비판의 눈길을 보냈다. 그러나 말론은 체파쳇에서 조용히 휴식하는 데 만족하며, 긴장된 신경을 달래면서 기도하고 있다. 언젠가 시간이 흐르면서 자신이 경험한 끔찍한 체험들이, 지금도 생생한 현실의 영역에서 모든 것을 한폭의 그림으로 바꿔버릴 반신화적인 아득히 먼 영역으로 건너가 버리기를.

로버트 사이덤은 그린우드 묘지에서 신부 옆에 잠들어 있다. 기괴하게 남겨진 유골에는 장례식이 치러지지 않았고, 친척들은 사건이 신속하게 잊혀진 것을 다행으로 생각했다. 노학자와 레드 훅의 공포 사이에 당연히 있어야할 심문이 죽음으로 생략되었기 때문에, 결국 실제로는 사람들의 입방아에 무성하게 오르내리는 일은 없었다. 사이덤의 최후는 거의 애기되지 않았고, 일족들은 그가 무해한 마술과 민간전승을 도락으로 삼았던 점잖은 은둔자로 후손에 기억되길 원했다.

레드 훅은 여전했다. 사이덤이 나타났다가 자취를 감추고, 공포가 창궐했다가 다시 사라졌지만, 어둠과 더러움의 사악한 영혼이 낡은 벽돌집에 사는 혼혈아들에게 들러붙고, 부랑자 무리는 무슨 용건 때문인지 지금도 거리를 누비며 불빛과 일그러진 얼굴이 까닭도 모르게 어른거렸다 사라지는 창가들을 지나간다. 세월을 거친 공포는 천의 얼굴을 가진 히드라(hydra. 그리스 신화에서 헤라클레스가 퇴치한 머리가 아홉 달린 뱀. 근절하기 어려운 재해를 비유함)이며, 어둠의 사교는 데모크리토스(Democritos. 고대 그리스의 철학자. 진실로 존재하는 것은 불생불명의 아토마와 이것이 존재하는 공허뿐이라고 하며 원자론에 입각한 유물론을 제창)의 우물보다 깊은 모독적인 굴에 뿌리를 뻗고 있다. 짐승의 혼이 의기양양하게 여기저기 널려 있고, 퀭한 눈을 한 얽은 얼굴의 젊은이들로 구성된 레드 훅의 집단은 여전히 자신들도 이해할 수 없는 맹목적인 생물학의 법칙에 이끌려 기도를 올리거나 욕설을 토해내며 심연에서 심연으로 행진하지만, 어디서 와서 어디로 가는지 아무도 아는 자가 없다. 옛날부터 레드 훅에 들어가는 자가 내륙으로 떠나는 자보다 많으며, 이미 무성하게 오가는 소문에 의하면 새로운 운하가 지하에 건설되어, 술 또는 더욱 수상한 거래가 이루어지는 중심지로 뻗어갈 거라고 한다.

댄스홀로도 사용되었던 교회는 지금은 거의 댄스홀 자체로 바뀌어, 밤만 되면 기묘한 얼굴들이 창문에 나타나고 있다. 최근에 한 경관이 말한 바로는, 이미 메워진 지하납골당이, 그 까닭을 눈곱만큼도 알 수 없는 목적을 위해 다시 파헤쳐지고 있는 것 같다고 했다. 역사와 인류보다 오래된 해독과 싸우려하는 우리는 원래 어떤 존재란 말인가? 아시아에서는 그런 공포 앞에서 유인원들이 춤추며 뛰고 있고, 사람 눈을 꺼리는 자들이 숨어 있는 퇴락해 가는 벽돌집에서는 틀림없이 무서운 암이 들끓고 있을 텐데.

말론은 아무 이유도 없이 두려움에 떨지는 않는다. 바로 며칠 전, 한 경찰관이 그늘진 골목길에서 검은 피부에 눈이 찢어진 추악한 노파가 어린 아이에게 뭔가 사투리 같은 것을 속삭여 가르치고 있는 것을 우연히 들었다. 귀를 기울이던 경찰관은 노파가 다음과 같은 말을 끊임없이 되풀이해 속삭이는 것을 듣고, 형언할 수 없는 이상한 느낌에 사로잡혔다.

깊은 밤의 동료인 친구여! 개들의 울음소리, 뚝뚝 듣는 선혈에
기뻐하는 그대, 묘지들 사이 어둠의 한가운데를 떠도는 그대여,
피를 갈구하다 죽어갈 운명에 공포를 안겨줄 그대, 고르고여! 모
르모여! 천의 얼굴을 가진 달의 영혼이여, 우리가 준비한 산 제
물을 굽어보소서!

픽맨의 모델

　내가 미쳤다고 생각할 필요는 없어, 엘리엇. 나보다 더 기묘한 편견을 가진 사람도 많으니까. 자동차를 타지 않으려는 올리버 할아버지를 어째서 비웃지 않지? 내가 그 지하철이 싫어서 참을 수 없다고 해도 내 개인 문제이고, 자 네가 상관할 바가 아니야. 게다가, 어쨌든 택시를 탔으니까 빨리 도착하지 않았나. 지하철을 이용했더라면 파크 거리에서 언덕을 넘어야 했을 테니까.

　작년에 자네를 만났을 때보다 더 신경질적이 된 것은 나도 알고 있지만 그렇다고 진찰까지 받을 필요는 없어. 이유는 여러 가지 있고, 어쨌든 제정신으로 있는 것도 행운이라고 생각하고 있으니까. 어째서 세 번째니 뭐니 떠들었어? 자네도 전에는 그렇게 시시콜콜 알고 싶어하는 스타일이 아니었는데.

　아아, 그래도 듣고 싶다면 할 수 없겠지. 어쨌든 자네도 아는 게 나을 것 같으니. 내가 아트 클럽에 발길을 끊으면서 픽맨과도 만나지 않게 되었다는 소식을 듣고 자네는 그야말로 부모처럼 가슴아파하면서 많은 편지를 보내주었더랬지. 픽맨이 행방을 감춰 버린 지금에야

클럽에도 가끔 얼굴을 내밀게 되었지만, 이미 내 신경은 옛날과는 다르다네.

아니, 픽맨이 어떻게 되었는지도 모르고, 상상하고 싶지도 않아. 내가 픽맨과 절교하게 된 데는 무슨 내막이라도 있는 줄 알겠지만, 그저 그런 일이 있었기 때문에 픽맨이 어디로 갔는지는 생각도 하고 싶지 않아. 뭐가 나올지는 경찰이 조사해 보면 알아. 픽맨이 피터스란 이름으로 빌린 노스 앤드의 낡은 집도 아직 모르는걸 보면 그리 많은 것을 기대할 수는 없겠지만 말이야. 나는 솔직히 그 집을 다시 찾을 수 있을지 자신이 없다네. 아닐세, 나는 대낮이라해도 그 집을 다시 찾아볼 생각따윈 하지 않는다네. 픽맨이 그 집을 빌린 이유를 …… 맙소사! 안다고 해야 하나? 참을 수 없는 일이지만, 내가 알고 있는 것 같아. 이제야 겨우 알 것 같다는 말일세. 자네도 이 이야기가 다 끝나기 전에 내가 왜 경찰에 털어놓지 못하는지 이해할테지. 경찰에 신고하면 틀림없이 내가 안내해야 할텐데, 아무리 길을 잘 알고 있다하더라도 나는 두 번 다시 그곳에는 가지 않을 테니까. 그곳에는 무언가가 있었다네. 그래서 나는 이제 지하철도 탈 수 없고, 이런 말을 하면 또 비웃겠지만 지하실에 내려갈 수도 없다네.

그 리드 선생이 조 마이노와 로스워스와 같은 약간 귀찮은 할머니들과 같은 이유로 내가 픽맨과 절교한 것이 아니라는 것을 자네도 알고 있을 거야. 나는 병적인 그림을 보고 놀라는 사람도 아닐 뿐더러 픽맨처럼 재능이 풍부한 사람이 있으면 어떤 경향의 그림을 그리든 친구가 되는 것을 명예로 생각하니까. 보스턴 최고의 화가가 리처드 압튼 픽맨이었어. 나는 처음부터 그렇게 말했고, 지금도 그렇고, 픽맨이 그 '시체를 먹고 있는 귀신'을 보여 주었을 때도 그 생각은 조금도 변하지 않았어. 자네도 기억하고 있겠지? 마이노가 픽맨과 절교를 하게 된 그 그림에 대해서.

자네도 알고 있겠지. 철저한 기법과 자연에 대한 깊은 통찰이 있어야만 픽맨이 그린 그런 작품이 된다는 것을. 잡지의 표지 그림이나 그리는 삼류화가라도 아무렇게나 그림물감을 뿌려 놓고 악몽이라느니, 마녀의 잔치라느니, 악마의 초상화라고 부를 수는 있지만, 진실로 공포를 불러일으키는 그림을 그릴 수 있는 이는 위대한 화가 뿐이야.

 그러므로 진짜 화가는 공포에 대해서도 실제로 해부학이나 생리학적인 면까지 철저하게 꿰뚫고 있지. 말하자면 잠들어 있는 본능이나 태어날 때부터 지니고 있는 공포의 기억과 관계가 있는 정확한 선과 비율, 보통 때는 예사롭게 지나쳐버리는 기이한 감정을 자극하는 색의 대비와 명암의 효과같은 것을. 퓨세리의 그림은 우리를 정말 오싹하게 하는데 어째서 싸구려 유령소설의 그림은 그저 우리를 웃길 뿐인지, 새삼스럽게 자네에게 강의할 필요도 없을 것이네. 그런 유명한 화가들은 삶을 초월하는 어떤 것을 포착하여 우리들도 한순간 만질 수 있게 해 주는 것이지. 도레가 그랬고, 심이 그랬어. 시카고의 앙가로라도 그랬고. 그리고 픽맨은, 과거에도 필적할 상대가 없거니와 미래에도——오직 그렇길 바랄 뿐이네——없을 인물이라네.

 그런 화가들이 무엇을 목표로 하는지는 묻지 말았으면 하네. 아다시피 자연이나 모델과 같이 대상을 보고 그린 생기와 활력에 넘치는 그림과, 파리처럼 보잘 것 없는 어중이떠중이 화가들이 추운 아틀리에에서 대충 쓱쓱 그려내는 조잡한 그림과는 보통 큰 차이가 있게 마련이라네. 그래서 참된 괴기화가는 자신이 품고 있는 환상을 바탕으로 모델을 만들어내기도 하고, 자기가 산다고 생각하는 암묵의 세계에서 현실의 정경에 어울릴만한 것을 불러들이거나 하지. 어쨌든 참된 괴기화가의 작품이 흉내만 낸 삼류화가의 시시한 몽상과 다른 점은, 실물을 모델로 사용하는 화가의 작품이 통신교육을 받고 있는 시시한 화가의 날조품과는 차이가 나는 것과 매한가지지. 만약 내가 픽맨이 본 것을 봤다면…… 아니, 그런 일은 절대 없어야지! 그런데 이야기를 계속하기 전에 술이라도 한잔 마시지 않겠나? 어쩌면 내가 그 남자——그가 인간이라고 치고——가 본 것을 진짜 보았다고 하면 난 벌써 죽어버렸겠지.

자네도 기억할테지만 픽맨이 잘 그린 것은 얼굴이라네. 일그러진 표정에 그토록 분명한 지옥을 표현할 수 있는 화가가 고야 이래 또 나올 수 있다는 것이 믿기지 않을 정도였지. 고야 이전이라면 노트르담 사원이나 몽생미셸 수도원의 기괴한 괴물상을 만들어 낸 중세로까지 거슬러 올라가야 한다네. 중세 사람들은 그런 것들이 실제로 존재한다고 믿었다네. 사실 중세라는 시대는 기묘한 양상이 많아서 그 모든 것을 직접 보았을 지도 모르지.

자네도 분명 픽맨이 사라지기 1년쯤 전에 어디에서 아이디어와 장면을 구하느냐고 직접 물어본 적이 있을 거야. 그때 픽맨은 비웃고 말았던가……? 리드가 픽맨과 절교하게 된 것도 그 비웃는 듯한 웃음 탓도 있었지. 자네도 알다시피 리드는 비교병리학에 한창 열중해서 정신과 육체의 여러 가지 증상이 품고 있는 생물학적 의미와 진화론적 의미에 대해서 필요 이상의 전문 지식을 산더미만큼 가지고 있었네. 리드의 얘기에 의하면, 날마다 픽맨의 반응을 관찰했는데 나중에는 무서울 정도였다고 하더군. 픽맨의 얼굴모습과 표정이 서서히 꺼림칙하게 변해갔는데 어떤 의미에서는 인간의 얼굴과 표정이 아니었다고까지 말했지. 리드는 식사에 대하여 자주 언급하면서 픽맨의 이상함과 기이한 행각이 최종적인 단계에 이르러 있음이 분명하다고 단언했다네. 만약 자네가 리드의 편지를 받고 이런 사실들을 알게 되었다면, 아무리 픽맨의 그림이 신경에 거슬리고 쓸데없는 상상을 하게 만들어 친구를 괴롭힌다 하더라도 그건 남의 일이니까 개의치말라고 하지 않았겠나? 나도 리드에게 분명 그렇게 충고했다네, 리드가 나에게 말했을 때 말이야.

그러나 자네가 기억해 두었으면 하는 것은 내가 픽맨과 인연을 끊은 것은 고작 그런 일 때문이 아니야. 오히려 '시체를 먹고 있는 귀신'이 너무 훌륭한 작품이어서 픽맨에 대해서는 존경했을 정도였으니까. 자네도 알겠지만 클럽이 그 그림을 전시할 일은 없을 것이고, 미술관이 그 그림을 기부받을 일도 없을 것이네. 덧붙이자면 그 그림을 살 사람도 없었기 때문에 픽맨은 모습을 감출 때까지 자택에 놔두었던 것이야. 지금은 세이렘에 있는 그의 부친이 소유하고 있지. 픽맨이 세이렘의 오래된 집안 출신이고, 조상 가운데 1692년에 교수형을 당한 마녀가 있다는 소문은 알고 있겠지?

나는 자주 픽맨을 찾았지. 괴기화에 대한 논문을 위해 자료를 모으기 시작하면서는 아예 습관처럼 돼버렸어. 논문을 쓰려고 생각한 것도 아마 픽맨의 작품을 봤기 때문일 것인데, 어쨌든 생각을 정리하면서부터는 픽맨이 논문에 필요한 자료와 예증의 보고라는 것을 알게 되었지. 픽맨은 자기 그림과 스케치를 남김없이 보여 주었어. 그 중에는 회원들이 보면 틀림없이 클럽에서 매맞고 쫓겨날 듯한 펜 스케치도 있었어. 나는 곧 숭배자가 되었고 던버스의 정신병원에 집어넣어도 이상하지 않을 정도로 픽맨의 회화이론과 철학적 고찰에 학생처럼 몇 시간이고 귀를 기울였던 것이야. 내가 영웅처럼 숭배하는 한편, 일반 사람들은 픽맨과 점차 거리가 멀어져 갔기 때문에 그는 점점 나를 신뢰하게 되었네. 그러던 어느 날 저녁 무렵이었어. 내가 겁내지 않고 조용히 있을 수 있다면 조금 색다른 그림——자기 집에 있는 그 어떤 작품보다 더 강렬한 것——을 보여줄 수 있다고 제의하더군.

픽맨은 이런 식으로 말했어.

"알다시피 뉴베리 거리에는 그리 잘 어울리지 않는 것이 있어. 아무리 생각해도 어색해서 생각도 할 수 없는 것이 말이야. 영혼이 잉태하는 의미를 포착하는 것이야말로 내가 할 일인데, 매립지에 세워진 인공도시의 요란한 건축물에서 그런 것이 찾아질 것도 아닐

테고……. 백 베이는 보스턴같은 곳이 아니야. 생긴 지도 얼마 안 돼서 그 땅의 영혼을 불러모을 수도 없기 때문에 아직 존재하지 않는 것과 똑같다구. 설령 영혼이 존재한다 해도 소금기 있는 늪지대나 만에 들러 붙어 있는 시시한 영들 뿐이지. 내가 구하고 있는 것은 인간의 영혼이라네. 지옥을 굽어보면서 제가 무엇을 보고 있는지 알만한 고차원의 생물의 영이 필요하다네. 화가가 살기에 적당한 곳은 노스 엔드지. 유미주의자가 분명하다면 전통이 한곳에 집중해 있기 때문에 빈민가에서도 견뎌야 하겠지. 이보게, 자네는 그런 곳이 그저 그냥 만들어진 게 아니라 실제로 성장했다는 것을 이해하지 못하겠나? 인간이 몇 세대에 걸쳐 살고, 느끼고, 죽어가고 있어. 살고, 느끼고, 죽는 것이 두렵지 않았던 시대도 있었다네.

1632년에 코프스 힐에는 물레방아가 있었고, 지금의 마을 모습이 1650년에는 거의 만들어져 있었다는 사실도 알고 있나? 250년, 아니 그보다 더 오래 전에 지어진 집도 말해줄 수 있다네. 지금 있는 집같은 데서는 산산조각이 나버릴지도 모를 것을 목격해온 집을 말일세. 삶과 그 뒤에 있는 가려진 힘에 대하여 현대인들은 무얼 알고 있다고 큰소리치는 건지! 자네는 세이렘의 요술을 망상이라고 하겠지만 내 4대조 할머니가 아직 살아계시다면 자네에게 진실을 말씀해 주실걸세. 내 할머니는 코튼 마더가 깊은 믿음을 가지고 지켜보는 가운데 갸로우즈 힐에서 교수형에 처해졌네. 그 미친 마더 놈은 단조로움이라는 저주받은 감옥에서 누군가 도망칠까봐 두려워했지. 누군가가 마더 놈에게 저주를 걸던지, 밤에 피를 빨아 버렸으면 좋았을 텐데!"

나는 자네에게 마더 놈이 살던 집을 가르쳐 줄 수도 있고, 큰소리는 뻥뻥 치는 주제에 들어가는 것조차 무서워했던 그 집도 가르쳐 줄 수 있다네. 마더라는 녀석은 그 바보 같은 《마그날리아》와 유치하기 짝이 없는 《보이지 않는 세계의 경이》에 쓸 용기도 없었음을 이미 알고 있었다네. 이보게, 자네는 예전에 노스 엔드 전체에 굴이 뚫려 있어서 사람들끼리 서로 오고 갔으며, 묘지와 바다로도 오고 갔던 것을 알고 있나? 고소와 박해를 하고 싶으면 땅 위에서 얼마든지 하라고 해. 지상에서는 손쓸 수 없는 곳에서 나날의 생활이 이루어지고, 밤이면 지상에서 눈치챌 수 없는 곳에서 웃음소리가 새어나오니까.

1700년 이전에 세워져서 아직도 남아 있는 열 채의 집 가운데 여덟 채에서는, 지하실에서 묘한 것을 볼 수 있다고 내가 맹세하지. 그 근처에서는 여기저기 폐가로 통하고 있는 굴과, 벽돌로 막아 놓은 우물을 도로 인부가 발견했다는 기사가 신문에 실리지 않는 달이 없다고 해도 좋을 정도지. 작년에는 고가철도에서 헨치만 거리로 통하는 부근에서도 그런 비슷한 것이 보였어. 옛날에는 그런 곳에 마녀가 있었고, 마녀가 주문으로 불러 낸 것이 존재했다네. 해적이 있고, 해적이 바다에서 가지고 온 것이 있었어. 게다가 밀수업자와 사략선(私掠船) 선장도 있었어. 말해 두지만 이전에는 사람들이 어떻게 살면 좋을지, 생활의 범위를 어떻게 넓혀야 할지 똑똑히 알고 있었던 거야. 이곳만이 유일한 세계가 아닌 것은 대담하고 현명한 사람이라면 누구든지 알고 있다네. 그것이 뭐 어쨌다는 거야! 거기에 비하면 요즘 세상은 얄팍한 분홍색 뇌수만 남아서, 화가라는 패거리들의 클럽만 해도 그림이 어쩌다 피콘 거리의 차모임과 분위기가 다르면 금방 벌벌 떨면서 경련을 일으킨다니까.

현대에 남아 있는 유일한 미덕이라고 하면 과거를 깊이 있게 연구할 수 없을 정도로 어리석기 짝이 없다는 점뿐이지. 지도와 기록과 안내서가 도대체 노스 엔드에 대하여 무슨 진실을 알려줄 수 있단 말인가! 참 바보같은 일이지. 추측에 불과하지만 프린스 거리 북쪽이라면 한 삼사십 군데쯤, 그곳에 모여드는 패거리 중 알고 있는 자는 고작해야 10명도 안 되는 작은 통로와 복잡한 골목길로 자네를 데려가줄 수도 있네. 오래된 그런 장소는 화려한 꿈속에서 위협과 공포와 일상으로부터 달아날 수 있는 길을 수도 없이 만들고 있다네. 살아 있는 사람들 가운데서는 그것을 이해하거나 무슨 이익을 얻고 있는 이가 아무도 없지 않은가? 아니, 딱 한 사람 있다고 해 두자. 나는 쓸데없이 과거를 파헤치고 있는 게 아니니까.

물론 자네가 이런 일에 흥미가 있다는 것을 잘 아네. 만약 내가 그 곳에 아틀리에를 하나 더 가지고 있고, 그 아틀리에에서라면 옛날부터 전해오는 공포의 밤 분위기를 포착해서 뉴베리 거리에서는 상상도 못하는 것을 그릴 수 있다면 어떻겠는가? 당연한 일이지만, 클럽의 그 지긋지긋한 패거리에게는 이런 얘기 따위 하지도 않아. 그 리드 놈은 어쨌든 지금도 내가 진화의 길을 급속히 퇴행시키는 괴물 같은 자라고 떠벌리고 있는 상황이니까 말이야.

서버, 잘 듣게나. 나는 오래 전에 생명에서 아름다움을 그리는 것처럼 누군가는 공포를 그려야한다는 생각에 어떤 조사를 좀 해보았다네. 그래서 특별한 장소를 찾게 되었고. 나 말고 그 장소를 주목한 사람은 살아 있는 사람으로는 3명의 북유럽인뿐일세. 거리로 따지면 고가도로에서 그리 멀지 않지만 정신적인 거리는 몇 세기 이상 떨어진 아득한 곳이라네. 내가 그곳에 세를 얻은 것은 지하실에 벽돌로 만든 기묘한 우물이 있기 때문이었지. 좀전에 말한 그런 종류인 셈이야. 그 움집은 거의 쓰러지기 직전이어서 아무도 살 사람이 없었고 덕분에 집세가 얼마나 싼지 말해도 믿지 않을 거야. 창을 판자로 막아두었는데 내가 하려는 일이 햇빛이 필요한 게 아니어서 더 한층 마음에 들더군. 영감이 강하게 떠오르는 지하가 그림 그리기에는 가장 좋았지만 가구는 일단 1층 방에다 두었지. 집주인은 시칠리아인이고, 나는 피터스란 이름으로 그 집을 빌렸다네.

생각이 있으면 오늘 밤에라도 함께 가보자구. 내 그림을 감상할 수 있을 테니까. 그리 멀지 않아. 그런 곳엘 택시로 가면 아무래도 사람들의 눈길을 끄니까 난 걸어가곤 하지. 남쪽 역에서 밧테리 거리로 가는 열차를 타면 별로 안 걸어도 된다니까."

아아, 엘리엇, 이런 열변을 듣다 보니 나도 모르게 눈에 띄는 빈택시를 잡으려고 뛰어가고 싶은 것을 억지로 참을 수밖에 없었네. 우리는 남쪽 역에서 고가철도를 갈아타고 12시 무렵에 밧테리 거리의 역에 도착하여, 계단을 내려가 콘스티튜션 부두 안에 있는 오래된 해변 거리를 걷고 있었지. 어떤 길을 지나왔는지 기억하지 못하니까 어떤 골목길을 걸었는지도 말할 수 없지만, 그리노우 렌이 아니었던 것은 확실했다네.

오솔길을 구부러지니 지금까지 보지 못한 낡고 지저분하면서 사람의 그림자가 끊어진 오르막이 나타나더군. 금방이라도 떨어질 듯한 덧문이며 곳곳에 눈에 띄는 깨어진 작은 유리창, 반쯤 허물어진 채 달빛 아래 고개를 내밀고 있는 고풍스런 굴뚝이 눈에 들어왔어. 코튼 마티의 시대에 지어진 집이 얼핏 보기에도 두세 채는 되는 것 같더군. 지붕이 쑥 나온 집이 두 채나 되었고, 옛것을 좋아하는 자들이 보스턴에는 더이상 남아 있지 않다고 하던 박공 지붕 양식 이전의 뾰죽한 지붕도 한번 보았던 것 같으니까.

희미하게 비치는 그 오솔길에서 왼쪽으로 꼬부라져서 조용하고 불빛이 전혀 없는 더 좁은 오솔길로 들어갔는데, 얼마 안 가 바로 오른쪽으로 꺾었나 봐. 잠시 후 픽맨은 손전등을 꺼내서 열 장의 거울이 끼워져 있는 굉장히 벌레먹은 오래된 문을 비췄지. 그리고 자물쇠를 열고 나를 아무 장식도 없는 현관 홀로 들여보냈어. 이전에는 훌륭했을 것 같은, 거무스름한 떡갈나무로 된 거울이 박혀 있는 현관 홀이었어. 물론 그리 화려하진 않았지만 안드로스와 핍스의 시대, 게다가 요술의 시대를 떠올리게 하는 기분나쁜 곳이더구만. 이윽고 픽맨은 나를 데리고 왼쪽 문으로 들어가 오일 램프에 불을 붙이고는 편히 있으라고 말했어.

그런데 엘리엇, 나도 세상에서 차갑다는 소릴 많이 듣는데, 그 방벽에서 본 것은 솔직히 나를 놀라게 했다네. 물론 픽맨의 그림이 걸려 있었지, 뉴베리에서는 그릴 수도 보일 수도 없었던 그림들이. 픽맨이 '마음껏 그림을 그린다'고 했던 의미를 그제서야 알았지. 자, 한 잔 더 마시게나. 어쨌든 나는 마시지 않고는 견딜 수가 없어.

어떤 그림이었는지는 도저히 말할 수가 없어. 극히 단순한 붓 놀림으로 생겨나는 격렬하고 모독적인 공포, 믿을 수 없도록 불길한 느낌, 정신적으로 느끼는 강한 악취는 도저히 말로는 나타낼 수 없는 것이었기 때문이야. 시드니 심의 색다른 테크닉에서도, 클락 애쉬 스미스가 공포 분위기를 내기 위해서 사용하는 환상적인 광경과 미친 균류에서도 찾아볼 수 없는 것이었네. 배경은 대개 오래된 교회의 공동묘지나 깊은 숲, 바다를 향한 절벽, 벽돌로 만든 터널이나 거울을 붙여 놓은 낡은 방과 돌로 만든 간소한 지하실이었고, 그 집에서 그다지 멀지 않은 콥스 힐 묘지도 자주 배경으로 쓰이고 있었어.

화면 가까운 곳에 그려진 인물은 모골이 송연할 정도로 끔찍했지. 픽맨의 병적인 그림은 악마적인 인물화 속에서도 탁월한 것이었으니까. 그림 속의 인물이 완전한 인간의 모습을 하고 있는 것은 거의 없었지만, 인간의 냄새를 풍기고 있는 것이 많았네. 대개 두 발로 서 있었지만, 앞으로 수그리고 있어서 어딘지 개 같은 느낌이 들었어. 살갖은 전반적으로 불쾌한 고무같았지. 아, 지금도 눈에 떠올라! 그것들이 무슨 짓을 하고 있었는지 자세히 묻지는 말아 주게나. 대개가 뭘 잡아먹고 있었어, 입에 담기조차 힘든 것을. 공동묘지나 지하에 무리를 짓고 있다든지, 먹이――라기보다는 놈들에게는 귀중한 보배를 둘러싸고 다투고 있는 것이 그려져 있었어. 게다가 그 처참한 먹이의 눈이 없는 얼굴에 이따금 픽맨이 풍부한 표현력으로 그려놓은 혐오스러운 것이란! 이런 것들이 때로는 열려진 창으로 뛰어들기도 하고 잠자는 사람을 올라타고 목을 노리는 모습들이 그려져 있었네. 또 한 그림은 갸로우즈 힐에서 교수형 당한 마녀를 둘러싸고 울부짖는 그림인데 죽은 마녀는 놈들과 거의 비슷하다네.

그러나 내가 실신할 뻔했던 이유가 이런 무서운 주제와 배경 때문이라고는 생각하지 말아 줘. 나는 세 살 먹은 아이가 아니고, 이런 것은 전부터 많이 보고 있었다구. 그러나 얼굴이었어! 엘리엇, 그 저주받은 얼굴이 마치 살아 있는 것처럼 숨을 쉬면서 캔버스에서 날 노려보며 침을 흘리고 있었어. 정말이야! 맹세해도 되지만 놈들은 살아 있었어. 그 불길한 마술사는 물감으로 불을 만들어 내고, 붓을 악몽을 꾸게 하는 마법의 지팡이로 삼고 있었어. 엘리엇, 포도주 병을 좀 집어주게나.

'가르침'이라는 그림이 있었다네. 하느님이여, 그 그림을 본 것을 용서해 주십시오. 이해하겠는가? 개인지 뭔지 희한한 것들이 교회 공동묘지에 빙 둘러앉아 웅크리고 앉아서 어린 아이들에게 자기들처럼 먹는 법을 가르치는 광경을 자네는 감히 상상할 수 있는가? 그래, 아마 바꿔치기한 아이들이겠지. 이상한 놈들이 인간의 아이를 훔쳐서 그 아이 대신 자기 새끼를 요람에 남기고 가는 오래된 전설을 자네도 알고 있겠지?

픽맨은 그런 아이들에게 벌어지는 일을 그리고 있었어. 어떻게 커가는지 말이야. 게다가 나는 인간의 얼굴과 그 이상한 것들의 얼굴에서, 온몸의 털이 곤두서는 듯한 놀라운 관계를 알게 되었다네.

픽맨은 틀림없이 비인간적인 것과 퇴화해가는 인간 사이에서 생겨나는 온갖 병적인 단계를 모두 묘사하여 이 둘의 관계와 진화를 조롱하듯 뚜렷이 밝히고 있더군. 개처럼 보이던 그 존재는 원래 인간이었다네.

그러자 놈들이 바꿔치기한 인간세계에 남은 새끼는 어떻게 묘사되었을까 의문이 생기더군. 그러던 차에 그림 하나가 나를 사로잡았다네. 바로 내 의문을 구체화한 그림이었지. 청교도식의 옛날 방 내부였다네. 천장에 굵은 대들보가 있고, 창살이 있고, 나무로 만든 긴의

자와 어울리지 않는 17세기 가구가 놓여 있는 가운데, 앉아 있는 가족들 사이에서 아버지가 성서를 소리내어 읊고 있지. 단 하나의 얼굴을 제외하고는 모두 기상이 높고, 경건함을 나타내고 있는데, 그 하나의 얼굴만은 지옥의 조소를 반영하고 있었네. 한 소년의 얼굴인데, 아버지와 닮은 것처럼도 보이지만 본질적으로는 부정한 것들과 동류인 셈이지. 바꿔치기 한 아들이라네! 여기다 픽맨은 최대한의 야유를 다해서 자기와 꼭 닮은 얼굴로 그려놓았다네. 이때쯤 픽맨이 옆방램프에도 불을 밝혀놓고, 나를 위해 예의바르게 문을 열고 서서 '신작'을 더 볼 생각이 없느냐고 묻더군. 나는 두렵고 불길한 나머지 입도 떨어지지 않아 거의 감상도 말하지 못했는데, 픽맨도 그런 내 기분을 그제서야 이해하고 크게 칭찬을 받은 것처럼 생각하는 것 같았어. 엘리엇, 다시 한번 말해두지만 난 좀 이상하다고 해서 금방 비명을 지르는 겁쟁이가 아니라네. 나도 벌써 중년이니 여러 가지 경험도 있고, 자네도 프랑스에서 나를 자주 봤으니까 그렇게 간단히 실신할남자가 아니라는 것쯤은 알고 있겠지? 또 한 가지 기억해 주기 바라는 것은, 나도 크게 숨을 한번 들이킨 뒤에는 뉴잉글랜드의 식민지를지옥의 부속 영토로 만들어버리는 그 그림에도 익숙해지게 되었다는사실이라네. 그러나 그런 나에게도, 옆방에서 본 것은 결국 비명을지르면서 졸도하는 것을 막기 위해 문에 매달리지 않으면 안 되는 상황이었어. 먼저 방에서 보여준 것은 우리들 조상의 세계에 횡행하는식시귀(食屍鬼)와 마녀였지만, 다음 방은 어김없이 우리들의 일상생활에 공포를 가져다 주었어.

어떻게 그런 것을 그릴 수가 있을까! 〈지하철의 사건〉이라는 작품이 있는데, 더럽고 기분 나쁜 것들이 무리를 지어 어느 미지의 지하 납골당에서 보일스톤 거리의 지하철역 바닥 틈새로 빠져 나와 플랫폼에서 밀치고 웅성대는 사람들에게 덤벼들고 있는 거야. 또 한 장의 그림은 틀림없이 현재가 배경인데 코프스 힐의 묘지에서 무도회를 열고 있었어. 그 밖에 지하실을 그린 것이 수없이 많았는데, 괴물들이 돌담 구멍과 갈라진 틈으로 숨어 들어와 나무통과 난로 뒤에 숨어서 싱글싱글 웃으면서 계단에서 내려오는 첫 번째 희생자를 기다리고 있는 거야.

속이 울렁거리는 또 다른 그림은 비콘 힐의 큰 단면도인데, 땅굴 속으로 몸을 비틀면서 지나가는 위험한 괴물들이 개미처럼 바글대고 있었지. 그리고 현대의 교회 묘지에서 춤추는 모습이 버젓이 그려져 있었는데, 또 하나의 구상이 무엇보다도 충격적이었네. 알지 못하는 어느 지하 납골당의 정경인데, 무수한 짐승에게 둘러싸인 한 마리가 유명한 보스턴 안내서를 들고 낭독하고 있는 것 같았네. 짐승들은 모두 한 통로를 손가락질하고 있고, 발작적인 웃음으로 표정들이 하나 같이 일그러져 있어서 금방이라도 그 끔찍한 웃음소리가 들려올것 같았지. 그 그림의 제목은 〈오번 산에 묻힌 홈즈, 로웰, 롱펠로우〉였어.

차차 기분도 가라앉고 악마적이고 병적인 이 두 번째 방에도 익숙해지자, 나는 가슴이 울렁거리면서도 몇 가지 분석을 시작했다네. 이런 그림에 혐오를 느끼는 이유가 우선은 픽맨의 완전한 무정함과 더할 수 없는 잔인함이 그대로 드러나 있기 때문이라고 해석할 수 있었지. 그는 전 인류의 잔악한 적으로, 우리들의 두뇌와 육체의 고통, 정신의 퇴화에 기쁨을 느끼고 있다고 말일세. 그 다음은 픽맨의 그림이 참으로 위대한 작품이기 때문에 이토록 두렵게 느껴지지 않을까 하는 생각이었어. 사실 설득력이 있는 그림이었거든. 픽맨의 그림에서 마귀를 보면 저절로 몸이 떨리니까. 그런데 기묘한 일은 픽맨의 그림은 주제의 선택이나 주제의 기이성에서 박진감이 나오는 것이 아니라는 사실이네. 애매하거나 곡해되거나 양식화된 것은 아무 것도 없지. 윤곽이 예리하고 생기 있을뿐더러 세부에 이르기까지 기분나쁠 정도로 자세히 묘사되지. 그 악귀들의 얼굴은 말도 하기 싫을 정도니까.

그의 그림은 우리들이 보는 일반적인 정경을 화가가 해석하는 그런 단순한 것이 아니었다네. 소름끼치는 타당성으로 명확하게 눈앞에 나타난 모든 악마의 소굴 그 자체였다네. 하늘에 맹세하지만 거짓이 아니야. 픽맨은 절대 환상가나 낭만주의자가 아니야. 그는 화려한 아지랑이처럼 피어오르는 환상 따위를 그린 게 아니라, 자기가 충분히 눈으로 목격한 기계적이고 안정적이며 확고부동한 공포의 세계를 아무 주저없이 정면에서 똑바로 응시하면서 싸늘한 조소와 함께 표출하고 있지.

그 세계가 도대체 어떤 세계인지, 그 세계에서 달리고 뛰고 기어 돌아다니는 모독적인 것들을 픽맨이 도대체 어디서 봤는지는 신이 아닌 이상 알 수 없지만, 그의 이미지의 알 수 없는 원천이 무엇이든 한 가지만은 확실했네. 픽맨은 구상과 표현에 있어서 만큼은 어떤 의미에서든 철저했고, 몸을 사리지 않았으며, 거의 과학적이라고 해도 좋을 정도로 현실주의자였어.

진짜 아틀리에가 있는 지하실을 향해 픽맨이 계단을 내려가고 있었기 때문에 나는 미완성의 캔버스를 앞에 놓고 그 지옥을 닮은 효과에 압도당하지 않도록 마음을 가다듬었네. 그리고 우리가 습기찬 계단을 따라 밑으로 내려가자 픽맨은 손전등을 켜고 널따란 공간의 한쪽 구석을 비추었어. 손전등 빛 속에 떠오른 것은 원형으로 쌓인 벽돌로, 봉당에 만들어진 커다란 우물 같았지. 가까이 가 보니 지름이 5피트에 두께는 1피트가 넘고, 지상으로 나와 있는 것만도 6인치는 되겠더군. 17세기에 만들어진 것으로 생각했는데 더 오래 된 것인지도 모르지. 픽맨이 얘기하던 그런 우물이었다네. 옛날에 언덕에 그물 같이 파놓은 굴의 입구가 되는 셈이지. 벽돌로 얼핏 보기에도 막혀 있는 것 같지는 않았고 그저 무거워보이는 둥그런 나무덮개만 씌어져 있는 우물이었지. 픽맨의 그런 터무니없는 암시가 단순한 말치레가 아니라면 이 우물이야말로 어떤 것과 이어져 있음이 분명하다는 생각에 나는 소름이 끼쳤고 몸이 떨려왔다네. 이윽고 나는 방향을 바꾸어서 픽맨의 뒤를 따라 계단을 오른 뒤 좁은 문으로 들어갔어. 바닥이 마루로 되어 있고 잘 정리된 넓은 아틀리에더군. 아세틸렌 가스를 내는 장치가 제작에 필요한 빛을 던지고 있었어.

이젤에 놓여 있거나 벽에 걸려 있는 미완성의 그림들은 위층에서 본 완성된 그림과 같이 기분 나쁜 것이었는데, 화가가 온갖 정성을 들였음이 잘 나타나 있었어. 정경이 세심한 주의를 기울여 구분되어 있었고, 연필 밑그림은 픽맨이 원근과 비율을 얼마나 정확히 잡아냈나 여실히 증명하고 있더군. 확실히 그는 위대한 화가야! 나는 이토록 많은 것을 알고 있는 지금도 그렇게 말하지 않을 수가 없어. 테이블에 놓여 있는 카메라에 내가 주의를 기울이자, 도구를 들고 거리를 돌아다니지 않고 아틀리에에서 사진을 토대로 그림을 그린다고 하더군. 픽맨은 쉬지않고 일을 하는 데 있어서 사진이야말로 현실의 경치나 모델과 다를 바 없다고 생각하고 또 자주 이용한다고 분명하게 선언하더군.

그 방 곳곳에서 노려보고 있는 구역질나는 스케치와 미완성의 짐승과 같은 그림에서 어딘지 묘한 불안감을 느끼게 된 나는, 픽맨이 갑자기 옆에 있던 거대한 캔버스의 덮개를 벗기고 빛을 비췄을 때 스스로를 억제하지 못하고 커다란 비명을 질러 버렸다네. 그날 밤에 지른 두 번째 비명이었던 셈이지. 나의 비명은 그 질산칼륨이 달라붙어 있는 낡은 지하실의 어두운 반달형 천장에 메아리쳤고, 그 소리를 들은 나는 그만 히스테릭한 높은 웃음소리를 내지를 것 같아서 필사적으로 그 충동을 억제하지 않으면 안 되었다네. 아, 자비로우신 하느님! 그런데 말이야 엘리엇, 어디까지가 현실이고 어디까지가 열에 들뜬 망상이었는지 나는 전혀 모르겠어. 지상에서 어떻게 그런 꿈이 활개를 칠 수 있단 말인가?

거대하고 이름없는 불경스러운 것이 빨간 눈을 번뜩이며, 뼈가 불거진 갈고리같은 손가락으로 전에는 인간이었던 것을 붙잡고 아이가 막대사탕을 핥듯이 머리를 핥고 있었어. 몸을 구부린 듯한 자세를 내가 가만히 보고 있으니까, 당장이라도 손에 든 먹이를 버리고 신선한 먹이를 향해 달려올 것처럼 느껴졌지. 그러나 그보다 더 불길한 것은, 그 그림이 불러일으키는 모든 공포의 원천이 지옥과 같은 주제 때문도 아니고, 뾰족한 귀나 핏대선 눈에 납작한 코의 모습으로 침을 흘리는 개의 얼굴 때문도 아니었어. 비늘로 뒤덮인 갈고리같은 손가락이나 곰팡이로 뒤덮인 몸뚱아리, 발굽이 붙어 있는 발때문도 물론 아니었고. 그 어느 것이든 흥분을 잘하는 사람이라면 미칠 수도 있었겠지만 내가 두려웠던 것은 그게 다가 아니야.

바로 기법때문이었지. 엘리엇, 참으로 저주받고 모독적인 이상한 기법이었다네. 나는 살아 있는 인간으로서 실제 살아 숨쉬는 생명력을 그토록 생생하게 화폭에 담을 수 있는 화가를 지금껏 본 적이 없네. 바로 눈 앞에서 보듯이 괴물들을 그렸다네. 노려보면서 핥고, 핥으면서 다시 노려보는 괴물들을. 그리하여 마침내 나는 알게 되었지. 자연의 법칙이 뒤집힌다한들 인간이 모델도 없이 저런 그림을 그릴 수는 없다는 사실을. 악마에게 혼을 팔아 넘기지 않은 인간이라면 절대 보지 못할 지옥의 세계를 엿본 게 분명하다고. 캔버스의 여백에 압정으로 꽂혀 있던 종이가 심하게 말려 있었네. 아마 매우 과장된 악몽같이 무서운 배경을 그릴 생각으로 붙여놓은 사진일 것이라고 나는 생각했지. 그래서 손을 뻗어 그 종이를 펴보려고 하자 픽맨이 갑자기 습격이라도 받은 양 몸을 꿈틀하더군. 그리고 너무나도 큰 충격에 내가 지른 비명소리가 어두운 지하실에서 굉장한 메아리가 되어 울려퍼졌고 픽맨은 이상하리만치 열심히 그 소리를 귀기울여 들었다네. 내가 받은 충격과는 비교도 안 되겠지만, 정신보다는 육체에 다가올 공포에 픽맨도 새삼스레 압도되고 있는 듯했지. 이윽고 그는 권총을 빼들면서 나더러 잠자코 있으라는 시늉을 하더니 아틀리에를 나가 뒤돌아보지도 않고 문을 닫았네.

한순간 나는 얼어붙어 버렸던 모양이야. 픽맨이 귀기울이던 모습을 흉내내 보았더니 어딘가에서 무엇이 살금살금 달려가는 듯한 소리와, 방향조차 제대로 분간이 안 되는 어딘가로부터 수많은 울음소리가 들려오는 듯하더군. 나는 거대한 쥐를 떠올리며 몸서리를 쳤지. 그러는 동안 안에서 뭔가 두들기는 듯한 소리가 새어나와서 온몸에 소름이 확 돋더군. 살짝 손으로 더듬어보는 듯 덜커덕덜커덕 소리가 났는데 정확하게 설명하기란 참으로 힘들다네. 어쩌면 육중한 나무가 돌이나 벽돌 위에 떨어지는 듯한 소리같기도 했네. 그 소리를 듣고 내가 무엇을 떠올렸는지 짐작할 수 있겠나?

또 다시 소리가 났고 전보다는 크게 들렸네. 좀전보다는 더 깊은 곳에 나무가 떨어지는 듯한 울림이 있었지. 그리고 귀에 거슬리는 새된 소리가 들리면서 픽맨이 무슨 고함을 질렀고, 사자조련사가 효과를 올리기 위해 허공에다 쏘아대는 듯한 6연발 리볼버소리가 총알이 다할 때까지 요란하게 귀를 찢었다네.

안으로 삭히려는 울음소리와 두들기는 소리가 또다시 들려오더군. 또한 나무와 벽돌이 긁히는 소리가 났고, 잠시 사이를 둔 뒤 문이 열렸다네. 솔직히 말해 나는 부들부들 떨고 있었네. 픽맨이 연기가 피어오르는 무기를 들고 나타나서 오래된 우물 속에서 우글대는 쥐들에게 독설을 퍼붓더군.

"놈들이 무엇을 먹고 있는지 알고 있나, 서버?"

픽맨은 그렇게 물으면서 히죽히죽 기분나쁘게 웃더군.

"저 낡은 굴은 묘지와 마녀의 집과 해안으로 통하는데 말이지, 저 토록 나가고 싶어서 환장을 하는걸 보면 무얼 먹든 간에 먹을 게 그리 없다는 소리지. 자네의 비명 소리가 녀석들을 자극했던가 봐. 이렇게 오래 된 곳에서는 조심하는 게 좋을걸세. 저 설치류 친구들

이 득시글대는 게 이곳의 결점 중 하나이기는 해도 분위기나 운치
라는 면에서는 그럴싸해서 틀림없이 이익이라고 생각하곤 하지."
　아아, 엘리엇! 그것이 그날 밤의 모험의 끝이었어. 픽맨은 아틀리
에를 보여 주겠다고 약속했고, 그 약속을 지켰지. 그 일을 알고 있는
것은 하느님뿐이겠지만. 픽맨은 복잡한 골목길로 데리고 나왔는데,
갈 때와는 다른 방향이었던 것 같아. 가로등이 눈에 들어 왔을 때는
아파트와 낡은 집이 차례로 단조롭게 늘어선 어딘지 모르게 낯익은
듯한 거리에 있었으니까. 챠타 거리였지만, 내가 제정신이 아니어서
어디서 이 거리로 접어들었는지 도무지 기억할 수 없더군. 고가철도
를 타기에는 이미 늦어서 하노버 거리를 지나 시내까지 걸어서 돌아
왔어. 챠타 거리서부터는 기억하고 있다네. 우리는 트레먼 거리에서
비콘 거리로 나왔고, 조이 거리의 모퉁이에서 픽맨과 헤어지면서 나
는 샛길로 들어갔지. 그 이후 픽맨과 얘기할 기회는 두 번 다시 없었
어.
　어째서 픽맨과 절교를 했느냐고? 그렇게 재촉할 것 없어. 커피를
부탁할 때까지 기다려 주지 않겠나? 술은 이제 충분히 마셨지만 나
는 아직도 다른 음료가 필요하다네. 아니, 그렇지 않아. 내가 거기서
본 그림이 원인이 아니야. 거기에 있던 그림이야 내놓아도 보스턴의
가정이나 아트 클럽으로부터 십중팔구 픽맨이나 비난받게 하기 딱 좋
을 뿐이고, 내가 지하철이나 지하실을 피하지 않으면 안 되는 이유도
이제는 알게 되었겠지? 그것은 다음날 아침, 윗도리 주머니에서 발
견한 것 때문이야. 기억나나? 지하실의 그 무서운 캔버스에 종이가
압정으로 눌려 있었고, 말려 있었다고 했지? 그 괴물의 배경으로 쓰
려고 픽맨이 어딘가에서 찍어온 사진일 거라고 생각했던 종이야. 내
가 그 종이를 펴보려다 너무도 두려워서 아마 그대로 호주머니에 쑤
셔넣어버렸던 거겠지. 헌데, 커피가 왔군. 엘리엇, 자네도 블랙으로
좀 마셔두는 게 현명할걸세.

　그래, 그 종이가 픽맨과 절교한 이유라네. 리처드 압튼 픽맨! 내가 알고 있는 최고의 화가지. 또한 삶의 범위를 뛰어넘어서 전설과 광기와 지옥의 구덩이 속으로 달려들어간 가장 사악한 존재이기도 하지. 그 종이 때문에 그와 절교했다네. 엘리엇, 리드가 말했던 대로였어. 픽맨은 절대 인간이 아니었다네. 기괴한 그림자 속에서 태어났든지, 아니면 금단의 문을 여는 방법을 발견했든지 둘 중의 하나라네. 지금이야 둘 다 똑같은 의미지만 말일세. 픽맨은 행방을 감춰버렸으니까, 즐겨 헤매다니던 상상도 할 수 없는 암흑 속으로 돌아가 버렸으니까 말이야. 이제 샹들리에를 켜기로 함세.

　내가 태운 것이 무엇인지 설명을 바라지도 말고, 자네가 이런저런 추측을 해보는 것도 모두 그만두길 바라네. 픽맨이 ‘쥐’라는 말로 어물쩍 넘어가버린 두더지의 울음같은 그 소리의 실체에 대해서 아무 말 말았으면 하네. 자네도 아다시피 오래 전 세이렘 시대부터 전해졌을지도 모를 비밀이 몇 가지나 되고, 코튼 마더만 해도 이보다 더 기괴한 일들도 적어두었으니 말일세. 픽맨의 그림이 어느 정도로 진짜처럼 보였는지 자네도 잘 알고 있잖은가? 우리들은 모두 픽맨이 어디서 저런 얼굴의 아이디어를 구하는지 늘 신기하게 생각하지 않았나?

　그래, 그 애기를 해야지! 그 종이는 배경에 쓰일 사진하고는 거리가 멀었다네. 그저 픽맨이 캔버스에 그리고 있던 괴물같은 생물의 존재를 보여주고 있었을 뿐이었어. 말하자면 픽맨이 사용하던 모델인 셈이지. 게다가 배경이란 것도 세부까지 상세하게 그린 지하 아틀리에의 벽에 지나지 않았고. 그런데 엘리엇, 그게 말이지…… 어찌된 노릇인지 진짜를 찍은 실물 사진이 분명하더라니깐.

낯선 신

　지상에서 가장 높은 산꼭대기에 사는 대지의 신들은 자신들을 보았다고 인간이 고하는 것을 용서하지 않는다. 전에는 낮은 봉우리에 살았지만, 평원의 인간들이 바위와 눈 덮인 경사면을 올라오면서 신들을 차츰 높은 산으로 내몰았고, 마침내는 최후의 산꼭대기만 남게된 것이다. 신들은 과거 살았던 산봉우리를 떠날 때는 자신들의 존재를 알리는 발자취를 모조리 없애버리는데, 단 한 번 응그라네크라불리는 산의 바위에 자신의 모습을 새겨 남겼다고 한다.

　그러나 지금은 사람이 발을 들여놓은 적 없는 얼어붙은 황야, 미지의 카다스로까지 내몰린 신들은 더이상 밀려드는 인간들을 피할높은 봉우리도 남아 있지 않았기에 결코 인간의 근접을 허락하지 않았다. 신들이 무시무시하게 준엄해짐에 따라서 과거 인간에게 빼앗겼던 곳마저 인간이 찾아드는 것을 금지하고, 만일 찾아오면 다시는돌아가지 못하게 했다. 인간이 얼어붙은 황야 카다스를 모르는 것은매우 다행한 일로, 그렇지 않다면 무분별하게 올라가려고 달려들 것이 뻔했다.

대지의 신들은 때로 고향 생각에 가슴이 아플 때면, 조용한 밤에 전에 살았던 산봉우리를 찾아가 흐느껴 울면서도 추억이 산비탈에서 과거처럼 즐기려 했다. 인간은 비를 보며 흰눈을 머리에 인 슬라이산의 신의 눈물을 떠올리고, 애수에 젖은 레리온의 새벽바람에서 신들의 내쉬는 한숨소릴 들었다. 신들은 언제나 구름배로 여행을 하며, 현명한 소작인들은 전설을 이어가고, 이제는 신들이 과거처럼 자애롭지 않기 때문에 하늘이 흐린 밤에는 특별한 높은 봉우리에는 근접하려 하지 않았다.

스카이 강 너머에 자리한 울타르에는 한때 대지의 신들을 보기 위해 정열을 쏟아 붓던 노인이 살았는데, 이 노인은 《홋산의 수수께끼 칠서(七書)》를 깊이있게 탐독했으며 혹한의 땅 로마르의 《나코토 사본(寫本)》에도 정통했다. 노인의 이름은 현자 바르자이라 하며, 월식이 일어나는 밤에 그가 어떻게 산에 올랐는지는 마을 사람들이 들려주리라.

바르자이는 신들이 오고가는 것을 말해줄 수 있을 정도였고, 반은 신으로 여겨질 만큼 그들의 많은 비밀을 알고 있었다. 울타르의 자유민에게 현명한 도움말을 주었으며, 고양이를 죽여서는 안 된다는 경탄할 만한 법률을 제정하게 했던 것도 바르자이였다. 바프테스마의 요한 축제 전날 한밤중에 검은 고양이들이 어디로 가는가를 젊은 황제 아탈에게 처음으로 가르친 이도 바르자이였다. 대지의 신들의 전승을 너무도 잘 아는 만큼 바르자이에게는 그들의 모습을 보고싶어하는 욕망도 남달랐다. 신들의 비밀에 대한 지식이 많기 때문에 신들의 노여움으로부터 몸을 지킬 수 있으리라고 생각한 그는 마침내 신들이 나타날 것이 분명한 밤에 가장 높은 하테그 클라 산꼭대기로 올라갈 결심을 굳혔다.

하테그 클라는 이름대로, 하테그의 돌 황무지에서도 아득히 먼 곳에 침묵의 신전에 세워진 바위조각처럼 솟아있는 곳이었다. 산꼭대기에 언제나 슬픈 듯이 안개가 떠다니는 것은, 안개야말로 신들의 유품이자 과거에 신들이 하테그 클라에 살던 시절에 이것을 무척이나 사랑했기 때문이다. 대지의 신들은 구름배로 종종 하테그 클라를 찾아와서는 산허리를 희고 푸른 안개로 둘러싸고 맑게 개인 달빛 아래서 옛 추억에 잠겨 노닌다. 하테그 사람들이 어느 때든 하테그 클라에 오르는 것은 좋지 않은 일이며, 더욱이 산꼭대기나 달이 희푸른 안개에 싸여 있는 밤에는 올라가는 것이 바로 죽음을 자초하는 짓이라며 말렸지만, 바르자이는 전혀 개의치 않고 제자인 젊은 황제 아탈과 함께 인근 울타르에서 찾아왔다. 아탈은 여관집 주인의 아들에 지나지 않고 때로는 불안에 휩싸일 때도 있지만, 오래된 낡은 성에 사는 영주를 아버지로 둔 바르자이는 대중이 믿는 미신 따위는 받아들이지 않는 혈통이어서 두려움에 떠는 농민들을 웃어넘길 뿐이었다.

바르자이와 아탈은 백성들의 탄원에도 귀를 기울이지 않고 하테그에서 돌 황무지로 들어갔으며, 밤에는 모닥불을 앞에 두고 대지의 신들에 관한 이야기를 했다. 여러 날 여행을 계속한 끝에 마침내 슬픈 안개 띠로 둘러싸인 우뚝 솟은 하테그 클라가 멀리 보였다. 13일째가 되어 하테그 클라의 황량한 산록에 이르렀을 때, 아탈이 불안을 나타냈다. 그러나 바르자이는 오랜 세월 학식을 쌓아왔기 때문에 아무런 두려움 없이 고색창연한 《나코토 사본》에 조심스럽게 기록되어 있는, 썬스 시대 이래로 결코 인간이 오른 적이 없다는 비탈을 앞장서서 대담하게 나아갔다.

바윗길에다 깊이 갈라진 곳이나 절벽, 그리고 낙석으로 길은 굉장히 위험했다. 올라갈수록 추위도 더해졌고, 주위는 눈으로 뒤덮였으며, 바르자이와 아탈은 몇 번이나 미끄러져 넘어지면서도 지팡이와 도끼를 사용해 계속 올라갔다. 마침내는 대기가 희박해지고 하늘의 색깔도 달라져서 호흡하기도 힘들었지만 여전히 둘은 고통을 참으

며 등반을 계속했다. 눈앞에 펼쳐진 경치에 숨이 멈출 만큼 경탄한
적도 있고, 달이 사라져 희푸른 안개에 둘러싸였을 때 산꼭대기에서
뭔가 일어나는 것만 같아서 가슴이 두근거릴 때도 있었다. 사흘에
걸쳐 등반을 했으며, 세계의 지붕을 목표로 높이, 더 높이 계속해서
올라간 뒤에 야영을 했다. 달이 구름에 덮여 가려지기를 기다렸다.
　나흘 동안 이렇다 할 구름은 나타나지 않고 산꼭대기를 둘러싼 슬
픈 안개를 따라 달빛이 차갑게 빛나고 있었다. 그것이 닷새째의 밤
이 되면서 때마침 보름달이 떠올라 바르자이가 북쪽 멀리서 짙은 구
름 같은 것을 발견하고, 밤새도록 아탈과 함께 그것이 가까이 다가
오는 것을 지켜보았다. 진하고 늠름한 구름 무리는 서두르지 않고
태연히 전진을 계속해 지켜보는 두 사람의 머리 위 한참 높은 곳을
둘러싸 달과 산꼭대기를 두 사람의 시야에서 없애버렸다. 매우 길게
만 느껴지던 한 시간이었다. 두 사람이 올려다보고 있으려니 구름
층이 차츰 진해지면서 소용돌이치던 안개의 움직임도 활발해져갔다.
대지의 신들의 전승에 능통한 바르자이는 어떤 소리가 나지 않을까
귀를 기울였으나 아탈은 안개의 냉기와 밤의 공포를 느끼고 두려워
하는 것이 분명했다. 바르자이가 한층 높이 오르기 시작한 뒤 계속
해서 불러도 오랫동안 뒤를 따르려 하지 않았다.
　안개가 워낙 짙었기 때문에 힘든 등반이 되었고, 마침내 아탈도
뒤를 따르기는 했지만 구름에 가려진 달빛 속에서는 희미한 머리 위
의 산허리에 있는 바르자이의 회색 모습도 거의 보이지 않는 상태였
다. 바르자이는 멀리 앞을 향해 가고 있으며, 고령에도 불구하고 아
탈보다도 수월하게 등반을 하는 것 같았다. 신체가 강건하고 담대한
사람이 아니면 많은 부담을 갖게 되는 험한 산허리도 두려워하지 않
을뿐더러, 아탈도 간신히 뛰어넘을 시커멓고 넓게 벌어진 계곡을 앞
에 두고도 멈춰 서지 않았다. 이렇게 두 사람은 발이 미끄러지기도
하고 비틀거리기도 하면서 미친 듯이 암벽을 기어오르고, 심연을 건

너고, 때로는 황량한 얼음으로 뒤덮인 뾰족한 봉우리와 쥐 죽은 듯 고요한 화강암의 광대하고 무시무시한 침묵 앞에서 두려움을 느끼기도 했다.

바르자이가 실로 대지의 신들의 계시를 받은 자가 아니라면 거의 전진하지 못할 정도로 불쑥 튀어나온 가공할 절벽을 기어올라 아탈의 시야에서 홀연히 모습을 감추었다. 아탈은 훨씬 떨어진 아래쪽에서 그 절벽에 다다라 어찌할 바를 모르고 있을 때 기묘하게도 빛이 강해졌음을 깨달았는데, 마치 눈이 없는 산꼭대기와 달빛을 받은 신들의 집합 장소가 바로 옆에 있는 것 같았다. 튀어나온 절벽과 빛나는 하늘을 향해 기어오르는 동안, 지금까지 상상도 못해본 전율할만한 공포를 느꼈다. 그러는 사이, 높은 곳의 안개를 지나 눈에는 보이지 않는 바르자이가 환희에 들떠 크게 외치는 소리가 들려왔다.

"신들의 목소리를 들었다! 대지의 신들이 하테그 클라에서 즐겁게 노래하는 소리를. 예언자 바르자이가 대지의 신들의 목소릴 들은 것이다. 안개가 옅고 달이 빛나고 있으니 젊은 시절에 사랑했던 하테그 클라에서 신들이 열광적으로 춤추는 모습도 보이겠지. 이제 바르자이는 대지의 신들을 뛰어넘었고, 나의 뜻을 가로막을 신들의 마력과 장벽은 없어진 것과 다름없다. 바야흐로 바르자이는 신들, 대단한 긍지의 신들, 비밀에 싸인 신들, 인간에게 보이기를 거부하는 대지의 신들을 보려 하누나."

바르자이에게 들리는 신의 목소리는 들리지는 않았지만, 아탈은 이제 튀어나온 벼랑으로 다가가 어디 발 디딜 데가 없을까 찾고 있었다. 그 때 점점 높고 커지는 바르자이의 소리가 들려왔다.

"안개가 한층 옅어지고 달이 산허리에 그림자를 던지는 지금, 대지의 신들의 목소리는 열광적이고 높아졌으며, 신들을 능가하는 현자 바르자이의 방문을 두려워하고 있다…… 흔들리는 달빛 속에서 대지의 신들은 달빛을 등지고 춤추고 있으며, 달빛 속에서 뛰어오르며 외치는 신들의 춤추는 모습을 나는 보게 되리라……
빛이 어슴푸레해지고 신들은 두려워하고 있다…….”

바르자이가 이렇게 외치는 사이, 아탈은 주위에 환상적이고 기묘한 변화가 일어나는 것을 느꼈다. 대지의 법칙이 심원한 법칙 아래 굴복하는 것 같이 암벽은 한층 날카롭게 솟아올랐지만 위로 향하는 길은 두려울 정도로 오르기 쉬워졌다. 이제 볼록 튀어나온 바위만 오르면 장애가 될 만한 것은 거의 없어 보였다. 달빛은 이상하게도 약해졌지만, 아탈이 안개를 헤치고 계속 올라가니 어둠 속에서 외치고 있는 현자 바르자이의 목소리가 귀에 들어왔다.

“달이 빛나고, 신들은 어둠 속에서 춤추고 있다. 하늘에는 공포가 가득하다. 인간의 책에나 대지의 신들의 책에도 예언되어 있지 않은 월식이 달을 침범하고 있다…… 두려워 떠는 신들의 비명이 웃음으로 바뀌었고, 내가 오른 얼음으로 뒤덮인 암벽이 캄캄한 하늘에 끝없이 솟아올라 있는 것은 알 수 없는 마력이 하테그 클라에 있기 때문이다…… 아아, 아아, 마침내! 어슴푸레한 빛 속에서 나는 드디어 대지의 신들을 보았다.”

그때 아탈은 엄청나게 급경사를 이룬 암벽을 현기증을 일으키면서 오르고 있었는데, 어둠 속에서 소름끼치는 웃음소리가 들려오는가 싶더니 제멋대로 뒤섞인 악몽에서 보게되는 저승의 불의 강에서 플레기손이 들었다는 고뇌와 죽음에 대한 공포와 고민을 한자리에 끌어모은 처참한 비명이 들려왔다.

“신이다! 처음보는 낯선 신들이다! 힘없는 대지의 신들을 지키는 지옥의 신들이다…… 쳐다보지 마…… 피해야 한다…… 보지 말라…… 봐서는 안 돼…… 이야말로 무한한 심연의 복수다…… 저, 저주받은, 저 불길한 구덩이가…… 자비로운 대지의 신들이여, 나는 허공으로 떨어져간다.”

아탈이 눈을 감고 귀를 막고 알 수 없는 높은 곳에서 무시무시하게 덮쳐오려는 힘에 맞서 뛰어내리려 했을 때 하테그 클라의 가공할 우레 소리가 울려 퍼졌고, 평원에 있는 선량한 소작인들을 비롯해 하테그와 니르, 그리고 울타르의 독실한 자유민들은 잠에서 깨어나 그 어떤 책에서도 예언한 적이 없던 그 기이한 월식을 구름을 뚫고 올려다보았던 것이다. 그리고 마침내 달이 나타났을 때 아탈은 대지의 신들도 지옥의 신들도 보지 못한 채 눈으로 뒤덮인 산비탈을 아무 일 없이 내려오고 있었다.

오래된 《나코토 사본》에는, 세상이 지금보다 훨씬 젊었을 무렵에 썬스가 하테그 클라에 올랐지만 엄청난 얼음과 바위 외에는 아무것도 없었다고 기록되어 있다. 그러나 울타르와 니르와 하테그의 사내들이 공포를 무릅쓰고 한낮에 이 영산(靈山)에 올라 현자 바르자이를 찾으러 가니, 드러난 산꼭대기의 돌에 지름이 50큐빗에 달하는 터무니없이 커다랗고 심상치 않은 마크가 마치 거대한 끌로 파내기라도 한 것처럼 새겨져 있는 것을 발견했다. 그리고 그 마크는 학자들이 해독해내지 못할 정도로 오랜 《나코토 사본》의, 소름끼치도록 무시무시한 곳에 기록되어 있는 마크와 비슷했다.

결국 현자 바르자이는 발견되지 않았고, 신에게 몸을 바친 아탈에게는 아무리 설득해도 바르자이의 명복을 비는 기도를 올리게할 수 없었다. 그래서 지금에 이르기까지 울타르와 니르, 그리고 하테그의 주민들은 월식을 두려워하며, 희푸른 안개가 산꼭대기와 달을 가리는 밤에는 기도를 멈추지 않는다. 그리고 하테그 클라를 둘러싼 안개 위에서는 대지의 신들이 때로 옛날을 능가하는 춤을 출 때가 있다고 한다. 이제 안전하다는 것을 알고 미지의 카다스에서 구름배를 타고 찾아와서는, 대지가 아직 새롭고 인간들이 도달하기 어려운 땅을 굳이 오르려 하지 않던 시절처럼 여전히 놀고 즐기기를 좋아하기 때문이리라.

셀레파이스

　쿠라네스는 꿈속에서 골짜기 사이의 도시, 먼 바닷가, 푸른 바다를 굽어보는 눈덮인 산꼭대기, 그리고 항구에서 출발해 바다와 하늘이 만나는 저 머나먼 수평선을 향해 떠나는 화려하게 채색된 갈리(galley)선을 보았다. 꿈속에서 쿠라네스라는 이름으로 알려져 있는 것도, 깨어 있을 때에는 다른 이름으로 불렸기 때문이었다. 꿈에서 새로운 이름을 만들어내는 것은 당연한 일이다. 가족이 모두 세상을 떠나, 몇 백만이나 되는 무심한 군중이 웅성대는 런던 한가운데서 오직 혼자서 고독하게 살아가는 신세가 되면, 추억을 일깨울 만한 이야기를 해 줄 사람도 그리 있을 리 만무하다. 돈도 땅도 잃어버린 지금, 세상 사람들의 살아가는 방식을 마음에 둘 것도 없이, 꿈을 꾸고 그 꿈을 기록하기를 즐긴다. 이렇게 써낸 것을 보여주자 웃음거리가 되었으므로 한동안은 아무에게도 보이지 않고 계속 쓰기만 하다가 결국은 쓰기를 그만두고 말았다. 세상에서 몸을 감춘 채 꾸는 꿈은 차츰 더 멋진 것이 되었으므로, 그런 꿈을 일일이 종이에 쓰려는 시도 따위는 아마도 헛된 노동이리라. 쿠라네스는 이 시대에 어울리는 사내가 아니었고 다른 작가들처럼 생각하지도 않는다. 다른 작가들이 삶에서 신화라는 수를 놓은 가운을 벗어 던지고 노골적인 추악함으로 지저분한 현실을 그리는데 비해 쿠라네스는 오로지 아름다움만을 추구했다. 진실과 경험으로는 아름다움을 나타내지 못한다는 것을 알게 되자 공상과 환상 속에서 이것을 찾았고, 바로 얼마전 어린 시절에 보고들은 희미한 꿈 이야기 속에서 그는 비로소 원하던 것을 찾았다.

어린 시절에 보고들은 환상과 이야기 속에 어떠한 경이가 나타나 있는가 아는 이가 드문 것은, 어린아이가 주의깊게 듣거나 꾸는 꿈들이 대개 형태가 갖춰지지 않은 것이 많기 때문이며, 어른들은 인생의 독에 찌들어 마음이 평범하고 둔감해져서 옛기억을 되살릴 수 없기 때문이다. 그러나 매혹의 언덕과 정원, 햇빛을 받으며 노래하는 분수, 멀리 포효하는 바다를 바라보는 금빛 절벽, 청동과 돌로 만들어진 꿈꾸는 도시에 펼쳐져 있는 평원, 그리고 깊은 숲 속 한적한 곳을 장식하는 백마를 타고 전진하는 환상적인 영웅들 같은 그런 이상한 환영을 보고 밤에 잠에서 깨어나는 사람도 있을 것이다. 그럴 때 우리는 상아로 만든 문을 뒤돌아보고 아직 현명하지도 불행하지도 않았던 시절에 자신의 것이었던 경이의 도시를 들여다 보았다고 깨닫는 것이다.

쿠라네스는 전혀 느닷없이 유년 시절의 자신의 세계를 우연히 찾아냈다. 그 시절에 꾸었던 꿈이란 다름아닌 자신이 태어난 집이었는데, 13대에 걸친 선조들이 살았으며 쿠라네스도 그곳에서 죽기를 바라던 담쟁이덩굴이 빼곡이 뒤덮인 커다란 석조 건물이었다. 달빛 밝은 밤에 쿠라네스는 향기로운 여름 밤공기 속으로 살그머니 발을 들여놓고, 테라스를 지나 정원으로 나가 줄지어 선 커다란 떡갈나무를 뒤로 하고 마을로 통하는 길고 흰 길을 걸어갔다. 몹시 오래된 마을은 기울어가는 그믐달처럼 한 귀퉁이가 벌레먹고 있어서, 작고 뾰족한 지붕아래 숨죽이고 있는 것은 분명 잠이 아니면 죽음일거라고 쿠라네스는 중얼거렸다. 거리에는 키 큰 풀이 창처럼 무성하게 자라 있고, 양쪽에 세워진 집들의 유리창은 깨어져 있든가 뿌옇게 흐렸다. 쿠라네스는 잠시도 멈추지 않고 어딘가에서 부름이라도 받은 것처럼 계속 걸었다. 잠에서 깨어났을 때의 충동과 절망처럼, 그 어떤 목적지로도 통하지 않는 허무한 환영으로 전락하는 것은 아닐까 걱정한 나머지 부름에 거역할 용기도 나지 않았다. 그러는 사이 마을에서 벗어나 해협을 내려다보는 벼랑으로 난 작은 길을 따라가다가 이윽고 대지의 끝에 이르렀다. 마을과 대지는 이제 홀연히 자취를 감추고 완벽한 고요와 허무로 추락할 뿐인 절벽과 심연만 나타났다. 눈앞에 펼쳐진 하늘조차 텅 비어 있었는데, 가물가물 스러져가는 달과 희미한 별들은 아무런 빛도 비추지 않았다. 신념이 이끄는대로 쿠라네스는 절벽에서 심연으로 몸을 던졌다. 한없이 아래로 떨어지면서 아직 형태가 잡히지않은 거무스레한 꿈의 원형, 한때 조금은 본듯한 어렴풋이 빛나는 꿈속의 장소, 세상 모든 꿈꾸는 인간을 조롱하듯 비웃는 날개달린 어떤 생물을 수도없이 보았다. 눈앞에 어둠이 갈라진 곳이 나타났다고 생각한 순간, 골짜기 사이의 도시가 멀리 눈 아래에서 찬연하게 빛나면서 바다와 하늘을 배경으로 눈 쌓인 산이 절벽 가까이에 솟아올라 있는 것이 보였다.

쿠라네스는 그 도시를 본 순간 눈을 뜨고 말았지만, 비록 잠깐이긴 해도 그 도시가 타나르 언덕 저쪽의 오오스 나르가이 골짜기에 있는 셀레파이스가 분명함을 깨달았다. 먼 과거의 어느 여름날 오후, 유모에게서 도망쳐 나와 마을 근처의 낭떠러지에서 구름을 바라보는 동안 따뜻한 바닷바람에 그대로 잠이 들어버렸던 영원처럼 생각되던 한 시간, 쿠라네스의 영혼은 그 도시에서 산 적이 있었다. 사람들에게 발견되어 깨워져 집으로 돌아왔을 때 쿠라네스가 불만의 소리를 높였던 것은, 바다와 하늘이 만나는 매혹의 땅으로 향하는 금색 갈리선을 타고 이제 막 출범하려던 찰나였기 때문이었다. 그리고 40년에 이르는 권태롭고 피곤한 세월을 지나 이제야 겨우 진기하고 화려한 도시를 찾아냈기 때문에, 꿈에서 깨어 버린 그 때와 마찬가지로 애통해했다.

하지만 사흘 뒤 밤에 쿠라네스는 또다시 셀레파이스에 갔다. 그 전과 마찬가지로 잠들어 있는 것인지 죽은 것인지 알 수 없는 마을을 먼저 꿈꾼 뒤에 소리도 없이 심연을 내려가서 또다시 벌어진 틈이 나타나자 도시의 빛나는 탑을 바라보았으며, 항구에 닻을 내리고 푸른 파도에 몸을 내맡긴 아름다운 갈리선을 보고 신선한 바닷바람을 받아 흔들리는 알란 산의 은행나무를 바라보았다. 그러나 이번에는 꿈을 방해받지 않고 날개라도 달린 것처럼 풀이 무성한 언덕 비탈로 천천히 내려가 마침내 잔디 위에 사뿐 발을 디뎠다. 오오스 나르가이의 골짜기, 진기하고 화려한 도시 셀레파이스로 진정 되돌아온 것이었다.

쿠라네스는 향기로운 풀과 색깔도 선명한 꽃으로 뒤덮인 비탈길을 내려가 먼 옛날 자신의 이름을 새겨 넣은 적이 있는, 졸졸 흐르는 시냇물에 걸린 작은 나무다리를 건너 산들거리는 나무 사이를 지나 도시의 커다란 문 가까이에 있는 커다란 돌다리에 이르렀다. 모든 것은 그 전과 똑같았으며, 대리석 벽도 색이 바래지 않았고, 벽 위에 세워진 반들반들한 청동 조각상도 칙칙해지지 않았다. 쿠라네스는 성벽에 서 있는 보초조차도 똑같고, 기억에 남은 그대로 젊디젊었기 때문에 자신이 알고 있는 것이 사라져 없어지지는 않을까 불안에 몸을 떨 필요가 없음을 깨달았다. 도시로 들어가 청동문을 차례로 빠져나가 줄무늬 마노가 깔린 거리를 수없이 지나가자 상인들과 낙타를 끄는 사람들은 쿠라네스가 도시를 떠난 적이 없는 것처럼 인사를 해 주었고, 나스호르타스의 터키석 신전에서도 사정은 달라지지 않아 난초 화관을 쓴 제사장들이 오오스 나르가이에는 시간이 존재하지 않으며, 영원한 젊음이 있을 뿐이라고 가르쳐주었다. 쿠라네스는 둥근 기둥이 줄지은 곳을 지나 교역 상인과 선원들, 바다와 하늘이 만나는 곳에서 온 특이한 사람들이 모이는 바다에 면한 성벽으로 향했다. 그곳에서 오랫동안 멈춰 서서 찬연한 항구 저쪽, 미지의 태양 아래 빛나는 물결과 바다 저 멀리 머나먼 땅의 갈리선이 가볍게 나아가는 모습을 바라보았다. 그리고 바닷가에 당당하게 솟아오른 알란 산을 바라보며 흔들리는 나무들에 의해 초록으로 빛나는 산기슭의 비탈과, 하늘에 닿을 듯한 산꼭대기를 올려다보았다.

이상한 이야기들을 수없이 들은 적이 있는 머나먼 땅으로 갈리선을 타고 가고 싶은 마음은 전보다 훨씬 강해서, 먼 옛날에 승선을 허락해 주었던 선장을 다시 찾았다. 선장 아시브는 예전과 마찬가지로 향료가 든 상자에 앉아 있었는데 얼마나 많은 세월이 흘렀는지는 전혀 모르는 듯했다. 마침내 우리는 작은 배를 저어 항구에 정박한 갈리선에 타자, 사공들에게 명령을 내려 하늘로 통하는 파도치는 셀레네르 바다로 출범했다. 포효하는 바다를 며칠 동안 미끄러지듯 나아가니 바다와 하늘이 만나는 수평선에 이르렀다. 갈리선은 멈춰 서지도 않고 장밋빛으로 물들어 뭉게뭉게 피어오른 구름이 떠 있는 푸른 하늘로 매우 손쉽게 떠올랐다. 저 아래에는 낯선 땅과 강, 더 없이 아름다운 그런 도시가, 결코 엷어지거나 사라지지 않을 것 같은 태양 빛을 받으면서 나른하게 몇 개나 펼쳐져 있었다. 여행의 끝이 다가오고 있다는 것, 곧 서풍이 하늘로 흘러들어와 하늘 위의 바닷가에 세워진 붉은 대리석으로 지은 구름의 도시 세라니언 항구로 들어갈 것임을 아시브가 쿠라네스에게 알렸을 때 조각된 가장 높은 탑이 눈에 들어왔는데, 마침 하늘 어딘가에서 소리가 나면서 쿠라네스는 런던의 다락방에서 잠에서 깨어났다.

쿠라네스는 그 뒤 몇 달에 걸쳐 진기하고 화려한 도시 셀레파이스와 하늘로 향하던 갈리선을 헛되이 찾아 헤매고, 수없이 많은 꿈을 꾸면서 눈이 휘둥그레질 전대미문의 땅으로 가 보기는 했지만, 타나르 언덕 저쪽의 오오스 나르가이를 찾을 방법을 가르쳐줄 사람은 단 한 사람도 만나지 못했다. 어느 날 밤 캄캄한 산맥 위를 날다 상당한 거리를 두고 쓸쓸하게 흩어져 있는 희미한 모닥불과 선두가 방울을 울리는 털이 수북한 이상한 무리를 본 뒤에, 거의 사람이 찾아오는 일이 없을 정도로 먼 곳에 있는 구릉 지대의 가장 황량한 곳으로 들어갔다. 그곳에서 그는 산등성이와 골짜기를 따라 번개처럼 솟은 터무니없이 낡아빠진 벽이며 길 같은 것을 찾아냈지만, 인간이 만들었다고는 믿을 수 없도록 거대한데다 모두 끝이 보이지 않을 정도로 길었다. 희붐하게 날이 샐 무렵에 쿠라네스는 그 벽을 넘어서 고풍스런 뜰이며 벗나무가 있는 곳으로 들어갔다. 태양이 솟아오르자 빨갛고 흰 꽃, 초록으로 빛나는 나뭇잎과 잔디, 흰 오솔길, 빛나는 도랑, 푸른 물을 담고 있는 작은 호수, 조각된 다리, 빨간 지붕의 보탑이 눈에 들어왔는데, 그 굉장한 아름다움에 순수한 환희가 솟구쳐 잠깐이나마 셀레파이스를 잊어버릴 정도였다. 그러나 다시 그곳 주민에게 셀레파이스를 물어보려고 하얀 오솔길을 걸어 빨간 지붕의 보탑으로 갔지만, 둘러싼 것은 새와 벌과 나비뿐이었다. 다른 날 밤에는 돌로 된 미끌미끌한 나선계단을 끝없이 올라가 보름달이 비치는 드넓은 평원과 강이 한눈에 들어오는 탑의 창에 이르러, 전에 알았던 특징이랄까 배치인 듯한 느낌을 받았다. 강둑에 펼쳐지는 침묵의 도시를 바라보노라니 그는 나선계단을 내려가 오오스 나르가이로 가는 길을 물으려 했다. 그때 아득히 먼 지평선에서 거대한 오로라가 엄청난 소리와 함께 춤을 추듯 나타났다. 갈대가 무성한 강가, 폐허로 변해버린 이 오래된 도시에, 카이나라토폴리스왕이 원정지에서 돌아와 신에게 복수하듯 죽음의 그림자가 짙고 길게 드리워졌다.

이렇게 쿠라네스는 진기하고 아름다운 셀레파이스와 하늘의 세라니언을 향하는 갈리선을 헛되이 찾아 헤매면서 수많은 경이를 보았고, 한 번은 얼어붙은 황야 렝 고원에 있는 역사 이전의 석조 수도원에서 혼자 살고 있던, 노란 비단으로 얼굴을 가리고 말하는 것조차 꺼리던 대제사장에게서 간신히 도망친 적도 있었다. 그러는 동안 밤을 중단시키는 황량한 낮이 참기 어려워졌고, 잠자는 시간을 늘리기 위해 마약을 사게 되었다. 대마가 큰 도움을 줘, 빛나는 기체가 존재의 비밀을 연구하던 형태가 존재하지 않는 우주 영역으로 데려다준 적도 있었다. 그때 짙은 보라색 기체로부터 우주의 이 영역이 무한이라 불리는 세계의 바깥부분임을 배웠다. 그 기체는 그때까지 혹성이나 유기체와 같은 것에 대해 들은 적도 없으며, 쿠라네스를 단순히 물질이나 에너지, 중력이 존재하는 무한의 세계에서 온 자로만 볼 뿐이었다. 이제 쿠라네스는 빛나는 탑이 숲처럼 솟아 있는 셀레파이스로 돌아가고 싶어 견딜 수 없어 마약의 양을 늘려갔지만, 마침내는 돈이 떨어져 마약을 살 수도 없게 되었다. 마침내 어느 여름 날, 지붕 밑 다락방에서 나와 목적지도 없이 거리를 헤매다가 어느 사이엔가 다리를 건너 집들이 뜸해지는 곳으로 발을 옮겼다. 그곳에서 바람은 이루어졌다. 쿠라네스를 영원히 셀레파이스로 데리고 돌아갈, 그 땅에서 찾아온 기사들의 행렬과 만났던 것이다.

기사들은 얼룩무늬 말을 타고, 빛나는 갑옷과 기묘하게 장식된 금실로 짠 옷을 입었으며 늠름하고 당당했다. 그 수가 엄청났기 때문에 쿠라네스는 그만 군대로 착각했을 정도였지만, 그들은 쿠라네스에게 경의를 표하고 기사들이 파견된 것을 통솔자가 전했다. 실로 쿠라네스야말로 꿈속에서 오오스 나르가이를 창조한 자이며, 그런 만큼 이제 영원히 오오스 나르가이의 주신으로 인정되었기 때문이다. 이윽고 쿠라네스가 한 마리의 말을 받아 행렬의 선두에 서자, 일행은 런던 남부의 사리 주의 비탈길을 위풍당당하게 내려가 쿠라네스와 그의 선조들이 태어난 지역을 향해 계속 나아갔다. 기사들이 앞으로 나아갈수록 '시간'이 조금씩 거슬러오는 듯한 이상한 느낌이 들었다. 그것은 해질 무렵에 마을을 빠져나갈 때면 언제나 쵸서 이전의 사람들이 보았음직한 집이나 부락 밖에는 눈에 띄지 않았고, 이따금 시종을 거느린 말탄 기사마저 보게될 때도 있었기 때문이었다. 어두워지자 전진속도는 더욱 빨라져 믿을 수 없겠지만 마치 하늘을 날아가는 것처럼 변했다.

희미한 새벽녘에 도착한 곳은 쿠라네스가 어린시절에 잠자거나 죽었다고 생각했던 바로 그 꿈속의 마을이었다. 지금은 숨을 쉬고 깨어있었는데, 말을 탄 기사들이 말발굽 소리도 드높게 거리를 달려나가 꿈의 심연에 이르는 오솔길로 접어드는 것을 일찍 일어난 마을 사람들이 예의 바르게 배웅하고 있었다. 전에 이 심연에 들어갔던 것은 밤에만 있었던 일이기 때문에 쿠라네스는 낮에는 어떻게 보일까 생각하고, 행렬이 벼랑가로 다가갈수록 흥미롭게 응시했다. 일행이 벼랑을 향해 오르막길을 오르기 시작했을 때, 동쪽 어딘가에서 눈부신 금빛이 비쳐서 모든 경치를 찬연하게 빛나는 빛의 습곡 속으로 에워쌌다. 이제 심연은 장밋빛과 짙푸른 빛으로 가득찬 혼돈으로 변하고 눈에 보이지 않는 자들의 목소리가 환희에 차서 노래하는 가운데, 쿠라네스를 따르던 기사들은 벼랑을 타고 빛나는 구름과 은빛 광채를 띠고 우아하게 춤추며 내려갔다. 끝없이 아래로 내려가던 기사의 말들은 마침내 금빛 모래 위를 달리듯 에테르를 지나, 휘황한 안개가 터져 이슬이라도 된 듯한 더욱 웅장하고 아름답고 신비한 셀레파이스에 이르렀다.

멀리 보이는 해안, 해안을 굽어보는 머리에 하얗게 눈을 인 산, 항구를 떠나 멀리 바다와 하늘이 만나는 곳으로 나아가는 화려하게 채색된 갈리선.

그 후 쿠라네스는 오오스 나르가이와 그 부근의 모든 꿈의 영역을 지배했고, 셀레파이스 및 구름으로 만들어진 세라니언에서 교대로 정무(政務)를 보았다. 그는 지금도 그곳을 지배하고 있을 것이고 그 치세는 끝없이 행복하게 이어질 것이다. 그러나 인스마우스 바닷가 낭떠러지 아래에선 거의 인적이 끊긴 새벽녘에 마을에서 비틀거리며 나왔다가 굴러떨어진 부랑자의 시체를 파도가 조소하듯 실컷 갖고 놀다가, 냄새나는 돈을 있는대로 긁어모은 한 양조업자가 대가 끊어진 귀족의 땅을 사서 즐기고 있는 갈대로 뒤덮인 트레버 타워스 근처 바위 위에 내동댕이치고 있었다.

랜돌프 카터의 진술

　여러분, 거듭 말씀드리지만 여러분의 심문은 무익한 것입니다. 바라신다면 저를 여기에 언제까지라도 잡아두셔도 좋으며, 여러분이 정의라 부르는 환영의 노여움을 풀기 위해 어떻게 해서든지 희생자가 필요하다면 저를 감금하시거나 처형하셔도 마다하지 않겠습니다. 제게는 더이상 드릴 말씀이 없습니다. 생각나는 것은 모두 있는 그대로 말씀드렸습니다. 사실을 왜곡하지도, 감추지도 않았지만, 만약 모호한 부분이 있다면 그것은 오로지 제 마음 속을 덮은 어두운 그림자——그 그림자와 그것을 초래케 했던 공포——때문이지 다른 이유는 없습니다.

　미리 말씀드리건대, 할리 워렌이 어찌 되었는지 저는 전혀 아는 바가 없으며, 만약 이 세상에 은혜란 것이 있다면 할리 워렌이 편안한 망각 속에 있다고 생각합니다. 그렇기를 바랍니다. 분명히 저는 5년 전부터 할리 워렌과 친밀한 교우 관계를 맺었으며, 미지의 것에 대한 두려운 조사를 일부 함께 했습니다. 기억이 불확실하여 명료하지 않은 점은 있지만, 여러분이 소환하신 저 증인이 목격했다고 증언한 바와 같이, 저희가 그 꺼림칙한 밤 11시 반에 게인즈빌 거리를 지나 빅 사이프레스 늪으로 향했던 것은 사실입니다. 우리가 손전등, 가래, 그리고 부속 기구와 함께 밧줄 다발을 갖고 있었던 것은 분명합니다. 떨리는 제 기억에 뚜렷이 남아 있는 가공할 한 광경에는 이런 것들이 빠짐없이 들어 있기 때문입니다. 그러나 그 뒤에 이어진 일과 다음날 아침 제가 늪가에 혼자서 멍하니 있는 모습이 발견된 이유에 대해서는, 여러분에게 몇 번이나 말씀드렸던 것 외에는 전혀 아무것도 모른다고밖에 할 수 없습니다. 늪 속에서건 늪가에서건 그런 무시무시한 사건의 배경을 만들어낼 만한 것은 아무것도 없다고 여러분은 말씀하십니다. 저는 제가 본 것 외에는 아무것도 모른다고 대답하겠습니다. 환각이든 악몽이든——간절히 그렇게 믿고 싶습니다만——저희들이 남들 눈에 띄지 않게 되면서 겪었던 전율할 시간 속에 오로지 제가 기억하고 있는 것만 믿을 뿐이며, 할리 워렌이 돌아오지 않은 이유에 대해서는 본인이나 그의 유령——혹은 저로서는 표현할 수도 어떻게 나타내기도 힘든 물체——외에는 아무도 모르는 일입니다.

이미 말씀드렸던 것처럼, 할리 워렌의 이상한 연구는 저도 잘 알고 있으며 어느 정도까지는 함께 했습니다. 금단의 사물을 다루는 기이한 희귀서가 대부분인 할리 워렌의 방대한 장서 가운데 제가 읽을 수 있는 언어로 기록된 것은 모조리 읽어보았습니다만, 그런 것이래야 겨우 한 손에 쥘 정도에 지나지 않습니다. 대부분 아랍어로 쓰인 것 같았는데 악귀의 계시에 의해 태어나 파멸을 초래하게 된 서적, 그러니까 할리 워렌이 호주머니에 넣고 이 세상 밖으로 가져온 책은 일찌기 제가 한번도 본 적이 없는 문자로 기록되어 있었습니다. 워렌은 그 책에 무엇이 쓰여 있는지 제게 가르쳐주지 않았습니다. 우리가 하던 연구에 대해서도 저는 확실하게 이해했던 기억이 없다고 다시 한번 말씀드리겠습니다. 그러나 지금 생각하면 오히려

다행이라 생각됩니다. 내가 진실로 그 연구가 하고 싶었던 것이 아니라 어쩌다보니 나도 모르게 끌려들게 된 끔찍한 연구였기 때문입니다. 저는 늘 워렌에게 압도되었으며 두려웠던 적도 있습니다. 무서운 일이 일어나기 전날 밤, 어떤 사체는 왜 천년 동안 부패하지 않고 무덤에서 건강하게 살이 쪄 잠들어 있는지, 그 이유에 대해 막힘 없이 지론을 전개하는 워렌의 얼굴에 떠오르던 표정을 보고 얼마나 온몸을 떨었는지를 잘 기억하고 있습니다. 그러나 워렌은 이제 아무래도 저의 엄청난 공포를 알게된 것 같으므로 지금은 그를 두려워하지는 않습니다. 다만 그의 안부를 걱정할 따름입니다.

거듭 말씀드립니다만, 그 날 밤의 목적에 대해 구체적인 것은 아무것도 아는 바가 없습니다. 분명히 워렌이 갖고 있던 책——한 달 전 인도에서 워렌 앞으로 배달된 해독이 불가능한 글자로 기록된 책의 내용과 크게 관계가 있음이 분명합니다만 무엇을 찾아낼 작정이었는지는 맹세코 저는 모릅니다. 여러분이 소환하신 증인은, 우리가 열한 시 반에 빅 사이프레스 늪을 향해 게인즈빌 거리를 걷고 있는 것을 보았다고 증언하셨습니다. 아마도 사실이겠습니다만 제게는 분명한 기억이 없습니다. 제게 남아 있는 것은 오직 하나의 광경뿐이며, 차츰 빛을 잃어가던 초승달이 안개로 흐려진 하늘 높은 곳에 걸려 있었기 때문에 시각은 한밤중을 꽤 지났음에 분명했겠지요.

장소는 오래된 묘지이며, 너무나도 오래 되어서 유구한 세월을 지나온 수없이 많은 흔적을 보고 몸을 떨었을 정도였습니다. 질퍽하고 깊게 패인 움푹한 곳에는 제멋대로 자라난 풀과 이끼, 땅위를 기어다니며 펼쳐진 기묘한 잡초가 무성했고, 한순간 너무도 바보같은 생각이지만 돌이 썩으면 이런 냄새가 아닐까 싶은 그런 낯모를 악취로 가득 차 있었습니다. 워렌과 제가 몇 세기에 걸친 죽음의 침묵 속으로 들어가는 첫 번째 인간이 아닐까, 문득 그런 생각이 떠오르더군요. 움푹 패인 곳을 둘러싼 산 위에는 미지의 지하 매장소에서 발산

되는 불쾌한 증기 속으로 초승달이 모습을 드러냈고, 그 희미하게
흔들리는 빛으로 편평한 오래된 돌, 항아리 모양 장식, 기념비, 무
덤 정면 등이 속이 메스꺼울 정도로 수많이 줄지어 있는 것을 분명
히 볼 수가 있었습니다. 모든 것이 훼손되어 이끼에 뒤덮였고, 습기
로 변색되었으며, 해로운 식물들이 맹렬하게 파고들어 일부가 감춰
져 있었습니다.

이 전율할 매장지에 발을 들여놓고 제가 처음으로 느낀 생생한 인
상은, 워렌과 함께 거의 비명이 마모된 무덤 앞에서 발길을 멈추고
가져간 것인 듯한 몇 가지의 짐을 내던진 행위에 관계된 것입니다.
지금 생각해 보니 제가 손전등과 두 자루의 가래를 운반하고 있었
고, 제 친구도 손전등과 휴대용 전화 송화기를 가지고 있었습니다.
그 장소에 대해서도, 앞으로 해야 할 일에 대해서도 잘 아는 것처럼
말을 주고받는 일은 전혀 없이 우리는 곧장 가래를 손에 들고 오랜
무덤의 편평한 돌을 뒤덮은 잡초와 흙을 제거하기 시작했습니다. 표
면을 모두 제거하자 세 개의 커다란 화강암 평석(平石)으로 구성된
것을 알았으며, 우리는 조금 뒤로 물러서서 납골당의 모습을 살펴보
았습니다만, 워렌은 뭔가 머릿속으로 계산을 하고 있는 듯이 보였습
니다. 이윽고 워렌이 무덤으로 돌아가 가래를 지렛대처럼 사용하여
전에는 묘비였을지도 모르는 돌의 잔해에 가장 가까운 평석을 억지
로 열려 했습니다. 그의 시도는 쉽사리 되지 않아서, 도와달라고 제
게 재촉했습니다. 둘이서 힘을 합쳐 간신히 돌이 느슨해지자 그대로
한쪽으로 넘어뜨렸습니다.

평석을 하나 제거하자 시커먼 개구부가 나타났으며, 그곳에서 왈
칵 밀려 올라오는 장독(瘴毒) 같은 가스는 코를 들 수 없을 만큼 지
독해서 우리는 깜짝 놀라 뒤로 물러섰을 정도였습니다. 그러나 조금
지나 다시 개구부로 가까이 가서 들여다보니 분출물이 간신히 견딜
수 있을 정도로 가라앉았음을 알 수 있었습니다. 손전등의 불빛 아

래 나타난 것은 돌계단 윗부분인데 대지 내부의 꺼림칙한 고름 같은 것으로 젖어 있었으며, 초석이 달라붙어 축축한 벽으로 둘러싸여 있었습니다. 이제야 비로소 기억이 납니다만, 그때 문득 워렌이 부드러운 테너 목소리로 숙연한 상황 속에 있으면서도 매우 침착하게 내게 말했습니다.

"미안하네만, 자네는 여기 남아 있어 줘야겠군. 자네 같이 연약한 신경의 소유자를 이 아래로 내려가게 하는 것은 범죄가 될 것 같아서네. 내가 지금부터 보거나 하는 행동은 자네가 지금까지 읽거나 내게서 들은 것으로는 전혀 상상조차 불가능한 일일세. 카터, 이건 꺼림칙한 행위이므로, 감수성이 없는 냉철한 사람이 아닌 한 결코 제정신으로 마지막까지 지켜볼 수 없을 걸세. 자네 기분을 상하게 하고 싶지 않고, 나도 자네를 데려가고 싶은 기분은 굴뚝 같지만, 어떤 의미에서 책임은 내게 있는 것이므로 자네 같은 신경이 예민한 사람을 죽음이나 광기가 기다리고 있을지도 모를 곳으로 들어가게 할 수는 없네. 미리 말해 두지만, 실제로 어떤 것일지 자네는 도저히 상상도 할 수 없을 걸세. 그러나 나의 행동은 전화로 일일이 알릴 것을 약속하겠네. 대지의 중심부까지 갔다가 돌아올 정도의 전화선이 있으니까 말일세."

침착한 그의 말은 아직도 기억 속에 생생하게 남아 있으며, 제가 항의했던 것도 지금은 떠올릴 수가 있습니다. 저는 어떻게든 함께 가서 무덤의 바닥까지 내려가고 싶어 견딜 수가 없을 정도였습니다만, 워렌이 단호하게 결심을 바꾸지 않음을 확인했을 뿐입니다. 한 번은 제가 완고하게 버텼더니 이 탐험은 단념하겠다며 위협했을 정도였고, 워렌만이 이 계획의 열쇠를 쥐고 있었기 때문에 효과도 있었습니다. 이런 모든 일들은 지금도 여전히 생각이 납니다만, 우리가 무엇을 찾고 있었는지 저는 더 이상 알 도리가 없었습니다. 제가 어쩔 수 없이 워렌의 계획에 동의하자 그는 전화선 같은 것을 집어

들고 기기를 조정했습니다. 워렌이 시키는 대로 저는 전화 송화기를 한 대 들고 막 파헤쳐진 개구부 가까이 오랜 세월 퇴색된 묘석 위에 앉아 있었습니다. 이윽고 워렌이 저와 악수를 나눈 뒤, 둥글게 만 전화선을 어깨에 걸고 말로 표현하기조차 힘든 그 무덤속으로 모습을 감추었습니다.

얼마 동안은 워렌이 들고 있던 손전등의 불빛이 보였고, 워렌이 전화선을 늘리는 소리도 들렸습니다만, 돌로 된 계단에서 구부러지는 길로 접어들기라도 했는지 갑자기 불빛이 사라졌고 거의 때를 같이하여 소리도 들려오지 않게 되었습니다. 저는 홀로 남게 되었습니다. 차츰 빛을 잃어 가는 변변찮은 초승달 아래서 표면의 초록색이 눈에 뚜렷하게 남아 있는 마법의 실을 든 채, 애타게 소리를 기다리며 미지의 심연과 함께 묶여 있었던 것입니다.

오랜 세월로 황량해진 죽은 이들의 도시가 주는 숙연한 침묵에 휩싸여 있으려니 제 가슴 속에는 엄청나게 꺼림칙한 환상과 환영이 떠올라 기괴한 묘비와 기념비가 반은 지각력이 있는 전율할 인격을 지닌 것처럼 생각될 정도였습니다. 명확한 형태를 지니지 않은 그림자가 잡초로 무성한 어두운 구덩이마다 웅크리고 있다가 어떤 모독적인 의식과도 같은 행렬을 지어 언덕 비탈에서 묘석을 넘어 날아오는 것 같았는데, 그 그림자는 결코 희푸른 달이 던져주는 것은 아니었습니다. 저는 손전등의 불빛을 사용해 끊임없이 손목 시계를 보았고, 불안으로 애를 태우면서도 수화기에 귀를 기울였습니다만, 15분 이상이나 아무런 소리도 들리지 않았습니다. 그러는 사이 전화기에서 지직 하는 소리가 희미하게 들려와서 잔뜩 긴장한 목소리로 친구를 불러보았습니다. 이미 불안할대로 불안해진 나는 온 신경이 곤두 서 있었습니다. 그러나 그 기분나쁜 구덩이 속에서 할리 워렌이 떨리는 목소리로 제게 전해준 이야기는 결코 상상도 못한 것이었습니다. 겨우 조금 전까지만 해도 태연하게 제 앞에서 사라진 워렌이 기어들어가는 떨리는 소리로 땅속 깊은 곳에서 나를 부르던 그 목소리에는 큰 비명 소리를 능가하는 어떤 공포와 불길함이 있었습니다.

"이럴수가! 내가 지금 보는 것이 자네에게도 보인다면."

저는 대답을 할 수도 없었습니다. 아무 말도 못하고 그저 계속 기다릴 수밖에 없었지요. 이윽고 또다시 미친 듯이 흥분한 목소리가 들렸습니다.

"카터, 무서워……터무니없어……믿을 수가 없군!"

이번에는 저도 소리를 낼 수 있어서 흥분한 채로 송화기에 질문을 퍼부었습니다. 두려워 떨면서 이렇게 반복했던 것입니다.

"워렌, 무슨 일인가? 뭐가 있는 거야?"

또다시 친구의 목소리가 들려왔습니다만 여전히 엄청난 공포에 목이 가라앉았다고는 하지만, 이번에는 절망감에 가득 차있음이 생생하게 느껴졌습니다.

"자네에게 말해도 될까, 카터? 전혀 생각지도 못할 일이라서…… 아무래도 자네에겐 말할 수가 없겠어. 이런 것을 알고도 살아갈 수 있는 사람은 없을 거야. 뭐라고 해야 할까. 이럴 정도라고는 꿈에도 생각지 않았네!"

워렌은 다시 잠잠해졌고 제가 떨리는 목소리로 엉겁결에 지리멸렬한 질문을 해댈 뿐이었습니다. 이윽고 워렌이 여전히 낭패한 목소리로 말했습니다.

"카터, 제발 부탁이니 가능하다면 평석을 원래대로 되돌려놓고 여기서 떠나게. 어서 빨리! 다른 것은 신경 쓰지 말고 여기를 떠나게……그렇게 할 수밖에 없어. 내 말대로만 하고 자세한 것은 묻지 말게나."

그런 말을 들었습니다만, 저로서는 미친 듯이 두서없는 질문을 반복하는 수밖에 없었습니다. 묘석과 어둠과 그림자에 둘러싸여, 발밑에는 인간의 상상도 미치지 않을 위험이 잠재되어 있었던 것입니다. 그러나 친구는 저보다도 훨씬 엄청난 위험에 처해 있었으며, 저는 공포로 와들와들 떨면서도 워렌이 저를 이런 때에 친구를 내팽개치는 비겁한 놈이라고 생각한다는 걸 알고는 슬며시 분하기도 했습니다. 다시 지직 하는 소리가 나더니 곧 워렌의 참혹한 절규가 들려왔습니다.

"어서 떠나! 부탁이니, 평석을 원래대로 돌려놓고 어서 도망쳐, 카터!"

떨고 있음이 분명한 친구가 어린애 같은 말투를 썼기 때문에 저는 곧 정신을 차렸습니다. 그리고 결심을 굳히고 이렇게 외쳤습니다.

"워렌, 정신 차려! 지금 곧 내려갈 테니까."

그러나 이 말에 대해 워렌의 목소리는 분명히 절망의 비명으로 바뀌었습니다.

"그만둬! 자네는 몰라. 이미 늦었어. 모든 책임은 내게 있어. 평석을 다시 덮고 도망쳐. 이젠 누구도 도리가 없어."

다시 어조가 바뀌었고 이번에는 절망하여 포기한 듯, 침착한 데가 있었습니다. 그러나 저를 걱정하는 긴장된 것이기도 했습니다.

"서둘러, 늦기 전에."

저는 그런 말에 전혀 개의치 않고, 얼어붙은 몸을 억지로 움직여 워렌을 구하러 내려가려 했습니다. 그러나 워렌의 뒤이은 말을 듣는 순간, 엄청난 공포에 사로잡혀서 손가락 하나도 움직일 수 없었습니다.

"카터 서둘럿! 이제 소용없으니 너나 가! 둘보다 하나가 희생하는 것이 나아. 평석을……."

한동안 침묵이 이어졌고, 다시 지직 하는 소리가 나면서 워렌의 가냘픈 목소리가 들렸습니다.

"이제 끝이야. 헛수고하지 말아 줘. 그 저주받은 돌을 덮고 있는 힘껏 달려. 시간을 헛되이 쓰지 말아. 안녕, 카터. 이제 다시 만나지 못하겠지."

그 때 워렌의 가냘픈 목소리가 비명으로 바뀌었고, 차츰 절절한 공포의 절규로 바뀌었습니다……

"제기랄, 지옥의 새끼들……지옥의 사자(死者) 놈들……부탁이야. 가 주게. 도망쳐. 가야해."

그 뒤로는 침묵이 이어질 뿐이었습니다. 제가 멍하니 앉아서 끝없는 영원의 순간을 얼마만큼 보냈는지, 송화기를 향해 소리치고, 중얼거리고, 불러보고, 얼마나 외쳐댔는지 모릅니다. 그렇게 영원처럼 생각되는 시간 속에서 저는 몇 번이나 반복해서 "워렌! 워렌, 대답해 줘! 거기 있는 거야?"라고 외치고, 중얼거리고, 불러보고, 계속해서 소리쳤습니다.

그러는 사이에 이 세상에 존재하지 않을 엄청난 공포——믿을 수 없고, 상상도 되지 않으며, 도무지 말로로 표현할 수 없는 그런 일이 일어났습니다. 이미 말씀드렸던 것처럼 워렌이 절망적인 경고를 절규한 뒤로 영원처럼 여겨지는 시간이 지났고, 숙연한 침묵을 깨는 것이라고는 이제 저 자신의 흐느낌뿐이었습니다. 그러나 조금 지나자 다시 수화기에서 지직 하는 소리가 나서 저는 잔뜩 귀를 곤두세웠습니다. 다시 한 번 "워렌, 그곳에 있는가?"라고 불렀고, 그 대답으로 들은 것이 제 가슴속에 어두운 그림자를 던졌던 것입니다. 그것, 그 목소리를 들었던 이유에 대해서는 여러분께 설명하고싶지 않으며, 목소리의 특징을 자세하게 말씀드릴 수도 없습니다. 최초의 말을 들은 순간 저는 의식을 잃었고, 병원에서 눈을 뜰 때까지 머릿속에 공백이 생겨났기 때문입니다. 그 목소리는 낮고 굵었으며, 속이 텅 빈, 끈적끈적한, 동떨어진, 이 세상의 것이 아닌, 비인간적인, 육체에서 유리된 것이었다고 하면 되겠습니까? 제가 무슨 말을 할 수 있습니까? 그것이 제가 경험한 마지막의 기억이며, 제 이야기의 마지막이기도 합니다. 저는 그 소리를 듣기만 했을 뿐 그 이상은 아무것도 모릅니다. 구덩이에 있는 미지의 묘지, 오랜 묘석과 넘어진 묘비, 무성하게 자란 식물과 장독을 떠올리게 하는 눅눅한 공기 속에서 손가락 하나 움직일 수 없는 채로 앉아서 들었던 것입니다. 차츰 엷어져 가는 저주받은 초승달빛 아래 죽은 시신을 먹이로 삼는 몽롱한 그림자가 춤추는 것을 바라보면서, 그 꺼림칙한 무덤 속 깊은 곳에서 터져 나오는 소리를 들었던 것입니다. 그리고 그 목소리는 이렇게 말했습니다.

"바보녀석, 워렌은 죽었어."

말로는 표현할 수 없는 것

어느 가을 날 오후 느지막이, 우리는 아컴의 오래된 매장터에서 훼손된 17세기 묘석에 앉아 뭐라고 표현할 수 없는 것에 대해 이리 저리 생각하고 있었다. 너무 오래돼서 묘비명도 읽을 수 없는 평석을 거의 집어 삼킬 듯 굵어진 거대한 버드나무를 바라보면서, 나는 울퉁불퉁한 굵은 뿌리는 틀림없이 오래된 무덤의 정체도 이름도 모를 누군가로부터 자양분을 흡수했다고 상상했고, 친구는 바보 같은 소리 말라며 나를 타일렀다. 이곳은 백 년이 넘게 매장이 이루어지지 않은 곳인데 그런 방법으로 나무가 자랄 만한 것이 있겠느냐고 했다. 게다가 내가 언제나 "말로는 표현할 수 없는 것"이니 "뭐라고 나타내지 못할 것"에 관해 이야기하는 것은 유치하기 짝이 없는 일이며, 바로 그 때문에 작가로서 낮은 위치에 머무는 것도 무리가 아니라고 덧붙이는 것이었다. 네가 좋아하는 소설의 결말은 늘 광경이나 소리로 주인공의 심신의 능력을 마비시켜 그가 겪은 일을 말할 용기며 언어며 기억들을 모조리 없애버리는 게 고작 아닌가. 게다가 우리가 사물을 인식할 수 있는 것은 오로지 오감이나 종교적 직관뿐인데, 사실에 대한 엄밀한 정의나 올바른 신학적 정의——전통이나 아서 코난 도일 경에게서 볼 수 있는 조금 수정된 회중파(會衆派)의 교리라면 더 좋겠지만——로 명확히 말할 수 없는 자네의 그 이상한 물체나 유령 비슷한 것에 대해서는 사실 입에 담기조차 꺼림칙하네.

이렇게 말한 내 친구, 죠엘 맨튼과는 최근까지도 자주 내키지 않는 논쟁을 벌인 적이 있다. 이스트 하이스쿨의 교장을 맡고 있는 맨튼은 보스턴에서 태어나 자랐고, 인생에서 미묘하고 섬세한 의미를 내포한 것은 받아들이지 않는 뉴잉글랜드 특유의 독선적인 성향을 지니고 있었다. 그의 의견에 따르면 대개 미적인 의미라는 것은 우리들의 정상적이고도 객관적인 경험에서만 찾아볼 수 있는 것이므로 예술가의 본분 또한 행위나 환희, 그리고 경악으로 격렬한 감정을 자극할 게 아니라 일상을 정확하고 상세하게 묘사해냄으로써 잔잔한 흥미와 심미안을 유지하도록 해야 한다는 것이다. 신비한 초자연 현상에 내가 몰두하는 것을 두고 맨튼이 특히 불만이 많은 이유는, 나보다 더 초자연적인 존재를 믿으면서도 문학에서 다루기에는 적합한 소재가 아니라고 생각하기 때문이었다. 정신이 최대의 환희를 찾아낼 수 있는 곳은 일상의 지루한 단조로움에서 도피하거나, 통상적인 습관이나 피로 속에 내동댕이쳐진 현실에 존재하는 진부한 인상들을 참신하고 기발하게 극적으로 재구성하는 데서 발견할 수 있음을 맨튼의 명석하고 실제적이며, 논리적인 지성으로는 도저히 믿을 수 없었던 것이다. 맨튼에게는 모든 사물과 감정은 이미 그 크기나 특성, 인과 관계가 고정적인 것이었다. 그래서 매우 불규칙하고 분류할 수 없으며 실용성도 없는 것을 몽상하거나 느끼는 사람도 이따금 있다는 것을 맨튼도 막연하게는 알고 있었지만, 스스로 여기에 한 획을 그어놓고 평균적인 시민이 경험하거나 이해할 수 없는 모든 것은 배제하는 편이 옳다고 굳게 믿었다. 또한 "말로는 표현할 수 없는 것” 따위는 현실적으로 있을 수 없다고 거의 확신하기까지 했다. 맨튼에게는 이치에 맞지 않는 것은 생각할 수 없었던 것이었다.

　태양 빛을 받고 살아가는 보통 사람의 자기 만족에 대해 상상력이 풍부한 형이상학적인 토론을 해 봐야 쓸모없다는 것은 나도 충분히 알고 있었지만, 며칠 전 오후 대화를 했던 장소에는 논쟁을 좋아하는 나를 평소 이상으로 몰아가는 어떤 것이 있었다. 썩어 가는 묘석, 나이가 꽤 든 나무들, 그리고 마녀에게 홀려 오랜 세월을 지내온 묘지를 둘러싼 말 모양의 뾰족 지붕, 그런 것들 모두가 합쳐져 자신의 작품을 변호하는 듯한 나의 기분을 흥분시켰기 때문에 나는 곧 적진에 보복을 가했다. 사실 반격을 시작하는 것은 힘든 일이 아니었다. 예를 들어 교양있는 자라면 뒤돌아보지 않는 오래된 수많은 전래의 미신, 즉 다 죽어가는 사람이 멀리 떨어진 곳에 모습을 드러낸다거나 마지막 순간까지 지켜보던 그 창에 죽은 사람의 얼굴이 떠오른다는 이런 류의 이야기에 죠엘 맨튼이 꽤 집착하고 있음을 알았기 때문이다. 그래서 나는 시골 노파들이 목소리를 낮추어 말해주는 이런 이야기를 믿는다는 것은, 영적인 것이 그 육체가 죽은 뒤에도 육체와는 별개로 이 세상에 존재함을 믿는 것이 아니겠느냐고 반문했다. 그리고 이러한 생각은 통상적인 개념을 완전히 초월한 현상을 믿는 능력을 나타내는 것이라고 할 수 있을 것이다. 지구의 반바퀴나 돌 수 있는 먼 거리나 긴 세월을 뛰어넘어 죽은자가 눈에도 보이고 만질 수도 있는 모습을 보낼 수 있다면, 빈집에는 지능과 감각이 있는 기묘한 생물이 득시글대고 낡은 묘지에는 몇 세대에 걸친 끔찍한 무형의 지성들이 서로 이야기를 주고받고 있을 거라고 생각하는 것이 어째서 바보같은 소리인가 !

　게다가 흔히 유령의 짓이라 하는 그런 일을 벌이는 데도 영혼은 모든 물질의 법칙에 전혀 제한을 받지않으므로, 죽은자의 영혼이 산

사람의 눈에는 참으로 전율할 '표현할 수 없는 것'에 틀림없을 모습
——또는 일부분——을 하리라 상상하는 것이 어째서 말도 안된다
는 것인가! 나는 약간의 열정을 담아서, 이런 것들을 생각할 때
'상식'을 들이대는 것은 단순히 상상력과 정신의 유연함이 안타깝게
도 결여되어 있기 때문이라고 친구에게 단호하게 말했다.

　이제 어둠이 다가오고 있었지만 우리는 모두 하던 이야기를 그만
둘 생각이 전혀 없었다. 맨튼은 나의 주장에도 움직일 기색은 없는
것 같았고, 분명히 교사로서 성공하기에 이른 자신에 찬 지론으로
나의 논점을 꼼짝 못하게 하려 했다. 나도 자신의 입장에 확신을 가
지고 있어서 패배를 걱정할 정도는 아니었다. 어둠이 낮게 드리워
멀리 몇몇 창에 등불이 희미하게 빛나기 시작했지만 우리는 움직이
지 않았다. 우리가 앉아 있는 묘석은 앉아 있기에 편안해서 바로 뒤
에 낡고 오랜 무덤의 벽돌이 뿌리에 유린되어 뻥하니 구멍이 뚫려
있고, 가로등이 켜진 가장 가까운 길이 허물어진 17세기의 폐가에
가리워 우리가 있는 곳이 완전한 어둠에 둘러싸여 있는 것을 내 평
범한 친구는 마음에 두지도 않았다. 그리하여 우리는 어둠 속에서
폐가 옆에 있는 구멍 뻥 뚫린 무덤 위에 앉아서 '말로는 표현할 수
없는 것'에 대해 계속 이야기를 나누었고, 친구가 나의 의견에 코방
귀를 뀌는 것을 보고 나는 친구가 가장 비웃었던 내 소설의 배후에
있는 무서운 증거를 이야기했다.

　내가 쓴 그 이야기는 '다락방의 창'이라는 제목으로 〈위스퍼즈〉
1922년 1월호에 게재된 것이었다. 대부분의 지역, 특히 남부와 태
평양 연안에서 멍청한 겁쟁이들이 불평을 나타냈기 때문에 잡지 매
장에서 치워져버리긴 했지만, 뉴잉글랜드 사람들은 전율하지도 않고
이야기의 터무니없음에 그저 어깨를 한 번 으쓱했을 뿐이었다. 무엇
보다 그런 것은 생물학적으로 있을 수 없다고 한마디로 무시되었는
데, 코튼 마저가 진실이라 굳게 믿은 말도 안되는《그리스도의 위대

한 업적—미국》에 슬쩍 편승한 지방에서 떠도는 어리석은 소문에 지나지 않을 뿐더러, 신빙성을 높이려고 저자가 의도적으로 괴물이 나타난 장소를 기술하지 않았다는 의심까지 샀다. 그리고 과거의 신비가가 대강 적어 놓았을 뿐인 것을 내가 부연한 것에 대해서는 참으로 믿을 수 없는 일이며, 공상에 빠진 경박한 풋내기 글쟁이의 전형이라고 했다. 물론 마저도 그런 것이 생겨난다는 예기는 했지만 그것이 성장하여 밤에 민가의 창을 들여다본다거나, 살아 있을 때는 물론이고 죽어서까지 그 집 지붕밑에서 영혼으로 떠돌다가 결국 수세기 호에 창에서 그것을 목격한 사람이 머리칼이 회색으로 변하도록 놀라게 했으면서 그 모습조차 묘사할 수 없다는 말 따위 싸구려 선정소설을 쓰는 자가 아니면 어찌 생각이나 하겠느냐? 그리고 이 모든 것은 서품의 가치도 없는 악명높은 상류소설의 상투적인 수단에 지나지 않는다고 몰아세웠던 것인데, 이 얘기를 들은 내 친구 맨튼은 말이 끝나기무섭게 냉큼 맞즌 소리라며 맞장구를 쳤던 것이다. 그래서 나는 지금 앉아 있는 곳에서 1마일도 떨어져 있지 않은 집의 고문서 속에서 찾아낸, 1706년에서 1723년에 걸친 옛 일기 속에서 발견한 것을 이야기하고, 그 일기가 알려주는 바와 같이 나의 선조의 가슴과 등에 흉터가 있었음은 틀림없는 사실이라고 말했다. 그 주위에 사는 다른 사람들이 우리 선조를 두려워했다는 것과, 몇 세대에 걸쳐 흉터에 대한 소문이 떠돌았으며, 1793년에는 폐가로 들어가 그곳에 있을 것으로 여겨지는 흔적을 조사하려 했던 소년이 광기에 빠져들었음도 나는 맨튼에게 이야기해 주었다.

무시무시한 일이었다. 감수성이 예민한 연구가들이 매사추세츠의 퓨리턴 시대에 대해 공포로 부들부들 떠는 것도 무리는 아닌데 어떤 일이 있었는지 자세한 내막은 거의 알려지지 않았다. 다만 지독한 고름으로 가득 찬 주머니가 썩어문드러져 부글부글 일어나고 때로는 지옥 같은 모습이 보였다고만 했다. 요술의 공포는 꺼림칙한 한

줄기 빛이 되어 인간의 짓이겨진 두뇌에서 끓어오르는 것을 비추기 시작했으나, 그것조차도 사소한 것에 지나지 않았다. 아름다움도 자유도 없었다. 지금도 남아 있는 건축물이나 가재 도구, 편협한 성직자들의 유해한 설교로도 그 사실을 잘 알 수 있다. 그리고 잔뜩 녹이 슨 쇳덩이로 된 구속의(拘束衣) 속에는 상상도 할 수 없는 엄청난 공포와 도착과 악마주의가 잠재되어 있었다. 실로 이곳에야말로 말로는 표현할 수 없는 것의 극치가 있었다.

코튼 마저는 그 누구도 어두워진 뒤에는 읽어서는 안되는 악마적인 여섯 번째 저서에서 주저 없이 저주를 토해낸다. 유대인 예언자처럼 가차없이 나중 세대에게 끊임없는 간결함으로 짐승 이상, 그러나 인간 이하의 존재――한 쪽 눈이 없는 존재――를 탄생시킨 짐승과, 그런 눈을 가졌다고 해서 교수형에 처해져 비명을 지르는 술주정꾼에 대해 썼다. 이에 관해서는 혹독한 뒷말이 무성했지만, 그 뒤에 이어진 것에 대해서는 한마디도 입을 열지 못했다. 필경 몰랐거나 알았더라도 감히 쓰지 못했으리라. 아는 사람들도 말할 용기는 없었다. 기피당하는 무덤 옆에 묘비명도 없는 점판암 묘석으로 세운, 자식도 없고, 운도 꺾인, 점점 분노만 더해지는 노인의 집에, 다락방으로 오르는 계단문이 잠겨 있던 사실을 놓고 떠돌던 소문을 공공연하게 떠벌이는 사람은 없었지만, 겁쟁이들의 피를 얼어붙게 만들 막연한 전설이 따라다니고 있었는지도 몰랐다.

내가 찾아낸 선조의 일기에는 그런 모든 것, 밤에 창가나 수풀 가까이 아무도 없는 초원에서 목격되었던 외눈박이를 둘러싼, 소리를 낮춘 험담과 은밀한 소문들이 모조리 적혀 있었다. 뭔가가 어두운 골짜기에서 나의 선조를 붙잡았고, 선조의 가슴에는 뿔에 의한 흉터를, 등에는 유인원 같은 손톱자국을 남겼지만, 동네 사람들이 바닥에 남아 있는 이리저리 흩어진 발자국을 조사해 보니, 앞부분이 갈라진 발굽 자국과, 어딘지 모르게 유인원 같은 발자국이 어지럽게

나 있었다고 한다. 한 번은 날이 새기 전의 어슴푸레한 달빛 아래 메도 힐에서 무섭게 뛰어오르는, 말로는 표현하기 어려운 것을 부르면서 뒤쫓는 노인을 기마 우편배달부가 본 적이 있으며, 많은 사람들이 그 말을 믿었다. 분명히 1710년 자식도 없는 늙어 꼬부라진 노인이 묘비명도 없이 점판암 묘석이 보이는 집 뒤의 무덤에 매장되던 밤에는 기괴한 소문이 사람들의 입에 오르내렸다. 다락방으로 통하는 문의 자물쇠가 열린 적이 없으며, 집 전체가 그대로 남겨졌고, 두려워하여 가까이 다가가는 사람도 없었다. 집에서 소리가 들려오면 사람들은 몸을 떨면서 소리를 낮추어 이야기를 했고, 다락방으로 통하는 문의 자물쇠가 견고하기를 빌었다. 이윽고 목사관에서 괴사건이 일어나 살아 있는 자는 고사하고 사지가 멀쩡한 시신조차 하나도 없었으므로, 사람들의 바람은 헛되이 끝났다. 세월이 지나면서 전설은 유령담 같은 양상을 띠게 되었다——살아 있는 것이기는 해도 죽어버린 것이 틀림없었기 때문이다. 기억은 꺼림칙하게도 꼬리를 끌며 남았다. 너무나도 비밀스러웠기 때문에 더더욱 꺼림칙했다.

이런 일들을 이야기하는 동안 맨튼이 줄곧 침묵했으므로 내 말에 동요하고 있음을 깨달았다. 내가 말을 끊어도 웃거나 하지 않았으며, 1793년에 발광한 소년, 내 소설의 주인공으로 전혀 손색이 없는 소년에 대해 매우 진지한 어조로 질문을 했다. 나는 맨튼에게 소년이 모두가 기피하는 흉가에 갔던 이유를 알리고, 소년이 흥미를 가졌던 것도 당연하며, 창을 향해 앉아 있던 자의 모습이 유리창에 남아 있다고 믿었기 때문이라고 가르쳐주었다. 창문에 여러 가지의 것들이 보인다는 소문이 있었으므로 소년은 그 꺼림칙한 다락방의 창을 보러 갔고, 광란의 비명을 지르면서 돌아왔던 것이다.

내가 그렇게 말했을 때 맨튼은 여전히 깊이 생각하는 듯한 표정이었으나, 차츰 아무것도 분석하지 않고는 견딜 수 없는 기분으로 바뀐 듯 싶었다. 토론을 계속하기 위해 심상치 않은 괴물이 존재한다는 것은 인정했지만, 자연이 탄생시킨 가장 병적인 기형을 하고 있으므로 말로는 표현할 수 없다거나, 과학 용어로 나타낼 수 없는 것이어야 할 필요는 없다고 지적했다. 나도 맨튼의 명석함과 완고함에 혀를 내두르고, 노인들에게서 들어 수집한 전승을 계속 말했다. 후세대의 유령 전설이 필경은 평범한 생물을 초월하는 괴물 같은 유령에 얽힌 것이며, 그 유령은 거대한 짐승의 모습을 띠며, 눈으로 보이는 것이 있는가 하면 느낄 수만 있는 것도 있어서 달이 없는 밤에 떠돌아다니고, 폐가나 그런 집 뒤의 무덤, 그리고 묘비명을 판독할 수 없는 묘비석 옆에서 한 그루의 어린 나무가 자라는 무덤에 출몰한다는 것을 분명히 해 주었다.

확증이 불가능한 전승을 말하는 것처럼, 그런 유령이 사람들을 찔러 죽이거나 질식사시키는지 어쩌는지는 모르지만 머리에서 꼬리까지 일관된 강렬한 인상을 보이는 것은 사실이며, 지금도 고령의 노인들에게는 적이 두려움을 안겨주고 있지만, 젊은 사람들이나 그의 부모 세대는 대체로 잊어버렸다. 아마도 주목을 받지 못한 채 전승도 사라지게 될 것이다. 더욱이 미학적인 관점으로 볼 때 만약 인간이라는 생물의 영혼이 괴기스러울 정도로 일그러진 형태로 유출된다면, 자연을 거역하는 병적이며 모독적이고 보기싫게 뒤엉킨 기형의 유령처럼 부풀어오르고 꺼림칙하며 애매모호한 이 영혼을 어떻게 논리정연하게 설명하거나 묘사할 수 있겠는가! 다양한 요소가 조합된 악몽을 길러내는 두뇌로 조형된, 그런 몽롱한 공포야말로 꺼림칙한 것보다도 훨씬 전율할, 격렬하기까지 하며 말로는 표현할 수 없는 것이 분명하지 않은가?

이미 밤도 상당히 깊었음에 틀림없었다. 이상하리만큼 소리를 내지 않는 박쥐가 내 곁을 스쳐 날았는데, 분명 맨튼의 몸에도 닿았는지, 어두워서 보이지는 않았지만 맨튼이 팔을 드는 것이 느껴졌다. 이윽고 맨튼이 입을 열었다.

"하지만 다락방에 창이 있는 그 집은 여전히 빈 집인 채로 있단 말인가?"

"으음." 나는 대답했다. "이 눈으로 확인한 적이 있거든."

"그래서, 뭔가를 찾아냈단 말인가? 다락방이나 어딘가에서?"

"처마 밑에 뼈가 몇 개 있었지. 그것을 소년이 보았는지도 모르지. 감수성이 예민했다면 유리창에서 뭔가를 볼 것까지도 없이, 그것만으로도 미치기에 충분하지 않았을까? 뼈가 모두 동일한 몸의 것이라면, 그것은 현기증 나고 미칠 것 같은 괴물이었음에 틀림없겠지. 이 세상에 그런 뼈를 남기는 것조차 모독적인 일이므로 나는 자루를 들고 돌아와 뼈를 집 뒤의 무덤으로 가져갔지. 구덩이가 있었으므로 그곳에 뼈를 떨어뜨려 넣었어. 나를 바보라고 생각하지 말아주게나. 자네도 그 두개골을 봤어야만 하는데. 10센티미터가 넘는 뿔이 있었는데 얼굴이나 턱은 자네나 나와 같은 것이었으니 말일세."

맨튼이 곧장 가까이서 몸을 움직였으므로 나는 문득 맨튼이 무서워 떠는 것을 느낄 수 있었다. 그러나 맨튼의 호기심은 조금도 줄어들지 않았다.

"그래서 유리창은 어떻게 되었지?"

"전혀 보이지 않더군. 유리창 하나는 창틀과 함께 없어졌고, 다른 것은 마름모꼴 창틀에 유리 파편조차도 남아 있지 않았어. 그런 유리창이었지. 1700년 이전에 쓰던 구식 격자창 말이야. 유리가 없어진 뒤로 100년 이상은 지나지 않았을까. 어쩌면 전에 그 소년이 유리를 깨기까지 했는지도 모르지. 전하는 말로는 아무런 정보도 없지만 말일세."

맨튼이 다시 생각에 잠겼다.

"그 집을 보고 싶군, 카터. 어디 있지? 유리창이 있는지 없는지, 좀 살펴보아야만 하겠어. 그리고 자네가 뼈를 묻었다는 무덤도,

묘비명이 없는 다른 하나의 무덤도 말일세. 모든 것을 내게 보여주지 않겠나 ?”

“자네는 이미 집을 보았네. 어두워지기 전에.”

친구는 내가 생각했던 것 이상으로 경악했는지 조금은 꾸민, 실없는 이 말에 신경을 곤두세우고 내게서 얼굴을 돌리더니 신음하는 듯한 소리를 지르면서 지금까지 참아서 한층 고조되어 있던 긴장감을 털어 내는 것이었다. 기묘한 고함소리였는데, 그에 응답하는 소리가 있어서, 한층 두려웠다. 그도 그럴 것이 고함소리가 채 사라지기도 전에 어둠 속에서 삐이걱하는 소리가 들려왔고, 옆에 있던 저주받은 폐가의 격자창 하나가 열려 있는 것을 보았던 것이다. 이미 오래전에 창틀이란 창틀은 모두 부서지고 없었으니 지붕밑 다락방에 유리 없이 남아있는 으스스한 무늬의 격자창이 틀림없었다.

그러자 경악을 불러일으켰던 같은 방향에서 휙 하는 냉기가 불쾌하게 밀려왔고, 뒤이어서 나의 바로 옆, 인간과 괴물이 잠든 전율할 구멍이 열려진 무덤에서 새된 목소리가 올라왔다. 다음 순간 정체는 불분명하지만 보이지 않는 어떤 거대한 실체에 부딪쳤고, 내가 앉아 있던 기분 나쁜 벤치에서 내던져져 묘지의 그 꺼림칙한 뿌리가 기어다니는 땅바닥에 큰대자로 넘어졌다. 그리고 그 무덤으로부터 신음과 퍼덕임이 희미하게 울려왔으므로 밀턴이 그린 기형의 죽은 자들이 어둠 속에서 웅성대는 모습이 떠올려지는 판국이었다. 움찔하게 만드는 얼음 같은 차가운 바람이 회오리를 일으켜 느슨해진 벽돌과 회반죽이 소리를 냈지만, 다행스럽게도 그것이 무슨 의미인지 알기도 전에 나는 의식을 잃고 말았다.

맨튼은 나보다도 몸집이 작았지만 회복은 빨라서 나보다도 중상을 입었으면서도 거의 동시에 눈을 떴다. 우리의 침대는 나란히 있었고 우리는 곧 성마리아 병원에 있음을 알게 됐다. 의사와 간호사들이 노골적인 호기심으로 주위에 모여들어 우리의 기억을 되살리고자 어떻게 옮겨졌는지를 가르쳐주었기 때문에 우리는 곧 사정을 이해할 수 있었다. 그 오랜 무덤에서 1마일 떨어진 메도 힐의 깊숙하고 쓸쓸한 들판, 한때 도살장이 있었다는 곳에서 농부가 정오 무렵에 우리를 발견했던 것이다. 맨튼은 가슴에 심한 상처가 두 군데 났고, 등에도 그보다 상태는 심하지 않지만 도려내진 듯한 상처가 나 있었다. 나는 그리 대단한 상처는 없었지만 길게 부르튼 당황스러운 좌상이 온몸에 있었고, 앞이 갈라진 발굽에 맞은 흔적마저 있었다. 맨튼은 나보다도 많은 것을 아는 것 같았지만, 곤혹스럽게 호기심을 드러내는 의사들에게는 아무 말도 하지 않고 부상의 정도만 캐물었다. 그리고 나서는 사나운 미친 소에게 습격을 당했다고 대답했다. 그리 설득력이 없는 대답이었다.

의사와 간호사들이 사라지자 나는 소리를 낮추어 조심스레, 그리고 두렵게 물었다.

"이봐, 맨튼. 그건 뭐였지? 자네의 부상으로 볼 때 그놈은 그런 것이었을까?"

나는 눈앞이 아찔했기 때문에 맨튼이 내가 거의 기대하고 있던 것을 속삭이는 목소리로 말했을 때에도 이겼다는 자랑스러운 기분 따위는 들지 않았다.

"아니, 그런 것일 리가 있겠는가. 가는 곳마다 있었어. 젤라틴 상태였지……끈적끈적했어……그런데도 형태는 있고…… 기억조차 할 수 없는 무시무시하고 가공할 형태. 눈이 있었어, 상처가 있는 눈이. 구덩이였어. 커다란 소용돌이였지. 굉장히 꺼림칙한 것이었어. 카터, 그건 도저히 말로는 표현할 수 없는 것이었다네."

은으로 된 열쇠

 랜돌프 카터는 서른 살이 되었을 때 꿈의 세계로 들어가는 열쇠를 잃어버리고 말았다. 그때까지 우주 저쪽의 이상한 고대 도시에 하늘의 바다 저 멀리 믿을 수 없을 정도로 화려한 낙원의 땅으로 밤마다 여행함으로써 평범한 인생에 결여되어 있는 것을 메워 왔지만, 중년이라는 나이가 무겁게 짓누르면서 그런 자유를 조금씩 잃어 가는 것을 느꼈고 결국에는 완전히 끊어져 버렸던 것이다. 이미 카터의 갈리선도 금빛 찬란한 스란의 첨탑을 곁눈질로 오크라노스 강을 거슬러 올라가지 않았으며, 근육 모양이 들어간 상아 기둥으로 떠받쳐진 잊혀진 궁전과, 달빛 아래서 화려한 잠에 빠진 클레드의 향기로운 밀림을 코끼리 대상(隊商)이 무거운 발걸음으로 지나가는 일도 없었다.

 카터는 많은 것을 읽고 많은 사람과 이야기를 나누었다. 악의 없는 철학자들이 가르쳐 준 것은 사물의 논리적인 관계를 살피는 것, 그리고 사물이나 공상이 형태를 이루어 가는 과정을 분석하는 것이었다. 경이가 잊혀져버린 지금, 인생의 모든 것이 머리 속의 일련의 그림에 지나지 않으며, 그 안에서는 현실의 사물로부터 생겨난 것과 내면의 몽상으로부터 태어난 것이 전혀 다르지 않으며, 한 사람을 다른 사람보다 중요시할 이유도 없음을 카터는 완전히 잊고 말았다. 확고하게 물리적으로 존재하는 것을 맹목적으로 숭배하고 존경하라고 습관이 성가실 정도로 말했고, 환영 속에서 사는 것을 막연하게 부끄러워하게 만들었다. 현자들로부터 순수한 공상 따위는 허위라는 말을 듣고 카터가 그것을 믿었던 것은 어쩌면 그럴지도 모른다는 이해가 되는 부분이 있었기 때문이다. 설령 현실의 한 행위라고 해본들 고작해야 어둠 속에서 한순간 반짝이는 정신의 존재나 바람 따위일뿐, 신경쓸 것도 알 필요도 없다는 생각도 카터는 잊어버렸다. 그리고 무에서 유로, 유에서 무로 목적도 없이 나아가는 깜깜한 우주와 다를바없으며, 허황하거나 어리석다기보다는 차라리 유치하다는 사실 또한 생각지 않았다.

이런 것들이 카터를 현실에 존재하는 사물에 속박시킨 이후로, 그런 사물의 움직임을 설명하면서 신비의 세계에서 떠나게 했던 것이다. 카터가 불만을 호소하고, 정신의 진기한 연상과 선명한 단편의 모든 것에 마술의 형태를 부여하며, 숨도 쉴 수 없는 기대와 억제할 수 없는 환성으로 가득 찬 경관을 만들어내어 저녁 노을의 영역으로 도피하고자 하면 현자들은 그렇게 하는 대신에 새로이 발견한 과학의 거짓된 모양에 카터의 눈을 향하게 했고, 원자의 소용돌이에서 경이를, 우주의 광대함에서 신비를 찾아내라고 명령했다. 그리고 이미 알고 있어서 예견이 가능한 법칙을 갖춘 사물에 카터가 이러한 흥미를 보이지 않으면 상상력이 부족하다거나 물리적인 창조의 환영보다도 꿈의 환상을 좋아하기 때문에 미숙하다고 하는 것이었다.

그리하여 카터는 다른 사람들과 똑같이 해 보려고 흔한 사건이나 평범한 사람들의 감정이, 희한하고 섬세한 감정이 떠올리는 환상보다도 중요한 척했다. 꿈속에서 희미하게 기억하고 있는, 옥수(玉髓
석영의 일종)

로 장식한 100여 개의 문이나 둥근 지붕을 떠받친 나라스의 비할 데 없는 아름다움보다, 실제 인생에서 일어나는 도살된 돼지나 위가 약한 농부의 육체적인 고통 쪽이 훨씬 중요하다고 해도 감히 이견을 내세우지 못하고, 현자들의 이끌림 아래서 연민과 비참을 느끼는 분별력을 각고의 정진 끝에 배양해 왔다.

그러나 가끔은 인간의 지대한 바람이 얼마나 천편일률적이며 얼마나 천박하고 제정신이 아니며 무의미한 것인지, 또한 인간이 공공연히 말하는 거리낌없는 이상에 비해 그 진정한 충동이 얼마나 공허한 것인지를 생각하지 않을 수 없었다. 그럴 때면 방탕하고 억지스런 그들의 꿈에 대하여 카터는 배운대로 그저 우아한 미소로 대답을 대신했다. 그것은 이 세상의 일상이란 것이 철두철미하게 방탕하고 억지스러울 뿐 아니라 이성이나 목적이 잃게 되어 있음을 좀처럼 인정하려들지 않는 어리석음과 함께, 추하기까지 하기 때문에 생각할 가치가 없다고 곧 도외시하게 되리란 걸 스스로가 잘 알고 있었기 때문이다. 이처럼 카터는 일종의 유머리스트가 되어 있었지만, 조화나 부정합의 진정한 기준이 결여된 맹목적인 우주에 있어서는 유머조차 공허한 것임을 그는 모르고 있었다.

현세에 속박을 당하게 된 당초에 카터가 경도되어 있었던 것은 신부들의 순박한 신념에 감동을 받고 마음을 빼앗기게 된 온건한 교회의 신앙 때문인데, 인생으로부터의 도피를 약속해주는 신비로 향하는 길이 그 신앙의 연장선상에 있다고 생각했다. 지긋지긋한 신앙고백자들의 대부분을 압도적으로 지배하는 견고한 진실이라 칭하는 점잖은 체하는 엄숙함과 황당무계한 주장과 낡고 평범한 진부성, 그리고 취약한 환상과 아름다움의 실체를 비로소 깨닫게 되면서 미지의 것에 대치된 원시인의 긴장된 공포와 억측을 글자 그대로 해석하고자하는 어리석음도 실컷 지켜보았다. 콧대높은 과학의 진보가 꾸준하게 부숴 온 오랜 신화로부터 아무리 인간이 엄숙하게 이 세상의 현실을 끄집어내려해도, 그것은 눈으로 지켜보는 카터만 지치게 할 따름이었다. 영묘한 환상을 가장한 장엄한 의식과 만족할 만한 감정의 배출구가 마련된 이 잘못된 집념이야말로 어쩌면 보유할 수 있었을지도 모를 고대 교의에 대한 애착을 매장시킨 가장 큰 원인이리라.

그러나 옛 신화를 내팽개친 사람들을 조사하게 되면서, 이들이 남들보다 한층 더 역겹다는 것을 카터는 알게 되었다. 조화에서 아름다움을 찾기는커녕 헛되이 사라지는 혼돈으로부터 작은 세상을 만들어내는, 꿈이나 감정과의 조화를 배제한 기준도 목적도 없는 우주의 한가운데야말로 인생이 아름답다는 것을 그들은 모르기 때문이었다. 선과 악, 미와 추가 사물의 양상을 장식하는 열매에 지나지 않았고, 그 유일한 가치는 조상들이 어쩌다 생각하거나 느꼈다는 이유이며, 그 미묘한 세부가 인종과 문화에 따라 달라진다는 것도 알지 못했다. 그들은 도저히 이해할 수 없으므로 이런 것을 완전히 부정하거나 짐승이나 농부들과 다를 바 없는 생경하고 애매한 본능에 전가시켰다. 그렇기 때문에 그들의 인생은 꼴사납게도 고통과 추악, 비논리 속에서 지내게 되었고, 아직도 자기들이 이해하지 못한 그런 것들은 모조리 '불건전'이라는 이름으로 피해버리면서 알량한 그들의 자부심을 만족시키고 있다. 결국 공포와 맹목을 믿는 마음을 지배하는 우둔한 신을, 방종과 혼란의 사악한 신으로 바꿔치기한 셈이다.

카터가 이러한 현대의 자유를 깊이 음미하지 않았던 것은 그러한 자유의 무가치함과 비속함이 아름다움만을 사랑하는 마음을 병들게 했기 때문이며, 그러한 자유를 옹호하는 자들이 과거 내팽개친 우상으로부터 벗겨낸 신성함으로 짐승 같은 충동을 눈부시게 아름다운 것으로 하려는, 그런 속보이는 논리에 대항해 카터의 이성이 반기를 든 때문이기도 했다. 그러한 자들의 대부분은 정나미 떨어지는 성직

자들과 마찬가지로 인생에는 인간이 몽상하는 것과는 별개의 의미가 있다는 환상으로부터 벗어나지 못하고, 과학의 발견으로 드러난 인간의 본성이 무의식과 비인간적인 초도덕성을 한결같이 소리쳐 외치고 있을 때조차도 아름다움과는 상당히 동떨어진 윤리나 의무의 생경한 개념을 내버리지 않는 것을 카터는 알아챘다. 그들은 정의와 자유, 그리고 일관성이라는 선입관의 환상에 사로잡혀 완고하고 고루해진 나머지 옛날부터 있어온 신앙과 함께 옛 가르침이나 습관을 내다버리고 말았으며, 그 가르침이나 습관이야말로 지금의 사상이나 판단을 탄생시킨 유일한 근거이며, 분명한 목적도 안정된 판단 기준도 없는 무의미한 우주의 유일한 길잡이이자 기준임을 생각하려고도 않는다. 이러한 인위적인 배경이 사라지게 되면서 그들의 생활은 방향 감각이나 극적인 흥미를 잃게 되었고, 결국 성급한 활동이나 겉보기에만 좋아보이는 것, 소음과 흥분, 현저한 야만성과 동물적인 충동으로 자신의 권태를 달래고자 한다. 이런 것에 질리거나, 실망하거나, 반동으로부터 자부심을 느끼게 되면 비웃음이나 앙심을 길러 사회 질서의 결점을 찾아낸다. 그럼으로써 자기들의 뿌리 깊은 곳에 있는 맹목적인 것이 연장자들이 신봉했던 신들과 마찬가지로 변하기 쉽고 모순된다는 것도, 일시적인 만족이 곧 해독이 된다는 것도 모르게 된다. 영원히 계속되는 고요한 아름다움은 꿈에서만 볼 수 있다고 했거늘 세상은 현실만 숭배함으로써 유년기의 순결한 비밀을 내팽개치고 그러한 기쁨을 미련없이 포기해버렸던 것이다.

이처럼 거짓되고 불안정한 혼돈의 한가운데서 카터는 예리한 사고력과 풍부한 유산에 걸맞는 인간으로 살아가고자 했다. 시대의 비웃음을 받아 꿈은 퇴색되고 믿을 수 있는 것은 아무 것도 없었지만, 조화를 사랑하는 마음이 자신이 속한 인종과 대지로부터 카터를 내몰았다. 인간의 무리가 모여드는 거리를 무표정하게 걸으면서 시름

없이 한숨을 쉬었던 것은, 그 어떤 경치도 틀림없는 현실의 것으로
는 생각되지 않고, 높은 지붕을 물들인 노란 태양 빛의 반짝임도,
담장으로 둘러싸인 광장에 저녁 무렵 최초의 등불이 들어오는 것을
보는 것도 모조리 이전에 알았던 꿈을 떠올리게 하여 이제는 발견할
방법도 모르는 하늘 위의 땅으로 돌아갈 생각만 한층 더 들게 할 뿐
이었기 때문이다.

　여행은 헛된 수고에 지나지 않았으며, 처음부터 프랑스 외인부대
에 들어갔다고는 하나 전쟁조차도 아주 작은 흥분을 일으킬 뿐이었
다. 한동안은 친구를 갈망하기도 했으나 주위에 있는 자들의 노골적
인 감정과 획일적이고 속되기만 한 몽상에 금세 질리게 되었다. 카
터의 정신생활을 이해해줄 리도 없었기에 친척들이 모두 멀리 있어
아무런 교제도 없는 것을 참으로 다행스럽게 생각했다. 즉 할아버지
와 숙부 크리스토퍼를 제외하고는 아무도 이해해 줄 리가 없었고,
이들 두 사람은 이미 세상을 떠난 지 오래 되었던 것이다.

　마침내 카터는 처음으로 꿈을 잃어버렸을 때에 중단한 집필을 다
시 시작하게 되었다. 그러나 여기에도 만족감이나 충족감은 없었고,
속세와의 교섭이 마음을 뒤덮어 그 전처럼은 사물을 아름답게 생각
할 수 없었다. 빈정거림으로 가득 찬 유머가 오래전 카터가 쌓아올
린 황혼의 빛탑을 바래게 했고, 세속에 물든 공연한 걱정거리들이
요정의 정원에 피어나는 놀랄 만큼 섬세한 꽃들을 모두 시들게 했
다. 꾸며낸 슬픔을 자아내는 소설 작법의 습관이 등장 인물의 지독
히 감상적인 부분을 속속들이 드러내는 한편, 중요한 현실이라든가
의미심장한 인간의 감정이나 사건 따위를 둘러싼 사회 통념이 카터
의 심원한 공상의 모든 것을 얇은 베일에 싸인 우화나 싸구려 사회
풍자로 깎아내렸다. 새로운 이 장편 소설은 전에 썼던 것과는 비교
도 되지 않는 현실적 성과를 거두었으나, 아둔한 대중을 즐겁게 하
는 것에 지나지 않음을 깨닫고 카터는 모든 것을 태워 없애고 집필

활동을 접어버렸다. 가볍게 스케치한 꿈을 기품있게 비웃는 매우 우아한 작품이었지만 그런 닳아빠진 점이 작품의 생기를 방해하는 것을 깨달았던 것이다.

그 뒤 카터는 열심히 부자연스러운 환영을 새로 만들어내거나, 혹은 진부한 일상의 해독제로 기이하거나 이상한 것들의 개념을 반쯤 재미삼아 손대기도 했다. 그러나 그 대부분은 금세 속속들이 빈곤과 불모를 드러냈고, 대중의 인기를 노린 오카르티즘의 교의가 과학과 마찬가지로 얼마나 무미건조하고 고루한 것이며, 자명한 이치를 참작하여 교의의 결점을 메우는 융통성 따위는 털끝만큼도 지니지 않았음을 깨닫게 되었다. 확연한 거짓과 어리석음과 혼란스러운 사상 따위는 분명 꿈이 아니므로, 일반 대중의 수준을 훨씬 뛰어넘는 숙달된 정신에게 인생의 도피란 말은 어색할 수밖에 없었다. 그리하여 카터는 한층 색다른 책을 사들였고, 기이한 박식을 자랑하는 그윽하고 놀라운 인물을 찾기 시작했다. 그리고 이 세계에 발을 들여놓게 된 몇 안되는 인물들의 의식을 연구하면서 인생과 전설, 유구한 태고의 비밀 동굴에 대해 연구했으며, 이것이 나중에 마음을 어지럽히는 원인이 되었다. 세상에 드문 생활을 하기로 결심을 하고는 다양하게 변화하는 기분에 어울릴 적당한 집을 보스턴에 마련하고, 방마다 기분에 맞춘 색으로 통일했으며, 그에 어울리는 책과 비품이 마련되었고, 적절한 빛과 열, 소리, 맛, 냄새를 만들어내 감각을 자극하는 장치가 설계되었다.

언제든가 인도와 아라비아에서 밀수한 선사시대의 책들과 점토판에서 모독적인 내용을 본 적이 있어서 사람들에게 혐오와 두려움을 불러일으키는 사내가 남부에 있다는 소리를 떠올렸다. 카터는 그 사람을 찾아가 함께 지내며 연구에 몰두하기를 7년에 이르렀으나, 어느 깊은 밤 오래된 낯선 묘지에서 공포에 쫓겨 달아난 한 사람만이 다행히 살아남을 수 있었다. 그 뒤 카터는 조상들이 살았던 뉴잉글랜드의 마녀에게 홀린 옛 거리인 아컴으로 돌아가기는 했지만, 어둠 속에서 해묵은 버드나무와 흔들리는 다락방 한가운데서 겪은 경험 때문에 미친 한 선조가 기록한 일기의 특정 부분을 영원히 봉인하게 되었다. 그러나 이러한 공포가 불러온 것은 현실의 결과에 지나지 않고 젊은 시절에 이미 알았던 진정한 꿈의 세계와 동떨어진 것이 아니었기 때문에, 아름다움을 사랑하기에는 너무 성가시고 꿈을 꾸기에는 너무 영악해진 세계에서 나이가 쉰에 이른 카터는 휴식도 만족도 없다며 체념했다.

이제 현실 사물의 허위와 경박함을 깨달은 카터는 꿈으로 가득 찼던 청춘의, 이제는 맥락도 없어져버린 안타까운 추억을 견디면서 은거의 세월을 보냈다. 삶을 이어가는 것 자체가 오히려 바보처럼 생각되어 남아메리카의 지인들에게서 고통 없이 망각을 가져다주는 매우 진기한 액체를 손에 넣었다. 그러나 타성과 습관의 힘은 그 어떤 행동도 방해했으며, 결심이 서지 않은 채로 지나쳐버린 세월의 추억을 생각하며 막연하게 시간을 보내면서 벽에서 색다른 걸개를 떼어내고 집안을 수리해 어린 시절에 친숙했던 것들——보라색 유리창이며 빅토리아 시대의 가구 등——을 갖추기에 이르렀다.

시간이 가는 대로 막연하게 세월을 보내는 것을 즐기게끔 된 것은 젊은 시절을 추억하는 것이나 세상과 단절하는 것이 인생과 지적 소양을 매우 멀고 비현실적인 것인 것처럼 생각하게 만들었기 때문인데, 밤에 자는 동안 마력이나 예후 같은 것이 몸에 스며드는 것 같아 더더욱 그러했다.

몇 년 동안 그러한 잠에는 보통 수면과 다를 바 없는 일상의 일그러진 반영만 나타났는데, 그것이 이제는 기이하고 분방한 반짝임으로 되살아나 가냘프게 두려운 마음을 일으키는 절박한 것이 유년기의 흔들림 없는 선명한 영상이라는 형태를 취하고 오랫동안 잊혀졌던 자세한 것을 떠올리게 했다. 그리하여 사반세기 전에 무덤에 잠든 어머니와 할아버지를 부르면서 갑자기 잠에서 깨는 일도 종종 있었다.

　마침내 어느 날 밤, 할아버지가 카터에게 열쇠를 다시 떠올리게 했다. 흰 머리칼이 섞인 노학자가 생전과 다름없는 생기로 가득 차서 자기들의 오랜 가계와, 그 가계를 만들어낸 섬세한 신경과 강한 감수성을 지닌 조상들의 불가사의한 환영에 대해, 열기를 띠고 말했다. 수인(囚人)의 처지이면서도 사라센 사람의 터무니없는 비밀을 배웠던 불타는 눈의 십자군 기사에 관한 이야기, 엘리자베스 여왕의 시대에 마술을 깊이 연구했던 초대 랜돌프 카터에 관한 것을 할아버지는 이야기했다. 또한 세일렘에서 요술이 잘못되면서 교수형을 간신히 면하고, 선조들에게 계승된 커다란 은제 열쇠를 고색창연한 상자에 보관했던 에드먼드 카터에 대해서도 들려주었다. 카터가 잠에서 깨기 전에 꿈속의 예의바른 방문객은 카터에게 그 상자——2세기에 걸쳐 아무도 뚜껑을 연 흔적이 없는, 그로테스크한 조각이 들어간 실로 놀랍도록 견고한 나무로 만들어진 오래된 상자——가 어디에 있는지 가르쳐 주었다.

　카터는 먼 옛날에 잊혀졌던 상자를 커다란 다락방의 먼지와 어둠 속 높다란 장식장의 서랍에서 찾아냈다. 크기는 거의 30평방 센티미터. 표면에 조각된 고딕 양식의 조각은 너무나도 기괴했는데, 에드먼드 카터 이래로 아무도 열어본 흔적이 없는 것 같았다. 흔들어도 소리는 나지 않았으나, 기억에 없는 향료 냄새가 감돌았다. 그 속에 열쇠가 들어 있다는 것은 실로 희미한 전설에 지나지 않아, 카터의 부친은 그런 상자가 존재한다는 사실조차 몰랐을 정도였다. 쇠로 된 녹슨 테두리가 쳐져 있는 튼튼한 자물쇠를 풀 방법도 없었다. 이 상자 안에서 잃어버린 꿈의 세계의 문을 열 열쇠 같은 것이 발견될 것임을 카터는 어렴풋하게 깨달았으나, 어디서 어떻게 사용하는가에 대해서는 할아버지도 어느 것 하나 가르쳐주지 않았다.

거무칙칙한 표면에서 쏘아보는 무시무시한 얼굴과, 이상하게 낯익은 부분을 보고 몸을 떨면서도 나이든 집사를 시켜 조각된 뚜껑을 있는 힘을 다해 비틀어 열었다. 안에는 퇴색된 양피지에 싸여 수수께끼 같은 아라베스크 무늬로 뒤덮인 커다랗고 칙칙한 은제 열쇠가 있었지만, 쉽사리 읽을 만한 설명서 같은 것은 없었다. 양피지는 큰 것이었지만 고대의 갈대로 쓰여진 미지의 언어, 즉 이상한 상형 문자가 이어져 있을 뿐이었다. 카터는 그 문자가 이름도 없는 무덤에서 어느 날 한밤중에 모습을 감췄던, 그 가공할 남부의 학자가 소유했던 파피루스 두루마리에서 보았던 것과 같은 것임을 깨달았다. 그 남자는 그 두루마리를 읽으면 반드시 몸을 떨었는데, 바로 지금 카터가 몸을 부르르 떨고 있었다.

그러나 카터는 열쇠에 붙은 지저분한 것들을 떼어내고 그윽한 향기를 내뿜는 오래된 오크 상자에 넣어 밤마다 곁에 두었다. 그러는 사이에도 그가 꾸는 꿈은 한층 더 생생해졌다. 비록 놀라운 옛 정원이나 이상한 도시는 나타나지 않았지만 꿈은 뚜렷한 경향을 띠면서 의미도 분명해졌다. 밤마다의 꿈은 세월을 거슬러 올라가도록 카터를 부추겼고, 조상들은 모든 의지를 한데 모아 뭔가 감춰진 가계 발상의 근원으로 카터를 돌아가게 하는 것이었다. 즉, 과거로 들어가 옛 사물과 조우하지 않을 수 없음을 깨닫고 카터는 마녀에게 홀렸던 아컴과 물살이 거센 미스카토닉 강, 그리고 일족의 쓸쓸하고 질박한 집이 있던 북쪽 언덕으로 생각을 달리는 나날을 거듭했다.

모닥불 피어오르는 가을날 카터는 옛날에 기억했던 길을 더듬어 우아하고 아름다운 언덕과 돌담이 이어진 초원, 저 멀리 골짜기와 경사진 숲을 바라보며 구부러진 길을 지나 주위에 반쯤 파묻힌 듯 세워진 농가를 지나 뱀처럼 구부러진 미스카토닉 강의 맑은 물결과 만나, 그곳에 세워진 나무와 돌로 만든 다리를 건넜다. 어떤 꺾어진 길에서 거대한 느릅나무 숲을 보았으나, 그 한가운데서 1세기 전에 조상의 한 사람이 기이하게 실종되었던 적이 있기 때문에 바람이 의미 있는 것처럼 불어오자 카터는 저도 모르게 몸을 떨었다. 이윽고 나타난 것은 늙은 마녀 파울러의 낡고 썩은 농가였는데, 작은 창은 꺼림칙했고 경사진 커다란 지붕은 북쪽으로 거의 땅에 닿을 정도였다. 카터는 차의 속도를 높여 그 농가를 뒤로 하고 언덕을 다 올라갈 때까지 속도를 늦추지 않았다. 어머니와 어머니의 조상들이 태어난 언덕 위의 하얀 집은, 지금도 여전히 숨쉬는 것처럼 아름다운 바위의 경사면과 초록골짜기를 건너편에서 굽어보는 자세로 지평선 멀리 아련히 가물거리는 킹스포트의 첨탑을 바라보며 꿈을 간직한 드넓은 태고적 바다를 그리워하리라.

마침내 40년 이상 본 적이 없는 카터 집안의 옛 땅이 펼쳐지는 가파른 비탈이 나타났다. 그 기슭에 이르렀을 때는 늦은 오후여서 카터는 반쯤 올라간 꺾어진 곳에서 차를 멈추고, 마력이 있는 서쪽 해가 비치는 비스듬한 햇볕을 받으면서 금빛으로 찬란하게 빛나는 전원 지대를 건너다보았다. 최근의 이상한 꿈과 모든 예후가 이 세상의 것이 아닌 이 조용한 풍경 속에 나타나 있는 것 같아서, 카터는 다른 혹성에서의 지금까지 알려지지 않은 고독을 생각하면서 눈을 두리번거렸다. 아무도 없는 곳에서 비로드 같은 잔디가 무너져 떨어진 벽 사이에서 일렁이며 빛나고 있는 것을, 요정의 숲 속 나무들이 언덕 저쪽 보랏빛 능선을 두드러지게 하는 것을, 그리고 나무가 무성한 골짜기에 드리운 그림자 속에서 작은 물줄기가 뻗어 내린 뿌리 사이에서 낮거나 높게 내는 물소리를 들었다.

어찌 된 일인지 자동차라는 것이 자신이 찾아 헤매는 영역에는 어울리지 않는 것처럼 느껴져서 숲 속 한적한 곳에서 차에서 내려 커다란 열쇠를 윗도리 호주머니에 넣고 언덕을 오르기 시작했다. 이제 주위는 완전히 나무에 둘러싸였지만 집이 있는 높은 산에는 북쪽을 제외하고 나무가 없음을 깨달았다. 뭔가 색달랐던 크리스토퍼 숙부가 30년 전에 돌아가신 이래로 돌보는 사람도 없이 내버려져 있었으므로 그집이 어떤 모습이 되어 있을지 생각해 보았다. 소년 시절 오래도록 이곳에 머물면서 과수원 너머 숲 속에서 약간 으스스하지만 놀라운 발견을 하여 매우 즐거워했는데…….

밤이 다가와 주위의 그림자가 짙어갔다. 나무가 듬성듬성하여 넓어져 가는 황혼의 초원 오른편으로 킹스포트의 센트럴 힐에 있는 오랜 회중파 교회의 첨탑이 한 번 보였는데 남은 석양을 받아 분홍색으로 물들고, 둥근 창유리는 석양에 붉게 빛나고 있었다. 이윽고 다시 깊은 어둠 속으로 들어갔을 때, 방금 본 것이 어린 시절의 기억으로부터 떠올린 것이 분명함을 깨닫고 깜짝 놀랐다. 회벽을 칠한 고색창연한 교회는 회중파의 병원을 짓기 위해 헐어버린 지 오래였다. 카터가 그 기사를 흥미 깊게 읽었던 것은 교회 자리의 암반에 이상한 구멍과 지하 통로 같은 것이 발견되었다고 실려 있었기 때문이다.

카터의 당혹을 뚫고 새된 목소리가 들려왔고, 오랜 세월을 지나온 친숙함에 카터는 또다시 깜짝 놀랐다. 베니야 코리 노인은 크리스토퍼 숙부의 집사로 카터가 소년 시절에 찾아왔을 때 이미 노인이었다. 지금은 거의 100살이 넘었겠지만, 그 새된 목소리는 분명 베니야 코리 노인이 내는 것으로밖에는 생각되지 않았다. 말은 무엇 하나 알아들을 수가 없었지만, 기억에 분명히 남아 있는 그 말투는 잘못 들었을 리가 없었다. 맙소사, '베니 할아버지'가 아직도 살아 있다는 어처구니없는 생각을 하다니!

"랜디 도련님, 랜디 도련님, 어디 가십니까? 마시 숙모님이 놀라서 돌아가시게 하실 작정입니까? 낮에도 집에서 멀리 가지 말고, 어두워지면 곧 돌아오시라고 마시 숙모님이 말씀하셨지요? 랜디, 랜…… 디……. 원! 숲에만 들어가면 다람쥐 같으니……. 틀림없이 뱀굴 근처에서 넋을 놓고 계시겠지. 도련님, 랜…… 디…

…….”

 랜돌프 카터는 캄캄한 어둠 속에 멈춰 서서 눈을 의심했다. 어딘가 이상했다. 있을 리가 없는 곳에 자기가 있었고, 자신과는 아무런 관계도 없는 머나먼 땅을 헤매 다닌 끝에 이제는 핑계도 댈 수 없을 만큼 늦어지고 말았던 것이다. 호주머니에 있는 망원경을 쓰면 킹스포트의 첨탑에 있는 시계로 시간을 확인하는 것쯤 간단했으련만 어쩌다보니 이토록 시간이 늦어버린 일은 지금까지 없던 일이었다. 그러고보니 작은 망원경을 갖고 있었는지 어떤지도 분명하지 않아서 셔츠 호주머니에 손을 넣어 확인하려 했다. 망원경은 없었지만 어딘가에 있던 상자 안에서 찾아낸 커다란 은색 열쇠가 들어 있었다. 언제였는지 클리스 숙부님이 열쇠를 넣어두는 낡고 열리지 않는 상자에 대한 기묘한 이야기를 해주시긴 했지만, 마사 숙모님이 이상한 생각으로 머릿속이 가득 찬 어린아이에게 할 말이 아니라면서 갑자기 이야기를 끊어버린 적이 있었다. 카터는 어디서 열쇠를 보았는지를 생각해내려 했지만, 머릿속이 이상하게 혼란스러워졌다. 보스턴 집의 다락방에서 보았던 것 같다고 짐작을 하니, 일 주일치 급여의 반을 미끼삼아 상자를 열라고 팍스에게 시키고는 다른 사람에게 말하지 말라고 했던 것이 희미하게 떠올랐다. 그러나 이 기억이 되살아났을 때 팍스의 표정이 이상하게 달라지더니, 마치 오랜 세월의 주름이 건강하고 몸집이 작은 이 런던내기를 뒤덮는 것 같았다.

 “랜디, 래앤디! 어디 있어요, 도련님?”

 흔들리는 각등이 어두운 길모퉁이에 나타났다고 생각한 순간, 베니야 노인이 끝까지 침묵을 지켜 곤혹스러워하는 방랑자에게 덤벼들었다.

 “몹쓸 도련님같으니! 혀가 무거워 대답도 못하셨나요. 벌써 30분 동안이나 불렀으니 아까전에 제 소리를 들었을텐데…… 도련님이 어두워진 뒤에 밖에 계시면 마시 숙모님이 걱정하신다는 것은 알고 계시겠지요? 클리스 숙부님이 돌아오시면 이번 일은 반드시 말씀드리겠습니다! 이 근처의 숲이 이런 시간에 돌아다닐 장소가 아니라는 것은 도련님도 잘 아시잖아요. 사람에게 해꼬지를 하는 것들이 우글거린다고 제 할아버지도 말씀하셨지요. 자, 랜디 도련님. 서두르지 않으면 한나가 저녁 식사를 치워버릴 겁니다.”

그래서 이상한 별들이 가을날의 높고 커다란 가지 끝마다 반짝이는 길을 랜돌프 카터는 힘차게 걸어갔다. 개짖는 소리와 함께 작은 유리를 끼운 모퉁이 창에서 노란빛이 흘러나왔고, 멀리 빛나는 플레아데스 별무리가 바라보이는 산 위로 어슴푸레한 서쪽 하늘 아래 커다란 뾰족지붕이 검게 솟아올라 있었다. 마사 숙모는 문에 서서, 베니야 노인이 게으름뱅이를 집안으로 밀어 넣을 때에도 심하게 꾸지람을 하지는 않았다. 카터 집안의 피가 흐르는 사람이라면 그러는 것도 당연하다고 생각할 정도로 크리스 숙부를 잘 알고 있었으므로. 랜돌프는 열쇠를 보이지 않고 잠자코 있다가 저녁을 먹고 자러 갈 시간이라는 말을 들었을 때에만 불평을 했다. 깨어 있을 때에 꿈을 꾸는 적이 자주 있어서 그 열쇠를 쓰고 싶었던 것이다.

아침이 되자 랜돌프는 일찍 일어나서, 클리스 숙부의 손에 이끌려 아침 식사 테이블로 가는 일만 생기지 않는다면 나무 있는 곳까지 뛰어가려 했다. 닳아빠진 카펫이며 그대로 드러난 들보며 기둥이 을씨년스런 방안 풍경을 초조한듯 둘러보더니 과수원의 나뭇가지가 안쪽 창의 납유리를 할퀴자 비로소 웃음을 지었다. 나무들과 숲이 지척에서 랜돌프의 진정한 고향인, 시간을 알 수 없는 어떤 영역의 문이 되어 있는 것이었다.

이윽고 셔츠 주머니를 찾아보고 열쇠가 있는 것을 확인하자 발걸음도 가볍게 집을 나서 과수원을 가로지른 뒤, 나무가 무성한 언덕이 다시 오르막이 되는 나무가 없는 작은 산 너머로 향했다. 숲의 지면은 이끼로 뒤덮여 있었고, 어슴푸레한 어둠 속에서 지의류로 뒤덮인 커다란 바위가 드루이드의 돌기둥처럼, 성스러운 신의 숲에 솟아오르기도 뒤틀리기도 한 줄기 가운데서 여기저기에 분명치 않은 모습을 드러내고 있었다. 경사면을 오르는 도중에 랜돌프는 한 번 물살이 빠른 개울을 건넜는데, 조금 떨어진 곳에서 폭포가 되어 떨어지는 물은 주위에 가라앉은 폰스, 이지판스, 드라이어스에게 비밀의 주문을 읊고 있는 것 같았다.

그렇게 더듬어 찾아간 숲 경사면의 기괴한 동굴은 모두가 기피하는 가공할 '뱀의 소굴'로, 베니야 노인이 몇 번이나 반복해서 가까이 가지 말라고 충고하던 곳이었다. 속은 깊었다. 랜돌프 이외의 누구나가 상상하는 것보다도 깊어서, 소년이 깊고 검은 구석에서 찾아낸 갈라진 틈은 깊은 곳에 있는 당당한 바위굴로 통하는 것이었다. 그곳은 기분 나쁜 지하 매장지 같은 곳이었는데, 주위의 화강암 벽을 보면 의도적인 기교로 만들어진 듯한 느낌을 주었다. 이때 랜돌프는 언제나처럼 거실의 성냥통에서 슬쩍한 성냥으로 앞을 비춰가며 나아갔다. 자신에게도 설명하기 힘든 성급함으로 마지막 벌어진 틈을 기어서 빠져나왔다. 어떻게 이토록 자신만만하게 깊은 벽으로 가까이 갈 수 있었는지, 또한 충동적으로 커다란 은제 열쇠를 꺼내면서 어째서 이런 일을 하고 있는지 스스로도 전혀 알 수가 없었다. 그러나 전진하기를 멈추지 않았고, 그날 밤 뛰어서 집으로 돌아왔을 때는 늦어진 데 대해 어떤 핑계도 대지 않았다. 정오의 점심 식사를 알리는 각피리 소리를 완전히 무시했다면서 꾸중을 들어도 아무 억울할 것이 없었다.

랜돌프 카터가 열 살 무렵에 상상력을 높인 어떤 일이 일어났던 것은 이제 먼 친척 모두가 인정하게 되었다. 먼 친척에 해당하는 시카고의 어니스트 B. 애스핀월 씨는 넉넉히 열 살은 연상으로, 1883

년 가을을 지내면서 이 소년에게 변화가 일어났음을 분명히 기억했다. 랜돌프는 사람들이 거의 보았다는 확증이 없는 환상의 경치를 본 적이 있는 것 같았으며, 매우 세속적인 일에서 몇몇 가지 매우 이상한 능력을 보였다. 게다가 기묘한 예언의 재능을 지닌 것 같았으며, 사물에 대해 이상한 반응을 보이고, 그때는 아무런 의미도 없었는데도 나중에 특이한 인상이 정당화되는 경우도 있었다. 계속되는 몇 십년 동안 새로운 발명과 명칭, 또한 새로운 사건이 하나씩 역사서에 나타나면서 사람들은 문득 카터가 몇 년이나 전에 아무렇지도 않게 흘리던 말을 떠올리고, 그것들이 먼 미래의 일과 분명한 관계가 있었음을 깨닫고 의아해했다. 카터도 이런 말을 전혀 이해하지 못했고, 어떤 사물에 특별한 감정을 느끼는 이유도 알지 못했으나, 기억나지 않는 꿈과 관계가 있으리라고 생각했다. 한 여행자가 브로아 앤 산테르라는 프랑스의 마을 이름을 말했을 때 카터가 창백해졌던 것은 이미 1897년의 일이며, 세계대전 때 외인부대에 소속했던 카터가 1916년에 그 마을에서 거의 치명적인 중상을 입었을 때 친구들은 그 일을 분명히 떠올렸던 것이다.

카터의 친척들이 이런 일들을 자주 이야기했던 것은 최근에 카터가 실종되었기 때문이다. 늙고 몸집이 작은 급사 팍스는 장년인 카터의 이상한 행동을 참을성있게 견뎌왔으며, 최근에 발견한 열쇠를 들고 아침 일찍 혼자서 차를 몰고 나가는 것을 본 것이 마지막이었다. 팍스는 오래된 상자에서 그 열쇠를 꺼내는 것을 도왔으며, 그때 상자의 그로테스크한 조각, 그리고 확실히는 알 수 없는 뭔가 또 다른 기묘한 특질 탓에 이상한 느낌이 들었다고 했다. 카터는 집을 떠날 때, 아컴 주변의 옛 조상들의 땅에 간다고 했다.

옛 카터가의 집이 있던 폐허로 통하는 엘름 산 중턱에서 카터의 차가 길가에 조심스럽게 멈춰 있는 것이 발견되었는데, 차 안에 있던 조각이 들어간 향기나는 나무상자는 가끔 그것을 보았던 그 지역

사람들을 놀라게 했다. 상자 안에는 양피지가 한 장 들어 있을 뿐이었는데, 거기에 기록되어 있는 글자는 언어학자나 고문서 학자조차도 해독할 수 없었다. 발자국이 남아 있다 하더라도 비에 씻긴 지 오래였지만, 보스턴의 수사관은 카터가의 무너진 옛집의 재목 속에서 어지러운 흔적이 있는 것을 보고해야 한다고 생각했다. 마치 누군가가 최근에 폐허를 휘저은 것 같다며 자신만만하게 밝혔다. 그러나 폐허를 내려다보는 언덕의 숲 속 바위에서 발견된 낯익은 흰 손수건이 실종된 사람의 것인지는 끝내 확인되지 않았다.

랜돌프 카터의 재산이 상속인들에게 분배되리라는 이야기가 나왔으나, 나로서는 카터가 죽었다고는 생각되지 않았으므로 이를 단호하게 저지할 생각이다. 시간과 공간, 환영과 현실 사이에는 몽상가만이 알 수 있는 뒤틀린 틈새가 있기 때문에, 마침내 그가 그 미로를 지나갈 방법을 알아냈으리라 나는 짐작한다. 카터가 돌아올지 어떨지에 대해서는 뭐라고 말할 수 없다. 카터는 잃어버린 꿈의 땅을 갈구했으며, 유년기의 나날을 동경했는데, 마침내 열쇠마저 찾아냈으니 어떻게든 열쇠의 이상한 특성을 이용했을 거라고 나는 생각한다. 우리 둘이 자주 찾아갔던 꿈의 도시에서 이제 곧 만날테니 카터를 만나면 물어보아야겠다.

턱수염을 기르고 지느러미가 달린 노리족이 기묘한 미궁을 만들어 놓았다는, 황혼의 바다가 한눈에 내려다보이는 안이 텅 빈 유리로 만들어진 절벽 꼭대기에 작은 탑이 늘어서 있다는 전설의 마을, 일렉 바드의 단백석 옥좌에 새로운 왕이 군림하고 있다는 스카이 강 너머 울타르의 소문을 어떻게 판단해야 할지 나는 잘 알고 있다. 분명히 나는 가슴이 설렐 정도로 그 커다란 은제 열쇠를 눈으로 보기를 고대하고 있다. 왜냐하면 은제 열쇠의 수수께끼 같은 아라베스크 무늬에는 비인간적인 우주의 아득히 큰 목적과 현기증이 날 정도로 많은 수수께끼가 빠짐없이 새겨져 있을지도 모르기 때문이다.

은제 열쇠로 문을 열고

1

괴이한 무늬가 그려진 아라스 천 커튼이 쳐져 있고, 수많은 세월이 응축된 놀라운 아름다움에 한순간 숨도 쉴 수 없는 보크라 양탄자가 깔린 넓디넓은 방 안에 네 남자가 서류가 흩어져 있는 테이블을 둘러싸고 앉아 있었다. 안쪽에는 야릇한 조각을 새긴 향로가 몇 개인가 놓여 있었는데, 검은 옷을 입은 지독히 늙어버린 흑인 영감이 이따금 유향(乳香)을 태우곤해서 방안 가득 졸음을 몰고 오는 그 향기가 떠돌았다. 그리고 깊숙한 제단 한쪽에는 네 개의 바늘이 이 혹성에 알려져 있는 그 어떠한 규칙적인 시간에 맞지 않게 움직이는, 이상한 상형문자가 적힌 관(棺)처럼 생긴 기묘한 시계가 때를 알리고 있었다.

독특하고 약간 기분 나쁜 방이기는 했지만 당장의 용건과는 매우 잘 어울렸다. 북미 대륙 최고의 신비가이자 수학과 동양학의 거두가 소유한 뉴올리언스 저택의 이 방에는 위대함에서 조금도 뒤지지 않는 신비주의자, 석학, 저술가, 몽상가들이 4년 전에 지상에서 홀연

히 모습을 감춰버린 인물의 재산 처분 문제에 대해 이제 막 결론을
내리려는 참이었다.

깨어 있는 일생 동안 현실의 권태와 답답함으로부터 벗어나 전설
로 이름높은 다른 차원의 거리와, 자신을 부르는 꿈의 경관에 몰입
하려 했던 랜돌프 카터가, 54세를 맞던 1928년 10월 7일 지상에서
홀연히 모습을 감춰버린 것이다. 랜돌프 카터의 생애는 아주 특이하
고 고독한 것이었는데, 더러는 그의 기이한 장편소설로 미루어 기록
보다 더 많은 기괴한 일화가 있으리라 짐작하는 사람도 있었다. 히
말라야의 승려들이 쓰는 원시 언어, 나칼 어 연구를 계속하여 상당
히 터무니없는 결론을 이끌어냈던 사우스캐롤라이나의 신비가 할리
워렌과의 교제도 이미 옛날 일이 되었다.

사실을 말하면, 짙은 안개가 몸을 움츠리게 하는 어떤 밤에 오래
된 묘지에서 두 번 다시 돌아오지 못하게 된 워렌이 초석이 달라붙
은 축축한 지하 납골당으로 내려가는 것을 지켜보았던 것은 랜돌프
카터가 분명했다. 카터는 보스턴에서 살고 있었으나, 선조들의 출신
지는 마녀의 저주를 받은 옛 거리 아컴의 뒤에 자리잡은 유령 이야
기로 가득한 황량한 구릉지대에 있었다. 그리고 카터가 마침내 모습
을 감춰버린 곳도 처량함이 감돌고 괴기한 데다 울적하고 오래된 그
구릉지대 한가운데에서였다.

그 집의 늙은 집사 팍스는——1930년초에 사망했다——카터가
다락방에서 발견한, 흉측한 조각이 새겨진 묘하게 그윽한 향을 풍기
던 나무상자와 그 안에 들어 있던 판독 불가능한 양피지, 그리고 기
이한 모양을 한 은제 열쇠에 관해 예전에 말한 적이 있었다. 여기에
대해서는 카터도 편지에 쓰고 있다. 늙은 집사 팍스에 따르면 은제
열쇠는 조상들에게서 전해진 것으로, 잃어버린 유년시대를 비롯해
카터가 막연하고 짧은 순간의 몽롱한 꿈에서만 찾아오던 영묘한 다
른 차원과 괴이한 영역으로 통하는 문을 여는 데 도움이 될 것이라

고 말했다고 한다. 그리고 어느 날, 카터는 상자와 그 내용물과 함께 차를 타고 두 번 다시 돌아오지 않는 여행길로 떠났던 것이다.

그 뒤 아컴의 뒤편에 펼쳐진 구릉——과거에 카터 집안의 선조들이 살았고, 폐허로 변한 저택의 지하실이 지금도 하늘을 향해 입을 딱 벌리고 있는——을 벗어나 풀이 무성하게 자란 옛 길가에서 카터의 자동차가 발견되었다. 자동차가 발견된 곳은 느릅나무가 늘어선 곳으로, 그곳은 카터 집안의 한 인물이 1781년에 까닭도 알 수 없이 실종되었던 장소와 가까웠고, 또한 그보다 더 옛날에는 마녀 파울라가 꺼림칙한 비법의 독약을 만들었다는 반쯤 쓰러진 오두막에서도 그리 멀지 않았다.

그 주위는 세일럼의 마녀재판을 피해 도망친 사람들이 1692년에 이주한 곳인데, 지금도 대부분이 뜻밖의 모호하고 기분 나쁜 모습으로 잘 알려져 있다. 에드먼드 카터는 '교수형 언덕'의 어두운 그림자로부터 간신히 도망쳐 나왔으나, 이 사람이 부린 요술을 둘러싼 이야기는 너무 많아서 일일이 셀 수가 없다. 그러니 지금은 그의 유일한 후손이 희대의 마법사와 합류하기 위해 어딘지 모를 곳으로 가버린 것처럼 생각되기조차 했다.

내팽개쳐진 자동차 안에서는 무서운 조각이 새겨진 향내나는 나무상자와, 아무도 읽을 수 없는 글자가 적힌 양피지가 발견되었다. 은제 열쇠는 없었다. 아마도 카터가 가지고 간 모양이었다. 그 외에 확고한 단서는 아무것도 없었다. 보스턴에서 온 형사들은 카터 집안의 옛 저택의 폐허에서 무너져 내린 재목이 이상하게 흩어져 있는 것 같다고 보고했으며, 폐허의 뒤에 위치한 '뱀 소굴'이라 불려 모두가 기피하던 동굴 가까이에 바위가 벼랑을 이루고 나무들이 기분 나쁠 정도로 울창하게 들어선 비탈에서 손수건을 발견한 사람도 있었다.

'뱀 소굴'을 둘러싼 마을의 전설이 또다시 화제로 떠오른 것은 그 뒤의 일이었다. 농부들은 우두머리 마술사 에드먼드 카터가 무시무시한 동굴을 모독적인 목적으로 사용했다는 것에 대해 소리 낮춰 이야기했고, 나중에는 여기에 덧붙여 랜돌프 카터가 어린 시절에 이 동굴을 매우 마음에 들어했다는 실없는 이야기를 하기에 이르렀다. 카터가 어린 시절을 보낸 낡고 녹슨 뾰족지붕이 달린 집은 아직 무너지지 않았으며, 카터의 숙부인 크리스토퍼가 살고 있었다.

카터 소년은 종종 그곳을 찾아와서는 '뱀 소굴'에 대해 매우 특별한 관심을 보이며 자주 이야기했다. 카터가 깊게 갈라진 틈과 아무도 모르는 동굴 안의 바위굴에 대해 이야기했던 것이 사람들의 기억에 남아 있었고, 9살 때 동굴 안에서 하루 종일 놀았던 잊을 수 없는 그날 이후 카터가 모습이 바뀐 사실에 대해 구구한 억측이 있었던 것이다. 그것도 10월의 일이었다는 등 카터가 그 뒤 미래를 예언하는 불길한 마술을 갖게 되었을 거라는 둥하면서.

카터가 모습을 감춘 날은 밤늦게 비가 내렸으므로 자동차에서 이어진 발자국을 더듬는 것은 전혀 불가능한 일이었다. 게다가 동굴 내부는 엄청나게 솟아오른 물로 완전히 진흙뻘로 바뀌어 있었다. 다만 무지한 농부들만이 커다란 느릅나무가 옛 도로로 튀어나온 곳, 그리고 손수건이 발견된 '뱀 소굴' 가까이의 기분 나쁜 비탈에서 발자국을 찾아냈다고 쑤군쑤군 말이 많았다. 그러나 랜돌프 카터가 어린 시절에 신었던 끝이 뾰족한 구두로 남긴 듯한 짧고 작은 발자국을 남겼다는 소문 따위 누군들 곧이 들을 사람이 있었으랴. 그것은 또 다른 소문——베니아 코리 노인의 뒤축이 없는 독특한 구두 발자국이 옛 도로에서 짧고 작은 발자국과 뒤섞여 있었다는 이야기와 마찬가지로 헛소리에 지나지 않았다. 베니아 노인은 랜돌프 카터가 어린 시절에 카터 집안에서 집사로 일했던 사람으로, 이미 30년 전에 죽었다.

수많은 신비학 연구가들은 실종된 인물이 사실은 시간을 거슬러 올라 45년의 세월을 지나 어린 시절에 '뱀 소굴'에서 지냈던 1883년의 지금 같은 10월의 어느 날로 돌아갔다고 했으나, 그들이 그렇게 주장하는 원인이 된 것은 이런 소문과 더불어 기묘한 아라베스크 무늬가 새겨진 은제 열쇠가 잃어버린 유년시대의 문을 여는 데 도움이 되었다는, 카터가 팍스를 비롯한 여러 사람들에게 했던 말 때문이었음에 분명했다. 그리고 그들은, 카터가 어떻게 했는지는 모르겠지만 어느 날 밤 동굴에서 나와서 1928년에 갔다왔다고 말했다고 했다. 그래서 그 이후에 일어나게 될 일을 카터는 아무것도 몰랐던 것이 아니냐는 것이었다. 사실 카터는 1928년 이후에 일어날 일을 말한 적이 없었다.

한 연구가——로드아일랜드 주 프로비던스에서 카터와 오랫동안 친밀한 편지를 주고받던 초로의 특이한 인물——는 매우 조심스레 의견을 내놓으면서, 카터가 단지 유년시대로만 돌아간 것이 아니라 한 차원 높은 해탈에 이르렀고, 그리하여 유년시대의 꿈이라는 광채도 선명한 추억 속을 자유롭게 돌아다녔다고 생각했다. 이 인물은 기묘한 몽상에 이끌린 채 카터의 실종을 이야기로 만들어 발표했는데, 그 이야기 속에는 턱수염을 기르고 지느러미가 달린 노리족이 기괴한 미궁을 만들어 놓았다는 속이 텅 빈 유리로 만들어진 절벽 꼭대기에서 황혼의 바다를 굽어보는 작은 탑들이 펼쳐진 전설의 도시, 일렉 바드의 오팔 옥좌에서 모습을 감춘 사내가 지금 왕으로 군림하고 있다고 넌지시 암시하고 있었다.

카터의 재산을 상속인들——가까운 친척은 한 명도 없었다——에게 나눠주는 것에 대해, 카터가 여전히 다른 시간과 공간에 살아 있어 언제 돌아올지 모른다고 주장하면서 한층 소리를 높여 이의를 제기한 것은 나이든 워드 필립스였다. 워드 필립스에게 법률가로서의 능력을 자랑하면서 반대한 것은 카터의 먼 친척인 시카고의 어니스트 K. 애스핀월이었다. 그는 카터보다 10살 위였지만, 법적인 일에 대해서는 젊은 사람처럼 격렬한 논쟁을 일삼는 인물이었다. 4년에 걸쳐 격심한 논쟁이 펼쳐진 끝에 이제 사실상 재산 분배문제를 매듭지을 때가 되어 뉴올리언스의 넓디넓은 이상한 방에 모두가 모인 것이다.

이곳은 카터의 저작물과 재산을 관리하는 신비학과 저명한 동양의 골동품 연구가인 크레올 인인 에티엔느롤랑 드 마리니의 집이었다. 카터가 드 마리니와 만난 것은 세계대전 중에 두 사람이 함께 프랑스 외인부대에 근무하던 때이며, 취미와 생각이 매우 비슷했으므로 곧 서로를 훤히 들여다보는 사이가 되었다. 둘이 함께 받았던 잊을 수 없는 휴가 동안 학식이 풍부한 젊은 크레올 인이 보스턴의 몽상가를 프랑스 남부의 바욘느에 데려가, 유구한 세월의 켜가 쌓인 어둠으로 뒤덮인 아주 오래된 지하 납골당에서 어떤 무시무시한 비밀을 보여주면서 두 사람의 우정은 영원한 것이 되었다. 카터는 그의 유언 집행자로서 드 마리니를 지명했으며, 이 독실한 학자는 이제 하는 수 없이 재산 처분을 둘러싼 회의를 주재하게 되었다. 드 마리니로서는 슬픈 일이었다. 나이든 로드아일랜드의 신비가와 마찬가지로 카터가 죽었다고는 생각하지 않았기 때문이다. 그러나 속세의 엄격한 분별에 대항한 신비가의 소망이 어떤 무게를 지니겠는가.

프랑스 인들이 많이 거주하는 오래된 지역의 특이한 방에서는 재산 분배 방법에 큰 관심이 있는 인물들이 테이블을 둘러싸고 있었다. 카터의 유산 상속인이 살고 있을 것으로 짐작되는 지역에는 협의가 개최된다는 요지의 공시가 지역 신문에 게재되었지만, 이 세상의 것이 아닌 시간을 새긴 관 모양의 시계가 내는 이상한 소리, 그리고 반쯤 커튼이 쳐진 부채 모양의 창 너머로 정원 한가운데서 분수가 내는 물소리에 귀를 기울이는 자는 겨우 네 명뿐이었다. 헛되이 시간이 흘러가면서 네 사람의 얼굴은 향로에서 원을 그리며 솟아오르는 연기에 반쯤 가려졌다. 무심하게 유향을 태우는 향로는 잔뜩 신경을 곤두세우고 소리도 없이 미끄러지듯 움직이고 있는 나이든 흑인의 보살핌 따위는 그리 필요하지 않은 것 같았다.

아직 젊은 에티엔느 드 마리니는 몸집이 호리호리하고, 머리칼은 검었으며, 남자답고 매력적인 얼굴에 콧수염을 기르고 있었다. 유산 상속인을 대표하는 애스핀월은 머리칼이 희고, 뇌졸중이 일어난 듯한 얼굴로 기다란 구레나룻을 길렀는데 풍채가 좋았다. 프로비던스의 신비가 필립스는 비쩍 말랐으며, 머리칼에는 흰머리가 섞였고, 수염을 말끔히 깎았지만 코가 길고 새우등처럼 등이 굽었다. 네 번째 인물은 나이가 분명치 않았다. 말랐으며 새카만 턱수염을 길렀고, 이목구비가 반듯했지만 이상하리만큼 무표정했다.

카스트의 가장 높은 지위인 브라만을 나타내는 터번을 머리에 두르고, 얼굴의 아주 깊은 곳에서 보이는 듯한 거의 홍채가 없이 밤처럼 새카맣고 형형한 눈을 하고 있었다. 이 사람은 반드시 전해야만 할 중요한 소식을 가지고 있는 베나레스의 달인, 찬드라푸트라 스승이라고 불렸다. 드 마리니와 필립스는 둘 다 찬드라푸트라 스승과 편지를 주고받았으며 신비가로서의 스승다운 곳이 몸에 흐르고 있었다. 그의 말은 이상하게 꾸며낸 듯한, 속이 텅 빈 금속성을 띠고 있었으며, 그러면서도 영어로 말하는 것이 발성기관에 부담을 주는 것 같았으나, 그의 말은 타고난 앵글로색슨과 똑같이 부드럽고 정확했으며 영어다운 영어에 틀림없었다. 전반적인 겉모습은 헐렁한 옷이 너무나도 몸에 잘 어울리지 않는 전형적인 유럽인이면서도 덥수룩하고 검은 턱수염, 동양의 터번, 커다랗고 흰 두 짝의 장갑이 이국적인 분위기를 자아내고 있었다.

카터의 자동차 안에서 발견된 양피지를 뒤적이면서 드 마리니가 말했다.

“아니오, 이 양피지에서는 아무것도 찾아내지 못했습니다. 여기 계신 필립스 씨도 해독을 포기했습니다. 처치워드 대령은 나칼 어가 아니라고 분명히 밝혔고, 이스터 섬의 전투용 곤봉에 새겨져 있는 상형문자와도 전혀 비슷하지 않았습니다. 하지만 그 상자에 새겨져 있는 것은 특별히 이스터 섬의 조각을 떠올리게 합니다. 이 양피지에 기록되어 있는 문자를 보고 제가 가장 먼저 떠올린 것은——모든 문자가 옆선으로부터 늘어뜨려진 것 같다는 점에 주의해 주시기 바랍니다——지금은 돌아가신 할리 워렌이 전에 갖고 있던 책에 기록되어 있던 문자입니다. 그 책은 카터와 제가 1919년에 할리 워렌을 찾아갔을 때 인도에서 보내온 것으로, 워렌은 아무것도 말해주지 않았습니다. 모르는 게 나을 거라며 본디 지구 이외의 곳에서 온 것인지도 모른다고 넌지시 비칠 뿐이었습니다. 워렌은 지난 12월에 어떤 오래된 무덤의 지하 납골당으로 내려갈 때 그 책을 가지고 갔고, 그 뒤로는 워렌도 그 서책도 두 번 다시 지상에 나타나지 않았습니다. 앞서 저는 이 자리에 함께 한 찬드라푸트라 스승에게 그 책의 문자를 기억나는 대로 대강 기록하여 카터의 양피지 복사본과 함께 보냈더랬습니다. 어떤 책을 참조하거나 전문가의 의견을 구하면 해결의 실마리가 잡힐지도 모른다고 스승은 생각했던 것입니다."

"하지만 카터가 사진을 보내주긴 했습니다만 열쇠에 관해서는 기묘한 아라베스크 무늬는 문자가 아니며, 양피지와 동일한 전통 문화에 속하는 것 같습니다. 카터는 조금만 더 있으면 수수께끼가 풀릴 것 같다고 했습니다만, 자세한 것은 아무 이야기도 해 주지 않았습니다. 한 번은 이런 모든 일들에 관해 카터는 마치 시인처럼 이런 이야기를 한 적이 있습니다. 그 오래된 은제 열쇠는, '경계'로 향하는 시공의 복도를 막아놓은 끝없이 이어져 있는 문을 여는 열쇠라고 했습니다. 그 '경계'라는 것은, 샤닷드가 끔찍한 유령과 함께 천 개의 기둥 도시 아일렘의 거대한 원형 건축물과 무수한 빛탑을 세웠는데, 아라비아가 페트라 사막 안에 감춘 이래로 아무도 발을 들여놓은 적이 없다는 곳입니다. 굶어서 다 죽게 된 열광파 수도승, 그리고 타는 갈증의 유목민이 다시 되돌아와 아일렘의 당당한 정문과 아치형 돌 위에 조각된 것에 대해 전하기는 합니다만, 정문을 지나 돌아왔거나, 석류석이 흩어져 있는 모래 위에 남아 있는 발자국이 그 땅을 밟은 증거라고 주장하는 사람은 한 명도 없었습니다. 카터는 그렇게 쓰고 있습니다. 조각이 가해진 거대한 손이 헛되이 열쇠를 쥐려 한다고 말입니다.”

“어째서 카터가 열쇠와 함께 양피지를 가져가지 않았는지, 이것만은 전혀 짐작이 가질 않습니다. 아마도 잊었겠지요. 아니면 똑같은 글자가 쓰여진 책을 가지고 지하 납골당에 들어갔다가 두 번 다시 돌아오지 못한 사람을 떠올리고는 가져가기를 꺼렸던 것인지도 모릅니다. 아니면 카터가 하고자 했던 일에 사실상 필요가 없었던 것이겠지요.”

드 마리니가 입을 다물자, 나이든 필립스가 귀에 거슬리는 새된 목소리로 말했다.

“우리는 꿈을 꾸는 것 외에는, 랜돌프 카터가 방황하는 것을 알지 못합니다. 그래서 나는 꿈속에서 수많은 신비한 장소에 갔었고, 스카이 강 너머 울타르에서는 기이한 것과 복잡하고 미묘한 것들을 귀로 들었습니다. 어쩌면 양피지는 필요하지 않았을지도 모릅니다. 카터는 어린 시절의 꿈의 세계로 다시 들어가 지금은 일렉바드의 왕이 되어 있을 테니까.”

애스핀월은 지금이라도 마비가 일어날 듯한 표정으로 토해내는 것처럼 말했다.

“이 늙은 망령을 누가 조용히 시킬 수 없겠는가. 그런 바보 같은 잠꼬대는 이제 충분해. 문제는 재산 분배니까 이제 그 이야기를 해야 하지 않겠나?”

그때서야 비로소 찬드라푸트라 스승이 묘하게 이질적인 목소리로 말했다.

"여러분, 이 일은 여러분이 생각하시는 그런 문제가 아닙니다. 애스핀월 씨도 꿈을 비웃지 않는 것이 좋겠습니다. 필립스 씨는 불완전하게 보고 계십니다. 아마도 충분히 꿈을 꾸지 않았던 탓이겠지요. 나는 많은 꿈을 꿉니다. 인도에 있는 사람에게는 카터 집안 사람들이 했다고 여겨지는 일들이 전부, 언제나 일어나고 있습니다. 애스핀월 씨, 당신은 어머니 쪽 친척이므로 당연히 카터 집안 사람이 아닙니다. 나의 꿈, 그리고 다른 근원으로부터 전해오는 어떤 종류의 정보가 당신들에게는 아직 어렴풋하게 밖에 보이지 않을 겁니다. 예를 들면 랜돌프 카터는 해독할 수 없었던 양피지를, 단순히 깜박 잊었던 것뿐입니다. 그렇지만 잊지 않고 가져갔다면 더 좋았겠지요. 이와 같이 4년 전인 10월 7일 해질녘에 은제 열쇠를 들고 떠난 카터에게 무슨 일이 일어났는지 나는 실제로 많은 것을 알아냈습니다."

애스핀월은 분명하게 들릴 정도로 코웃음쳤으나 다른 사람들은 호기심으로 귀를 곤두세웠다. 향로에서 솟아오르는 연기가 많아지고, 관 모양의 시계가 내는 미칠 듯한 소리가 왠지 외계의 우주에서 들려오는 경이롭고 이해할 수 없는 전보문의 점들과 대시(dash)를 떠올리게 하는, 기괴한 패턴을 취하기 시작하는 것 같았다. 인도인이 천천히 의자에 등을 기대고 반쯤 눈을 감은 자세로 어쩐지 부자연스럽게 느껴지는 목소리로 무언가 술술 막힘없이 읊어내려갔다. 그러자 귀기울여 듣고 있던 사람들의 눈앞에 랜돌프 카터에게 일어난 것과 흡사한 정경이 떠올랐다.

2

아컴의 뒤편으로 펼쳐진 구릉이라는 구릉은 모조리 괴이한 마력으로 가득 차 있었다. 아니면 마법사 에드먼드 카터가 1692년에 세일럼에서 이곳으로 도망치면서 별에서 불러 들이거나 지하 동굴에서 불려 올라온 것으로 가득 찼다. 랜돌프 카터는 그런 구릉지대 한 가운데로 돌아가자, 사람들에게 혐오받던 대담무쌍하고 이질적인 몇몇 인간들에 의해 이 세상과 바깥의 궁극적인 세계를 가로지른 거대한 벽이 뻥 뚫려 있는 그런 통로 가운데 하나에 자신이 접근했음을 알았다. 믿기지 않을 정도로 오래되어 흐려진 은제 열쇠의 아라베스크 무늬를 몇 달 전에 해독한 뒤, 비로소 오늘에서야 여기서 남김없이 실행에 옮길 수 있으리라고 카터는 생각했다. 지금은 카터도 열쇠를 어떻게 돌려야만 하는지, 저녁 해를 향해 어떻게 내걸어야 하는지, 그리고 마지막으로 아홉 번 돌릴 때 허공을 향해 어떤 주문을 외워야만 하는지 하는, 본디 기능을 충분히 알고 있었다. 이와 같은 암흑의 극에 의해 유발된 통로와 가까운 장소에 있으면 열쇠가 본기능을 다할 것이다. 그날 밤, 카터는 분명히 잃어버린 것들을 찾아 끊임없이 헤매던 유년기로 돌아가 숨쉬고 있었다.

카터는 열쇠를 호주머니에 넣고 자동차에서 내리자 오르막길을 걸어 깊고 깊은 곳으로 헤집고 들어가 꼬불꼬불한 길, 덩굴이 뒤얽힌 돌담, 새카만 숲, 버려져 황폐해진 과수원, 창이 깨진 아무도 살지 않는 농가, 그리고 이름도 없이 폐허가 되어 처량함이 감도는 괴이하고 음울한 지역의 그림자 짙은 중심부로 들어갔다. 해질녘에 멀리 킹스포트의 뾰족지붕들이 장밋빛으로 빛나자 카터는 열쇠를 꺼내 정해진 대로 돌리면서 주문을 외웠다. 그런 의식이 얼마만큼 빠르게 효과를 나타내는지 확실하게 깨달은 것은 조금 지난 뒤의 일이었다.

마침내 깊어만 가는 저녁 어스름 속에서 카터는 과거로부터의 소리를 들었다. 숙부의 집사인 베니아 코리 노인의 목소리였다. 베니아 노인은 분명히 30년 전에 죽지 않았는가! 아니, 언제를 생각한 30년 전인가? 시간이란 무엇인가. 대체 지금까지 어디 있었단 말인가. 1883년 오늘, 10월 7일에 베니아가 나를 불렀던 것이 어째서 기이하게 느껴지는 것일까! 마사 숙모에게서 밖으로 나가지 말라는 말을 들은 뒤 집 밖으로 나오지 않았던가. 작은 망원경——두 달 전 아홉 번째 생일날 아버지에게서 받은 선물——이 들어 있어야 할 텐데, 셔츠 주머니에 있는 이 열쇠는 대체 무엇이란 말인가. 집의 다락방에서 찾아내기라도 한 것일까. 언덕 '뱀 소굴'의 훨씬 안쪽, 바위굴 속에서 날카로운 눈으로 찾아냈던, 좁고 깊숙하게 파인 바위 한가운데의 신비한 탑문을 과연 열 수 있을까. 그곳은 끊임없이 마법사 에드먼드 카터와 결부지어 생각했던 장소였다.

그곳으로 간 사람은 아무도 없으며, 하물며 탑문이 있는 시커멓고 넓은 동굴을 알아내고, 뿌리가 뒤얽힌 갈라진 틈을, 그곳까지 몸을 뒤틀어 나아간 사람이 자기말고 있을 리도 없었다. 천연의 암석으로 저런 탑문 같은 것을 만들어낸 것은 대체 누구란 말인가! 마법사 에드먼드 카터일까, 아니면 에드먼드 카터가 불러다 명령을 내린 자이기라도 한 것일까. 그날 저녁 어린 랜돌프는 오래된 뾰족지붕 집에서 크리스 숙부와 마사 숙모와 함께 저녁 식사를 했다.

다음날 아침, 랜돌프 카터는 일찍 일어나서 가지가 휘어진 사과밭을 지나 양분을 잔뜩 빨아들여 쭉쭉 뻗은 그로테스크한 느릅나무들의 한가운데, '뱀 소굴'이 금단의 검디검은 입을 비밀스레 벌리고 있는 울창한 숲에 발을 들여놓았다. 엄청난 기대로 가슴이 설레어 은제 열쇠가 무사히 있는지 확인하기 위해 셔츠 주머니를 더듬느라 손수건을 떨어뜨린 줄도 몰랐다. 카터는 정신을 가다듬고, 또한 대담한 확신을 가지고, 거실에서 가져온 성냥으로 앞을 비추면서 어두운 구멍으로 기어 들어갔다.

안쪽의 뿌리가 뒤얽혀 있는 갈라진 틈을 몸을 비틀어 빠져나가니, 주위의 암벽이 의식적으로 거대한 탑문으로 만들어져 있는 것처럼 생각되는 광대한 미지의 암굴이 있었다. 물이 스며 나오는 미끌미끌한 암벽을 앞에 두고 카터는 두려움에 휩싸여 말을 잃은 채 그대로

서서 성냥을 차례로 그어서는 물끄러미 바라보았다. 아치 비슷한 돌 위에 튀어나온 돌은 실제로 조각된 거대한 손일까.

이윽고 카터는 은제 열쇠를 꺼내 어디서 알았는지 어슴푸레하게 밖에는 생각나지 않았지만, 분명히 알고 있는 열쇠의 작동 방법과 주문을 외는 방법을 실행에 옮겼다. 뭔가 잊은 것은 아닐까……. 카터가 아는 것은 아무런 구속도 받지 않는 꿈의 땅, 그리고 모든 차원이 절대 궁극 속으로 녹아 있는 심연을 향해 장벽을 넘어서고 싶다는 절실한 바람뿐이었다.

3

그때 일어난 일은 도저히 말로는 나타낼 수가 없다. 깨어 있을 때 의 삶에서는 존재할 여지조차 없지만, 한정된 인과율과 3차원의 논 법에 기초한 편협하고 엄격하여 객관적인 세계로 되돌아가기까지 현실의 삶보다 분방한 꿈으로 넘쳐 있으며, 당연한 것으로 받아들일 수 있을 만한 그런 모순과 역설, 변칙성으로 가득 차 있었다. 인도 인은 세월을 거슬러 올라가 유년기로 돌아간다는 것보다 더한 이야 기도 하면서 한편으로는 경박한 헛소리처럼 들리지나 않을까 노심 초사했다. 애스핀월은 진절머리가 나서 뇌졸증의 발작처럼 코를 쿵 쿵대면서 사실상 귀를 기울이기를 그만두고 말았다.

동굴 안의 캄캄하고 흉측한 바위굴에서 랜돌프 카터가 행했던 은 제 열쇠의 의식은 결코 헛된 일은 아니었다. 열쇠를 처음 돌리면서 최초의 주문을 한마디 읊었을 때부터 예상하지 못한 장엄한 변화가 일어나리라는 느낌이 역력했다. 그것은 시간과 공간 속에서 터무니 도 없는 변동과 혼란이 일어났다는 그런 느낌인 동시에, 우리가 운 동이나 지속으로 인식하는 것은 그 느낌조차 내포되어 있지 않은 것 이었다. 어느 사이엔지 시대라든가 위치라든가 하는 것들이 더 이상 아무런 의미도 지니지 않게 된 것이다. 전날, 랜돌프 카터는 매우 희한하게도 시간의 심연을 뛰어넘었다. 그래서 지금은 어린이와 어른 사이에 아무런 차이도 없었다. 지금까지 갖고 있던 현재의 모습이나 상황과는 아무런 관계도 없이, 오로지 이미지만으로 구성된 랜돌프 카터의 실체가 존재할 뿐이었다.

한순간 전에는 안쪽의 암벽에 터무니도 없는 크기의 아치와 조각된 거대한 손을 어슴푸레하게 암시하는, 동굴 안의 바위굴이 존재했다. 그런데 이제는 바위굴이 존재한다고도 또는 존재하지 않는다고도 단언할 수 없었다. 암벽이 존재한다거나 존재하지 않는다고 할 수도 없었다. 머릿속의 생각처럼 눈에 보이지 않는 인상의 끊임없는 변화가 있을 뿐이며, 그 한가운데에는 랜돌프 카터에 다름 아닌 실체가 스스로의 정신에 나타났다가 사라지는 것들 모두에 지각이라는 이름을 붙여 놓았지만, 어떤 식으로 인상을 받아들이는지에 관한 명확한 지각은 전혀 없었다.

카터도 열쇠의 의식이 끝날 무렵에는 자신이 존재한 곳이 지구의 지리학자가 분명히 말할 수 없는 곳이며 역사적으로도 특징지을 수 없는 시대임을 깨달았다. 지금 일어난 일의 성격이 반드시 낯설지만은 않았기 때문이다. 이러한 사실을 어렴풋이 암시하던 부분이 수수께끼의 《나코토 사본》 속에서도 나와 있었고, 은제 열쇠에 새겨진 무늬의 의미를 이해하게 되자 미친 아랍인 압둘 알하자드의 금단의 서적인 《네크로노미콘》의 1장 전체가 생생하게 되살아났던 것이다. 하나의 문이 열린 것이다. 그러나 열렸다는 것은 사실은 '궁극의 문'이 아니라 지구와 시간으로부터 시간을 초월하는 지구의 연장부로 통하는 문의 하나일 뿐이며, 나아가서 이러한 지구의 연장부에서 '궁극의 문'이 굉장한 위험을 내포하면서 모든 대지와 모든 우주, 모든 물질을 초월하는 '가장 극단의 공허'로 통하는 것이기도 했다.

분명 '지배자'가 있을 것이었다. 그것도 굉장히 무시무시한 '지배자'가. 인간이 꿈에서 본 적도 없는 몇백 년이나 전, 지금은 잊혀져 사라진 이상한 모습의 종족이 증기를 뿜어내는 혹성 위를 활보하고, 사그라져 가는 최후의 폐허 한가운데서 최초의 포유류가 노닐게 되는 것도 모른 채, 이상한 도시를 세우던 몇백만 년 전, 그 무렵부터 '지배자'는 지구의 실체였던 것이다. 마땅히 두려워해야 할 《네크로노미콘》이 바로 '지배자'에 관해 곤혹스러울 정도로 막연하게 암시하고 있었음을 카터는 기억해냈다. 압둘 알하자드는 이렇게 쓰고 있다.

감히 '장막' 저편을 살피고자 그쪽편을 끌어들이는 자가 있을지 모르나, 경고하노니 교섭을 삼가는 것이 가장 현명할진저. 왜냐하면 '장막' 저편을 잠깐 보는 것만으로도 실로 공포에 싸일 것임이 《토트의 글》에 적혀 있으니. 경계를 초월한 자 전혀 돌아오지 않는 이유는, 우리가 세상 저편 아득히 먼 허공에서 우리를 옭아매고 속박하는 어둠의 것들과 함께 있기 때문일지니. 어둠 속을 배회하는 자, '옛 경고'를 우습게 보는 사악한 자, 모든 무덤으로 이어진 깊은 비밀의 구덩이를 웅크리고 들여다보는 자, 매장된 유해에서 생겨난 것을 먹는 자…… 이 모든 망령을 남김없이 능가하는 것은 '길'을 지키는 그쪽편인 고로. 경솔한 자를 모조리 세상의 저편, 말로는 표현할 수 없이 탐욕스런 자들의 나락으로 몰고 가리니. '그쪽 편'이야말로 곧 우무르 아트 타윌이며, 비밀스레 기록되어 전해지는 '오래고 오랜 자'일지니.

기억이라든가 상상이 어수선한 혼란의 한가운데서 흐릿한 윤곽을 지닌 인상을 자아내긴 했지만, 카터는 그것이 기억과 상상을 바탕으로 한 것임을 알았다. 그러나 의식 속에 그런 것을 만들어지는 것이 결코 우연이 아니라 오히려 자신을 둘러싸고 자신이 파악할 수 있는 단순한 상징으로 스스로 변질시키려는, 차원을 초월한 형언할 수 없는 어떤 막막한 현실임을 깨달았다. 그러나 지구상의 그 어떤 정신이든, 인간이 지각할 수 있는 시간과 공간을 초월하는 왜곡된 심연에서 엮어내는 존재형태의 범위 따위는 알 까닭이 없었다.

눈앞에 멋진 정경과 형상이 구름처럼 떠다녔다. 어찌된 일인지, 카터는 그런 것들을 지구 원초의 사라진 영겁의 태고와 연결지었다. 건전한 꿈에는 절대로 나타날 리가 없는 괴물 같은 생물이 기괴한 세공품 같은 경관 속을 천천히 움직였고, 주변은 믿을 수 없는 식물과 절벽과 산들이 인간의 양식과는 전혀 다른 석조 건축물을 둘러싸고 있었다. 바다 밑에 도시가 있었으며 그곳에 사는 자도 있었다.

광대한 사막에는 탑이 있었다. 그곳에서는 공 모양을 하거나 원통 모양의 것, 또는 말로는 도저히 나타내지 못할 날개 달린 기이한 생물이 맹렬한 기세로 허공으로 날아오르거나 허공에서 내려오기도 했다. 이 모든 것들을 카터는 이해했지만, 이들은 서로 고정된 관계를 지니지 않으므로 카터와는 더더욱 아무런 관계가 없었다. 카터 역시 어떤 정해진 모습이나 위치를 지니지 않았으며, 끊임없이 생겨나는 심상이 가져오는 듯한 끊임없이 변화하는 모습과 위치의 느낌이 있을 뿐이었다.

카터는 유년기의 꿈에서 보았던 무척이나 매혹적인 곳을 찾아보고 싶었다. 스란의 금빛도 눈부신 첨탑을 뒤로 하고 노예선이 오크라노스 강을 거슬러 오르고, 달빛 아래서 아름답고 평안하게 잠든 줄무늬진 상아 기둥이 늘어서 있는 잊혀진 궁전 너머, 클레드의 향기로운 정글을 코끼리를 탄 상인들이 대지를 뒤흔들며 돌진하는 곳. 그랬던 카터가 이제는 한층 범위가 넓어진 환영에 취해 자신이 갈구하던 곳이 어디인지도 거의 모르게 되었다. 더없이 모독적인 생각이 감히 마음속에서 솟아올라, 떨지도 않으면서 무시무시한 '지배자'와 정면으로 마주한 끝에 경악과 전율할 질문을 던지게 되리라고 상상했다.

장관을 이루던 모든 인상이 홀연히 몽롱한 그림처럼 자리잡는 듯했다. 도저히 이해할 수 없는 장식이 들어간 이 세상의 것이 아닌 거대한 돌기둥이 기하학과 반대되는 기묘한 법칙에 의해 배열된 듯한 집합체가 몇 개나 있었다. 딱히 무슨 색이라 이름붙일 수 없는 하늘에서 서로 모순되는 상상할 수 없는 각도에서 빛이 새어나와, 거대한 의자가 곡선을 그리며 늘어서 있는 곳에서 일렁이는 모습은 마치 빛에도 지각력이 있는 듯 느껴졌다. 상형문자가 새겨진 거대한 의자는 모두가 거의 육각형에 가까웠고, 옷으로 완전히 몸을 감싼 이상한 것이 앉아 있었다.

의자에 올라타지 않고, 분명치는 않지만 마룻바닥 같은 아래층을 미끄러지거나 떠다니는 것처럼 보이는 다른 것도 있었다. 아직 윤곽이 뚜렷하지는 않았지만 인간의 모습에 약간 앞서거나, 아니면 유사한 점을 희미하게 암시하고 있었다. 다만 크기는 보통 사람의 반쯤 되었다. 카터는 의자에 타고 있는 다른 모양의 것들과 마찬가지로 자기도 뭔가 확연치 않은 색의 직조물로 완전히 몸을 뒤덮고 구멍으로 내다보는지도 모른다고 생각했지만 확인할 길은 없었다. 어쩌면 볼 필요도 없으리라. 조직이나 기능면에서 보통 육체를 훨씬 뛰어넘는 종족인 것 같으니.

잠깐 뒤에 카터는 자신이 생각했던 대로임을 깨달았다. '다르게 생긴 자'가 목소리도 말도 없이 카터의 정신에 말을 걸었기 때문이다. '다르게 생긴 자'가 가르쳐준 이름은 모골이 송연해질 만큼 무서운 것이었으나, 랜돌프 카터가 공포로 움츠러든 적은 없었다. 그 대신에 음성도 언어도 거치지 않고 의사를 전달하여, 가공할 《네크로노미콘》이 교시하는 경의를 나타냈다. 왜냐하면 로마르 대륙이 해저에서 융기하고 '용맹스런 안개의 후예'가 지구에 나타나 '옛날의 지식'을 인간에게 가르친 뒤로, 다르게 생긴 것은 전 세계가 두려워하는 존재임이 틀림없기 때문이다. 그러니까 이 두려운 '지배자'야말로 '문을 지키는 자'였고, 비밀스런 글속에서 전해 내려오던 바로 그 우무르 아트 타월이었던 것이다.

'지배자'는 모든 것을 아는 듯했다. 카터의 갈망과 자취는 물론, 이러한 꿈과 비밀을 찾는 자가 무서워하지도 않고 앞에 서 있다는 것도 알고 있었다. 한편 카터는 '지배자'에게서 아무런 공포도 악의도 느껴지지 않았기에, 광기의 아랍인이 암시했던 그 수많은 모독적인 일들이 이제 곧 일어나리라 상상하는 것은 스스로도 해보고 싶었다는 그의 좌절된 바람과 질투가 만들어낸 거짓은 아닐까 한순간 의심하기도 했다. 아니면 '지배자'가 그러한 공포와 악의를 드러내는 것은 두려워 떠는 자에 대해서만 그런지도 몰랐다. 계속 어떤 의미가 뿜어져 나오고 카터는 간신히 언어의 형태로 그것을 해석했다.

"분명히 나는 '오래고 오랜 자'이다." '지배자'가 말했다. "'그 사실'은 명심하라. 우리는 너를 기다리고 있었다. 오랜 자들과 나는, 많이 늦었지만 너를 환영하노라. 너는 열쇠를 가지고 '첫 번째 문'을 열었다. 이제 '궁극의 문'이 너의 시련을 기다리고 있다. 무섭다면 나아갈 필요는 없다. 아무 일 없이 왔던 길을 다시 되돌아갈 수도 있다. 하지만 전진을 선택한다면……."

이런 식의 중단은 기분 나쁜 것이었으나, 느낌은 여전히 우호적이었다. 카터는 열렬한 호기심에 휩싸여 한순간도 망설이지 않았다.

"나아가겠습니다." 카터가 대답했다. "그리고 당신을 '지배자'로서 받아들이겠습니다."

'지배자'는 그의 대답에 대해 팔, 혹은 팔에 상응하는 기관을 들어올렸는지 어쨌는지는 분명치 않지만 몸을 감싸고 있는 옷을 움직여 신호를 한 것 같았다. 그리고 두 번째 신호가 있었는데, 카터는 이미 알고 있던 전승을 바탕으로 마침내 '궁극의 문'의 바로 앞에까지 접근했음을 깨달았다. 이제 빛은 또 다른 이상한 색으로 바뀌었으며, 육각형과 비슷한 모양의 의자에 있는 다르게 생긴 자들이 한층 명료해졌다. 다르게 생긴 자들이 한층 상체를 뻗으니 윤곽이 더욱 인간과 비슷해졌지만, 카터는 그들이 인간일 리가 없음을 알고 있었다. 지금도 의복에 감싸인 그들의 머리 위에는, 타타르 지방의 가장 괴상한 금단의 산의 절벽에 잊혀진 조각가가 새겼다는 이름도 없는 조각들을 떠올리게 하는, 애매한 색깔을 한 높다란 사제의 관이 반듯하게 얹혀 있었다. 그리고 옷주름 사이로 긴 홀(笏)이 보였는데 윗부분에는 기괴한 옛 신비를 조각한 장식이 붙어 있었다.

그들이 누구이며, 어디서 와서 누구에게 봉사하고 있는지 카터는 생각했다. 그리고 또 그들이 무슨 보수를 받는지 하는 것도. 그러나 운을 하늘에 맡기고 용감하게 전진을 계속하면 모든 것을 알게 될 것이므로 지금은 그것으로 만족했다. 불안해한들 아무것도 보이지 않는 처지를 원망하여 한쪽 눈이 보이는 자를 모조리 비난하는, 그런 무리가 토해내는 말과 다를 것이 없었다. 그리고 '오래된 것'들이 인류에게 원한을 풀려고 영원한 꿈에서 일어나기라도 하는 것처럼, 그들을 악의있는 존재로 몰아붙인 자들의 턱없는 교만함에 카터는 새삼 놀라워했다. 마치 매머드가 발을 멈추고 지렁이에게 굉장한 복수를 하려는 것과 같지 않은가! 카터가 그런 생각을 하고 있을 때, 거의 육각형에 가까운 의자에 앉아 있는 자들 모두가 기묘한 조각이 새겨진 홀대를 흔들면서 카터를 환영한다는 의사를 표현했다.

"우리는 그때의 그런 용기 있는 행동으로 이미 '오래고 오랜 자'와 우리들의 일원이 되었음을 선포하며, 랜돌프 카터에게 경의를 표하노라."

카터는 이제 의자 하나가 비어 있음을 보고, 그것이 '오래고 오랜 자'가 자신을 위해 준비한 것임을 깨달았다. 모든 의자는 반원도 아니고 완벽한 원형도 아니며, 포물선도 쌍곡선도 아닌 기묘한 곡선을 그리며 놓여 있었는데 그의 한가운데에는 다른 것보다 높은 또 하나의 의자가 있다는 것도 카터는 재빨리 눈치채고, '지배자'의 옥좌라고 추측했다. 움직이는지 올라가는지 묘사하기가 매우 힘들게 카터는 자기 자리에 앉았다. 그러나 그때 이미 '지배자'가 자리에 앉아 있는 것을 깨달았다.

차츰 안개가 걷히는지 '오래고 오랜 자'가 뭔가를 들고 있는 것이 분명히 보였다. 옷으로 몸을 감싼 '일동'에게 보이기 위해선지, 아니면 보여주고 싶어서인지, 어떤 물체가 넓게 펼쳐진 주름 속에 싸여 있었다. 보는 각도에 따라 어슴푸레하게 색이 바뀌는, 어떤 금속으로 만들어진 커다란 공, 아니 그렇다기보다는 공처럼 생긴 것을 '이끄는 자'가 앞으로 내놓자 좀 낮은 목소리라는 인상을 주는 자가 주위로 가서 지구상의 그 어떠한 리듬에도 맞지 않으면서도 어떤 리듬을 가진 듯한 가락에 강약을 붙이기 시작했다.

아리아를 떠올리게 하는, 꼭 그렇다기 보다는 인간의 상상력이 아리아로 해석하는지도 모르는 데가 있었다. 곧 공처럼 보이는 것이 더욱 빛나기 시작했고, 마침내는 무슨 색인지도 모를 맑고 투명하게 반짝이는 빛을 내뿜게 되었으나, 카터는 빛의 반짝임이 색다른 아리아의 리듬에 동조한다는 것을 깨달았다. 마침내 의자 위에서 사제관을 쓰고 홀대를 쥐고 있는 '다르게 생긴 자'들 모두가 똑같이 이상한 리듬에 맞추어 희미하기는 하지만 기묘하게 몸을 흔들기 시작하는 한편, 공 모양과 비슷한 것의 빛과 닮은 뭔지 모를 영묘한 빛을 내뿜은 빛구름이 그들의 뒤덮고 감춰진 머리 주위에서 흔들렸다.

인도인은 이야기를 중단하더니 네 개의 바늘과 상형문자가 쓰여진 문자 원반으로 된, 지구상에 알려진 그 어떤 리듬과도 다른 이상한 소리를 내는 관 모양의 시계를 매우 흥미 깊게 바라보았다.

"드 마리니 씨," 문득 인도인이 학식이 풍부한 주인에게 말했다. "온몸을 뒤덮어 감춘 '다르게 생긴 자'가 육각형 의자에서 아리아를 부르면서 몸을 흔들던, 그 특별하고 다른 세계의 것으로 느껴지는 리듬에 관해서는 당신께 이야기할 필요가 없겠지요. 당신은 '외부로 연장된 부분'을 몸으로 체험한 또 한 사람이자 이곳 미국 땅에서는 오직 유일한 사람이시니까요. 저 시계 말입니다만, 돌아가신 할리 워렌이 자주 말했던 요가 수행자가 당신게 드린 것이겠지요? 그 요가 수행자는 예언자이며, 유구한 세월을 거친 렌 고원의 감춰진 유산, 즉 이안호로 가서 두려워 떨 금단의 도시에서 어떤 종류의 것을 가져온 살아 있는 오직 한 사람이라고 했습니다. 이 시계에 어느 정도 신비스러운 특성이 있는지 아실 것입니다. 제가 꿈이나 책에서 터득한 것이 옳다면, '첫 번째 문'에 관해 많은 것을 알고 있던 자들에 의해 만들어진 것일 겝니다. 그건 그렇고, 이야기를 계속하기로 하지요." 법사는 앞에서 하던 이야기를 계속했다.

이윽고 몸을 흔드는 것과 아리아를 떠올리게 하던 소리도 멈추고 머리 주위에서 흔들리던 빛구름도 약해졌는데, 옷으로 몸을 뒤덮은 다르게 생긴 자들은 의자 위에서 기묘하게 상체를 앞으로 숙이고 있었다. 그러나 공처럼 생긴 것은 여전히 이상한 빛을 깜박이고 있었다. 카터는 처음 눈으로 보았을 때처럼 '오랜 자들'이 잠들었다고 생각하고, 자신이 와서 눈을 뜨기까지 그들은 얼마만큼 광대무변한 꿈을 꾸고 있었을지 의심스러웠다.
천천히 카터의 마음속에 진실이 스며들기 시작했다. 기이한 형태의 아리아 의식은 암시의 하나이며, '일동'은 '오래고 오랜 자'에 의해 아리아를 불렀으며, 새롭고 특별한 잠에 떨어진 것이었다. 그들의 꿈에 의해 은제 열쇠를 통행의 징표로 삼는 '궁극의 문'이 열리는 것처럼. 이러한 깊은 잠의 한가운데서 그들이 절대궁극의 망망하고 방대한 외부 세계를 꿈꾸고 있다는 것, 그들이 자신이라는 존재가 요구했던 것을 완수해주리라는 것을 카터는 깨달았다.
'지배자'는 이 잠에 관여하지 않았으나, 뭔가 미묘하게 음성을 쓰지 않으면서 여전히 지시를 하는 것 같았다. '일동'에게 꿈을 꾸기를 바라는, 그런 이미지를 가르치는 듯했다. 카터는 '오랜 자들'이 지시를 받은 상념을 생각하고 묘사함에 따라 저마다 인간의 눈에도 보이게 되는 핵이 생겨난다는 것을 깨달았다. '다르게 생긴 자' 모두의 꿈이 하나가 되었을 때, 그것이 눈앞에 나타나 카터가 추구하는 것 모두가 정신 집중에 의해 물질로 바뀌었다. 카터는 그런 것을 지구상에서 본 적이 있었다. 인도에서 둥그렇게 둘러앉은 달인들이 투사하는 조합된 의지가 만질 수 있는 하나의 실체를 만들어내는 것을 목격했었다. 그리고 감히 입으로 말하는 자조차도 드문, 오래된 아틀라아나트에서도.

'궁극의 문'이란 어떤 것이고 어떻게 하면 빠져나갈 수 있을지 카터는 판단이 서지 않았으나 강한 기대가 끓어올랐다. 일종의 육체를 지니고 있다는 것, 운명을 결정하는 은제 열쇠를 손에 쥐고 있음을 카터는 의식했다. 눈앞에 솟아 있는 돌산이 벽처럼 매끄러워지기 시작한 것 같아서 눈이 저절로 그 중심으로 모아졌다. 그러자 갑자기 카터는 '오래고 오랜 자'의 생각의 흐름이 멈추는 것을 감지했다.

카터는 그때서야 비로소 정신과 육체의 양면에 대한 진정한 침묵이 얼마나 두려운 것인지 실감했다. 바로 조금 전까지는 넓게 펼쳐진 지구 연장부의 연약한 곳에서, 수수께끼 같은 움직임에 지나지 않았다고는 해도 그것을 알아챌 정도의 어떤 리듬이 도중에 끊기지 않고 이어지고 있었는데, 이제는 심연의 막연한 침묵이 모든 것을 뒤덮은 것 같았다. 스스로는 육체를 지니고 있다는 느낌이 드는데도, 호흡하는 소리조차 없어져 버렸고, 우무르 아트 타월의 공 같은 것이 내뿜던 광채마저도 돌로 변한 것처럼 정지되어 반짝이기를 그만둔 것이었다. '다르게 생긴 자'의 머리 부분 주위에서 흔들리고 움직이던 것보다 밝은, 눈이 부실 정도의 빛구름이 '지배자'의 보이지 않는 머리 위에서 차갑게 빛나고 있었다.

카터는 현기증이 나서 방향 감각을 잃었다는 느낌이 몇천 배 더

강하게 들었다. 이상한 빛은 칠흑의 어둠에 어둠을 더한 듯한 궁극적 암흑처럼 여겨졌고, '오랜 자들'의 주위, 즉 육각형과 비슷한 의자와는 어지러울 정도로 머나먼 거리가 펼쳐지는 느낌이 들었다. 마침내 카터는 가늠할 수 없는 깊이로 빠져 들어갔고, 향기로운 파동이 찰랑찰랑 얼굴에 와 닿는 것을 느꼈다. 마치 장미향이 나는 따뜻한 바다, 포말이 이는 파도가 불타는 놋쇠 기슭에 부딪쳐 부서지는, 술 취한 포도주의 바다에 몸이 떠 있는 것 같았다. 멀리 떨어진 기슭에 부딪쳐 포말이 이는 바다의 망망함을 보았을 때, 카터는 그 이상 없을 공포로 몸을 떨었다. 그러나 일순간의 침묵이 그것을 깨뜨렸다. 흔들리는 포효가 물리적인 소리도, 인공적인 언어도 아닌 언어로 카터에게 말을 걸었던 것이다.

"진실된 자는 선악을 초월하리." 목소리 아닌 소리가 억양을 붙였다. "진실된 자는 전체가 하나가 되는 자에게로 나아가리. 진실된 자는 환영이야말로 유일무이한 현실이며, 물질이야말로 엄청난 사기꾼임을 알게 되리."

그리고 이제는 좋든 싫든 카터의 눈을 끌어당기고 있는 둥근 돌천장에서, 먼 옛날 3차원의 지구에서 멀리 떨어진 비현실적인 동굴속 바위굴에서 보았던 바로 그 거대한 아치의 윤곽이 나타났다. 카터는 자신이 어느새 은제 열쇠를 사용하고 있음을 자각했다. '안쪽 문'을 열었던 것과 매우 비슷한, 배워서 터득한 것이 아니라 본능적인 의식에 따라 은제 열쇠를 움직였음을. 그리고 카터는 볼에 와 닿는 장미 향기에 취한 이 바다가 바로 자신의 주문, 그리고 '오랜 자들'이 자신의 주문에 힘을 가했던 상념의 소용돌이를 앞에 두고 굴복한 견고한 돌벽이라는 것을 깨달았다. 본능과 마구잡이 결의에 여전히 이끌리면서 카터는 앞으로 앞으로 계속 나아가 마침내 '궁극의 문'을 빠져나갔다.

4

방대한 돌로 이루어져 있는 곳을 빠져나간 랜돌프 카터의 전진은, 별과 별 사이의 가늠할 수 없는 심연을 지나는 현기증 나는 낙하와도 같았다. 카터는 저 멀리서 장대하고 화려하며 더없이 감미로운 신의 파동을 느꼈고, 그 뒤로는 거대한 날개가 퍼덕이는 소리를 듣고, 지구는 고사하고 태양계에조차 알려지지 않은 지저귐이나 속삭임과 비슷한 소리의 인상을 받았다. 뒤돌아보니 하나의 문이 아닌, 수많은 문이 있었고, 몇몇의 문에서는 느끼지도 못하는 '천한 자들'이 화를 내며 외치는 것이 보였다.

그러자 갑자기 카터는 '천한 자들'보다 훨씬 강렬한 공포——자기 자신과 이어져 있으므로 도망칠 수도 없는——를 느꼈다. '첫 번째 문'도 얼마간의 안정성을 카터에게서 빼앗았으며, 자신의 육체의 형상과 자신을 둘러싼 어렴풋한 것들과의 관계를 불안하게 하기는 했으나 카터의 자기 일체감까지 흩뜨리지는 않았다. 카터는 아직도 랜돌프 카터였으며, 차원이 뒤섞이는 속에서의 안정된 지점이었다. 그랬는데 이제 '궁극의 문'을 넘은 카터는 격렬한 공포를 느끼면서 일순간에 자신이 하나의 인간이 아니라 다수의 인간임을 깨달았던 것이다.

카터는 동시에 많은 장소에 존재했다. 지구에서, 1883년 10월 7일, 랜돌프 카터라는 소년이 조용히 내려앉는 저녁노을 속에서 '뱀 소굴'을 뒤로 하고 바위가 많은 경사면을 내려가 가지가 휘어진 사과 과수원을 벗어나, 아컴 뒤편 구릉지대에 있는 크리스토퍼 숙부의 집으로 향하고 있었다. 그러나 그와 같은 순간에, 무슨 이유에선지 똑같은 지구상에서, 1928년 랜돌프 카터에 틀림없는 어렴풋한 그림자가 차원을 초월한 지구의 연장부에서 '오랜 자들'의 한가운데 의자에 앉아 있었다. '궁극의 문' 저편, 형태도 없고 알려지지도 않은 우주의 심연에도 세 번째의 랜돌프 카터가 있었다. 그리고 끝없는 다양성과 터무니없는 변화에 의해 카터를 광기의 직전까지 밀어붙이는 다양한 정경들이 혼돈으로 어지러운 가운데 '궁극의 문' 저편에서 이제 나타나려는 어떤 일부분처럼, 카터가 그 자신인 것으로 알고 있는 존재가 혼란스럽게 여기저기 수없이 나타나 있었다.

지구 역사상 알려졌거나 추측할 수 있는 모든 시대, 그리고 지식이나 추측이나 진의를 초월하는 지구의 실체가 지배했던 세상의 시초, 그러한 시대에 속하는 모든 환경에 카터가 있었다. 카터는 인간이면서 비인간이었고, 척추동물이면서 무척추동물이었고, 의식을 지닐 수도 지니지 않을 수도 있으며, 동물이면서 식물이기도 했다. 나아가 지구상의 생명과 공통되는 것이 없이 다른 혹성, 다른 태양계, 다른 은하, 다른 시공 연속체의 한가운데를 터무니없이 돌아다니는 카터들이 있었다.

세계에서 세계로, 우주에서 우주로 떠도는 영원한 생명의 포자(胞子)가 있었는데, 그런 모든 것이 다 카터 자신이었다. 잠깐 보았던 것들 몇 가지는, 처음 그 꿈을 꾸었던 이래로 오랜 세월이 지났어도 기억에 남아 있는 어슴푸레한 꿈, 생생한 꿈, 단 한번뿐인 꿈, 연속해서 꾸었던 꿈들을 떠올리게 했다. 그 일부에는 지구상의 논리로는 도저히 설명할 수 없는, 매혹적이면서도 두렵기까지 한 친숙함이 있었다.

이것이 틀림없는 진실임을 깨달았을 때, 랜돌프 카터는 엄청난 공포에 휩싸여 눈앞이 캄캄해졌다. 빛깔을 잃은 달빛 아래 혐오스러워하며 기피하던 옛 매장지에 둘이서 들어갔다가 오직 혼자서만 빠져나왔던, 그날 밤의 오싹함과 전율의 절정에 달했을 때조차도 느끼지 못했던 그보다 더한 공포였다. 그 어떤 죽음이든, 운명이든, 고뇌이든 간에 자기 일체감의 상실에서 터져 나오는 절망을 뛰어넘을 수는 없었다. 단순히 기억에서 사라져 없어지는 것은 편안한 망각이지만, 존재감을 분명히 의식하면서 그 존재라는 것이 다른 존재와 구별할 수 있는 명확한 것이 아닐 때, 이미 자기를 지니지 않은 존재라는 것을 깨닫는 것은 무어라 표현할 수 없는 괴로움과 공포의 극치임에 틀림없었다.

카터는 보스턴에 랜돌프 카터라는 사람이 있었음을 알고 있었으나, 자신——'궁극의 문' 저편에 있는 실체의 단편 혹은 국면——이 과거 그런 랜돌프 카터였는지, 아니면 다른 사람이었는지 전혀 확신할 수 없었다. 카터는 사라져 없어진 것이다. 그러나 카터는 개별적 존재가 무로 돌아가도 자신이 존재할 수 있다는 전혀 이해할 수 없는 방법으로 자신이 복수로 바뀐 것을 의식하고 있었다. 그러면서 자신의 육체가 홀연히 인도의 사원에 조각된 손과 발과 머리가 여럿 달린 조각상으로 변해버린 것 같아서, 카터는 곤혹스러우면서도(이보다 더한 공포는 없으리라고 생각했지만) 다른 것들로부터 식별할 수 있는 원형이라는 것이 있다면 어느 것이 원형이며 어느 것이 부가물인지를 확인하고자 똑같은 자기의 모습들을 바라보았다.

가슴이 터질 듯한 이런 생각에 한창 빠져 있을 때, 문 저편에 있는 카터의 단편은 공포의 구렁텅이라고 생각되는 것에서 한층 바닥 모를 암담한 공포의 구덩이로 내팽개쳐졌다. 이번의 공포는 주로 외적인 것이었다. 곧장 카터와 대치했으며, 카터를 둘러싸고, 카터에게 깃드는 개별적인 힘, 그러한 국소적인 존재에 더하여, 카터의 일부이면서도 마찬가지로 모든 시간과 공존하는 모든 공간과 무게가 있는 것처럼 여겨지는 개별적인 힘이 공포의 근원이었다. 눈에 보이는 이미지조차 없었지만 실체가 존재한다는 느낌, 그리고 국소성, 자기 일체감, 무한성이 조합된 공포스런 상념이 카터의 어떤 단편도 그렇게까지 존재할 수 있으리라고 생각한 적이 없는 현기증 나는 공포를 만들어냈던 것이다.

그러한 엄청난 경이에 직면하여, 카터와 비슷한 것은 자신이 망각되는 공포도 잊어버렸다. 그것이야말로 깨달음이 없는 존재와 자신

의 '하나인 전체'와 '전체인 하나'의 상태나 다름없었다. 단순히 하나
의 시공 연속체에 속하는 것이 아니라 모든 무한한 존재의 영역—
—제한을 받지 않는 공상도, 수학도 모두 능가하는 가장 마지막의
절대영역의 궁극적이고도 원기 왕성한 본질로 이어지는 것이었다.
아마도 지구의 어떤 종류의 비밀 교단이 요그소토스라고 속삭이던
것이 그것이리라. 이것은 다른 이름을 수없이 많이 지닌 신성이며,
유고스 별의 갑각류 종족이 '저편에 있는 자'로 숭배하고, 소용돌이
은하의 옅은 안개 같은 두뇌가 도저히 표현하지 못할 징표로 알려져
있는 신성이다. 그러나 카터는 곧 이런 생각이 얼마나 천박하고 피
상적인 것인지 깨달았다.

그리고 지금 '존재'가 부서지고 타올라 요동치는 경이적인 파동으
로 카터의 국면을 부르고 있었다. 그 파동은 받는 자가 거의 참지
못할 정도로 맹렬하게 부딪치면서도 '첫 번째 문' 저편에 있는 이상
한 영역에서 '오랜 자들'이 묘하게 몸을 흔들고 기분 나쁜 빛이 깜박
거리던, 이 세상의 것이 아닌 리듬과 비슷한 에너지의 집중이었다.
흡사 태양, 세계, 우주 전체가 억제할 수 없는 격렬한 충격으로 소
멸시키려 했던, 그 공간의 한 점으로 수렴된 것 같았다. 그러나 그
엄청난 공포의 한가운데서 그보다 못한 공포는 사라져버렸다. 모든
것을 태워 없앨 그 파동이 어떤 것인지, 문 저편의 카터를 무한의
카터 분신으로부터 떼어내려는 것 같았기 때문이다. 말하자면 자기
일체감의 환상을 어느 정도 부활시키려는 것 같았다. 조금 지나자
듣는 쪽은 그 파동을 자기가 알아들을 수 있는 회화 형태로 번역하
기 시작했고, 그와 동시에 공포감과 압박감이 약해지기 시작했다.
굉장한 공포가 순수한 외경심으로 바뀌었고, 모독적일 정도로 이상
하게 생각되던 것이 이제는 뭐라고 표현조차 할 수 없을 정도로 장
엄한 것으로만 여겨졌다.

"랜돌프 카터여." 그렇게 말하는 것 같았다. "네 혹성의 연장부에

나타났던 나의 모습인 '오랜 자들'은, 과거 잃어버린 사소한 꿈의 땅에 가까이 돌아가 커다란 자유를 얻어 한층 위대하고 숭고한 욕망과 호기심에 이른 자로서 너를 보낸 것이다. 네가 전에 바랐던 것은 황금의 오크라노스 강을 거슬러 올라가 난이 흐드러지게 피어 있는 클레드의 잊혀진 상아의 도시를 찾아내는 것이며, 그리고 너의 지구와 모든 물질과는 이질적인 하늘에 빛나는 오직 하나의 붉은 별을 지향하고, 거대한 탑과 수많은 둥근 지붕 건축물이 당당히 솟아 있는 일렉 바드의 오팔로 된 옥좌에 군림하는 것이었지. 그러나 두 개의 '문'을 빠져나온 지금 너는 한층 고매한 것을 생각하고 있다. 너는 어린아이처럼 싫은 광경으로부터 사랑하는 꿈으로 도망치지 않고, 제몫을 다하는 남자답게 모든 광경과 모든 꿈의 배후를 가로지르는 마지막 심오한 비밀 속으로 날아들게 되리라.

네가 바라는 것이 선한 것임을 알고부터 나는 네 혹성의 생물에게 열한 번만 허락된 것——인간 혹은 인간과 비슷한 생물에게는 다섯 번만 허락된 것——을 다시 한 번 허락해주고자 한다. 네게 '궁극의 신비'를 보여주고, 마음이 약한 자라면 나가 떨어져버릴 것을 보여줄 용의가 있다. 그러나 모든 비밀을 충분히 보기 전에 너는 아직 자유로운 선택을 할 수 있으므로 네 눈앞에서 아직 깨지지 않은 '장막'을 그대로 지니고 두 번째의 '문'을 빠져나가 되돌아가도 된다."

5

갑작스러운 파동의 중단으로 카터는 황량함으로 가득 찬 냉랭한 공포와 침묵에 휩싸였다. 이르는 곳마다 공허하고 광대 무변하게 펼쳐진 것들이 무겁게 내리누르고 있었다. 그러나 탐구자는 '존재'가 아직도 그곳에 있음을 알고 있었다. 조금 지나자 카터는 언어를 생각하고, 정신적인 실질을 심연 속으로 던져 넣었다. "따르겠습니다. 되돌아가지 않습니다."

파동이 다시 밀려들어와 카터는 '존재'가 자신의 말을 들었음을
알았다. 순식간에 무한대로 펼쳐지는 '정신'으로부터 지식과 설명이
엄청나게 유출되어 탐구자에게 새로운 전망을 펼치는 동시에, 탐구
자가 바랐던 적도 없을 듯한 우주를 이해하는 힘을 지닐 준비를 갖
추게 했다. 3차원 세계의 관념이 얼마나 유치하고 제한된 것인지,
기존에 알고있는 상하, 전후, 좌우라는 방향 외에 얼마나 다양한 방
향이 있는지를 카터는 배웠다. 그리고 지구의 소소한 신들의 왜소함
과 겉만 번드르르한 공허함을, 또한 인간 냄새가 나는 비천한 호기
심과 교제도 동시에 보여주었다. 지구의 소소한 신들이 지닌 증오와
노여움, 사랑, 허영을, 또한 찬미와 산 제물을 바라는 욕구를, 그리
고 이성과 자연에 어긋나는 신앙을 추구하는 것을 가르쳐주었다.

그런 인상의 대부분이 저절로 카터에게 언어로 전해지는 한편, 다
른 감각으로 이해되는 것도 있었다. 필경은 눈으로, 또는 상상력으
로 카터는 지금 자기가 있는 곳이 인간의 눈이나 두뇌로는 상상할
수 없는 차원의 영역에 있음을 알아차렸다. 맨 처음에는 힘의 소용
돌이, 그리고 다음으로 끝없는 허공 속의 뒤얽힌 그림자, 자신의 감
각을 마비시키는 창조의 영역을 카터는 이제야 눈으로 보고 있었다.
카터는 전혀 상상도 되지 않는 우월한 위치에서 경이적인 형태의 것
들을 내려다보고 있었다. 다양한 연장부는 신비 연구에 일생을 바치
던 카터로서는 지금까지 품은 적도 없었던 존재와 크기와 범위라는
모든 개념을 초월하는 것이었다. 1883년 아컴 농가의 소년 랜돌프
카터는 '첫 번째 문' 너머 육각형과 비슷한 의자에 안개 같은 것이
무한의 심연에서 '존재'와 마주보고 있는 단편과, 자신의 상상 혹은
지각이 마음 속에 그리는 또 다른 자신의 모습이 동시에 존재할 수
있는 이유를 어렴풋하게나마 이해하기 시작했다.

이윽고 파동은 강도를 더해 카터가 깊이 이해하도록 하고자, 단편
이 되어 있는 현재의 카터를 더할 수 없이 작은 일부인 여러 모양의

실체로 되돌리고 있었다. 파동이 카터에게 알렸다. 우주의 모든 형태는——사각형이 정육면체의 단면이며, 원이 구(球)의 단면임과 마찬가지로——한 단계 높은 차원의 유사한 형태의 한 면이 교차한 결과에 지나지 않는다고. 3차원의 정육면체나 구는, 인간이 추측이나 꿈에 의해서만 알 수 있는 4차원에 유사한 형태의 단면이다. 그리고 이 형태는 또한 5차원 형태의 단면이며, 이렇게 차례로 반복해 나가면 원형적인 무한, 즉 현기증 나는 도달 불가능한 높이에 이르게 된다. 인간이나 인간의 신들의 세계는 보잘것없는 것들의 사소한 국면에 지나지 않는다. 우므르 아트 타월이 '오랜 자들'에게 꿈을 전수하는 '첫 번째의 문'에 의해 도달 가능한 작은 통일체, 그것의 3차원의 국면이다. 인간은 그것을 현실이라 부르며, 그러한 다차원의 원형에 관한 사고를 비현실로 규정짓고 있으나 실제적으로는 그 반대야말로 진리이다. 우리가 실체나 현실이라 부르는 것들은 그림자나 환영이며, 우리가 그림자나 환영이라 부르는 것이야말로 곧 실체이며 현실이다.

파동은 이야기를 계속했다. 시간은 움직이지 않으며 시작도 끝도 없다. 시간이 움직이며 변화의 원인이 되는 것은 환영에 지나지 않는다. 사실을 말하건대, 시간 그 자체가 실제적으로는 환상인 것이다. 한정된 차원에 있는 생물의 좁은 시야는 물론 과거, 현재, 미래는 애초 존재하지 않기 때문이다. 인간은 변화라는 것에 대해서만 시간을 생각하지만, 변화도 또한 환상에 지나지 않는다. 과거에 있었고, 지금 있으며, 미래에 있을 인간이 생각하는 것은 모두 동시에 존재하는 것이다.

이러한 계시가 신과 같은 장엄함으로 전해졌으므로 카터는 의심할 수가 없었다. 비록 계시된 것들이 거의 카터의 이해를 뛰어넘는 곳에 있었다 하더라도, 국소적인 사고방식이나 좁고 부분적인 견해와 모든 것이 두드러지게 대조를 이루는 최종적인 우주 현실에 비춰

보면 진실임이 틀림없다고 카터는 생각했다. 처음부터 카터는 이미 충분히 국소적인 개념이나 부분적인 개념의 구속으로부터 벗어날 수 있을 만큼 깊고 원대한 사고에 이르러 있는 상태였다. 그동안 탐구했던 모든 것이 국소적인 것이나 부분적인 것은 비현실이라는 신념을 바탕으로 했던 것이지 않은가!

강한 인상을 남기고 중단되었다가 파동이 다시 전하기 시작했다. 낮은 차원의 영역에 사는 자들이 변화라 부르는 것은, 외부 세계를 다양한 우주적 각도에서 보는 그들의 의식 활동에 지나지 않는다. 원뿔을 잘라 생겨나는 '형태'가 자르는 각도에 따라 여러 가지로 다르게 보이는 것처럼, 즉 원뿔 자체에는 아무런 변화도 없는 채 잘라내는 각도에 따라 원, 타원, 포물선, 쌍곡선이 생겨나듯이 불변 무한한 현실의 국면은 그것을 보는 우주 각도에 따라 변하는 것처럼 보일 뿐이다. 이처럼 다양한 의식의 각도에 대해 내부 세계의 열등한 종족은 매우 드문 예외를 제외하면 의식을 지배하는 방법을 익힐 수 없어 노예처럼 따르고 있다. 금단의 것을 배운 극히 몇몇 자만이 이것을 지배하는 방법을 막연하게 알며 시간과 변화를 정복하는 것이다. 그러나 '문' 밖에 있는 실체는 모든 각도를 지배하며, 자신의 의지대로 단편적인 변화를 포함한 전망이나, 전망을 초월한 변화가 없는 전체로써 우주의 무수한 부분을 바라보는 것이다.

파동이 다시 중단되었을 때, 카터는 처음에 자신을 엄청난 두려움에 떨게 했던 자기 일체감을 잃었다는 수수께끼의 궁극적인 배경에 전율하면서도 막연하게 이해하기 시작했다. 카터의 직관이 계시의 단편을 하나로 정리해 냈으며, 카터를 조금씩 비밀을 파악하는 단계로 다가가게 했다. '궁극의 문'의 입구에서 은제 열쇠를 정확히 사용할 수 있도록 우므르 아트 타윌이 마력으로 도와주지 않았다면 '첫 번째 문'의 내부에서 이미 가공할 계시의 대부분이 밀려들어와 엄청난 지구의 분신 속으로 자아를 갈기갈기 찢어버렸으리라. 카터는 거기까지 이해했다. 그리고 나아가 확실한 지식을 얻고 싶어했으며, 사고의 파동을 보내 자신의 다양한 국면에 관해 보다 정확한 지식을 얻기를 원했다. 지금 '궁극의 문' 저편에 있는 단편, '첫 번째 문' 저쪽의 육각형과 비슷한 의자에 아직도 존재하는 단편, 1883년의 소년, 1928년의 사내, 부모로부터 물려받은 자신과 자아의 모습을 형성하는 다양한 과거의 존재, 궁극적 지각의 첫 번째 무시무시한 빛에 의해 자신임을 깨달았던 다른 시대, 다른 세계의 말로는 표현할 수 없는 주민들과의 정확한 관계를. 파동이 천천히 밀려와 인간의 정신으로는 거의 이해할 수 없는 것들을 명확하게 대답했다.

파동이 계속 전해졌다. 한정된 차원에 존재하는 생물의 조상으로부터 자손으로 이어지는 계통 모두, 그리고 이런 생물 각기의 성장 단계 모두는, 차원을 초월하는 공간에 있어서 오직 하나의 원형적이고 영원한 존재가 나타난 것에 지나지 않는다. 아들, 아버지, 할아버지 등 국소적인 각기의 존재와 유아, 어린이, 소년, 어른이라는 개체의 각 단계와는 그와 동일한 원형적이고 영원한 존재가 의식면의 각도에 따라 다양하게 절단함으로써 생겨나는 무한국면의 하나에 지나지 않는다.

랜돌프 카터는 모든 시대에 존재한다. 랜돌프 카터와 그의 조상들 모두는 인간이면서 인간 이전의 것이며, 지구의 것이기도 하고 지구 이전의 것이기도 하므로 모든 시대에 존재한다. 이런 것은 모두 시간과 공간을 초월하는 궁극적이고 나아가 영원한 오직 하나의 '카터'의 국면에 지나지 않는다. 의식의 한 면이 가끔 영원한 원형을 절단하는, 그 각도에 의해서만 차이가 생겨나는 환영의 투영물에 지나지 않기 때문이다.

각도의 미세한 변화가 오늘의 대학생을 어제의 어린이로 바꿀 수 있다. 랜돌프 카터를 1692년에 세일럼에서 아컴 뒤편의 구릉지대로 도망쳐 들어온 마법사 에드먼드 카터로도, 2169년에 이상한 수단을

써서 몽골인의 무리를 오스트레일리아에서 격퇴하는 피크맨 카터로
도 바꿔놓을 수 있다. 나아가 인간 카터를 원초의 휴페르보리아에
살며, 과거 아르크투루스를 둘러싸고 있던 이중의 별 키사밀에서 날
아온 검고 가소성을 띤 몸을 지닌 차소구아를 숭배하는 태고의 실체
로도 바꿀 수 있다. 지구의 카터를 먼 조상에 해당하는 일정한 형태
가 없는 키사밀 별 사람으로도, 또는 더욱 먼 조상에 해당하는 초은
하의 별 스트론티의 생물로도, 옛 시공 연속체에 존재하는 4차원의
가스 상태의 의식으로도, 믿을 수 없는 궤도를 지닌 암흑의 방사성
혜성에 사는 미래의 식물 두뇌로도 바꿔버릴 수 있다. 이와 같이 끝
없는 우주의 사이클에 존재하는 것으로 얼마든지 바꿀 수 있는 것이
다.

  파동이 계속 전해졌다. 원형이라는 것은 '궁극의 심연'에 사는 존
재이다. 일정한 형태를 지니지 않으며, 입에 담기조차 저어하는 신
성한 존재이며, 저차원의 세계에서는 몽상가가 매우 드물게 추측하
기도 하는 존재. 그러한 원형 속에서 주요한 존재가 지금 카터에게
정보를 전달하고 있는 이 '존재'인 것이다…… 그러니까 카터의 원
형인 셈이다. 카터나 카터의 조상 모두가 금단의 우주 비밀에 질리
지 않는 정열을 불태웠던 것도 '궁극의 원형'으로부터 파생한 당연
한 결과에 다름 아니다. 모든 세계에 존재하는 위대한 마술사, 위대
한 사상가, 위대한 예술가라 불리는 자는 모조리 '그 존재'의 국면인
것이다.

  두려움에 휩싸여 어리둥절해 하면서도 무서울 정도의 환희를 느
끼면서, 랜돌프 카터의 의식은 스스로의 궁극적 근원에 해당하는 그
런 초월적인 '실체'에 경의를 표했다. 파동이 다시 중단되자, 카터는
장엄한 침묵 속에서 깊이 생각하여 현묘한 상찬을 기릴 수 있는 언
어, 나아가 현묘한 의문과 현묘한 요구에 관해 생각을 거듭했다. 기
이한 상념이 서로 모순을 이루면서 머릿속에 밀려왔고, 익숙하지 않

은 경관, 생각지도 않던 깨달음에 의해 머리가 어지러웠다. 이 깨달음이 참으로 진실이고, 자신의 의식이 곧 면의 각도를 바꾸는 마력을 발휘하게 된다면, 이 또한 꿈속에서만 알고 있던 우주에 존재하는 더없이 먼 시대나 모든 장소를 육체를 지닌 채 찾아갈 수 있을지도 모른다는 소리였다. 카터의 두뇌에 불현듯 그런 생각이 떠올랐다. 은제 열쇠가 그런 마력을 보이지 않았던가! 카터를 1928년의 어른에서 1883년의 소년으로, 그리고 또 시간을 초월하는 것으로 바꾸지 않았던가! 기묘하게도 지금은 육체라는 것이 전혀 없음에도 불구하고 카터는 여전히 열쇠를 갖고 있음을 인지했다.

침묵이 여전히 계속되는 가운데 랜돌프 카터는 자신을 고통스럽게 하는 생각과 의문을 내비쳤다. 카터는 이 궁극의 심연에서 자신의 원형의 모든 국면으로부터——인간이면서 인간이 아닐 수 있고, 지구의 것이면서 지구 이외의 것이고, 은하의 것이면서 초은하의 것인 그런 모든 것으로부터——자신이 똑같은 거리를 두고 있음을 깨달았다. 그리고 '나'라는 존재의 다른 국면에 관한 호기심, 그 가운데서도 특히 시간과 공간의 양면에서 1928년의 지구로부터 가장 먼 국면과, 일생을 통해 특히 집요하게 자신의 꿈에 나타났던 국면에 관한 호기심이 불타오르는 것처럼 뜨거워졌다. 자신의 의식, 즉 면을 변화시킴으로써 시간과 거리를 훨씬 뛰어넘는 자신의 어떠한 국면에도 자신의 원형인 '실체'가 살아 있는 자신을 자유롭게 보낼 수 있으리라 생각한 카터는, 수많은 경이를 이미 체험했음에도 불구하고 밤의 환시가 단편적으로 가져다 주었던 그로테스크하고 믿기 어려운 광경 속을 살아 있는 몸으로 걸어다니는, 그런 한층의 더 높은 경이를 맛보기를 절실하게 원했다.

카터는 뚜렷한 목적도 없이 다채로운 다섯 개의 태양, 다른 세상의 별자리, 검디검어서 어지러울 정도의 험준한 바위 산, 옷으로 완전히 몸을 감추고 맥(물소와 비슷하고 흑갈색이며 남양, 남미 등지의 밀림의 물가에 사는 포유동물)의 코를 지닌 주민, 기분 나쁜 금속제의 탑, 불가사의한 터널, 떠다니는 수수께끼 같은 원통 같은 것들이 잠깐 조는 사이에 몇 번이나 거듭 밀려온 적이 있는, 분명치 않은 환상적인 세계로 다가가고 싶다고 '존재'에게 호소했다. 그 세계가 자신이 생각할 수 있는 우주 전체에서 가장 자유롭게 다른 세계와 통하는 곳이라고 카터는 막연하게 생각했다. 울타리 사이로 실마리만 들여다보던 경관만 탐험하는 것이 아니라, 옷으로 몸을 감춘 맥의 코를 지닌 주민이 여행하는 더욱 먼 세계로 공간을 가로질러 나아가길 원했다. 공포에 떨 시간 따위는 없었다. 카터의 이상한 인생이 언제나 그랬던 것처럼 순수한 우주적 호기심이 모든 것을 뛰어넘었다.

파동이 장엄한 진동을 다시 시작했을 때, 카터는 자신의 두려운 요구가 받아들여졌음을 알았다. 카터가 지나가야만 할 암흑의 심연에 관해, 전혀 다른 세계가 둘러싸고 있는 생각지도 못할 은하의 미지의 다섯 겹 별에 관해, 그리고 옷으로 몸을 감추고 맥의 코를 지닌 그 세계의 종족이 끊임없이 싸우고 있는 내적 공포에 관해 '존재'는 알려주었다. 또한 과거 그곳에 살았던 카터의 국면을 그 세계로 돌아가게 하기 위해 카터의 의식면의 각도와, 카터가 지향하는 그 세계의 시공 요소에 관계되는 카터의 의식면의 각도를 동시에 기울여야만 할 그런 방법에 대해서도 카터에게 알렸다.

그리고 '존재'가 카터에게 스스로 선택한 머나먼 이질적 세계로부터 돌아올 것을 바란다면 반드시 심벌을 확보해두어야만 한다고 경고하자, 카터는 초조한 마음에 성급히 약속한다고 대답했다. 여전히 자신과 함께 있으며, 자신을 1883년으로 내던져 되돌릴 때에 세계면과 개인면을 기울여 주었던 은제 열쇠가 '존재'가 말하는 심벌을 준비하고 있다는 확신이 있었기 때문이다. 그러자 '존재'는 카터의 성급함을 이해하고, 1883년으로 돌아갈 황당한 계획을 시작할 준비가 되었다고 알렸다. 갑자기 파동이 멈추고, 뒤이어 표현조차 하지 못할 전율할 기대로 잔뜩 긴장되는 일순간의 정적이 찾아왔다.

그리고 완전히 느닷없이 포효와 연타(連打)가 밀려와 무시무시한 속삭임이 되었다. 그러나 카터는 이제는 익숙해진 우주 밖의 리듬 속에서 참기 어려울 정도로 격렬하게 때리고, 부수고, 찢는 에너지, 불타오르는 별의 작열하는 열기와, 궁극의 심연의 모든 것을 얼어붙게 만들 냉기를 지닌 엄청난 에너지가 강렬하게 집중되는 한가운데서 자신의 모습을 보았다. 우리가 알고 있는 우주의 어떤 스펙트럼과도 전혀 다른, 불가해한 빛의 띠와 광선이 카터 앞에서 어지럽게 춤을 추고, 지그재그로 나아가며 교차하는 가운데 카터는 굉장한 운동 속도를 의식했다. 그리고 무엇보다도 아주 짧은 순간 육각형과 비슷한 분명치 않은 옥좌에 오직 홀로 앉아 있는 것을 보았다…….

6

인도인은 잠시 말을 멈추고 집어삼킬 것처럼 쳐다보고 있는 드 마리니와 필립스를 바라보았다. 애스핀월은 허세를 부리면서 테이블 위의 서류에서 눈을 떼고는 이야기를 무시하는 척하고 있었다. 관 모양을 한 시계가 시각을 헤아리는 왠지 다른 세계의 것처럼 느껴지는 그 리듬은 한층 불길한 의미를 새로 더해주었지만 향로에서 피어나는 연기는 피어올랐다가 사라지기를 되풀이했다. 그러나 서로 얽혀 기괴하고 신비한 형태를 만들어내는 연기는 틈으로 들어오는 바람에 흔들리는 벽걸이의 그로테스크한 인물상과 함께 실로 가슴을 설레게 하는 것이었다. 향로를 돌보던 늙은 흑인은 모습을 감추었다. 아마도 격해져만 가는 긴박감에 두려움을 느끼고 저택에서 달아나버린 것이리라. 그러나 다시금 유창한 어조로 얘기를 시작하던 인도인은, 무언가 변명이라도 하려는듯 잠시 우물쭈물했다.

"심연에서 일어난 이런 일들이 믿기 어렵다고 생각하시겠지요?" 인도인이 말했다. "그러나 지금부터 말씀드릴, 만질 수도 있는 물질이 오히려 더 믿기 어려울 겁니다. 그것이 우리의 정신이 받아들이는 방식이기도 하겠지요. 경이라고 하는 것은 꿈이 보여줄지도 모를 몽롱한 영역으로부터 3차원으로 둘러싸일 경우, 한층 믿을 수 없게 됩니다. 이에 관해 많은 것을 말씀드리지 않겠습니다. 전혀 다른 이야기가 되고 말 것이기 때문입니다. 저는 지금부터 여러분이 반드시 알아야 할 것만 말씀드릴 작정입니다."

이질적이고 다채로운 리듬으로 가득 찬 마지막 소용돌이를 벗어난 뒤, 카터는 순간적으로 전에 자주 꾸었던 꿈을 다시 꾸는 것이 아닐까 하고 생각했다. 그렇게 생각될 세계였다. 전에 자주 꾸던 꿈처럼, 카터는 다른 색을 지닌 태양의 광채 아래 옷으로 몸을 둘러싸고 맥의 코를 지닌 생물보다 훨씬 더 불가사의한 양식으로 지어진 건축물이 만들어내는 미로 같은 거리를 걷고 있었다. 시선을 아래로 향하자 자기 몸이 다른 생물과 같은 것이 되어 있음을 깨달았다. 주름이 많으며, 부분적으로 비늘이 있는, 인간의 모습을 단순화시킨 듯한 점이 없는 것도 아니지만 오로지 곤충을 연상시키는 이상하게도 관절이 많은 몸이었다. 은제 열쇠는 아직 갖고 있었으나 그것을 쥐고 있는 것은 보기에도 기분 나쁜 갈고리 손톱이었다.

다음 순간 꿈을 꾸는 것 같은 느낌은 사라지고 꿈에서 막 깨어난 느낌이 들었다. 궁극의 심연…… '존재' ……아직 태어나지도 않은 미래의 세계에 있을 랜돌프 카터라 불리는 부조리하고 터무니없는 종족의 실체…… 이런 것들의 몇몇은 혹성 야디스의 마법사 즈카우바가 거듭 연속해서 꾸는 꿈의 일부였다. 너무도 집요하게 나타나던 꿈이었다. 두려운 돌족을 구덩이에 가두기 위해 주문을 만들어낼 임무에도 지장이 있을 정도로, 광선으로 몸을 감싸고 찾아온 적이 있는 무수한 현실 세계의 기억과 뒤섞이는 듯이 느껴졌다. 그것이 지금은 이제까지 없었던 듯한 유사현실로 바뀌어 있었다. 오른쪽 윗부

분의 갈고리 손톱에 있는 물질에 틀림없는 무거운 은제 열쇠가 꿈에
서 보았던 것과 조금도 다르지 않다는 것은 기분 좋은 것이 아니었
다. 여기는 일단 쉬면서 생각해 보고, 닝의 명판(銘板)에게 물어보
아야만 하리라. 즈카우바는 그렇게 생각하면서 넓은 길에서 벗어난
골목길의 금속벽을 올라가 자신의 거실로 들어가자 명판이 늘어선
서가로 다가갔다.

하루를 나누는 단위로 일곱 단위가 지난 뒤, 즈카우바는 두려운
생각과 함께 반쯤 절망 비슷한 기분을 느끼면서 프리즘 위에 웅크렸
다. 진실이 지금까지 몰랐던 서로 모순되는 일련의 기억을 드러냈기
때문이었다. 이제 즈카우바에게는 자신이 하나의 실체라는 안정감은
없었다. 모든 시간과 공간에 대해 즈카우바는 두 개의 존재였다. 야
디스 별의 마법사 즈카우바는 자신이 미래에도 과거에도 지구 보스
턴의 랜돌프 카터라고 생각했으며, 과거에 그랬고, 지금도 또한 그
러한 갈고리 손톱과 맥의 코를 지닌 것에 두려워 떨고 있는 혐오스
런 지구의 포유동물 카터라는 생각에 언짢았다.

법사가 쉰 목소리로 계속 이야기를 했다. 고통스럽게 목에서 나오
는 소리에는 피로한 조짐이 역력히 나타나기 시작했다. 그런데 야디
스 별에서 지낸 오랜 시간의 단위는 짧은 시간 동안에는 다 이야기
할 수 없다. 스트론티 별, 므수라 별, 카스 별로 여행을 했으며, 야
디스 별의 생물이 광선으로 몸을 감쌈으로써 갈 수 있는 스물여덟
은하로의 여행, 야디스 별의 마법사들이 아는 은제 열쇠 및 다양한
심벌을 사용해 끝없이 시간을 벗어난 여행을 했다. 야디스 별을 빠
져나가는 원초의 터널에서 점액투성이의 희푸른 돌족과의 가공할
싸움이 있었다. 존재하고 있거나 사라져 없어진 온갖 세계의 지식을
모아놓은 도서관에서 엄숙한 집회가 있었다. '더없이 오래된 고대의
것'인 부오의 정신을 포함해 야디스 별의 다른 정신과의 긴박한 회
의가 있었다. 즈카우바는 자신에게 일어났던 일들을 아무에게도 말

하지 않았으나, 랜돌프 카터의 국면이 우세해졌을 때는 지구와 인간의 모습으로 돌아가기 위해 가능한 모든 수단을 정력적으로 연구하거나, 인간의 언어를 말하기에는 적합하지 않은 이질적인 목의 기관으로 기를 쓰고 인간의 말을 하려 하기도 했다.

카터의 국면은 곧 은제 열쇠를 써서는 인간 모습으로 돌아갈 수 없다는 것을 깨닫고 공포에 부들부들 떨었다. 기억에 있는 것, 꿈을 꾼 것, 야디스 별의 학문으로 추측한 것, 그런 것들로부터 연역적으로 추론한 것이 너무 늦기는 했지만, 은제 열쇠는 지구의 히페르보리아의 산물이었던 것이다. 다만 인간의 개인적인 의식의 각도에만 힘을 미치게 할 수 있는. 그러나 혹성의 각도를 바꾸어 사용하는 자를 그 모습 그대로인 채 자유자재로 시간의 저편으로 보낼 수가 있었다. 과거에는 은제 열쇠에 무한의 힘을 부여하는 부가적인 주문이 있었다. 그러나 이것도 인간이 발견한 것이었다. 특히 공간적으로 도달할 수 없는 영역을 향해 위력을 발휘하는데, 야디스 마법사에게는 불가능한 일이다. 그것은 은제 열쇠와 함께 기괴한 조각이 새겨진 상자에 들어 있던 해독 불능의 양피지에 기록되어 있으며, 카터는 그 양피지를 가져오지 않았음을 뼈저리게 후회했다. 이제는 다가갈 수도 없는 심연의 '존재'는 심벌을 확보해 놓으라고 경고했지만, 카터는 자신에게 뭔가가 결여되어 있으리라고는 전혀 생각지도 않았다.

시간이 지남에 따라 카터는 그 심연과 전능한 '실체'에게로 돌아갈 방법을 찾고자 야디스 별의 전율할 전승을 기를 쓰고 이용하고저 했다. 지금처럼 새로운 지식을 갖추고 있었다면 그 수수께끼 같은 양피지를 해독하는 것이 상당 부분 가능했을 테지만, 현재로서는 안타까움만 더했다. 때때로 즈카우바의 국면이 표면에 나서, 자신을 고통스럽고 또 모순되게 하는 카터의 기억을 지우려 할 때도 있었다.

이렇게 해서 오랜 세월이 흘러갔다. 야디스 별의 생물은 엄청나게 긴 수명을 가졌으므로 인간의 두뇌로는 파악이 불가능할 정도의 오랜 세월이었다. 야디스 별이 몇백 번이나 공전한 뒤에 카터의 국면은 즈카우바의 국면으로 바뀌게 되었으며, 방대한 시간을 보낸 뒤에 마침내 존재하는 인간 시대의 지구와 야디스 별과의 거리를 시간과 공간 양면으로 산출해 냈다. 얻어낸 수치는 계산도 불가능한 엄청난 광년이었으나, 야디스 별의 유구한 학문 덕택에 카터는 그런 수치를 파악해낼 수가 있었다. 짧은 순간이나마 자신을 지구로 향하게 하는 꿈을 꾸는 능력을 카터는 길렀고, 지금까지 몰랐던 우리의 혹성을 둘러싼 많은 것들을 익혔다. 그러나 양피지에 기록되어 있는 필요한 주문을 꿈꾸는 일은 불가능했다.

마침내 카터는 야디스 별에서 탈출할 터무니없는 계획을 세웠다. 그 계획은 즈카우바의 지식과 기억을 소멸시키지 않으면서, 내부의 즈카우바의 국면을 언제나 휴면 상태로 두는 약물을 발견하면서 시작되었다. 카터는 자신이 계산했던 수치가, 광선으로 몸을 둘러쌈으로써 과거 야디스 별의 생물도 했던 적이 없는 여행——표현조차 불가능한 영겁의 세월과 믿지 못할 은하 공간을 벗어나 살아 있는 몸 그대로 태양계, 그리고 지구로 돌아가는 여행——을 가능하게 해줄 것으로 생각했다. 한 번 지구로 돌아가면 갈고리 손톱과 맥의 코를 지닌 생물의 몸으로 아컴의 자동차 안에 있을 기괴한 상형문자로 쓰인 양피지를 어떻게든 찾아내 해독 작업을 완료할 수 있을지도 몰랐다. 그 양피지가 있다면, 그리고 은제 열쇠가 있다면 지구 생물의 정상적인 모습을 다시 지닐 수도 있을 테니.

카터는 그런 시도가 얼마나 위험한지 모르는 것은 아니었다. 혹성 각도를 정확한 시간 구분에 맞추면 마지막이었다(공간을 뛰어넘은 때에 이렇게 하는 것은 불가능하다). 야디스 별이 승리를 자랑하며 돌족이 지배하는 사멸된 세계가 되어버려 광선으로 몸을 감싼 탈출에 크게 의심되는 문제가 있음을 카터는 알고 있었다. 마찬가지로 가늠할 수 없는 심연을 벗어나는 유구한 비행을 견디기 위해서는 요가의 달인 같은 방법으로 가사상태에 이르러야만 한다는 것도 알고 있었다. 또한 여행이 성공한다면, 야디스 별의 생물에게 유해한 박테리아를 비롯한 지구의 여러 상황에 대해 면역력을 지녀야 할 필요가 있다는 것도 알고 있었다. 나아가 양피지를 가져와 해독하고 본디 모습으로 돌아가기까지 지구에서 인간의 모습을 보일 수단도 강구해야만 했다. 그렇게 하지 않으면 발견되자마자 공포에 떠는 사람들에 의해 있을 수 없는 것이라며 말살되리라. 그리고 양피지를 찾는 동안을 견디기 위해 상당한 황금을 가져가야만 하는데, 다행스럽게도 그것은 야디스 별에서 손에 넣을 수가 있었다.

천천히 카터의 계획은 진척되었다. 먼저 경이적인 시간이동과 미증유의 공간비행의 어떤 것에도 견딜 수 있는 매우 특별하게 강인한 광선 외피를 준비했다. 계산한 것을 모두 다시 한 번 검산하고, 몇 번이나 반복해서 지구를 향해 꿈을 보내, 가능한 한 1928년에 근접시켜 나갔다. 가사 상태에 이르는 연습을 해서 멋진 성과를 거두었다. 필요한 박테리아 인자도 발견했고, 익숙해져야만 할 다양한 중력 부하도 계산했다.

사람들 속에서 인간 비슷한 존재로 살아가는데 필요한 납으로 된 가면과 풍성한 의복도 솜씨좋게 준비해두고, 미래에서 사멸된 야디스라는 암흑의 별에서 탈출하게 되는 이해하기 어려운 상황에서 돌족을 제압할 이중으로 강력한 주문도 고안해냈다. 야디스 별 사람의 몸을 벗어던질 때까지 즈카우바의 국면을 휴면상태로 해 둘 방대한 양의 약물——지구에서는 손에 넣을 수 없는 약물——도 모았고, 물론 지구에서 쓰기 위한 황금을 모아두는 것도 잊지 않았다.

출발하는 날은 불안과 걱정으로 가득 찬 하루가 되었다. 카터는 세 겹 별 뉴튼으로 출발한다는 구실로 발사대에 올라타 빛나는 금속으로 만들어진 외피 속에 웅크렸다. 그 안에서는 은제 열쇠의 의식을 해낼 여유가 있었으며, 카터는 그 의식을 행하면서 천천히 외피를 떠오르게 했다. 낮이었는데 오싹할 정도로 갑자기 어둠이 둘러쌌고, 참혹할 정도의 고통에 들볶였다. 우주가 불안정하게 흔들리는 것 같았으며, 온갖 별자리들이 캄캄한 허공에서 어지럽게 춤추고 있었다.

순식간에 카터는 새로운 평형을 느꼈다. 별 사이의 심연의 냉기가 외피의 표면과 맞물려 카터는 공간을 자유 비행하고 있음을 깨달았다. 카터가 날아올랐던 금속 건축물은 이미 낡고 삭아 있었다. 카터의 눈 밑에서는 대지가 거대한 돌족에게 침해당하고 있었다. 카터가 보고 있을 때조차도 한 마리의 돌은 수백 피트까지 솟아올라 점액으로 범벅이 된 희푸른 창을 카터에게 향했다. 그러나 카터의 주문은 효력을 발휘했고, 다음 순간 카터는 무사히 야디스 별에서 벗어나 있었다.

7

늙은 흑인 집사가 본능적으로 달아난 뉴올리언스의 괴이한 방에는 찬드라푸트라 법사의 기묘한 목소리가 한층 쉬어 있었다. 찬드라푸트라 법사가 말했다.

"여러분, 특별한 증거를 보여드릴 때까지 이런 일들을 믿어주시리라고는 생각지 않습니다. 그러므로 전자가 활성화된 얇은 금속제 외피 속의 이름도 없는 다른 세계의 실체로서, 랜돌프 카터가 우주를 뛰쳐나온 것이 몇천 광년——시간으로 몇천 년, 거리로는 잴 수 없는 몇천조 마일——이긴 하지만, 그저 신화 같은 것이라고 생각하시기 바랍니다. 카터는 세심한 주의를 기울여 가사 상태가 될 기간을 정하고, 1928년 무렵의 지구로 착륙하기 겨우 몇 년 전에 가사상태가 끝나도록 계획하고 있었습니다.

그때의 각성을 카터는 결코 잊은 적이 없겠지요. 여러분, 잊지 않으셨으면 합니다만, 카터는 끝없이 긴 잠에 빠져들기 전에 야디스 별의 다른 세계의 경이 한가운데서 지구의 시간으로 몇천 년 동안에 걸쳐 또렷한 의식을 지니고 살아 있었습니다. 몸을 찢는 듯한 처절한 냉기, 위협을 가득 품은 꿈의 중단, 외피를 통한 잠깐의 일별이 있었습니다. 어디에나 별과 별무리, 성운이 보였습니다. 그리고 마침내 별들의 형태를 이루는 윤곽이 카터가 알고 있는 지구의 별자리와 가까워졌던 것입니다.

어느 날인가 태양계를 향한 카터의 강하(降下)를 말씀드릴 수 있을지도 모릅니다. 카터는 태양계 주위의 키나르스 별과 유고스 별을 보고 해왕성을 통과해 그 표면을 얼룩지게 하는 지옥 같이 흰 곰팡이를 언뜻 보고, 목성의 안개를 지척에서 본 뒤로 자세하게는 아니지만 비밀을 알아내고, 목성의 위성에서 공포를 목격하고, 그리고 화성의 붉은 윤곽면 위에 불규칙하게 펼쳐진 거석 건조물의 폐허를 바라보았습니다. 지구가 가까워지자 놀랄 만큼 커다랗게 부풀어오른 희미한 초승달 모양으로 지구가 보였습니다. 고향으로 되돌아오게 되니 가슴에 넘치는 수많은 생각들이 순간적으로 감속하지 못하게 하려 했지만, 카터는 마침내 속도를 늦추었습니다. 그때 카터가 무슨 생각을 하였는지는 여기서 말씀드릴 생각이 없습니다.

그런데 여행의 막바지에 이른 카터는 지구의 상공 높은 곳에 멈춰서 태양빛이 서반구로 내리쏟아질 때까지 기다렸습니다. 카터는 출발한 곳, 아컴 뒤편 구릉지대에 있는 '뱀 소굴' 근처에 착륙하고 싶었습니다. 여러분 가운데 오랫동안 고향을 떠나 있던 적이 있다면——한 사람, 그런 분이 계시리라고 알고 있습니다만——뉴잉글랜드의 구불구불한 구릉, 커다란 느릅나무, 옹이투성이인 가지가 뻗어 있는 과수원, 낡은 돌담 등의 풍경이 카터에게 어떤 영향을 미쳤는지 알려드리는 것은 그 분께 맡기기로 하겠습니다.

카터는 새벽에 카터 집안의 땅인 낮은 목초지에 착륙했고, 주위가 아무도 없이 조용한 데 감사했습니다. 출발했을 때와 마찬가지로 계절은 가을이며, 구릉의 냄새는 커다란 위로가 되었습니다. 카터는 나무들이 즐비한 경사면에서 금속제 외피를 벗어 '뱀 소굴' 안에 넣었습니다만 뿌리가 뒤얽힌 갈라진 틈으로 안쪽 바위굴로 넣을 수는 없었습니다. 카터가 필요하다고 생각했던 인간의 옷과 납으로 만든 가면으로 몸을 감쌌던 것도 그곳에서였습니다. 새롭게 감출 장소가 필요해질 때까지 카터는 일 년 이상이나 금속제 외피를 그곳에 두었습니다.

카터는 아컴까지 걸어가서——동시에 지구의 중력에 대항해 인간처럼 몸을 움직이는 연습을 했기 때문에——은행에서 황금을 현금으로 바꾸었습니다. 그리고 영어를 잘 모르는 외국인을 가장하고 몇 가지를 물어본 결과, 지금은 목표했던 해에서 겨우 2년 지난 1930년임을 깨달았습니다.

물론 카터의 입장은 불안했습니다. 자신의 본성을 확실하게 밝힐 수도 없이 언제나 경계하면서 살아가야만 하며, 식사를 비롯한 여러 가지 성가신 문제들이 있었고, 또한 자기 내부의 즈카우바의 국면을 휴면 상태로 남길 이질적인 약물을 보존할 필요도 있었으므로 되도록 빨리 행동해야만 했습니다. 그는 보스턴으로 가서 사람의 눈을 피해 편안히 지낼 수 있는 웨스트 엔드에 방을 얻자, 곧장 랜돌프 카터의 부동산과 동산에 관해 조사하기 시작했던 것입니다. 여기 계신 애스핀월 씨가 얼마나 재산분배를 바라고 계신지, 또한 드 마리니 씨와 필립스 씨가 얼마만큼 힘들여 그것을 저지하려 하시는지, 카터가 알았던 것은 그때문이었습니다."

인도인은 고개를 숙였으나 옅은 검은 색의, 윤기있는 숱많은 턱수염을 기른 얼굴에는 어떤 표정도 떠오르지 않았다.

"간접적인 방법이긴 합니다만," 인도인이 말을 계속했다. "카터는 깜박했던 양피지의 양호한 복사본을 모조리 손에 넣고 해독 작업에 들어가기 시작했습니다. 이 일에 제가 도움을 주었다고 말씀드리게 되어 매우 기쁩니다. 카터는 상당히 일찍부터 저의 도움을 요청했는데, 저를 통해 전 세계의 신비가들과 교제하게 되었기 때문입니다. 저는 보스턴으로 가서 카터와 함께 생활했습니다. 쳄버즈 스트리트의 가혹한 방에서였습니다. 양피지에 관해서는……당혹해 하시는 드 마리니 씨에게 기꺼이 힘을 빌려드리지요. 드 마리니 씨에게 부탁드린 바에 따르면 상형문자로 표기된 언어는 나칼 어가 아니라 측량할 수 없는 영겁의 태고에 크술루의 사생아에 의해 지구에 전해진 를리에 어입니다. 물론 를리에 어로 번역된 것입니다. 원초의 차스요 어가 쓰이던 몇백만 년 전에는 히페르보리아에 원전이 있었습니다.

해독할 분량은 카터가 예상했던 것보다 많았습니다만, 카터는 희망을 버리지 않았습니다. 올해 초, 카터는 네팔에서 가져온 책에 의해 해독에 커다란 진척을 보았으며, 이제 곧 의심할 바 없이 해독에 성공할 것이었습니다. 그러나 불행하게도 곤란한 일이 생겼습니다. 즈카우바의 국면을 휴면 상태에 둘 이질적인 약물이 없어져버렸던 것입니다. 그러나 이것도 카터가 두려워할 만한 커다란 재난은 아니었습니다. 카터의 개성이 몸 안에서 커지고 있었고, 즈카우바가 겉으로 나올 때도——차츰 그 기간도 짧아졌고, 지금은 특별히 흥분하지 않는 한 나타나는 일도 없습니다만——즈카우바는 현혹 상태에 깊이 빠져 카터의 행동에 해를 끼칠 정도에는 이르지 못했습니다.

즈카우바는 자신을 야디스로 돌아가게 해줄 금속제 외피를 찾아낼 수가 없습니다. 한 번은 아주 가까운 위치까지 갔습니다만, 즈카우바의 국면이 완전히 모습을 감추었을 때 카터가 감춘 곳을 바꿔버렸기 때문입니다. 즈카우바가 끼친 해는 겨우 몇몇 사람을 두려워 떨게 하고, 보스턴의 웨스트 엔드의 폴란드 인과 리투아니아 인 사이에 어떤 종류의 악몽 같은 소문이 생겨나게 한 원인이 되었을 정도입니다. 지금까지 즈카우바는 카터의 국면이 만들어낸 세심한 변장에 해를 끼친 일은 없습니다만, 가끔은 일부가 떨어져나가 카터가 수리를 해야만 하는 적도 있습니다. 저는 그가 변장하고 있는 것을 본 적이 있습니다만 사실 그리 기분 좋은 것은 아니었습니다.

한 달 전에 카터는 이 모임의 신문 광고를 보고 자신의 재산을 지키기 위해 곧 움직여야 한다는 것을 깨달았습니다. 오랜 시간 양피지를 해독하고, 다시 인간의 모습을 가질 때까지 기다리는 등의 일은 이미 불가능했습니다. 그래서 카터는 저를 대리인으로 임명했던 것입니다.

여러분, 저는 여러분께 랜돌프 카터가 죽지 않았음을 말씀드리는 바입니다. 카터는 일시적으로 특이한 상태에 빠져 있습니다만, 길어야 앞으로 두세 달 안에 자신에게 어울리는 모습으로 나타나 재산의 보전을 요구하게 될 것입니다. 필요하다면 그에 적합한 증거를 제시할 용의가 있습니다. 따라서 이 모임을 무기한 연기해 주시기를 간청하는 바입니다."

8

드 마리니와 필립스가 최면술에 걸리기라도 한 것처럼 뚫어져라 인도인을 쳐다보는 한편, 애스핀월은 코를 킁킁대기도 하고 때로는 신음하기도 했다. 늙은 변호사의 혐오는 이제 노골적인 분노로 바뀌어 혈관이 튀어나온 주먹으로 뇌졸중의 발작처럼 테이블을 두드렸다. 그런 애스핀월이 입을 열자 일종의 야수 같은 신음소리가 뿜어져 나왔다.

"더 이상 이런 바보 같은 이야기는 참을 수가 없어! 나는 이 미친 사기꾼의 말에 한 시간이나 귀를 기울이고 있었는데, 이놈은 뻔뻔스럽게도 랜돌프 카터가 살아 있다고 지껄이지 않는가! 결국은 뚜렷한 이유도 없이 재산분배를 연기하라고 요구하는 이런 악당을 어째서 내쫓지 않는가, 드 마리니군? 우리 모두를 엄청난 떠버리도 백치도 못되는 자의 먹이로 만들 셈인가!"

드 마리니는 말없이 한 손을 들어 부드럽게 말했다.

"천천히 시간을 두고 냉철하게 생각해보시지 않겠습니까? 지금까지 우리가 들은 것은 확실히 매우 이상한 이야기입니다만, 이 이야기에는 제가 약간의 지식을 가진 신비가로서 전혀 있을 수 없는 일은 아니라고 판단되는 점이 몇 가지 있습니다. 더 말씀드리면, 제가 1930년 이후 찬드라푸트라 법사에게서 받은 편지는 법사의 이야기와 일치합니다."

드 마리니가 숨을 돌리자 필립스 씨가 결연히 입을 열었다.

"찬드라푸트라 법사는 증거를 제시하겠다고 말씀하시지 않았습니까? 저도 법사의 이야기에 의미 깊은 언급이 있다고 생각하며, 저도 지난 2년 동안 법사에게서 분명히 증명해 보일 수 있다는 듯한 그런 편지도 여러 장 받았습니다. 편지의 일부에는 지나치게 극단적인 것도 있습니다. 그런데 지금 여기서 보여줄 수 있는 확실한 물적 증거는 없으신지요?"

표정을 겉으로 드러내지 않는 법사가 마침내 천천히 쉰 목소리로 대답하면서 풍성한 윗옷 호주머니에서 어떤 것을 꺼냈다.

"여기 계신 여러분은 은제 열쇠를 실제로 보신 적은 없겠습니다만, 드 마리니 씨와 필립스 씨는 사진을 보신 적이 있을 것입니다. 이것을 보신 기억이 있으십니까?"

법사는 커다랗고 흰 벙어리장갑으로 감싼 손을 어색하게 움직여 광택이 없는 은색의 묵직한 열쇠를 테이블에 놓았다. 길이는 13센티미터쯤이며, 매우 이국적인 낯선 모양을 하고 있었고 매우 흉측한 상형문자가 새겨져 있었다. 드 마리니와 필립스는 숨을 삼켰다.

"이것이다!" 드 마리니가 큰소리로 말했다. "카메라는 거짓말을 하지 않아. 내가 잘못 보았을 리가 없어."

그러나 애스핀월은 이미 비난의 말을 퍼붓고 있었다.

"바보 같은 녀석들! 이런 것 따위가 무엇을 증명한다는 거야. 비록 그것이 정말로 내 혈족이 갖고 있었던 것이라 하더라도 이 외국인, 이런 꺼림칙한 검둥이에게 이것을 손에 넣은 경위를 들을 필요가 어디 있냐구? 랜돌프 카터는 4년 전에 이 열쇠를 쥐고 사라졌어. 그런 카터가 열쇠를 빼앗겼거나 살해당하지 않았다고 어떻게 우리가 믿겠는가. 어쨌든 그 녀석은 반쯤 미쳤었고, 자기보다 훨씬 미친 패거리와 사귀고 있었으니까 말이야."

"이것 봐, 검둥아! 너는 그 열쇠를 어디서 손에 넣었지? 네가 랜돌프 카터를 죽인 게 아닌가?"

이상하리만큼 온화한 법사의 표정은 전혀 변화가 없었다. 그러나 깊게 패인, 홍채가 없는 검은 눈이 위험할 정도로 불타올랐다. 법사는 대단히 힘들게 말했다.

"부디 냉정해주시기 바랍니다. 애스핀월 씨. 여러분께 보여드릴 수 있는 다른 증거가 있습니다만, 그것이 여러분께 미칠 효과는 엄청난 것입니다. 이성을 가지시기 바랍니다. 틀림없는 랜돌프 카터의 필적으로 1930년 이후에 기록된 것이 분명한 문서가 여기 있으니까요."

법사는 어색한 동작으로 풍성한 겉옷에서 가늘고 긴 봉투를 꺼내, 드 마리니와 필립스가 혼돈과 혼란으로 뒤범벅이 되어 심상치 않은 경이를 어슴푸레 느끼면서 지켜보는 가운데 그 봉투를 투덜투덜 중얼대는 변호사에게 건넸다.

"물론 필적은 대부분 읽을 수 있는 것은 아닙니다. 그러나 랜돌프 카터가 지금 인간의 문자를 쓰기에 적합한 손을 지니지 않았음을 부디 상기해 주시기 바랍니다."

애스핀월은 거칠게 문서를 들여다보고는 곧 당황한 표정이 되었지만, 태도는 여전히 변함이 없었다. 방안은 흥분과 말로는 표현할 수 없는 공포로 가득 차 긴박한 분위기가 되었고, 관 모양의 시계가 이상한 리듬으로 시각을 알리는 소리가 드 마리니와 필립스에게는 완전히 악마 같은 음색으로 들렸지만, 변호사만은 아무런 영향도 받지 않는 것 같았다.

애스핀월이 다시 말했다. "이건 교묘하게 위조된 것으로 보이는데? 만약 그렇지 않다면 랜돌프 카터가 나쁜 일을 도모하는 자에게 강요당해 억지로 썼는지도 모르지. 할 일은 꼭 한 가지야. 이 사기꾼을 체포해야만 해. 드 마리니군, 경찰에 전화를 걸어주지 않겠나?"

"기다려 주십시오." 이 집의 주인이 대답했다. "이 일이 경찰을 부를 만한 일이라고는 생각되지 않습니다. 제게 한 가지 생각이 있습니다. 애스핀월 씨, 이 신사는 진정한 학식을 갖춘 신비가입니다. 그런 분이 랜돌프 카터에게 신임을 받았다고 말씀하고 계십니다. 그런 신임을 받은 사람만이 대답할 수 있는 질문을 한다면, 애스핀월 씨, 당신도 납득이 가지 않겠습니까? 저는 카터를 잘 알기 때문에 그런 질문을 할 수 있습니다. 훌륭한 판단 재료가 될 만한 책을 가져오겠습니다."

드 마리니는 서재로 통하는 문을 향했고, 필립스가 무의식 속에 있는 것처럼 멍하니 뒤를 따랐다. 애스핀월은 앉은 자리에서 이상할 정도로 태연한 표정으로 마주 보고 있는 인도인을 자세하게 살펴보고 있었다. 찬드라푸트라가 어색한 동작으로 은제 열쇠를 호주머니로 가져갔을 때, 갑자기 변호사가 큰소리로 외쳤다.

"마침내 들통났어. 이 악당은 변장하고 있는 게야! 이 녀석이 동양의 인도 사람이라고? 저 얼굴, 저건 얼굴이 아니라 가면이야.

나는 이 녀석이 말할 때 문득 그런 느낌이 들었지만 설마 했는데 얼굴은 전혀 꼼짝도 않더군. 저 터번과 턱수염은 가면의 가장자리를 감추기 위한 거라고. 이 녀석은 흔해빠진 사기꾼에 지나지 않아. 외국인이라고? 흥! 나는 이놈의 말씨를 유심히 살폈어. 이 녀석은 타고난 미국인이야. 게다가 저 벙어리장갑을 보라구. 이 자는 지문으로 인해 신분이 발각되는 것을 알고 있어. 재수 없는 새끼, 내가 직접 괴물의 거죽을 벗겨주지…….”

“그만둬.” 찬드라푸트라 법사의 목쉰, 묘하게 이질적인 목소리에는 이 세상의 것이라고는 여겨지지 않는 공포의 울림이 들어 있었다.

“필요하다면 보여줄 수 있는 다른 증거가 있다고 했고, 그렇게 하는 것은 끔찍한 결과를 초래하리라고 경고하지 않았는가. 분명히 이 붉은 얼굴의 떠버리가 말한 대로다. 솔직히 나는 동양의 인도인이 아니다. 이 얼굴은 가면이고, 가면이 가리고 있는 것은 인간의 얼굴이 아니다. 모두들 이미 짐작하고 있었겠지. 조금 전에 그것을 느꼈다. 이 가면을 제거하면 참혹한 일이 발생한다. 부탁이니 가면에는 손을 대지 말아 줘, 어니스트. 내가 랜돌프 카터라고 말하면 되지 않겠는가?”

아무도 움직이지 않았다. 애스핀월은 코를 킁킁대면서 뭔지 모를 움직임을 보이고 있었다. 방 저쪽에 있는 드 마리니와 필립스는 붉은 얼굴의 표정의 움직임을 보면서, 붉은 얼굴과 마주보고 있는 터번 차림의 인물의 뒷모습을 바라보았다. 이상한 시계 소리는 무시무시할 정도였고, 향로의 연기와 흔들리는 아라스 천 커튼은 죽음의 춤을 보여주고 있었다. 변호사의 반쯤 잠긴 목소리가 침묵을 깼다.

“아니, 그럴 리가 있겠는가, 이 사기꾼! 네가 무슨 말을 지껄이더라도 나는 끄떡도 않는다. 그 가면을 벗고 싶지 않은 데는 그 나름의 이유가 있겠지. 너는 내가 아는 그 누구일지도 모른다.

자, 가면을 벗어보시지 !"

애스핀월이 손을 뻗자 찬드라푸트라 법사는 벙어리장갑으로 감싼 한쪽 손으로 그의 손을 붙잡았다. 애스핀월의 입에서 놀라움과 고통이 뒤섞인 기묘한 비명이 뿜어져 나왔다. 드 마리니는 두 사람 가까이 오려 했지만 가짜 인도인의 항의가 완전히 수수께끼 같은, 포효하는 듯한, 귀를 때리는 듯한 소리로 바뀌자 곤혹스러운 나머지 그 자리에 멈춰서고 말았다. 애스핀월의 붉은 얼굴에는 분노가 끓어 넘쳤고, 다른 손을 상대의 빽빽한 턱수염을 겨냥해 내뻗었다. 이번에는 쥐는 데 성공하자 있는 힘을 다해 잡아당겼고 납으로 된 가면은 터번에서 통째로 떨어져 나와 변호사의 단단히 틀어쥔 손아귀에 남아 있었다.

그 순간 애스핀월은 목이 메이는 엄청난 비명을 질렀고, 필립스와 드 마리니 두 사람은 애스핀월의 얼굴이 인간의 얼굴에서는 지금까지 본 적이 없을 듯한 완벽한 공황 상태의 격렬한 경련이 일어난 채로 굳어지는 것을 목격했다. 한편 찬드라푸트라 법사라고 가장했던 자는 애스핀월의 한쪽 손을 놓더니 망연자실한 모습으로 서서 매우 기묘한 윙윙 울부짖는 듯한 소리를 냈다. 그 사이 터번 차림이었던 자는 거의 인간으로 여겨지지 않는 묘한 자세로 우주적인 심상치 않은 리듬을 내는 관 모양의 시계를 향해 조금씩 발을 움직여, 매우 가볍고 기묘한 발걸음으로 나아가기 시작했다. 이제는 전체가 드러난 얼굴이 드 마리니와 필립스를 향하고 있었으므로 두 사람은 변호사에게 어떤 일이 일어나는지 볼 수 없었다. 이윽고 두 사람은 애스핀월을 보았으나, 애스핀월은 보기 흉하게 바닥에 쓰러져 있었다. 그것을 본 순간, 두 사람의 발을 붙들고 있던 주술도 깨졌다. 그러나 두 사람이 곁으로 다가갔을 때 노인은 이미 숨을 거둔 상태였다.

질질 다리를 끌며 물러가는 법사의 등 뒤를 재빨리 쳐다본 드 마리니는 축 늘어진 한쪽 어깨로부터 커다랗고 흰 장갑이 천천히 벗겨져 떨어지는 것을 보았다. 짙은 유향 연기가 몽롱한 가운데 간신히 알아본 것은 드러난 손이 길고 검다는 것뿐이었다. 크레올 인이 물러가는 것에게 가까이 다가가려 했을 때 나이든 필립스가 그의 어깨에 손을 얹어 제지했다.

"그만두십시오." 필립스가 속삭이는 목소리로 말했다. "무엇을 상대하게 될지 모르니까요. 다른 국면이라는 것도 있지 않습니까? 야디스 별의 마법사, 즈카우바라는 것도 말입니다."

터번 차림의 자는 이상하기 그지없는 시계 앞에 이르렀다. 그것을 바라보는 드 마리니와 필립스 두 사람은 짙은 연기를 통해 어슴푸레하고 검은 갈고리 손톱이 상형문자가 새겨진 높은 문짝을 더듬는 것을 보았다. 더듬는 동안 기묘하게 맞물리는 소리가 났다. 터번 차림의 자는 관 모양의 시계 속으로 들어가더니 문을 닫았다.

드 마리니는 이미 자신을 억누를 수가 없었으나, 시계로 달려가 문을 열었을 때는 안이 텅 비어 있었다. 시각을 가르는 이상한 소리가 계속되어 신비한 통로의 개구부 전체에 아득하고 우주적인 리듬을 내고 있었다. 바닥에는 커다랗고 흰 장갑이 떨어져 있었고, 턱수염이 달린 가면을 움켜쥔 사내의 시체가 있었으나, 그 이상의 것은 아무것도 없었다.

*

한 해가 지나도 랜돌프 카터는 소식을 알 수 없었다. 카터의 재산은 여전히 처분되지 않은 상태였다. '찬드라푸트라 법사'라는 인물이 1930년에서 32년에 걸쳐 수많은 신비가들에게 문의했던 편지에 기록되어 있는 보스턴의 주소에는 분명히 이상한 인도인이 거주했으나, 뉴올리언스의 모임이 열리기 직전에 방을 비웠으며, 그 뒤로는 행방이 묘연했다. 그 인물은 약간 검고 무표정하며 턱수염을 길렀다고 했으나, 하숙집 주인은 실제로 제시된 약간 검은 색의 가면이 문제의 손님 얼굴과 매우 많이 비슷하다고 했다. 그러나 문제의 손님은 그 지방의 슬라브 인이 속삭이는 악몽 같은 유령과 아무런 관계도 없는 것 같았다. '금속제 외피'를 찾아 아컴 뒤의 구릉지대를 조사해 보았지만, 그와 비슷한 것도 발견되지 않았다. 그러나 아컴의 퍼스트 내셔널 은행 직원은 1930년 10월에 소량의 금괴를 현금으로 바꾼 터번 차림의 기묘한 사내를 기억하고 있었다.

드 마리니와 필립스는 어떻게 처리해야 할지 몰라 고민하였다. 글쎄, 무엇이 증명되었다는 말인가? 이야기가 있다. 카터가 1928년에 아낌없이 배포했던 한 장의 사진을 바탕으로 모조되었는지도 모를 열쇠가 있다. 서류가 있다. 판단하기 힘든 서류가. 그리고 가면을 쓴 수수께끼의 인물이 있었으나, 가면의 뒤에 있는 것을 본 사람이 과연 이 세상에 있을 것인가?

긴장된 분위기와 유향 연기 자욱한 가운데 시계 속으로 사라지는 행위는 그 두 가지가 원인이 되는 환각이었는지도 모른다. 인도인들은 최면술에 대해 많은 것을 알고 있다. 이성은 '찬드라푸트라 법사'를 랜돌프 카터의 재산을 겨냥한 범죄자라고 선언한다. 그러나 검시관은 애스핀월의 사인이 쇼크에 의한 것이라고 했다. 그 쇼크를 일으킨 것이 단순한 격분뿐이었을까! 게다가 그 이야기에서 나왔던 몇 가지 일들은……

괴이한 무늬가 새겨진 아라스 천 커튼이 걸려 있고 유향 연기 자욱한 넓디넓은 방안에서 에티엔느 롤랑 드 마리니는 의자에 앉아, 상형문자가 새겨진 관 모양의 시계가 만들어내는 이상한 리듬에 공연한 감동을 느끼면서 가만히 귀를 기울이는 때가 종종 있다.

미지의 카다스를 꿈에 그리며

랜돌프 카터는 장엄하고 화려한 도시를 꿈꾸기를 세 번에 이르렀고, 이제 그 도시가 멀리 바라다보이는 높은 테라스에 서 있는 동안, 그 꿈과의 단절도 세 번에 이르렀다. 저녁 해를 받으며 곱고 금빛 찬란하게 불타오르기만 하던 도시는 줄무늬 대리석으로 만든 아치형 다리, 기둥 회랑, 신전, 흰 벽으로 둘러싸인, 무지개 빛 물보라를 일으키는 은으로 된 분수가 커다란 광장과 향기로 가득한 정원에 자리잡고 있으며, 폭넓은 길 양쪽으로는 우아하고 아름다운 나무들과 꽃으로 넘치는 항아리와 상아로 만든 조각상들이 휘황한 줄을 이루는 한편, 북쪽 가파른 비탈면에는 붉은 지붕과, 낡고 녹슨 박공이 몇 겹이나 층을 이루고 있고, 풀빛 자갈이 깔린 좁은 길들로 이어져 있었다. 그것은 마치 신들의 격정이 탄생시킨 도시, 천상의 트럼펫 연주와 영원히 계속되는 심벌즈의 울림소리로 둘러싸인 도시와도 같았다. 그 누구도 가까이 하지 못할 전설의 산을 뒤덮은 구름처럼, 신비가 도시에 낮게 드리운 가운데, 카터가 난간이 달린 테라스에 서서 숨을 들이쉬면서 기대로 가슴이 벅차올라 하고 있으려니,

거의 사그라졌던 기억이 가슴속에 희미하게 되살아나면서 잊어버렸던 여러 가슴아픈 일들이 차츰 더해지다가 마지막에는 두려움을 일으켰던 꺼림칙한 장소에서 있었던 일을, 이제 다시 분명하게 떠올리려는 미칠 듯한 욕구가 솟아오르는 것이었다.

이런 일들이 의미하는 것이, 과거 자신이 최상이었음에 틀림없다는 것은 알았지만, 그것을 알았던 것이 어떤 시기, 혹은 어떤 전생의 일이었는지, 하다못해 꿈과 현실의 어느 쪽이었는지는 확연하지 않았다. 이 도시가 아련하게 불러일으켰던 것은 망각했던 옛날 유년기에 처음 보았던 것의 모습임에 분명하다. 그 무렵에는 하루 하루가 신비 그 자체였고, 경이와 환희로 가득했다. 새벽과 해질녘이 함께 류트와 열정적인 가락을 예감하게 하듯 신선하게 찾아왔고, 나아가 엄청난 경이로 통하는 요정 나라의 문을 하나씩 열어나갔던 것이다. 그러나 기이한 항아리와 조각된 난간이 있는 대리석으로 만든 높은 테라스에 밤마다 찾아가, 아름다움과 신비가 가득함을 과시하며 정적으로 돌아간 황혼의 도시를 멀리 바라다보고 있으면, 높이 솟아 있는 그곳을 떠나기는커녕, 옛것의 매혹으로 가득한 거리가 유혹하는 것처럼 이어져 있는 곳으로 끝없이 빠져드는, 폭넓은 대리석 계단을 내려갈 수도 없기 때문에 꿈의 횡포를 부리는 신들에게 속박되어 있음을 느끼지 않을 수 없었다.

이제 그 계단을 내려갈 수도 없고, 한적한 초저녁의 거리를 걷지도 않은 채, 세 번째로 눈을 떴을 때, 인간이 발을 들여놓은 적 없는 얼어붙은 황야의 구름을 내려다보는 미지의 카다스에서 이상한 생각에 빠져드는 꿈의 비밀스런 신들에게 카터는 절실하게, 오래도록 기도를 드렸다. 그러나 신들은 아무런 대답도 없이 관용도 베풀지 않고, 꿈속에서 빌었을 때는 고사하고, 현실 세계의 문에서 그리 멀지 않은 불기둥으로 둘러싸인 동굴 신전에서 턱수염을 기른 사제 나시트와 카만타를 매개로 제물을 바쳐 기도했을 때에도 아무런 길조를 보여주지 않았다. 그런데도 카터의 기도는 그럭저럭 통한 것이 분명하며, 처음 기도를 드리던 때는커녕, 나중의 장엄하고 화려하기 그지없는 도시는 결국 보지도 못한 채, 마치 멀리에서 세 번 힐끔 보았던 것이 단순한 우연이거나 실수에 지나지 않으며, 신들의 숨겨진 깊은 음모 혹은 본뜻에 어긋나는 것이기라도 한 것처럼 느껴지는 것이었다.

찬란하게 빛나는 황혼의 거리와 고풍스런 기와지붕 사이로 미로 같은 구릉 지대의 좁은 길을 가슴이 벅차오르리만큼 동경한 나머지, 꿈에서나 생시에서나 머릿속에서 떠나지 않은 채, 카터는 결국 대담한 열망을 가슴에, 인간이 결코 찾아갈 엄두도 내지 못하던 곳을 향해, 미지의 카다스가 구름으로 둘러싸여 상상이 끊이지 않는 별을 찾아, 위대한 자들의 고요한 밤, 줄무늬 마노의 성으로 꽉 찬 곳으로, 어둠 속을 뚫고 얼어붙은 황야를 찾아갈 결심을 굳히게 되었다.

카터는 얕은 잠 속에서 불꽃 동굴을 향해 70계단을 내려가, 턱수염을 기른 사제 나시트와 카만타에게 자신의 계획을 말했다. 그러자 두 사제는 고대 이집트의 이중 관(冠)을 쓴 머리를 흔들면서 영혼이 멸망하리라는 서약을 하라고 했다. 위대한 자들이 이미 그러한 본뜻을 보여주었으며, 집요한 탄원에 고민하는 것이 싫다고 지적했다. 나아가 또한 카다스에 발을 들여놓은 인간이 단 한 명도 없을 뿐만 아니라, 카다스가 우주의 근처 어디에 있는지, 우리의 세계를 둘러싼 꿈의 땅, 하다못해 포멀하우트나 알데바란의 생각지도 못할 혹성으로 둘러싸인 꿈의 땅인지를, 과거 추측했던 인간조차 없음을 카터에게 상기시켰다. 우리의 꿈의 땅에 있는 것이라면 어쩌면 더듬어 찾아갈 수도 있으련만, 지금까지 전혀 인간의 영혼으로 그 암담하고 모험적인 심연을 가로질러, 다른 꿈의 땅으로 갔다가 다시 되돌아온 자는 겨우 셋을 헤아릴 뿐이며, 그 가운데 둘은 완전히 미치광이가 되어 돌아왔다는 것이었다. 그런 여행을 할 때는 땅마다 고유한 추측도, 가늠도 할 수 없는 위험이 있을 뿐만 아니라, 꿈에도 생각지 못할 질서 있는 우주 밖에서 뭐라고 말할 수 없는, 그런 충격적인 최후의 위험이야말로 무한의 한가운데서 모독의 언사를 토해내며 끓어오르는, 아니 가장 아래에 존재하는 혼돈의 마지막 무정형의 어두운 그림자가 분명하다. 다시 말해 시간을 초월하는 상상도 미치지 못할 무명의 방에서, 큰북의 흐릿하고 엉망인 소리와, 저주받은 플루트의 가느다랗고 단조로운 음색 한가운데서, 굶주려 물어뜯겨도 감히 그 이름을 입에 대는 자가 없는, 끝없는 마왕 아자트호스와, 꺼림칙한 큰북과 플루트의 울림이 합쳐져 천천히, 그리고 보기 흉하게 춤추는 거대한 궁극의 신들, 맹아(盲啞)의 음울한 신들이며, 그들의 혼백으로 인한 사자들은 기어서 다가드는 혼돈의 나이알라트호테프이리라.

이런 것을 카터는 불꽃 동굴에서 사제 나시트와 카만타의 경고를 들었지만, 그 어떤 곳이든, 얼어붙은 황야 미지의 카다스에 사는 신들을 찾아내고, 신들의 은총을 받아 장엄하고 화려한 황혼의 도시를 보고, 기억을 되살려 그곳으로 다가갈 결심을 굳혔다. 이 여행이 심상치 않게 오래 걸리리라는 것도, 위대한 자들의 방해를 받으리라는 것도 알고 있었지만, 꿈의 땅에서는 자주 경험을 했기 때문에 수많은 유익한 기억과 수단이 자신을 구해 내리라고 기대를 걸었다. 그리하여 카터는 두 사제에게 전형적인 이별의 축복을 바랐고, 축복을 받은 동안에 앞으로의 진로에 생각을 모으자, 대담하게도 70계단을 내려가 '깊은 잠의 문'에 이르러 마법의 숲으로 발을 들여놓게 되었다.

키 작은 떡갈나무가 희롱하듯 커다란 가지를 서로 뒤얽고, 기이한 균류의 비늘빛으로 어렴풋하게 빛나는 모습은 휘어진 나무들이 숲의 터널을 수없이 만들어내는 것 같아서, 이곳에서 조용히 살고 있던 주그 족이 꿈의 세계의 분명치 않은 많은 비밀들을 알 뿐만 아니라, 얼마간의 현실 세계 비밀에도 통달해 있음은, 숲이 두 군데에서 인간 세계와 닿아 있기 때문이지만, 그것이 어디인지를 말하면 나쁜 운이 초래되리라. 주그 족과 가까운 곳에서는 곧바로 인간 사이에서 불가해한 소문과 사건, 소실이 발생하는데, 이런 것들이 꿈의 세계 밖으로 멀리 미치지 못하는 것은 매우 다행한 일이었다. 그러나 꿈의 세계에 가까운 곳은 자유자재로 통과하며, 작은 갈색의 몸은 재빨리 사람의 눈을 속이고 날아가며, 매우 마음에 드는 숲에서 난로를 둘러싸고 시간가는 줄 모르고 흥미진진한 이야기를 계속한다. 대개는 동굴에 살지만, 커다란 나무줄기를 보금자리로 삼는 자도 있으며, 오로지 균류를 식량으로 삼으면서도, 육체의 것인지 영혼의 것인지는 모르지만, 육류에도 상당한 기호가 있다는 것은 많은 꿈을 꾸는 자가 분명히 이 숲으로 들어와 두 번 다시 돌아오지 않았기 때문이리라.

하지만 카터에게 불안은 없었다. 꿈을 꾸는 자로서 경험을 거듭하고, 혀를 떠는 주그 족의 언어를 익혀 수많은 협정을 맺었으며, 타나르 구릉 저편, 우스나르가이에 있는 화려한 도시 세렐파이스를 찾아내기에 이른 것도, 주그 족의 도움이 있었기 때문이며, 그 도시에 반년 동안 군림한 위대한 왕 크라네스는 카터가 현실 세계에서 다른 이름으로 알고 있던 사내였다. 크라네스야말로 그 영혼이 별의 심연을 향해 미치지 않고 돌아온 오직 한 사람의 인간임에 틀림없었다.

이제 카터는 거대한 줄기 사이 비늘빛을 내뿜는 낮은 통로를 누비듯 나아가면서 주그 족이 하는 대로 따라서 혀를 떠는 말소리를 내면서 가끔은 대답이 없을까 귀를 기울이고 있었다. 숲 중앙에는 옛날의, 이끼가 잔뜩 낀, 둥글게 줄지은 거대한 돌들이 남아 있어 잊혀진 옛적에 두려운 주민이 존재했음을 알려주었지만, 그곳에서 그리 멀지 않은 곳에 주그 족의 마을이 있음을 떠올리고는 카터는 그곳을 향해 발길을 재촉했다. 그로테스크한 균류를 표지 삼아 길을 더듬어 갔으나, 그러한 신의 종족이 뛰고 춤추며 산 제물을 바치는 전율할 둥근 돌에 가까이 다가감에 따라, 균류가 차츰 자양분이 풍부하게 자랐음을 깨달았다. 굵기가 늘어만 가는 균류가 내뿜는 빛이 마침내 숲의 잎들을 꿰뚫었고, 눈길의 한계를 벗어나 자라 있는 꺼림칙한 초록과 회색의 거대한 균류를 드러내고 있었다. 카터는 여기가 거대한 둥근 돌에 가장 가까운 곳이며, 주그 족의 마을에 거의 다다랐음을 알았다. 다시 혀를 울리는 말소리를 내기 시작했고, 참을성 있게 기다리자 마침내, 무수히 많은 눈이 바라보고 있다는 인상을 받았다. 재빠르고 작은 갈색의 몸을 구분하는 것보다 먼저, 꺼림칙한 눈이 보임으로써 그들은 주그 족임이 분명했다.

주그 족이 눈에 띄지 않는 구멍과 벌집 모양을 한 나무에서 무리 지어 나와, 희미하게 빛이 비치는 곳 일대에 웅성대기까지 했다. 기질이 거친 몇몇이 기분 나쁘게 카터를 스치고 달렸으며, 한 명은 꺼림칙하게도 카터의 귀를 깨무는 짓까지 하기에 이르렀으나, 이러한 무법자들은 곧장 연장자에 의해 잠잠해졌다.

현자 회의는 방문자가 누구인가를 알아내자, 달에 사는 누군가가 떨어뜨린 씨에서 자라난, 다른 것과 다른 병든 나무의 수액이 발효된 것을 표주박에 따라주었으며, 그것을 카터가 다 마시자 매우 이채로운 대화가 시작되었다. 유감스럽게도 주그 족은 카다스 봉우리가 어디 있는지 모르며, 얼어붙은 황야가 자신들의 꿈의 세계에 있는지, 다른 꿈의 세계에 있는지를 알려주는 것조차 불가능했다.

"위대한 자들을 둘러싼 소문은 어디에나 똑같이 전해지고 있습니다. 그렇다면 달이 떠올라 구름을 내려다볼 때, 위대한 자들이 높은 산봉우리에서 과거를 그리워하며 춤추려면, 골짜기보다도 그런 봉우리에서 보기가 쉽겠지요."

그러는 사이에 매우 나이 많은 주그가 아무도 들은 증거가 없는 일을 생각해 내고는, 지금은 잊혀진 북쪽 왕국의 각성된 인간들에 의해 만들어지고, 털이 무성한 식인종 그노프케 족이 무수한 나무들로 둘러싸인 신전을 정복해 로마르 땅의 모든 영웅을 장사지냈을 때 꿈의 땅으로 갖고 들어왔던, 상상을 초월하리만큼 오래된 《나코토 사본》 마지막 한 권이, 스카이 강을 건너 울타르에 지금도 보존되어 있음을 말했다.

"이 사본은 신들에 대한 많은 것을 밝히고 있으며, 또한 울타르에는 신들의 증거를 눈으로 본 자가 있는 것 말고도, 어떤 늙은 사제의 경우에는 달빛 아래서 춤추는 신들을 보기 위해 커다란 산을 올라갔다고 합니다. 사제는 계획에 실패했지만 동행한 사람은 일의 처음부터 끝까지 전했으며, 그가 말하기를 참을 수 없는 죽음을 당했다고 합니다."

그리하여 랜돌프 카터는 감사를 표하고, 붙임성 있게 혀를 떠는 주그 족에게서 월계수 술을 표주박에 다시 한 잔 받아들자, 그것을 고맙게 마시고, 비늘빛을 내뿜는 숲을 나와 스카이 강의 급류가 레리온의 비탈을 달려 하테그, 니르, 울타르가 평야에 흩어져 있는 곳으로 향했다. 뒤에 호기심으로 가득 찬 주그 족 몇몇이 재빠르게 모습을 감추면서 슬그머니 뒤따르는 것은, 카터가 뒤돌아보지 않아도 알 수 있었다. 그것은 이 이야기를 동료들에게도 전하고 싶어서이리라. 마을을 떠나 발길을 재촉함에 따라 떡갈나무는 엄청나게 굵어졌으며, 카터는 이상하게 빽빽이 들어찬 균류와 부엽토, 쓰러진 떡갈나무의 이끼 낀 밑동 가운데, 떡갈나무가 한층 드문드문하고, 말랐거나 빈사 상태로 서 있는 곳으로 들어서자 날카롭게 주위를 살펴보았다. 그곳에는 숲의 지면에 거대한 평석이 묵직하게 누워 있었고, 감히 가까이에 발을 들여놓은 자들에 따르면 지름이 1미터나 되는 쇠고리가 달려 있다고 했으므로 그런 곳이 눈에 띠면 곧장 멀리할 참이었다. 오래고 오래되어 이끼가 잔뜩 낀, 거대한 고리 모양으로 늘어선 돌들과, 필경은 그것을 만든 목적을 알고 있는 주그 족이 커다란 쇠고리가 달린 거대한 평석 옆으로 다가가기를 꺼리는 것은 사라진 것들 모두가 반드시 사멸한 것은 아님을 알고 있으며, 평석이 완만하고 묵직하게 들어올려지는 것을 보고 싶지 않기 때문이었다.

카터가 그곳을 우회할 때, 뒤에서 주그 족의 간이 허약한 자가 겁에 질려 혀를 떠는 소리를 내는 것을 들었다. 뒤를 따른다는 것을 알고 있었으므로 기분이 나쁠 것도 없었으며, 이렇게 탐색을 좋아하는 주그 족의 괴이함에는 전부터 익숙해진 터였다. 숲에서 한참 떨어진 곳에 닿았을 때는 어슴푸레하게 밝아질 무렵이었고, 빛이 강해짐에 따라 새벽임을 알았다. 스카이 강으로 넘실거리며 흘러가는 평야를 건너다보니, 오두막의 굴뚝에서 솟아오르는 연기가 눈에 들어왔고, 완만한 땅에 풀로 이엉을 덮은 지붕, 경작지, 생울타리가 사방에 있음을 알 수 있었다. 한 잔의 물을 청하려 농가의 우물에 멈춰 섰을 때, 뒤쪽 풀밭으로 숨어든 눈에 띄지 않는 주그 족을 향해 개들이 겁을 내 짖어댔다. 또 한 채의 농가에서는 인기척이 있어서 신들에 관한 것을 묻고, 렐레온에서 신들이 춤추는 일이 자주 있느냐고 물어보았으나 농부와 그의 아내는 니르와 울타르로 가는 길을 가르쳐주기만 할 뿐이었다.

한낮에 카터는 과거 찾아간 적이 있으며, 전에 이쪽으로 왔던 여행으로는 가장 멀리까지 발길을 향하자, 니르의 큰 길거리 하나를 밟아나갔고, 그 뒤 얼마 안 있어 다다른 곳은 1천 3백 년 전에 축조할 때, 다리 중앙에 사람이 산 채로 사람기둥으로 봉해졌다는, 스카이 강에 걸쳐 있는 커다란 돌다리였다. 다리를 건너자 오가는 고양이가 많아졌고 (뒤를 따르는 주그 족에 대해 일제히 등을 활 모양으로 해 보였다), 울타르의 근교에 이르렀음이 분명했다. 신이 지시한 바에 따라 울타르에서는 그 누구도 고양이를 죽여서는 안 되었다. 울타르의 교외는 작은 초록색의 집들과 정연한 담으로 둘러싸인 농장이 흩어져 있어서 매우 신선했으며, 나아가 눈을 즐겁게 하는 것은 낡고 오래된 울타르 마을 그 자체였으며, 고풍스런 뾰족 지붕과, 밖으로 튀어나온 이층, 숲처럼 솟아 있는 굴뚝 송풍관, 그리고 언덕의 작은 길을 둘러싼 우아한 고양이들이 충분한 공간을 만들어낼 때는 언덕의 작은 길에 깔린 오랜 자갈을 볼 수 있었다. 거의 눈에 띄는 주그 족에게 고양이들이 약간 밀리는 듯한 가운데, 카터는 길을 골라 사제들이 있고 고문서가 있다는, '오랜 자'의 신전으로 곧장 향했으며, 덩굴이 뒤얽힌 돌로 지은 신성한 둥근 탑——울타르의 가장 높은 언덕 꼭대기에 솟아 있는 신전——안으로 들어서자 돌의 황야에 있는 금단의 영험한 봉우리 하테그클라에 올라갔다가 살아 돌아왔다는 나이든 사제 아탈을 찾기 시작했다.

꽃바구니로 장식된 신전의 가장 높은 층 신전에서 상아로 된 의자에 앉아 있던 아탈은 넉넉히 3세기의 나이를 거듭했으나, 정신이나 기억은 지금도 여전히 예리하고 선명했다. 카터는 아탈에게서 신들에 대해 많은 것을 배웠으나, 그것은 오로지 우리들 자신의 꿈의 세계를 취약하게 지배하면서 다른 곳에서는 힘도 근거지도 지니지 않는, 틀림없는 지구 신들에 불과했다. 아탈의 말에 따르면, 신들은 기분이 좋으면 인간의 기도를 들어줄지도 모르지만, 얼어붙은 황야의 카다스 산 꼭대기에 있는, 신들의 줄무늬 마노의 성채에 오르는 일 따위는 생각해서는 안 된다고 했다.

"어떤가, 카다스의 뾰족이 솟아오른 곳을 인간이 모르는 것은 어쩌면 당연한 귀결이며, 카다스에 오른 데 대한 보복은 꽤 이유 있는 일일진대. 나의 동료 현자 바르자이는 공공연히 하테그클라의 산봉우리에 끝내 올랐기 때문에 아비규환 참혹한 허공으로 빨려 들어가 버렸다. 이것이 미지의 카다스라면 그것이 발견됨으로써 사태는 한층 나빠지게 되리라. 현명한 인간은 때로 지구의 신들을 능가하는 때가 있으리라고 말하는 것도 꺼림칙한 바깥 세계에서 도래한 축신(蓄神)들이 지켜주기 때문이지. 적어도 세계의 역사상 두 번에 걸쳐, 축신은 그 증거를 지구 원초의 자취돌에 남겼고, 한 번은 그것을 풀어내기에 이르매, 옛 《나코토 사본》의 일부에 있는 그림으로 추측되는 것과 같이, 대홍수 이전의 일로써 이제 한 번은 하테그클라에서 현자 바르자이가 달빛 아래서 지구의 신들이 춤추는 것을 보려 했을 때의 일이다. 그렇다면 그에 어울리는 기도는 제쳐두고, 신들에게는 관여하지 않는 것이 좋으리라." 아탈은 그렇게 말했다.

카터는 기를 죽이는 아탈의 도움말이나, 《나코토 사본》과 《흐산 수수께끼 칠서》도 그리 도움이 되지 않는다는 데 실망하기는 했지만 딱히 절망할 것도 없었다. 만약 신들의 도움없이 찾아낼지도 모른다고 생각하고, 난간이 달린 테라스에서 바라보았던, 그 장엄하고 화려하기 그지없는 황혼의 도시에 대해 우선 물어보았으나, 아탈은 고개를 가로 저을 뿐이었다. 아탈이 말하기로는, 대강 그곳은 내 꿈의 세계에 속하는 것이며, 많은 사람들이 알고 있는 심상한 환상의 땅에 있지 않으며, 생각컨대 다른 별에 있을지도 모른다는 것이었다. 그럴 경우, 지구의 훌륭한 신들에게 그럴 계획이 있어서 카터를 이끄는 것은 불가능하다. 하지만 아무래도 그렇지 않은 증거로, 꿈의 중단 즉, 위대한 자가 카터에게 황혼의 도시를 감추고 싶어하는 것을 분명하게 밝히는 것 아닌가.

그래서 카터는 술책을 부려, 주그 족에게서 받은 월계수 술을 온화하고 늙은 사제에게 듬뿍 주었다. 그랬더니 노인은 지껄임을 멈출 줄 모르는 상태가 되었다. 신중함을 잃은 채 가련한 아탈은 금단의 비밀을 아낌없이 털어놓았다. 남쪽 바다의 섬 오리압에 있는 응그라네크 산의 단단한 바윗돌에 거대한 조각상이 조각되어 있다고 나그네들이 전했다고 했으며, 과거 지구 신들이 그 산에서 달빛을 받으며 춤출 때, 자신들의 모습을 새긴 일이 있다고 넌지시 비쳤다. 그 조각상의 얼굴은 매우 이상야릇하며, 그야말로 진정 틀림없는 신들 일족의 증표라고 전했다.

신들을 찾아내기에 즈음하여, 이러한 이야기가 얼마나 유익한지를 카터는 곧장 깨달았다. 세상에 널리 알려진 일로, 위대한 자들의 모습을 초라하게 가장해 인간의 처녀들을 아내로 맞아들이고부터 카다스에 위치한 얼어붙은 황야의 경계에 가까운 곳에서는 농민들이 모조리 위대한 자의 피를 물려받았음에 틀림없었다. 그렇다면 그 황야를 찾아내려면 응그라네크의 돌을 보고 그의 특징을 파악한 다음, 그것을 주의 깊게 기억해 두었다가 마찬가지의 특징을 살아 있는 인간들 사이에서 찾아내면 될 것이었다. 그 특징의 가장 선명하고 눈에 띄는 곳이야말로 신들의 위치에 가장 가까운 곳에 분명하며, 그 지역 마을의 뒤에 어떠한 돌의 황야가 있다 하더라도 그곳이야말로 카다스가 있는 곳에 틀림없었다.

그런 땅이라면 위대한 자들에 관해 많은 것을 배울지도 모르며, 탐구자로서 매우 유익한 기억을, 위대한 자들의 피를 잇는 자들이 조금이라도 이어받았는지도 몰랐다. 그런 자들도 나의 본성은 모를지도 모르지만, 그런 것도 신들은 인간들에게 알려지기를 너무나도 꺼린 나머지, 신들의 용모를 의식하고 보았던 자는 결코 없을 테니. 이런 것들은 그들이 카다스에 오를 시도를 하던 때조차도 마음속에 잘 담아두는 것이 좋다. 위대한 자의 피를 잇는 자들은 동향(同鄕)의 자에게 오해를 받는 한층 색다르고 고매한 사고를 품으며, 보통 사람에서 바보천치로 비방을 당할수록, 꿈의 땅에서조차 알려지지 않았을 듯한 머나먼 땅과 정원을 노래하기 때문이며, 그런 자로부터 아마도 카다스의 옛 비밀을 익히거나, 혹은 신들의 비밀스럽고 화려한 석양의 도시의 수수께끼를 찾아낼지도 몰랐다. 나아가 또한 적절한 시기가 되면 신이 총애하는 자식을 인질로 삼거나, 모습을 가장하고 용모가 수려한 농가의 처녀를 신부로 맞아 인간과 섞여 살아가는 젊은 신을 붙들 수도 있으리라.

그렇게 말한 아탈도 오리압 섬에 있다는 응그라네크 산을 찾아낼 방도를 모른 채, 카터에게 다리 밑을 흐르는 스카이 강을 따라서 남쪽 바다로 향할 것을 권유했다. 울타르의 자유민으로서 그의 영토에 발을 들여놓은 자는 단 한 명도 없지만, 그의 영토로부터는 상인들이 혹은 배에 타고, 혹은 노새가 끄는 이륜 짐차로 기나긴 대상을 이루어 밖으로 나온다. 그의 영토에는 다일러스린이라는 대도시가 울타르에 좋지 않은 평판이 나 있는 것도 삼중 돛의 갤리선이 루비를 싣고 이름도 뚜렷하지 않은 바닷가에서 대도시로 항해를 하기 때문이다. 갤리선의 보석상과 거래를 하는 교역상인은 인간 혹은 그에 근접한 자이지만, 갤리선의 뱃사공은 남의 눈에 전혀 띈 적이 없으며, 미지의 땅에서 도래한 뱃사공을 비밀리에 감추는 검은 배와 교역하는 것을 울타르에선 얼마나 흉측한 일로 여기겠는가.

여기까지의 이야기를 끝마쳤을 무렵, 울타르는 깊은 잠에 푹 빠져 있었으며, 카터가 상감(象嵌) 세공을 한 흑단의 기다란 의자에 몸을 눕히고, 기다란 턱수염을 정중하게 가슴 위로 정돈했다. 일어나 떠나려 했을 때 혀를 떠는 희미한 소리가 뒤를 이어 들리는 것을 깨닫고, 문득 주그 족의 호기심으로 가득 찬 추적이 여기에 이르렀는가싶어 고개를 가로저었다. 그러는 사이 울타르의 윤기가 가득 넘치는 털을 곤두세운 고양이들이 쉴새없이 기뻐 고기 조각을 핥고 돌아다니는 모습에 눈이 머물러, 늙은 사제의 이야기를 듣는 사이, 신전 아래층으로부터 흥분한 고양이의 울부짖는 소리가 희미하게 들려왔음을 떠올렸다. 매우 방자한 젊은 주그가 밖의 옥석이 깔린 길에서 흑심을 속속들이 드러내는 굶주린 눈초리도 두드러지게, 검은 새끼고양이를 바라보았던 것도 뇌리에 스쳐갔다. 검은 새끼고양이만큼 이 세상에서 사랑스러워 어쩔 줄 모르는 것은 없으므로 카터는 쭈그려 앉아서 고기조각을 핥고 다니는 울타르의 고양이들을 쓰다듬거나, 탐색하기를 좋아하는 주그 족에게 이보다 더 어울리는 일도 없을 테니, 한탄하고 슬퍼할 것은 없었다.

지금은 해질 무렵이며, 카터는 시내가 내려다보이는 경사가 가파른 골목길에 있는 낡아빠진 여인숙에서 묵었다. 방의 베란다로 나서니 파도치는 빨간 기와지붕과 옥석이 깔린 거리, 그리고 저편의 신선한 목초지가 기울어 가는 햇빛을 듬뿍 받아 한가한 매혹이 감도는 풍경을 바라보니, 알 수 없는 위험을 향해 달려가는 멋진 노을의 도시의 기억이 떠오르면서, 참으로 울타르야말로 계속 머무르기에 가장 적합한 곳이라는 생각이 들었다. 어느새 저녁놀이 지면서 연분홍빛을 띤 회칠을 한 지붕이 깊고도 오묘한 제비꽃 색으로 물들고, 작은 노란 등이 하나 둘씩 낡은 격자창으로 떠올랐다. 유쾌한 종소리가 드높은 신전의 탑에서 울려 퍼졌고, 첫 번째 별이 스카이 강의 물결 저편 초원 위에서 가냘프게 빛났다. 밤이 찾아들면서 노래가 들려왔고, 순박한 울타르의 공예 양식으로 꾸며진 베란다와 돌을 붙여 포장한 정원에서 류트 연주자가 과거를 기리는 것을 듣고 카터는 고개를 끄덕였다. 울타르의 수많은 고양이들의 왕래가 예상 밖의 향연으로 이어져 지나치게 포식한 나머지, 침묵하는 듯한 모습이 없다면, 틀림없이 고양이들의 울음소리마저 귀에 유쾌하게 들렸을지도 몰랐다. 고양이 가운데는 비밀의 영역으로 살며시 나가는 것들도 있어서, 고양이 말고는 아무도 모르는 이 장소를, 마을 사람들은 달의 그림자라고 했으며, 높은 지붕 꼭대기에서 뛰어오르는 것 같지만, 지금 막 한 마리의 검은 새끼고양이가 이층으로 살며시 올라와 카터의 무릎으로 뛰어올라 목에서 가르랑 소리를 내면서 재롱을 떨더니, 카터가 마침내 작은 침대에 누워 잠을 부르는 향기로운 풀로 가득 채워진 베개에 머리를 묻자, 그의 발치에 동그랗게 몸을 말았다.

아침이 되자 카터는 울타르의 양털과 농가의 양배추를 실은 다일러스린으로 향하는 대상에 참가했다. 그리고 엿새 동안 방울을 울리면서 스카이 강을 따라 평탄한 길을 나아갔고, 밤이 되면 풍치 있고 우아한 어촌의 여관에서 머무는 적도 있는가 하면, 별들의 밑에서 노숙을 하면서 잠잠한 강에서 들려오는 뱃사공 노래를 들을 때도 있었다. 시골스러운 경치는 푸릇푸릇한 생울타리, 나무들, 그림처럼 낮은 지붕의 가옥들과 팔각형의 풍차 지붕이 즐비했고, 이보다 더한 아름다움은 없을 것이었다.

이레째가 되어 눈앞의 지평선에 한 줄기의 연기가 솟아올랐고, 주로 현무암을 사용해 이루어진 다일러스린의 높고 검디검은 탑이 마침내 눈에 들어왔다. 각이 진 가느다란 탑들이 숲처럼 솟아 있는 다일러스린은 멀리서 보기에는 아일랜드의 자이언트 코스웨이와도 비슷하며, 거리는 어둡고 사람이 근접하지 못하는 느낌이 있었다. 부두 근처에는 셀 수조차 없는 주점이 즐비하고, 도시의 가는 곳마다 지구 모든 땅의 낯선 뱃사람들이 모여 있으며, 그 가운데는 지구에 없는 땅에서 온 자도 조금은 있다고 한다. 카터는 오리압 산에 관해 물었고, 이 도시의 기묘한 모습을 띤 사람들이 그것에 대해 매우 잘 알고 있음을 알았다. 그 섬의 바하르나로부터 몇 척의 배가 와 있으며, 마침 한 척은 한 달 뒤에 바하르나로 돌아갈 것이고, 그 항구로부터 응그라네크까지는 말을 타고 이틀이면 되는 거리라고 한다. 그러나 튀어나온 바위와 꺼림칙한 용암 계곡만이 바라다 보이며, 응그라네크로 오르는 길도 매우 힘든 산허리에 있기 때문에 신의 모습을 본 사람은 거의 없다는 것이었다. 과거 신들이 이곳 산허리에 있는 인간들에게 화가 나서, 그 일을 번신들에게 알린 적이 있는 듯했다.

이만한 정보를 듣는 데에도 매우 힘이 들었던 것은, 다일러스린의 주점에 모여드는 상인이나 뱃사람이 오로지 검은 갤리선에 관해 소리를 죽여 이야기하기를 좋아하는 때문이었다. 한 척의 배가 어딘지도 모를 바닷가에서 루비를 싣고 앞으로 일주일을 머물기로 했으며, 도시 사람들은 그 갤리선이 부두에 있는 모습을 보는 것마저 싫어했다. 교역을 위해 갤리선에서 내려온 사람은 입이 터무니없이 크며, 이마 위의 두 군데를 혹처럼 높여서 터번을 두른 모습은, 이만하면 악취미도 어지간했다. 그리고 구두는 어떤가 하면 여섯 왕국에서 여태까지 단 한 번도 볼 수 없었을 만큼 짧고 희한한 것이었다. 그러나 가장 나쁜 것은 모습을 드러내지 않는 뱃사공이었다. 삼단으로 겹쳐져 늘어선 노의, 너무나도 강력하고 활기차며 정확하게 움직이는 모습은 마음을 놓이게 했으며, 상인들이 교역을 하는 동안에 배가 몇 주일이나 정박하면서, 괘씸하게도 선원들은 힐끗이나마 모습을 보이는 적이 없다. 이에 대해 이를 악문 것은 다일러스린의 주점 주인들뿐만 아니라, 양식 한 줌도 배에 들여놓지 못한 식료품점 주인과 푸줏간 주인들이었다. 갤리선의 상인은 강 저편 파르그에서 황금과 건강한 흑인 노예들을 사들일 뿐이다. 얼굴이 험상궂은 상인들과 모습이 보이지 않는 노젓는 무리들이 사들이는 것은 오직 그것뿐인데, 푸줏간이며 식품점에서는 아무것도 구입하지 않고 그저 파르그의 황금과 흑인노예만을 사들일 뿐이었다. 남풍이 부두 쪽에서 불어올 때 갤리선에서 풍겨오는 냄새는 이루 필설로 표현할 수도 없다. 옛날부터 있었던 주점의 몹시 힘이 센 사람들조차 지독한 담배를 줄창 피워대지 않으면 참기가 힘든 것이었다. 루비를 다른 데서도 얻을 수 있다면 다일러스린도 검은 갤리선의 출현에 관대하게 대했겠지만, 그러나 지구의 꿈의 땅 어느 곳에도 그런 것이 나는 광산은 알려져 있지가 않다.

　다일러스린의 부평초 같은 사람들이 오로지 이런 일들을 애깃거리로 삼는 데 반대, 카터는 바하르나에서 오는 배를 눈이 빠지게 기다리면서, 신의 모습이 새겨진 응그라네크가 위풍당당하게 솟아 있는 섬으로, 그 배에 타고 건너갈 수 있을지도 모를 꿈을 계속 꾸었다. 그러는 사이에도 구석구석 멀리에서 나그네들이 모여드는 곳을 빠짐없이 찾아다니는 일도 게을리하지 않고, 얼어붙은 황야 카다스, 혹은 해질녘에 테라스에서 내려다보았던 대리석의 흰 벽과 은으로 된 분수대의 어떤 매우 화려한 도시에 관해, 나그네들이 흘릴 지도 모를 이야기를 들으려 애를 썼다. 그러나 그런 것들에 관해서는 아무런 소득이 없었지만, 오직 한 가지, 얼어붙은 황야가 화제에 올랐을 때, 눈이 치켜 올라간 늙은 상인이 묘하게 뭔가를 아는 듯한 표정을 지은 것처럼 여겨졌다. 그 늙은 상인은 보통 사람이 찾아들지 않는, 밤에는 멀리서부터 귀신불이 보인다는, 얼음 황야 렌 고원에 있는 무시무시한, 돌로 이루어진 마을을 상대로 거래가 있다는 것이었다. 얼굴을 누런 복면으로 덮고, 역사 이전에 지어진 돌로 된 수도원에 오직 혼자서 사는, 입에 담기조차 꺼려지는 대사제와 서로 안다는 소문마저 나 있었다. 그런 인물이라면 얼어붙은 황야에 살리라고 여겨지는 자들과 미약하게나마 교섭이 있기도 하겠지만, 카터는 어느새 그 늙은 상인을 붙들고 늘어져봤자 별 소용이 없음을 깨닫게 되었다.

마침내 검은 갤리선이 항구로 들어와, 현무암 방파제와 높은 등대를 소리도 없이 흉측하게 지나가자, 이상한 악취를 남풍이 실어왔다. 선착장 지역에 기둥이 늘어선 주점들은 불안에 휩싸였고, 조금 지나자 옅은 검정색의, 입이 커다란 상인들이 혹이 있는 터번을 둘러쓰고 짧은 다리를 어렵사리 움직이며 보석 시장을 찾아, 남의 눈을 피해가며 배에서 내려왔다. 카터는 뚫어져라 바라보는 동안에 혐오감이 일어났다. 이윽고 상인들이 불만을 터뜨리며 땀을 닦고, 파르그의 힘이 센 흑인을 디딤 널판으로 쫓아내 갤리선에 태우는 것을 목격하고는, 뚱뚱하게 살이 찐 불쌍한 사람들을 과연 어떤 땅으로 보내는 것일까 곰곰 생각했다.

그리고 그러한 갤리선이 정박한 지 사흘째가 되는 저녁 무렵에, 지저분한 행색의 상인 하나가 카터에게 말을 걸었다. 지어낸 웃음도 그늘에 감추고, 카터의 탐색에 관해 주점에서 들었음을 내비쳤다. 여하튼 드러내놓고 말할 수 없는 은밀한 정보를 쥐고 있는 듯, 그의 목소리는 참기 어려울 만큼 불쾌하기 짝이 없는 것이었지만, 카터는 멀리서 온 나그네가 가진 지식을 하나라도 빼놓을 수는 없었다. 손님을 이층 방으로 안내하고 문을 닫으니, 손님의 혀가 돌아가도록 아직 남아 있는 주그 족의 월계수 술을 꺼내놓았다. 수상한 상인은 몹시 마셨지만, 헛웃음은 조금도 변함이 없었다. 그러다가 자기의 포도주가 든 기이하게 생긴 병을 꺼내들었는데, 살펴보니 그 병은 큼지막한 루비 하나를 파내어, 이해하기 힘든 놀랄 만한 문양을 그로테스크하게 새겨 넣은 것이었다. 상인이 포도주를 권하자 카터는 아주 조금 입에 대기만 했는데도 순식간에 눈이 핑핑 돌고, 상상조차 할 수 없는 밀림의 열병에 걸린 것 같았다. 그러는 동안에도 손님은 차츰 대담하게 웃음소리가 커져갔고, 카터가 의식을 잃을 찰나에 눈에 들어온 것은 부정한 웃음에 굳어진, 거뭇하고 혐오스런 생김새와 오렌지색 터번 앞에 튀어나온 것 하나가 흔들리는 것 같은, 도저히 뭐라고 표현조차 할 수 없는 것이었다.

카터가 텐트처럼 생긴 배 갑판의 천막 아래 고인 지독한 악취 속에서 의식을 되찾았을 때는, 남해의 보기에도 아름다운 해안 경치가 매우 빠른 속력으로 사라져가고 있었다. 족쇄가 채워져 있는 것은 아니지만, 약간 거뭇한 뻔뻔스러운 표정의 상인 셋이 바로 옆에 서서 이를 드러내며 웃고 있었고, 그 터번 위로 솟아 나온 혹의 생김새는 꺼림칙한 승강구에서 흘러나오는 악취처럼, 위태롭게 카터를 실신시킬 정도였다. 빠르게 멀어져 가는 화려한 땅과 마을은, 친교를 맺은 지구의 꿈꾸는 자로부터——오래되어 녹이 슨 킹스포트의 등대지기로부터——과거에 자주 들었던 것이며, 망각된 꿈의 거처인 자크 신전에 세워진 높은 누대, 요괴 라티가 지배하는 천의 경이로운 악마의 도시로 악명 높은 탈라리온의 첨탑, 환락으로 가득 찬 땅 주라의 납골당 정원, 그리고 몽환의 땅으로 불리는 소나닐의 항구를 지키고, 찬연한 호를 그리며 상공에서 만나는 수정(水晶) 쌍둥이 곶을 카터는 차츰 확인해 나갔다.

이처럼 화려한 땅을 뒤에 남기고 악취가 떠도는 배는 배 밑바닥 쪽의 보이지 않는 노잡이들의 엄청난 힘으로 저어대는 기세에 어쩔 수 없이 떠밀리며 바다를 달려갔다. 그리고 카터는 그 날이 저물기 전에 조타수가 향하는 곳이 서쪽의 현무암 기둥 말고는 아무것도 없는 곳임을 깨달았다. 순박한 사람은 그 저편에 휘황찬란한 카투리아가 있다고 하지만, 현명한 꿈을 꾸는 자들이 아는 바로는, 그곳은 무시무시한 폭포의 입구이며, 지구의 모든 꿈이 무의 심연으로 빨려들어가는, 몇몇 허공을 가로질러 향하는 곳은 다른 세계, 다른 별들, 질서 있는 우주 밖의 무서운 허공이며, 눈멀고 귀가 먼 암울한 객신(客神)들이 그들의 사자(使者)인 나이알라트호테프와 함께 커다란 북을 치고, 플루트를 불며, 지옥 같은 춤으로 광란하는 혼돈의 한가운데서, 굶주린 마왕 아자트호스가 물어뜯는다고 한다.

한편, 비웃음을 띄우는 세 사람의 상인들이 서로 손잡고 있음이 분명했다. 꿈의 땅에 대해서는 말할 것도 없이, 객신들은 많은 손을 인간들 사이에 내뻗고 있으며, 그러한 손끝 모두가, 완전한 인간이든 조금은 인간에 뒤떨어지는 자이든, 눈멀고 우매한 자들의 의지를 실현하기에 급급한 것은, 무시무시한 혼백으로서의 사자(使者), 그러니까 기어드는 혼돈 나이알라트호테프의 총애를 얻으려는 것에 분명하다. 그렇다면 터번에 혹이 나 있는 상인들은 카다스 성에 위대한 것들을 감히 탐구하기를 기도한다는 것을 듣고, 상으로서 주어진 것이 아무리 형언할 수 없는 선물이라 하더라도, 그것을 얻으려고 스스로를 갈고 닦아 나이알라트호테프에 넘겨주기로 결정한 것일까, 카터는 그렇게 추측했다. 이 상인들의 고향이 어디인지, 기존에 알려진 우주에 있는지, 아니면 황량한 바깥 우주에 있는지, 카터는 생각이 미치질 않았고, 또한 상인들이 자신을 넘기고 보상을 받기 위해, 그 어떤 지옥 같은 밀회 장소에서 밀려드는 혼돈과 만나게 될 것인지 상상조차도 할 수가 없었다. 그러면서도 이 상인들처럼 인간에 근접한 생물이라면 형태를 띠지 않은 심오한 허공에 있는 마왕 아자트호스의 완전한 어둠으로 둘러싸인 옥좌에 다가갈 수 없음을 카터도 알고 있었다.

해가 저물자 상인들은 기이하게도 두터운 입술을 핥으면서 굶주린 눈을 희번득이기 시작했고, 한 명이 밑으로 내려가 배 안의 어딘가에 있는 불쾌한 창고에서 요리가 든 바구니와 병을 들고 돌아왔다. 세 명의 상인은 차양 밑으로 모여들어 쭈그려 앉아서는 고기를 돌아가며 먹었다. 그러나 그들이 한 조각의 고기를 카터의 앞으로 내밀었을 때, 카터는 그 크기와 형태에 엄청난 공포감을 느꼈고, 지금까지보다도 훨씬 새파래져서, 아무도 보지 않는 틈에 바다로 던져 버렸다. 그리고 또다시 밑바닥 쪽 모습을 나타내지 않는 노잡이들과, 그들에게 정확하기 이를 데 없는 힘을 부여하고 있는 수상쩍은 식량에 생각이 미쳤다.

어둠이 낮게 깔린 가운데, 갤리선이 서쪽 현무암 기둥 사이를 빠져나가자, 앞쪽에서 엄청난 폭포의 기분 나쁜 울림소리가 차츰 높아졌다. 그리고 폭포의 물보라가 올라와 별을 흐리게 했고, 갑판을 적시는 가운데, 배는 절벽을 뒤흔드는 흐름에 농락당하면서 앞으로 나아갔다. 그러다가 기묘한 부르짖음과 격렬하게 아래위로 흔들리면서 갑자기 뛰어올랐고, 카터가 대지의 무너져 사라지는 듯한 악몽의 공포를 느끼는 가운데, 배는 소리도 없이 혜성처럼 별 사이의 우주로 날기 시작했다. 그 어떤 부정형의 암흑의 것들이 에테르 속으로 가라앉아 희석되고, 몸부림을 치며, 지나가는 나그네를 노려보고 비웃으며, 호기심을 불러일으키는 움직이는 물체에 점착질의 팔로 만지려 하는 것일까, 카터는 그것마저도 알 수가 없었다. 이것들은 번신들의 이름도 없는 유충들이며, 번신들과 마찬가지로 눈이 멀고 우매하며, 단지 굶주림과 목마름에 홀려 있는 것이다.

그러나 그 불쾌한 갤리선은 카터가 위태롭게 여기리만큼 먼 곳을 지향하지 않으며, 곧 알게 된 일이지만, 키는 곧장 달을 향하는 쪽으로 방향을 잡고 있었다. 달은 가까이 다가감에 따라서 초승달의 모양이 차츰 커졌으며, 이상한 크레이터와 봉우리를 꺼림칙하게 드러내기 시작했다. 배는 달의 가장자리를 향하고 있었으며, 늘 지구를 등지고, 필경은 꿈을 꾸는 자 스니레스코와 꼭 같은, 인간이 절대로 본 적이 없는, 수수께끼와 비밀로 둘러싸인 그 뒷면이 목적지라는 것을 곧 깨달았다. 갤리선이 다가감에 따라서 눈에 띄게 달의 모습은 마음을 심하게 동요시켰으며, 카터는 그곳 언저리에 무너져 내린 폐허의 크기와 형태가 아무래도 마음에 들지 않았다. 산맥에 세워진 황량하기 짝이 없는 신전의 위치는 그에 적합한 신이나 온건한 신을 모시는 것으로는 여겨지지 않고, 훼손된 기둥의 좌우 대칭된 배치에는 밝히기도 꺼려지는 감춰진 암담한 뜻이 있는 것 같았다. 그리고 옛날의 신자들이 어떠한 체형과 크기였을까에 관해 카터는 추측해볼 염두도 나지 않았다.

배가 가장자리를 돌아서 인간이 본 적이 없는 땅을 비행하기 시작하자, 기괴한 풍경에는 어떤 종류의 생명이 존재하는 흔적이 발견되었고, 카터는 새하얗고 그로테스크한 균류의 벌판에서 낮고 둥글고, 폭이 넓은 오두막을 여럿 보았다. 그들 오두막에 창이 없음을 깨닫고, 그 형태가 에스키모의 주거 형태와 닮았다고 생각했다. 이윽고 기름처럼 천천히 물결을 치는 바다가 눈에 들어왔고, 여행은 또다시 바닷길에 의한다는 것, 적어도 어떤 형태의 액체인 바다를 나아가는 것임을 알았다. 갤리선이 특이한 소리를 내면서 해면을 때리자, 물결이 기묘한 탄성으로 받아내는 바람에 카터를 크게 당황하게 했다. 이제 배는 엄청난 속력으로 미끄러져 달렸고, 한번은 유사한 모양을 한 또 다른 갤리선이 큰소리로 부르며 지나갔지만, 언뜻 눈에 들어오는 것이라고는 태양이 작열하는 빛을 비추고 있는데도 여전히 별이 빛나는 검디검은 허공과 기묘한 바다뿐이었다.

곧 앞에는 문둥병에 걸린 듯한 톱니 모양의 구릉이 솟아 있고, 불쾌한 회색의 굵은 탑이 셀 수 없이 눈에 들어왔다. 탑이 향하는 방향이나 구부러진 쪽, 무리 지어 있는 형태, 그리고 창문이 한 개도 없다는 사실은 갇힌 처지가 된 카터에게는 매우 불안감을 안겼으며, 혹이 나온 터번을 두른 그 상인의 기묘한 포도주에 입을 대어버린 우둔함을, 카터는 괴롭고 씁쓸한 심정으로 후회했다. 해안이 다가옴에 따라서 그 도시의 흉측한 악취가 강해졌고, 톱니 모양의 구릉 위로 수많은 나무를 확인한 카터는 나무들의 일부가 지구의 마법의 숲에 오직 한 그루 나 있는 그 월계수, 그러니까 갈색의 피부를 가진 몸집이 작은 주그 족이 수액을 발효시켜서 기묘한 술을 만드는 나무와 같은 종류의 것임을 깨달았다.

이제는 카터에게도 앞에서 악취를 풍기던 부두에서 움직이는 모습을 하나 하나 발견할 수가 있으며, 그러한 모습들이 눈에 띌 때마다 공포와 혐오감이 차츰 강해졌다. 그들은 전혀 인간일 수도 없고 인간과 비슷하지도 않으며, 자유자재로 늘었다 줄었다 하는 커다란 회백색의 물컹물컹한 것이며, 오직 모습이라고 한다면——자주 변화하기는 하지만——어딘가 두꺼비 같은 것이었고, 그러나 눈이 없으며, 짧은 분홍색의 촉각이 모여서 떠는 기묘한 하얀 것이, 굵고 짧은 코 같은 것의 끝에 달려 있었다. 부두 근처를 비틀비틀하는 걸음걸이로 바쁘게 돌아다니다가 엄청난 힘으로 궤짝이나 상자를 움직이고, 때로는 기다란 노를 들고 정박한 갤리선을 드나들고 있었다. 그리고 가끔 한 마리가 다리가 무거운 노예 무리를 몰아대면서 모습을 드러냈지만, 그 노예들은 대체로 사람과 비슷하며, 다일러스린에서 교역을 했던 상인들과 같은 커다란 입을 지니긴 했지만 다만 터번도 구두도 옷도 몸에 지니지 않음으로써 그리 인간처럼 보이지는 않았다. 이러한 노예들 몇몇——감독인 듯한 자가 두 손가락으로 집어보며 고기를 확인하는 살찐 사람들——은 배에서 내리자마자 나무궤짝에 넣어졌고 뚜껑을 못으로 때려 박은 다음, 그것을 작업원들이 낮은 창고로 밀어 넣거나, 커다랗고 무거울 듯한 궤짝 짐차에 쌓아올리거나 했다.

한 대의 화물차가 줄을 끌며 달리기 시작했으나, 그것을 끄는 터무니없는 생물은 혐오와 경멸이 합쳐진 그런 장소에서 괴물 같은 것을 다양하게 눈으로 본 뒤라 하더라도, 카터를 아연하게 하는 것이었다. 색이 약간 검은 상인들과 마찬가지로 터번과 옷을 몸에 두른 노예 무리가 때로는 갤리선에 태워졌고, 그 뒤를 따라 미끌미끌한 두꺼비 같은 생물의 커다란 무리가 항해사, 선장, 노잡이로서 뒤를 잇는 적도 있었다. 키를 잡거나, 요리를 하거나, 심부름을 하느라 뛰어다니거나, 짐을 나르거나, 교역이 이루어지는 지구를 비롯한 별에서 인간을 상대로 거래를 하거나 하는, 체력을 필요로 하지 않는 비천한 종류의 노역은 모조리 대부분 인간과 닮은 생물에 맡겨져 있음을 카터는 깨달았다. 이런 생물은 지구에서는 귀중한 보물임에 틀림없으며, 옷을 몸에 두르고 공을 들여 구두와 터번을 착용하면 전혀 인간과 다르게 보이지 않으며, 움직임을 제약받는 일도, 기묘한 해명을 할 일도 없으며, 인간의 가게에서 값을 깎을 수도 있다. 그러나 대부분의 자들은, 비쩍 마르거나 추악하게 생기지 않은 한, 알몸이 되어 나무 궤짝에 채워져 터무니없는 생물이 끄는 무겁디무거운 짐차로 운반된다. 때로는 배에서 내려 나무 궤짝에 밀려들어갈 다른 생물은 이러한 반인간과 매우 닮는 경우가 있기도 한 반면, 그리 닮지 않은 경우도 있고, 전혀 비슷하지도 않은 일도 있었다. 카터는 파르그의 가엾은 매우 건강한 흑인들 가운데에는 배에서 내려져, 나무궤짝으로 밀려들어가, 그 불쾌한 짐차로 내륙으로 운반되는 자가 있으리라고 여겨졌다.

스펀지 상태의 바위로 된, 끈적끈적한 부두에 갤리선이 뱃전을 대자, 두꺼비를 닮은 생물의 악몽 같은 커다란 무리가 승강구에서 몸을 휘청거리면서 나타나, 그 가운데 두 마리가 카터를 붙들더니 기슭으로 끌어 내렸다. 그 도시의 냄새와 모습은 말로는 표현할 수 없으며, 카터는 겨우 자갈이 깔린 거리와 검은 문, 끝없는 절벽 같은 창이 없는 회색 벽 등이 조각조각 눈에 들어왔을 뿐이었다. 이윽고 낮은 문으로 끌려 들어가, 칠흑 같은 어둠 속에서 끝없는 계단을 오르게 되었다. 두꺼비 같은 그 생물에게는 밝거나 어둡거나 마찬가지인 것 같았다. 그곳에서 풍겨오는 냄새는 참기 힘들었으며, 카터는 방에 갇혀 혼자 있게 되자, 겨우 남아 있는 힘을 끌어 모아 주위를 기어다니면서 방 모양과 크기를 확인했다. 방은 원형이며 지름이 6미터쯤 되었다.

그때부터 시간은 존재하지 않게 되었다. 간격을 두고 식사가 들어왔으나 카터는 손을 대려고도 하지 않았다. 자신의 운명이 어찌 될 것인지는 몰랐으나, 셀 수도 없이 많은 객신들의 매개자이며 기어드는 혼돈인 나이알라트호테프의 도래에 대비해 자신이 구속되어 있다고 생각했다. 어느 만큼의 시간, 어느 만큼의 날들이 지났는지는 추측조차도 불가능했지만, 굳게 닫혀 있던 돌문이 다시 열리고 카터는 끌리다시피 계단을 내려와 전율할 도시의 빨갛게 빛나는 거리를 걸어야 했다. 달세계는 밤이 되어 있었으며, 도시의 이르는 곳마다 횃불을 든 노예가 배치되어 있었다.

혐오와 경멸로 가득한 광장에는 행렬 같은 것이 지어져, 두꺼비 비슷한 생물 열 마리에 거의 인간과 닮은 횃불을 든 자 24명이 줄지어 섰고, 횃불을 든 자들은 두꺼비 같은 생물의 대열 양쪽에 저마다 11명, 그리고 앞뒤로 한 명씩 배치되어 있었다. 카터는 행렬의 중앙에 놓였고, 앞뒤엔 다섯 마리의 두꺼비 같은 생물이, 좌우엔 횃불을 든 자들 사이에 끼인 형국이 되었다. 두꺼비 같은 생물의 일부가 흉측하게 조각된 상아 플루트를 끄집어내 꺼림칙한 소리를 냈다. 그 지옥 같은 플루트 소리에 맞춰 행렬은 돌이 깔린 거리를 벗어나 악취로 인해 코를 들 수조차 없는 균류가 무성한 어두운 평원으로 나왔고, 곧 도시의 배후에 솟아오른 낮고 완만한 구릉 하나를 오르기 시작했다. 그 무시무시한 비탈면, 혹은 모독적인 고원의 어딘가에서 기어드는 혼돈이 기다리고 있음을 카터는 믿어 의심치 않았으며, 어떻게 될지도 모를 자신의 운명이 어서 빨리 결정되기를 바랐다. 불경스런 플루트 소리는 숙연하고 무시무시하며, 반쯤 보통 소리가 들려오기라도 한다면 어떠한 희생이라도 참아낼 심경이었으나, 두꺼비 같은 생물에게 목소리란 없으며, 노예는 내내 입을 다물고 말을 하지 않았다.

그러는 사이 별이 흩어져 있는 어둠을 가르고 평범한 소리가 들려왔다. 높은 구릉과 그 주변의 톱니 모양 봉우리에서 새어나왔으며, 그것들이 하나로 녹아 들어가, 높아져 가는 만마전(萬魔殿)의 노래가 되어 울려 퍼졌다. 고양이가 한밤중에 시끄럽게 울어대는 소리와 다를 게 없었다. 카터는 지금에 와서야 문득, 고양이만이 알며, 나이든 고양이가 밤에 지붕 꼭대기에서 뛰어내려 살그머니 찾아온다는, 수수께끼 같은 영역에 관해 나이든 마을 사람들이 소리를 낮춰 말하던 추측이 맞는 것임을 깨달았다. 이런 달의 어두운 이면에서 고양이는 뛰어 건너다니며, 구릉을 뛰어 돌아다니면서 태고의 환영과 언어를 주고받았고, 카터는 악취가 풍겨나는 행렬의 한가운데서 고양이의 친숙한 울음소리를 들으면서 고향의 지붕과 따뜻한 난로, 그리고 등불이 새어나오는 작은 창을 떠올렸다.

고양이 언어의 대부분은 랜돌프 카터가 아는 것이며, 이처럼 멀고 무시무시한 장소에서 카터는 그에 적합한 소리를 냈다. 그러나 그렇게 할 것까지도 없이, 입을 열었을 때조차 터져 나오는 고양이의 목소리가 차츰 높아지면서 가까이 다가오는 소리가 들렸고, 허공에 떠 있는 별을 배경으로 빠른 그림자가 보이면서 작고 우아한 모습을 띤 것의 수가 차츰 많아지면서 커다란 무리를 이뤘고, 구릉에서 구릉으

로 뛰어다니고 있었다. 일족의 소집 명령은 이미 내려졌고, 불온한
행렬에 경악할 겨를도 주지 않은 채, 빽빽한 솜털과 잔인한 발톱의
커다란 무리가 물결소리를 내면서 성난 파도처럼 밀려들어왔다. 플
루트 소리는 멈췄고, 밤의 어둠 속으로 절규가 올랐다. 거의 인간과
흡사한 자들이 죽어 가는 소리를 냈으며, 고양이들이 울고, 신음하
고, 울부짖은 때문인지 두꺼비 같은 생물은 여전히 한 마디도 하지
않은 채, 혐오스런 균류가 무성한 구멍투성이의 지면으로 악취가 풍
겨나는 초록색의 고름을 치명적으로 흘려보냈다.

　횃불이 꺼질 때까지 터무니도 없는 광경이 이어졌는데, 카터는 그
렇게나 엄청난 수의 고양이를 본 적이 없었다. 검정, 회색, 흰 고양
이, 누런색, 줄무늬, 얼룩고양이, 보통고양이, 페르시아고양이, 티
베트고양이, 앙고라고양이, 이집트고양이, 그런 모든 것들이 처참한
혈투를 벌이는 가운데, 게다가 얼마간 감도는 것이야말로 부바스티
스 신전에서 고양이의 여신을 위대하게 여기는, 심원하고도 범접키
어려운 고결함이었다. 힘센 고양이 일곱 마리가 한 조를 이루어, 인
간과 닮은 노예의 목, 혹은 두꺼비처럼 생긴 생물의 분홍색 촉각이
있는 코를 덮쳐 균류가 무성한 벌판으로 거칠게 끌고 가 쓰러뜨렸는
데, 그 엄청난 수의 패들이 우르르 밀어닥쳐 성전(聖戰)의 맹위도
찬란하게, 광포한 발톱과 이로 덮쳐드는 것이었다. 카터는 다친 노
예에게서 횃불을 집어들었으나, 충실한 옹호자의 밀려드는 물결에
어느새 눌려 짜부라지고 말았다. 그리고 완전한 어둠 속에 가로누운
채, 전투의 떠들썩함과 승리자의 환호성을 귀로 들으면서 어지러운
싸움 속을 오가는 친구들의 부드러운 다리를 감지했다.

　이내 외경과 초조감이 카터의 눈을 감게 했으며, 다시 눈을 떴을
때는 심상치 않은 광경이 눈을 찔렀다. 지구에서 보는 달의 13배는
될 그런 크기로, 빛나는 원형의 지구가 떠올라, 달세계의 풍경에 꺼
림칙한 빛을 내리비치고 있었으며, 드넓은 황량한 고원과 톱니바퀴

모양의 봉우리가 솟아 있는 곳마다 고양이가 끝없는 바다처럼 질서 있는 대형을 이루어 엎드려 있었다. 고양이가 만들어내는 둥근 대형은 몇 겹으로 겹쳐 있으며, 지휘관에 해당하는 두세 마리의 고양이가 대열을 떠나 카터를 위로하는 듯 얼굴을 핥거나 목을 가르랑대기도 했다. 죽은 노예와 두꺼비 같은 생물의 흔적은 거의 없었지만, 카터는 자신과 병사들 사이의 공간에서 조금 떨어진 곳에 하나의 뼈를 본 것 같았다.

카터는 듣기 좋은 고양이 언어로 지휘관들과 이야기를 나누면서, 고양이들과의 옛날부터의 교제가 잘 알려져 고양이가 많이 모여 있는 곳에서 자주 얘깃거리가 되었음을 알게 되었다. 울타르를 통과할 때는 윤기 나는 털의 늙은 고양이들은 검은 새끼고양이에게 사특한 눈길을 보낸 굶주린 주그 족을 처분한 뒤, 카터에게 귀염을 받았던 일을 기억하고 있었다. 그리고 카터가 여관으로 찾아왔던 새끼고양이를 환영하고, 아침이 되어 여관을 떠나기 전에 맛좋은 크림을 접시에 가득 주었던 것도 기억하고 있었다. 그 새끼고양이의 할아버지야말로 지금 여기에 모여 있는 군사들의 지휘관이며, 사악한 행렬이 멀리 구릉을 떠나는 것을 보자마자 곧장 그들에게 잡힌 것이 지구와 꿈의 나라에서 동족의 다시없는 친구임을 알았던 것이다.

멀리의 봉우리에서 기다랗게 꼬리를 끄는 처량한 울음소리가 들려와 늙은 지휘관은 갑자기 이야기를 중단했다. 지구의 고양이가 가장 두려워하는 적을 지켜보기 위해 가장 높은 산에 배치된 전초 기지 한 군데에서 나온 신호였다. 적, 다시 말해 토성에서 온 매우 커다랗고 희한한 고양이로, 어찌된 일인지 달의 이면의 매력을 전혀 느끼지 못한다. 사악한 두꺼비 같은 생물과 협정에 의해 결탁하고, 지구의 고양이에게 적의를 품는 일도 적지 않은데, 이런 중대한 시기에 만나는 것은 왠지 불길한 일인 것만 같았다.

전략가들이 잠깐 협의를 한 뒤, 고양이들은 일어나서 한층 간격을 좁혀 대형을 짜고, 카터를 지키기 위해 에워싸고는 허공을 가로질러 지구와 꿈의 나라 지붕 꼭대기로 돌아갈 커다란 도약의 준비를 했다. 나이든 육군 대장이 카터에게 부드러운 털로 둘러싸인 도약자들이 밀집한 커다란 무리 속에서는 힘을 빼고 있는 그대로 몸을 맡기라고 도움말을 주었으며, 다른 자들이 뛰어오를 때마다 어떻게 뛰면 좋은지, 착지할 때는 어떻게 우아한 착지를 하는지를 가르쳐주었다. 나아가 바라는 곳이 있으면 그곳으로 내려가라고 말해주었으므로, 카터는 검은 갤리선이 출항을 했던 다일러스린 도시로 정했다. 그곳에서 배로 오리압 섬과 산꼭대기에 신의 얼굴이 새겨진 응그라네크로 향함과 동시에 도시 주민에게 경고를 하고, 눈치 빠르고 사려분별이 있는 자라면 검은 갤리선과의 교역을 다시는 하지 않도록 알려주고 싶었기 때문이다. 이윽고 신호가 내려져 엄청난 고양이 무리가 그들의 친구를 가운데에 견고하게 둘러싸고 우아하게 뛰어올랐고, 한편 달의 산맥 불경스런 꼭대기에 있는 요동치는 어두운 동굴에서는 기어드는 혼돈의 나이알라트호테프가 여전히 헛되이 기다리고 있었다.

허공을 가로지른 고양이의 도약은 엄청나게 빨랐고, 카터는 온통 주위를 친구들에게 둘러싸여 있었으므로 심연에 잠겨서 희롱하고 몸부림을 치는 거대한 검은 무정형의 것을 볼 수가 없었다. 무슨 일이 일어났는지 채 깨닫지도 못하는 사이에 다일러스린의 여관 익숙한 방에 돌아와 있었으며, 친숙한 고양이들이 발소리를 죽여 물 흐르는 것처럼 창을 통해 밖으로 나갔다. 울타르에서 온 늙은 지휘관은 마지막까지 남아 있다가 카터가 다리를 붙들자 새벽닭이 울 즈음에는 집으로 돌아갈 수 있으리라고 했다. 새벽녘이 되자 카터는 아래층으로 내려가서 붙잡혀서 다일러스린을 뒤로한 지 일주일이 지났음을 알았다. 오리압으로 가는 배를 타고 출항하기에는 아직 2주일 가까이 기다려야만 하며, 그 동안을 이용해 검은 갤리선과 그들의 악랄한 소행에 관한 비난의 말을 알리고 다녔다. 도시 사람들은 거의 카터의 말을 믿었으나, 보석상인은 커다란 루비를 매우 마음에 들어했으므로 입이 큰 상인과의 교역을 그만두겠다고 약속한 자는 아무도 없었다. 따라서 그런 교역으로 다일러스린에 만일 재앙이 닥친다면 그 책임은 카터에게 돌아올 것은 아니었다.

거의 일주일쯤 지났을 때, 애타게 기다리던 배가 검디검은 방파제와 높은 등대 곁을 지나 항구로 들어왔고, 그 배는 동체에 칠이 되어 있고, 커다란 노란색 삼각 돛을 달았으며, 실크 옷을 입은 늙은 선장이 지휘하는, 온건한 선원이 탄 바크형 돛배임을 알자 카터는 기뻤다. 짐은 오리압 내륙의 나무에서 얻어낸 향기로운 수지(樹脂), 바하르나의 도예가가 구운 섬세하고 우아한 도자기, 응그라네크 고대의 용암을 조각한 기이한 작은 조각상이었다. 이러한 것들의 대가로 울타르의 양모, 하테그의 빨간 직물, 강 저편 파르그에서 흑인이 조각한 상아 공예가 지불되었다. 카터는 바하르나로 가기 위해 선장과 교섭을 했는데, 항해는 열흘 걸린다고 했다. 그리고 일주일을 기다리는 동안, 선장과 응그라네크에 관해 자주 이야기를 나눴는데, 그의 가르침에 따르면 그곳에 조각된 신의 얼굴을 본 자는 거의 없는 것이나 마찬가지지만, 대개의 여행객들은 바하르나의 노인이나 채집한 용암, 작은 조각상과 전설을 듣는 것만으로 만족을 하며, 머나먼 고향으로 돌아가서는 실제로 자기 눈으로 본 것처럼 이야기를 한다고 한다. 조각된 얼굴을 보고 지금도 여전히 살아 있는 자가 있는지는 선장도 분명하게 알지 못하는 것은 응그라네크의 뒤쪽은 올라가기도 힘든 황량하고 꺼림칙한 곳이며, 산꼭대기 가까이 동굴에 밤귀신이 산다는 소문이 있기 때문이었다. 그러나 밤귀신이 대체 어떤 생물인가 하면, 이 생물에 생각이 미치는 일이 거듭되면, 꿈에 집요하게 달라붙는다고 알려져 있으므로 선장은 이야기하고 싶어하지 않았다. 카터는 선장에게 얼어붙은 황야의 미지의 카다스와 매우 장대하고 화려한 노을 속의 도시를 물어보았으나, 그런 것들에 관해서는 득이 될 만한 것이 없었다.

카터는 어느 날 아침 일찍, 조류의 흐름이 바뀌었을 때 다일러스린을 출범해 음울한 현무암으로 이루어진 도시의 섬세하게 조각된 탑에 비쳐드는 새벽녘의 빛을 보았다. 그리고 이틀 동안 초록 방울이 떨어지는 연안의 경치를 바라보면서 동쪽으로 계속 전진했으나, 이따금 눈에 들어오는 활기찬 어촌은 빨간 지붕과 굴뚝이 늘어서고, 그물을 말리는 옛 꿈을 꾸는 듯한 부두와 바닷가로부터 가파른 비탈면이 펼쳐져 있었다. 그러나 사흘째에는 물결이 강해지는 곳에서 갑작스레 진로가 남쪽으로 바뀌었고, 이내 육지의 모습은 갑작스레 자취를 감추었다. 닷새 째에는 선원들의 신경이 흥분되었으나 선장은 선원들이 불안해하는 데 대해 카터에게 양해를 구했으며, 기억에도 미치지 못하리만큼 오랜, 수몰된 도시의, 해조가 뒤얽힌 벽과 무너진 기둥 위를 현재 배는 통과하려 하며, 물이 잔잔하면 순박한 사람의 혐오스런 그림자가 수없이 깊은 곳에서 꿈틀거리는 것이 보이리라는 것이었다. 나아가 선장은 많은 배가 이 근처 바다에서 조난했으며, 가까이 다가가 말을 걸어도 두 번 다시 그 배의 모습을 볼 수는 없었다고 했다.

그 날 밤, 달은 맑게 비쳤으므로 바다 속 깊이 들여다볼 수가 있었다. 바람이 거의 없기 때문에 배는 그다지 움직이지도 못하고, 바다는 잠잠하게 가라앉아 있었다. 카터는 뱃전 너머로 깊은 바다 속을 들여다보며 커다란 신전의 돔을 확인하였고, 그 앞에 이상한 스핑크스가 늘어선 대로는 과거의 공공 광장인 듯한 곳까지 이어져 있었다. 돌고래들이 즐거이 폐허를 드나들었으며, 쥐돌고래들이 아무렇게나 장난치고 있고, 때로는 바다 위로 나타나 바닷물을 차고 튀어 오르기도 했다. 배가 약간 바람에 흔들리자 대양의 바닥이 솟아올라 구릉이 되고, 구릉을 오르는 고대의 길, 수많은 가옥의 깨끗하고 푸른 벽을 분명하게 눈으로 볼 수 있었다.

이윽고 교외로 나오면서 마침내 언덕 위에 서 있는 유일한 건물이 눈에 띄었다. 다른 건물에 비해 크고 간결한 구조물로 그리 손상되지도 않았다. 검디검으며 낮은, 사방은 네모진 모양에, 네 귀퉁이에는 탑이 하나씩 세워져 있고, 중앙은 돌이 깔린 정원으로 되어, 이르는 곳마다 색다르고 작은 둥근 창이 있었다.

아마도 현무암이 쓰이기 때문인지 해조류가 대부분을 뒤덮고 나부끼고 있으며, 멀리 구릉에 고립되어 세워진 인상적인 건물인 만큼, 여하튼 신전이나 수도원이었는지도 모른다. 비늘빛을 내뿜는 물고기가 안에 있어서, 작고 둥근 창이 빛나는 듯한 인상을 주었으며, 카터는 선원들의 두려움도 무리는 아니라고 생각했다. 이윽고 바다에 비치는 달빛에 의해 중앙 정원의 한가운데에 기묘하고 높은 돌기둥이 세워져 있음을 깨닫고, 그곳에 속박되어 있는 것을 보았다. 선장실에서 망원경을 들고 바라다보니 속박되어 있는 것은 오리압의 실크 옷을 입은 선원이며, 거꾸로 매달려 있으며 눈이 없어진 것을 알았으므로, 점차 심해지는 바람에 의해 곧 바다의 건전한 장소로 배가 나아가는 것이 고마웠다.

다음 날, 이상한 색의 백합 구근을 잔뜩 싣고, 잊혀진 꿈의 땅 자르를 향해 가는 배와 이야기를 나눌 수 있었다. 그리고 열하루째의 해질 무렵에는 오리압 섬이 눈에 들어와, 멀리 응그라네크가 눈을 이고 높이 솟아 있는 것이 보였다. 오리압은 매우 커다란 섬으로, 항구가 있는 바하르나는 장대한 거리였다. 바하르나 부두는 암반으로 되어 있으며, 그 뒤로 층을 이룬 거대한 돌단에 거리가 펼쳐져 있고, 단을 이룬 거리에는 건축물을 잇는 다리와 건축물들이 아치형을 이루며 지나는 것들이 많았다. 거리 전체를 관통해 흐르는 대운하가 있는데, 이것은 화강암 갑문을 갖춘 땅속의 도랑이 되어 내륙의 야스 호수로 통한다. 그 안 기슭에는 이름이 잊혀진 원초의 벽돌로 만든 광대한 폐허 도시가 있다. 배가 노을 속 항구로 들어가자 두 개의 톤과 탈 등대가 환영의 빛을 비추었고, 머리 위 어둠 속에 별들이 나타남에 따라서 바하르나 바위의 무수한 창들 모두가 차례로 소리도 없이 등불을 켜기 시작했고, 마침내는 험악하게 솟아 있는 항구 거리가 하늘의 별과 잠잠하게 가라앉은 항구로 비쳐드는 별 사이로 떠올라 찬란하게 빛나는 별자리처럼 되었다.

선장은 상륙한 뒤에 거리 뒤의 비탈면을 내려가 야스 호수의 기슭에 세워진 작은 자기 집으로 카터를 손님으로 맞았으며, 선장의 아내와 급사가 여행객을 접대하기 위해 수많은 산해진미를 날라 왔다. 카터는 그 뒤로 며칠에 걸쳐서 용암을 모으는 자들과 조각을 하는 사람들이 잔뜩 모여 있는, 그곳에 존재하는 모든 주점과 여관을 찾아가 응그라네크 소문이나 전설을 물어보았지만, 높은 곳까지 올라간 자나 새겨진 얼굴을 본 자는 단 한 명도 찾을 수가 없었다. 응그라네크는 뒤에 저주받은 골짜기가 오직 하나 있을 뿐인, 오르기 힘든 산인 듯했으며, 또한 밤귀신이 만들어낸 순전한 가공의 존재에 지나지 않는다고 밝히는 것이어서 거의 얻은 것이 없었다.

선장이 다일러스린을 향해 출항하자 카터는 벽돌로 만들어진 야스 호수의 맞은 편 기슭 폐허와 비슷한, 거리의 가장 오랜 지역으로 발을 옮겨, 계단 위 골목길에 닿아 있는 낡은 여관을 숙소로 삼았다. 여기서 응그라네크에 오를 계획을 세우고, 앞으로의 계획에 관해 용암을 채집하는 자에게서 들은 것을 서로 대조해보았다. 여관 주인은 매우 나이가 많았으며, 무수히 많은 전설을 알고 있어서 커다란 도움이 되었다. 카터를 오래된 여관의 이층 방으로 데려가, 아직 인간이 대담하게 응그라네크의 높은 곳에 오르기를 마다하지 않던 옛적에 나그네가 점토벽에 새겨 넣은, 조잡한 그림을 보여주기까지 했다. 나이든 여관 주인의 증조부가, 다시 그의 증조부에게서 들은 바로는, 그 그림을 그린 나그네는 응그라네크에 올라 새겨진 얼굴을 보았기 때문에 다른 사람에게 보이려고 이곳에 그렸다는 것이었는데, 벽에 있는 매우 조잡한 그림은 단숨에 새긴 간략한 것에 지나지 않으며, 그것을 가린 지나치게 악취미스러운 작은 모습들은, 뿔과 날개, 발톱과 말아 올린 꼬리를 갖추었으며 무리를 이루었으므로 매우 의심스러운 것이었다.

바하르나의 여관과 주점에서 얻을 수 있는 모든 정보를 손에 넣은 카터는 어느 날 아침, 한 마리의 얼룩말을 빌려서 야스 호수의 기슭에 있는 길을 더듬어 바위산 응그라네크가 솟아 있는 내륙으로 향했다. 굽이치는 구릉, 시원한 과수원, 산뜻하고 작은 돌로 지어진 농가를 오른쪽으로 바라보면서 스카이 강 양쪽으로 펼쳐진 비옥한 평원을 지났다. 해질 무렵에는 야스 호수 맞은편의 이름도 없는 고대 폐허 근처에 이르렀다. 밤에는 그 근처에서 노숙하지 말라고 용암 채집하는 나이든 사람에게서 주의를 듣긴 했지만, 허물어진 벽 앞에 있는 기이한 기둥에 얼룩말을 매어놓고, 비가 내려도 견딜 수 있도록, 대강의 의미 따위도 해독할 수 없는 조각이 새겨진 폐허의 그늘에 모포를 깔았다. 오리압의 밤은 추우므로 모포를 한 장 더 몸에 감았다. 한 번쯤 어떤 종류의 곤충의 날개가 얼굴을 스친 듯한 느낌이 들어서 눈을 떴으며, 머리를 완전히 둘러써 감추고, 수지를 생산하는 멀리의 나무에서 울어대는 마가새가 잠을 깨울 때까지 편안히 잠을 계속 잤다.

몇 세기에 걸쳐, 원초의 벽돌 토대와 무너진 벽이, 의자에 금이 간 기둥을 바라보며 야스 호수의 기슭까지 황량하게 펼쳐져 있는 끝없는 비탈면에, 이제 막 태양이 솟아올랐을 무렵, 눈을 뜬 카터는 주위를 둘러보고 매어두었던 얼룩말을 찾았다. 매어놓았던 기이한 기둥 옆에 쓰러져 있는 모습을 보고 당황하고는, 유순한 얼룩말이 목에 있는 오직 하나의 상처에서 피를 모조리 빨아 먹혔음을 깨닫자 심한 노여움을 느꼈다. 짐도 흩어져 있고, 빛나는 자질구레한 물건

몇 가지가 없어졌으며, 모래밭 여기저기에 도저히 근원을 알 수 없
는 물기가 있는 커다란 발자국이 남아 있었다. 용암을 채집하는 자
에게서 들은 전설이나 경고가 뇌리에 되살아나면서, 카터는 밤에 얼
굴을 스친 것은 무엇이었을까 생각했다. 이윽고 짐을 어깨에 메고
응그라네크를 향해 걷기 시작했으나 폐허를 벗어나는 길을 나아가
는 동안에, 이내 가까이의 오랜 신전의 벽바닥에 아치형의 커다란
개구부가 있으며, 그 계단이 저 멀리 어둠 속으로 내려가 있음을 눈
으로 확인하자 참을 수 없을 정도로 몸이 떨려왔다.

　이제 진로는 오르막이 되었으며, 일부 나무가 있고 한층 거친 땅
이 펼쳐졌고, 눈에 들어오는 것이라고는 숯을 굽는 오두막과 수지를
채집하는 천막뿐이었다. 주위의 대기는 발삼 수지를 분비하는 나무
들로 향기로우며, 모든 마가새가 햇빛에 의해 일곱 색으로 몸을 빛
내면서 명랑하게 지저귀고 있었다. 카터는 해질 무렵에 응그라네크
바닥의 비탈면에서 보따리를 가득 채우고 돌아온 용암 채집꾼의 새
천막에 이르렀으며, 여기서 다시 노숙을 하고, 인간의 노래와 이야
기에 귀를 기울이며, 무리의 하나가 사라진 것에 관해 속삭이는 것
을 들었다. 그 사내는 머리 위에 있는 양질의 용암을 채집하고자 높
이 올라갔으며, 밤이 되어도 동료들에게로 돌아오지 않았다고 한다.
다음 날, 동료들이 행방을 찾았으나, 터번이 발견되었을 뿐, 굴러
떨어졌을 것으로 여겨지는 아래쪽의 튀어나온 바위에는 아무런 흔
적도 없었다. 일행 가운데 있던 노인이 쓸데없는 일이라고 해서 그
이상의 수색은 이루어지지 않았다. 밤귀신은 거의 전설 속의 것으로
여겨질 만큼 그 존재가 불확실하다고는 하지만, 밤귀신이 가져간 것
을 발견한 자는 끊임이 없기 때문이다. 카터는 용암 채집꾼들에게
밤귀신은 피를 빨아먹는가, 빛나는 것을 좋아하는가, 물기가 서린
발자국을 남기는지를 물어보았지만, 용암 채집꾼들은 고개를 흔들고
그런 것들을 묻는 카터에게 놀라는 것 같았다. 카터는 용암 채집꾼

의 입이 무거움을 깨닫고는 더 이상은 묻지 않고, 그대로 담요를 말고 잠을 잤다.

다음 날 카터는 용암 채집꾼들과 함께 일어나 이별을 고했다. 용암 채집꾼이 서쪽으로 돌아가는 한편, 카터는 그들에게서 사들인 얼룩말을 타고 동쪽을 향했다. 나이든 사람들이 축복과 경고를 했으며, 응그라네크의 높은 곳에는 오르지 않는 것이 좋다고 일깨웠으나 카터는 진심으로 감사의 말을 하면서도 단념하지는 않았다. 미지의 카다스의 신들을 찾아내고, 마음을 빼앗겨 떠나지 못하는 그 장대하고 화려하기 짝이 없는 석양의 도시로 가는 길을 알아내기 위해 신들을 설득해야만 하겠다고 여전히 생각하고 있었기 때문이다. 얼룩말을 타고 오랫동안 올라간 뒤, 한낮이 될 무렵에는 과거 응그라네크 가까이에 살면서 무른 용암으로 작은 조각상을 새기던 구릉 주민의 버림을 받은 촌락 몇몇을 보았다. 그들은 나이든 여관 주인의 증조부 시대까지 이 근처에 살았으나, 그 무렵이 되어 자신들이 있는 것이 역정을 사는 일로 여겨졌다고 한다. 집이 산의 비탈면에까지 이르렀고, 높은 곳에 집을 지음에 따라 해가 뜨면 모습을 감추는 마을 사람의 수가 늘어갔다. 가끔 어둠 속으로 보이는 것은 대부분 호의적으로는 해석되지 않는 모습이었으므로, 결국 떠나는 것이 좋겠다고 판단을 내렸으며, 그리하여 마지막에는 전원이 바닷가로 내려와 바하르나에 살게 되었으며, 가장 오래된 지역에 거처를 정하고 자식들에게 작은 조각상을 만드는 전래의 방법을 가르쳤는데 그것이 오늘날에도 계승되고 있다. 카터가 바하르나의 오래된 여관이라는 여관을 모조리 뒤지고 다니는 동안에 응그라네크를 둘러싼 가장 훌륭한 이야기를 들려준 것은 실로 이들 추방된 구릉 주민의 자손들임에 틀림없었다.

그러는 동안에도 응그라네크는 카터가 가까이 다가감에 따라서 적막하고 꺼림칙한 면을 차츰 높고 어슴푸레하게 나타내고 있었다.

아래쪽 비탈면에는 나무들이 드문드문 나 있으며, 그 위로는 몇 안 되는 관목, 그리고 맨몸을 드러낸, 보기에도 무시무시한 바위가 서리와 얼음, 그리고 만년설을 친구삼아 눈을 흐리게 만들 만큼 하늘 높이 솟아 있는 것이었다. 이처럼 음울한 바위산의 벌어진 틈과 괴기한 모습을 보자 그곳을 등반할 계획에도 지장이 왔다. 그곳에는 단단하게 굳어진 용암의 흐름이 있으며, 비탈면과 암반에는 바위 덩어리가 이리저리 흩어져 있다. 90아이온의 세월 이전에, 신들이 이곳 뾰족한 봉우리 위에서 춤을 춘 것보다도 전에, 이 산은 불꽃을 언어로써 발했으며, 내부의 울림을 목소리로 나타내었다. 지금은 꺼림칙하고 잠잠하게 솟아 있으며, 소문대로 비밀스럽고 거대한 얼굴이 뒷면에 새겨져 있다고 한다. 그리고 이 산에는 동굴이 몇 개나 있는데, 과거의 어둠만을 가득 품은 허무한 것이거나, 혹은——전설이 옳다면——상상조차 할 수 없는 공포가 잠재되어 있을지도 모른다.

　땅은 차츰 올라가면서 응그라네크의 산기슭에 이르렀으며, 호랑가시나무와 물푸레나무가 드문드문 있고, 부서진 바위와 용암, 그리고 태고의 분석(噴石)들이 흩어져 있었다. 용암 채집꾼이 늘 쉬는 곳에는 타다 남은 것들이 수많은 야영의 흔적을 남기고 있었으며, 어떻게든 위대한 이들의 분노를 잠재우기 위해서이거나, 응그라네크의 높은 봉우리나 미궁 같은 동굴에 숨어들 것으로 여겨지는 것을 바꾸기 위해서인 듯한, 조잡한 제단이 몇몇 설치되어 있었다. 카터는 저녁의 어둠이 다가올 무렵, 타다 남은 흔적이 있는 가장 깊은 곳까지 가서 그곳을 야영지로 삼고 얼룩말을 어린 나무에 매자 모포를 감고 잠을 자려 했다. 한밤중에 어디선가 눈에 띄지 않는 연못 기슭에서 부니스가 짖는 소리가 희미하게 들려왔지만, 부니스 한 마리가 응그라네크의 비탈까지 가까이 오는 일은 없다고 단언하는 자가 있었으므로 이 얕잡아 보기 힘든 양서류에 대해 공포를 느낄 필요는 없었다.

카터는 맑게 개인 아침 햇빛을 받으면서 기나긴 등반에 나섰으며, 도움이 되는 얼룩말을 되도록 멀리까지 끌고 갔으나, 좁은 길이 너무나도 경사가 가팔라 왜소증에 걸린 나무에 매어놓기로 했다. 그 뒤로는 혼자서 기어올랐고, 잡초가 무성한 개척지에 옛 마을의 폐허가 있는 숲을 벗어난 뒤, 생기 없는 관목이 드문드문 나 있고, 강인한 풀이 난 곳을 넘었다. 비탈면의 비탈이 너무나도 가팔라서 모든 것이 현기증이 날 정도여서 나무가 없는 곳으로 온 것을 후회했다. 뒤를 돌아보면 언제나 아래에 펼쳐진 경치를 한눈에 바라다볼 수 있었고, 사람이 없는 조각된 오두막, 수지를 분비하는 무성한 나무들, 수지를 채취하는 야영지, 일곱 가지 색의 마가새가 둥지를 짓고 지저귀는 수풀은 물론, 야스 호수 저편의 맞은 편 기슭과 이름조차 잊혀진 금단의 고대 유적 같은 것마저 눈에 들어왔다. 카터는 눈을 방황케 하지 않는 것이 최선임을 깨닫고 곁눈조차 주지 않고 계속 올라갔으나, 그렇게 올라가 다다른 곳은 관목도 매우 드물고 강인한 풀 말고는 잡을 것도 없는 경우가 자주 있었다.

마침내 흙의 층도 얇아지고, 살을 드러낸 바위가 커다란 얼굴을 내밀고, 가끔은 갈라진 틈에 콘도르 독수리의 둥지가 있었다. 마침내는 튀어나온 바위뿐이 되었고, 바위가 거친 비바람에 잠식되지 않았더라면 그 이상의 등반은 거의 불가능했으리라. 그러나 작은 돌기, 바위 선반, 날카로운 돌기가 커다란 도움이 되었다. 무른 돌에 용암 채취꾼이 아무렇게나 긁어댄 흔적이 있는 것을 보자, 자신보다 먼저 건강한 인간이 찾아왔음을 깨닫고 기뻤다. 나아가 어느 만큼의 높이가 된 뒤로는 필요한 곳에 파놓은 손잡이나 발걸이, 그리고 양질의 용암맥과 용암류가 발견되는 곳에 잘라낸 흔적이나 파낸 흔적이 있어서 인간이 왔었음을 알려주었다. 어떤 곳에서는 좁은 바위 선반이 인위적으로 잘라 떨어뜨려져, 주요 등반로의 오른쪽 멀리까지, 특히 풍부한 용암 융기를 볼 수가 있었다. 카터는 한두 번, 감히 뒤로 눈을 향했다. 발 아래 펼쳐진 경치에 눈이 아찔해졌다. 바닷가에 이르기까지 섬의 모습이 시야에 들어왔고, 바하르나의 바위 선반과 그 거리 굴뚝의 연기가 멀리 신비스럽게 바라다 보였다. 그리고 그 저편에는 기이한 비밀을 모조리 나타내는 남해가 눈길이 닿는 곳 너머 펼쳐져 있었다.

　여기까지는 산을 따라서 구불구불한 등반을 했으므로, 얼굴이 새겨진 뒷면은 아직도 감춰져 있었다. 다시금 카터는 왼쪽 위에 나와 있는 바위선반을 보고, 그것이 자신이 추구하는 방향을 향해 있는 것처럼 여겨져, 끊어지지 않고 이어져 있기를 바라면서 그 길로 접어들었다. 10분 뒤, 분명 앞으로 나아가는 것을 방해하는 것이 아님을 깨달았으며, 그 앞은 호를 그리는 것처럼 험난하기 이를 데 없지만, 바위 선반이 갑자기 끊어지거나, 방향을 바꾸거나 하지 않는 이상, 두세 시간 계속 오르면 황량한 바위와 주술 들린 용암 골짜기가 멀리 바라다 보이는 미지의 남쪽 면에 이를 수 있을 것 같았다. 새로운 땅이 눈 아래로 펼쳐지는 것을 보고 지금까지 거슬러온 바다 쪽 땅보다 쓸쓸하고 황량하다는 것을 알았다. 산허리 그 자체도 한층 그 모습을 달리 했으며, 지금까지의 진로에서는 눈에 띄지 않았던 갈라진 틈이나 동굴이 있었다. 머리 위에도 발치에도 있으며, 그 모든 것이 거의 수직에 가까운 비탈면에 입을 벌리고 있어서, 인간의 다리로는 도저히 이를 방도가 없다. 대기는 혹독하게 차가웠으나, 기를 쓰고 등반을 계속하는 자에게는 전혀 거슬릴 것이 없었다. 걱정거리라면 차츰 대기가 희박해지는 것뿐이며, 아마도 그때문에야말로 다른 나그네들은 기분이 이상해지고, 바보 같은 밤귀신 이야기에 휩쓸려 이런 험난한 길에서 굴러 떨어져 실종되었을 것이리라. 카터는 나그네들의 이야기에 그리 깊이 감동하지는 않았으나, 혹시 하는 때에 대비해 튼튼한 언월도를 차고 있었다. 미지의 카다스 정상에 있는 신들의 단서를 얻어낼지도 모를, 바위에 새겨진 용안을 눈으로 보기를 강하게 희망하는, 그 밖의 생각은 아무것도 안중에 없었다.

문득 상공의 지독한 한기 속에 카터는 응그라네크 뒷면에 완전히 이르렀으며, 눈 밑으로 펼쳐진 끝없는 심연에서 위대한 자들의 과거의 분노를 보았고, 용암 사이로 불모의 갈라진 틈과 바위 부스러기를 보았다. 남쪽 땅으로 망망하게 펼쳐져 있었으나, 아름다운 밭도 오두막의 굴뚝도 없는 황량하기 짝이 없는 땅이어서 끝이 없다고 여겨질 정도였다. 오리압은 커다란 섬이므로 이쪽에서는 바다의 느낌도 들지 않는다. 검디검은 동굴과 기묘하게 갈라진 틈새가 여전히 거의 수직의 절벽에 아직도 많았으나, 그 하나에 다가가는 것은 불가능했다. 다시금 거대한 바윗덩이가 머리 위로 갑자기 튀어나와, 위쪽 시야를 방해했으므로 카터는 잠깐 전율하면서 빠져나갈 수 없는 것은 아닐까 걱정되었다. 한편으로는 단순한 공간과 죽음뿐 나머지 한편에는 미끄러지기 십상인 바위벽뿐이라는, 지상에서 몇 마일이나 높은 곳, 바람이 강하고 불안정한 곳에서 간신히 평형을 유지하고 있었으므로, 사람을 응그라네크의 높은 곳으로부터 멀리하게 한다는 공포감이 잠깐 실감되었다. 되돌아가는 것도 뜻대로 되지 않고, 태양은 이미 낮게 기울어지고 있었다. 위에 길이 없으면 밤이 되어도 이대로 여기에 웅크린 채 새벽이면 모습마저 사라져버리리라.

그러나 길은 있으며 카터는 때마침 그것을 보았다. 더할 수 없이 숙련된 꿈을 꾸는 자만이 이용할 수 있는, 거의 느껴지지 않을 정도의 발판이었으나 카터에게는 충분했다. 그리하여 튀어나온 바위를 타고 넘어서자 그 위 비탈면은 훨씬 오르기가 쉽다는 것을 알았으나, 이것은 빙하가 녹음으로써 토양과 바위 선반이 있는 망망한 공간이 남겨진 때문이었다. 왼쪽에는 미지의 높은 곳에서 미지의 심연으로 향하는 절벽이 있고, 손이 닿지 않는 위쪽에 검디검은 동굴의 개구부가 하나 있었다. 그러나 그 밖의 곳은 산이 뒤쪽으로 경사져 있어서 카터가 몸을 맡기고 쉴 수 있는 여지마저 주어졌다.

카터는 냉기가 설선(雪線)으로 바뀌고 있음이 분명함을 깨닫고 시선을 위로 향하고는, 얼마나 빛나는 높은 봉우리가 저물어 가는 하늘의 붉은 햇빛을 받아서 빛나고 있는가를 보려고 했다. 확실히 머리 위로 천 미터도 더 되는 높이에 눈이 보였고, 그 밑에는 방금 넘어선 것과 같은 거대한 바위가 하나, 산꼭대기의 흰 눈을 배경으로 새카맣게 두드러진 윤곽을 보이며 튀어나와 있으며, 영원히 그곳에 계속 머물 것처럼 보였다. 카터는 그 거대한 바위를 보자마자 두려운 나머지 신음하고 높은 소리로 외쳤으며, 웅장한 바위에 꼭 달라붙었다. 거대한 바위는 지구의 초창기에 조형되던 그대로의 모습을 띠고 있지 않으며, 저녁 해를 받아 붉고 숭고하게 빛났으며, 새겨지고 마모된 신의 얼굴을 기리고 있었던 것이다.

저녁 해가 빨간 불꽃처럼 비친 그 얼굴은 위엄 있고도 무섭게 빛나고 있었다. 그것이 어느 만큼 거대한 것인지는 도저히 가늠조차 할 수 없지만, 카터는 인간으로서는 만들어내지 못하는 것임을 곧바로 깨달았다. 틀림없이 신들의 손에 의해 조각된 신의 얼굴임에 분명하며, 그것은 엄숙하고 오만하게 탐구자를 내려다보고 있었다. 소문이 나 있기로는 얼굴 생김새가 기괴해서 금세 알아본다고 했는데 그것은 거짓이 아니었다. 길고 가느다란 눈, 귓불이 긴 귀, 얇은 코, 뾰족한 턱, 그런 모든 것이 인간이 아닌 신의 종족의 얼굴임을 자연히 말해주고 있었다.

이것을 보기를 기대하고 여기까지 왔음에도, 카터는 그 권위에 눌려, 지상으로부터 아득히 멀고 위험한 높이의 바위벽에 달라붙었다. 신의 얼굴에는 예상을 웃도는 경이가 있으며, 얼굴의 거대함과 대신전을 능가하는, 신들에 의해 까만 용암에 새겨진, 높은 곳의 수수께끼 같은 정적에 싸여 엄숙하게 내려다보고 있는 것을 해가 질 때 바라보니, 그 극심한 경이에는 그 누구라도 도망칠 수 없을 것이었다.

나아가 특히 놀랄 만한 것으로 갑작스레 그것임을 알리는 것이 있었다. 카터는 이 얼굴과 닮은 것으로 신의 아들로 알려진 자를 찾고, 꿈의 나라를 구석구석 빠짐없이 탐구하고 다닐 작정이었으나 이미 그럴 필요가 없음을 깨달았다. 이 산에 새겨진 거대한 얼굴은 너무나도 눈에 익숙한 것이며, 타나르 구릉 저편 우스나르가이에서 카터가 전에 현실세계에서 알고 지내던 쿠라네스 왕이 통치하는 항구를 지닌 도시, 셀레파이스의 여관에서 자주 보았던 사람들과 매우 비슷했다. 해마다 그런 얼굴 생김새의 선원들이 북쪽에서 검은 배를 타고 왔으며, 그들이 가져온 줄무늬 마노를 셀레파이스의 비취 조각이나 금실, 또는 지저귀는 빨간 작은 새와 교역을 했는데, 분명히 그 사람들이야말로 카터가 찾아 헤매던 반신(半神)에 틀림없었다. 그들이 사는 곳은 얼어붙은 황야가 아주 가까이에 있는 게 분명하며, 그 황야에 미지의 카다스와 위대한 줄무늬 마노의 성이 있을 터였다. 그렇다면 오리압 섬에서 멀리 떨어진 셀레파이스에야말로 반드시 가야만 하며, 우선 다일러스린으로 다시 데려다 줄 만한 곳으로 가서, 다일러스린으로 돌아간 다음, 스카이 강을 니르 부근 다리까지 거슬러 올라가, 다시 주그 족의 마법의 숲으로 들어가면, 거기서부터 길은 북쪽으로 꺾어져 오우크라노스 가까이 화원의 땅을 빠져나가, 스란의 빛나는 첨탑에 이를 것이므로, 거기서 세레너리 바다를 건너는 갈리온 배를 발견할 수 있을지도 모른다.

그러나 지금은 저녁놀이 한층 짙어졌고, 조각된 거대한 얼굴이 어슴푸레한 어둠 속에서 한층 위엄 있게 내려다보고 있었다. 바위 선반에서 간신히 평형을 유지하는 동안에 밤이 찾아왔고, 어둠 속에서는 오르지도 내려가지도 못하고 그저 날이 샐 때까지 그 좁은 곳에 서서 떨면서 달라붙어, 어쩌면 잠드는 바람에 손을 놓치고 눈이 핑

핑 도는 높이에서 튀어나온 바위와 날카로운 바위가 있는 주술 들린 골짜기 사이로 떨어지는 일이 없도록 오로지 깨어나 있기를 기도할 수밖에 없었다. 별이 나왔지만 그것 말고는 눈에 비치는 것은 어두운 허공뿐이어서 죽음과 결탁한 허공의 초대에 대해서는 바위에 달라붙어 보이지 않는 가장자리로부터 몸을 뒤로 젖히는 것이 고작이었다. 노을 속에서 마지막으로 보았던 지상의 것은 한 마리 콘도르이며, 바로 옆 서쪽 방향의 절벽 가까이까지 날아올라 손이 닿지 않는 곳에 입을 벌리고 있는 동굴 근처에 이르자 요란하게 울다가 갑자기 날아서 어디론가 사라져버렸다.

어둠 속에서 주의를 끄는 어떤 소리도 들리지 않았는데, 누군가 보이지 않는 손에 의해 허리띠에서 언월도가 살며시 빠져나가는 것을 느꼈다. 이어서 언월도가 떨어져 바위에 닿는 소리가 들렸다. 그리고 은하를 배경으로 불쾌하리만큼 앙상한, 뿔과 꼬리와 박쥐의 날개를 지닌 무시무시한 것의 윤곽 하나가 눈에 들어온 듯한 느낌이 들었다. 그 밖에도 나타난 것들이 있어서 서쪽 하늘의 별을 지우기 시작했으며, 몽롱해서 실체를 알아볼 수 없는 생물의 무리가 소리도 없이 날개를 쳤고, 절벽에 있어 접근하기 힘든 동굴에서 끊임없이 날아 나오는 것 같았다. 그 때, 차가운 고무 같은 팔 비슷한 것에 목을, 다른 것에 다리를 붙들려 카터는 거칠게 들어올려진 다음, 그대로 우주로 운반되었다. 다음 순간, 그제야 별의 광채가 사라지고 밤귀신에 붙들렸음을 깨달았다.

밤귀신은 카터를 숨도 쉬지 못하게 절벽의 동굴로 운반해 갔고, 그곳 깊고 광대한 미궁을 빠져나갔다. 처음엔 본능적으로 한 것이지만, 카터가 반항하자 밤귀신은 태연히 카터를 간지럽혔다. 목소리를 내지는 않았으며 막(膜) 상태의 날개조차도 소리를 내지 않았다. 몸은 오싹하리만큼 차갑고 젖어서 끈적끈적했으며, 꺼림칙하게도 그런 손으로 카터를 주무르는 것이었다. 그러는 사이 속도 메스껍고,

아찔하리만큼 거꾸로 도는 대기를 가르고 상상을 초월하는 심연으로 뛰어들더니 절규가 터져나오는 악마적인 광기의 가장 깊은 소용돌이로 향하는 듯했다. 카터는 몇 번이나 비명을 질렀지만, 그러면 곧장 검은 손에 의해 더욱 빙긋 웃게 만드는 것이었다. 이윽고 주위에 회색의 비늘 빛 같은 것이 보였고, 막연한 전설이 알리는, 푸르게한 도깨비불에 의해서만 비쳐지는, 도깨비불과 함께 지구 중심부 원초의 아지랑이와 요기를 발한다는, 땅속의 공포를 나타내는 내부 세계에까지 향할 것처럼 여겨졌다.

문득 저 멀리 아래쪽에 회색의 불길해 보이는 뾰족한 봉우리들이 늘어선 것이 희미하게 보였는데, 그것은 전설에 나오는 스로크 산맥에 틀림없었다. 빛이 없고 깎아지른 절벽 아래 심연의 음울함 속에 무시무시하고도 꺼림칙하게 솟아올라 있으며, 인간의 추측을 훨씬 뛰어넘는 높이를 과시하고, 돌 족이 추잡스럽게 기어다니면서 굴을 파는 전율할 골짜기를 지킨다고 한다. 그러나 카터는 자신을 둘러싸고 있는 것들보다도 산맥을 보는 것이 나았다. 밤귀신은 참으로 아연하게 만드는 기이하고 검은 생물로, 몸 표면의 매끄럽고 번들번들한 점은 고래와 닮았고, 불쾌한 뿔은 서로 마주보며 구부러졌고, 날개는 소리도 없이 부딪고, 뭔가를 쥐는 손은 추악했으며, 바늘 털의 돌기가 있는 꼬리는 불온하고도 장난스럽게 흔들리는 것이었다. 그리고 가장 나쁜 것은 말을 하지도 않을 뿐더러 웃음소리도 내지 않는 것이며, 미소조차도 띄우지 않는 것은 미소를 띨 얼굴이라는 게 없고, 얼굴이 있어야 할 곳에 의미 있는 듯한 공백이 있을 뿐이었기 때문임이 틀림없다. 밤귀신이 하는 일이라고는 카터를 붙잡거나, 날아다니고, 억지로 웃기는 것뿐이었다.

밤귀신 무리가 낮게 춤을 추며 내려옴에 따라 스로크 산맥은 사방으로 회색의 자태를 한층 드높이 나타냈고, 영원한 어슴푸레함으로 둘러싸인 숙연한 화강암에는 살아 있는 것이라고는 그 어느 것도 없음을 분명하게 알 수 있었다. 한층 낮게 내려오자 대기 중에 도깨비 불이 빛났고, 몇 개인가 뾰족한 봉우리가 귀신처럼 솟아 있는 위쪽을 바라보니 눈에 들어오는 것은 원초 허공의 어둠뿐이었다. 어느새 봉우리들이 저 멀리 위쪽으로 멀어졌고, 산맥 속 깊은 곳에 자리잡은 바위굴의 습기를 띤, 굉장한 강풍이 불어닥칠 뿐이었다. 그러다가 문득 밤귀신은 눈에는 보이지 않는 뼈의 퇴적물로 여겨지는 것 위로 내려서서 카터를 홀로 칠흑 같은 골짜기에 남기고 사라졌다. 카터를 여기까지 옮긴 것이 응그라네크를 수호하는 밤귀신의 임무이며, 그것을 완수하자 소리도 없이 날아가 버린 것이다. 카터는 춤추며 오르는 무리를 눈으로 쫓으려 했으나, 스로크 산맥조차도 어둠에 가려져 보이지 않았으므로 도저히 불가능한 일임을 깨달았다. 둘러보니 어느 곳이나 어둠과 공포, 그리고 침묵과 뼈만 있을 뿐이었다.

카터는 확실한 정보원에 의해 지금 있는 곳이 거대한 돌 족이 기어 돌아다니면서 굴을 파는, 노스 골짜기가 틀림없음을 알고 있었으나, 돌 족을 본 사람은커녕, 그 모습을 상상할 수 있는 자도 없기 때문에 앞으로 무슨 일이 일어날지는 전혀 알 수가 없었다. 돌 족은 뼈 무더기를 꿈틀대는 소리와 몸부림치며 빠져나갈 때의 끈적끈적한 감촉 등, 막연한 소문으로만 알려져 있다. 기어 돌아다니는 어둠 속에만 한한다면 모습이 눈에 띌 리도 없다. 카터는 돌 족 한 마리라도 마주치지 않기를 빌면서, 주위로 넓어져 가는 미지의 깊은 곳에서 소리가 나지 않을까 있는 힘을 모두 귀에 쏟았다. 노스 및 그곳에 이르는 길에 관해 목소리를 낮추어 속삭이는 소문은, 과거 자주 이야기를 나누던 사람이 잘 알았으므로 그런 가공할 만한 땅에 대해서는 어떤 계획과 목적을 가지고 있었다. 다시 말해, 이 땅은 각성 상태 세계의 모든 식시귀(食屍鬼)가 향연의 찌꺼기를 던져버리는 곳이며, 어쩌면 요행수로 식시귀의 영역의 경계를 나타내는,

스로크 산맥의 봉우리마저 능가하는, 험준한 바위산에 갈 수도 있으리라. 그렇다면 흩뿌려지는 뼈가 가야 할 방향을 알려주며, 그것을 따라가면 식시귀가 사다리를 내려줄지도 모른다. 요기스럽기는 하지만 카터는 이 무시무시한 생물체와 매우 특이한 연관성을 지닌 것이었다.

보스턴에서 알고 지내던 사람——묘지 가까이의 오래고 지저분한 골목길에 비밀 아틀리에를 두고 특이한 그림을 그리던 화가가 실제로 식시귀들과 교제를 맺고, 속이 메스꺼운 그 귀신들의 말 가운데 간단한 것을 이해할 수 있도록 카터에게 가르쳐주었던 것이다. 그 사내는 마지막으로 행방을 감춰버렸으므로 꽤나 미덥지 않은 이야기이긴 하지만 그 사내를 찾아내 지금은 저 먼 곳의 자가 되어 각성한 세계의 영어를, 꿈의 땅에서 처음으로 쓸 수 있을지도 모른다. 그렇지만 노스로부터 자신을 이끌어주도록 식시귀를 설득할 수 있으리라고 생각하는 카터에게는, 보이지 않는 돌보다는 눈에 보이는 시체 먹는 귀신을 만나는 편이 훨씬 나았다.

카터는 어둠 속을 걷기 시작했고, 발 밑 뼈 속에서 어떤 소리가 들린 듯하면 뛰어갔다. 한 번은 바위의 비탈면과 마주쳤는데, 그것은 스로크 산맥 한 봉우리의 산기슭에 틀림없음을 깨달았다. 이윽고 저 멀리 상공에서 나는 굉장한 소리를 듣고, 식시귀가 바위산에 가까이 왔음을 확신하게 되었다. 예상했던 대로 몇 킬로미터나 아래의 골짜기로부터 자신의 목소리가 다다를 것인지 확신할 수는 없지만, 내부 세계에는 불가사의한 방법도 있음을 알았다. 깊이 생각하고 있으려니 무게로 볼 때 두개골에 틀림없는 뼈가 날아와서 몸에 닿았고, 그에 의해 운명을 결정하는 바위산에 가까이 다가왔음을 깨닫자, 곧 식시귀의 신호를 있는 힘껏 흉내내어 외쳤다.

소리의 전달은 더뎠고, 응답 소리가 들리기까지는 시간이 꽤 걸렸다. 그러나 곧 소리가 다다랐으며, 이제 곧 줄사다리를 내리겠노라고 전해왔다. 그것을 기다리는 것은 엄청나게 긴장되어서, 카터의 외침에 의해 뼈의 한가운데서 몸을 달싹하는 것이 있으리라고는 도저히 생각할 수 없었다. 사실, 곧 어딘가 멀리에서 나오는 희미한 소리가 이제 카터의 귀에 들어왔다. 그 소리를 내는 것이 신중에 가까운 한편, 줄사다리가 내려오는 곳으로부터는 무슨 일이 있어도 떨어지고 싶지 않아서 카터의 불안은 더해만 갔다. 이내 견딜 수 없이 긴장되었고, 이제는 당황해서 달아나려 했을 때, 쌓인 뼈 위로 새로운 뭔가가 떨어지는 소리가 카터의 주의를 그 쪽으로, 꺼림칙한 소리가 나는 곳으로 옮겨가게 했다. 그것은 진정한 줄사다리이며, 카터는 잠깐 더듬은 뒤에 단단히 붙잡고 체중을 실었다. 그러나 꺼림칙한 소리는 멈추지 않았고, 카터가 계속 올라가는 동안에도 여전히 났다. 1.5미터쯤 올랐을 무렵, 아래쪽의 소리가 한층 커지더니, 3미터쯤 올랐을 때는 누군가가 밑에서 줄사다리를 흔들어댔다. 그리고 4.5 내지 6미터는 올랐을 게 틀림없다고 생각했을 때, 몸부림을 치면서 부풀었다가 쭈그러들었다가 하는 커다란 것이 끈적끈적하게 옆구리 전체를 스치는 것을 느낀 다음부터는 필사적으로 올라, 인간이 본 적이 없는 잔뜩 부푼 꺼림칙한 돌 족의 참기 힘든 포옹을 벗어났다.

카터는 또다시 회색의 도깨비불과 스로크 산맥의 불쾌한 봉우리를 보면서 몇 시간 동안이나 아픈 팔과 물집이 생겨난 손으로 계속 올라갔다. 마침내 식시귀의 거대한 바위산이 튀어나온 가장자리가 위에 보였으나, 수직의 절벽은 단 한번 볼 수조차 없이, 몇 시간 뒤가 되어서야 노트르담 성당의 난간 벽 너머로 내려다보이는 괴물상처럼, 물끄러미 내려다보는 괴이한 얼굴이 눈에 들어왔다. 너무나 아연한 나머지 줄사다리에서 손을 놓칠 뻔했으나 곧 정신을 가다듬었다. 그것은 전에 실종된 친구 리처드 픽맨에게서 한 마리의 식시귀와 마주친 적이 있으며, 식시귀의 개 같은 얼굴 생김새, 몸을 앞으로 굽힌 모습, 말로 표현할 수 없는 특이한 몸체는 들어서 잘 알고 있었기 때문이었다. 그리하여 카터는 무시무시한 생물에 의해 아찔한 허공에서 바위산의 가장자리 너머로 끌어올려졌을 때에도 자신을 억누르고 옆에는 먹다가 팽개친 잔해가 산더미처럼 쌓여 있으며, 둥글게 앉아서 식사에 여념이 없는 식시귀들이 자신을 호기심으로 가득한 눈으로 쳐다보는 것을 보고도 비명을 지르지는 않았다.

지금 있는 곳은 희미하게 빛이 비쳐드는 평원이며, 유일한 지형의 특징이라면 커다란 둥근 돌과 지면에 뚫린 구멍뿐이다. 식시귀들은 대체로 정중했으며, 비록 한 마리가 카터를 붙들려고 하긴 했지만, 나머지 몇 마리는 카터의 마른 몸을 친근한 눈길로 바라보는 것이었다. 카터는 끈기 있게 귀신의 언어를 모두 동원해 실종된 친구에 대해 물었으며, 지금은 친구가 각성한 세계에 가까운 심연에서 시체를 먹는 걸출한 귀신이 되어 있음을 알았다. 몸 색깔이 초록색을 띤 초로의 귀신이 픽맨이 사는 곳으로 안내하겠다고 제의했으므로 솟아나는 혐오감을 억누르고 뒤를 따라 넓디넓은 굴로 들어가자 어둠에 둘러싸여 악취를 풍기는 지면 속을 몇 시간이나 기어갔다. 그 굴에서 나온 곳은 약간 어두운 평원이며, 지상의 비범한 갖가지의 유물들——낡아빠진 묘석과 깨진 항아리 장식, 그리고 그로테스크한 무덤의 단편——이 주위에 흩어져 있으며, 카터는 불꽃 동굴에서 '깊이 잠든 문'으로 향하는 계단을 7백 개나 내려간 다음, 아마도 지금쯤 각성 세계에 가까이 오지 않았을까 생각한 순간, 어떤 종류의 감정을 느꼈다.

보스턴 그라나리 묘지에서 도난당한, 1768년이라고 새겨진 묘석에 앉아 있는 식시귀가 바로 그 옛적의 화가 리차드 픽맨이었다. 아무것도 걸치지 않은 몸은 고무 같은 느낌이고, 식시귀의 면모는 완벽했으므로 과거 인간이었던 흔적은 그 어디에도 없었다. 그러나 영어는 아직 꽤 기억하고 있으며, 단음절의 말뿐이긴 하지만 웅웅댔으므로 뜻을 모를 때는 귀신의 말과 섞어서 카터와 대화를 나눌 수는 있었다. 마법의 숲으로 향하면서 그곳에서 타나르 구릉 깊은 곳의 우스나르가이의 도시 셀레파이스로 가고 싶다는 카터의 바람을 듣자, 픽맨이었던 귀신은 안타깝다는 표정을 보인 것처럼 느껴졌다. 왜냐하면 각성 세계의 식시귀들은 꿈의 땅 깊숙한 곳의 묘지에서 어떤 일도 하지 않으며(그런 것은 폐허의 도시에서 태어나는 빨간 다리의 왐프 족에게 맡겨져 있다), 식시귀의 심연과 마법의 숲 사이에는 가그들이 무서워하는 곳을 포함해 개재(介在)하는 것이 수도 없이 있기 때문임이 틀림없다.

텁수룩하게 털이 난 거대한 가그들은 과거 마법의 숲에 둥글게 줄지은 돌을 쌓고 객신과 기어서 다가오는 혼돈 나이알라트호테프에게 기괴한 산 제물을 계속 바친 끝에, 어느 날 밤 그 꺼림칙한 만행이 지구 신들의 귀에 들어가 지하 동굴로 추방당했던 것이다. 지상의 식시귀의 심연과 마법의 숲을 잇는 것은 오직 쇠 구슬이 달린 거대한 돌문뿐이며, 가그들은 저주를 받아 이것을 열기를 두려워하고만 있다. 꿈꾸는 인간이 가그들의 동굴 세계를 빠져나와 그 돌문에서 사라지는 등, 거의 생각할 수 없이 지금 가그들은 추방의 신세이며, 빛을 쬐면 숨을 쉴 수 없으므로 진의 동굴에 사는 캥거루처럼 기다란 뒷다리를 가진 생물체이다. 가스트들만을 먹는 데 그치지 않으며, 꿈꾸는 인간이야말로 가그들의 평소 먹이이며, 그런 꿈꾸는 인간의 감미로운 것을 노래하는 전설이 끊어지는 일은 절대로 없다.

픽맨이었던 식시귀는 그렇게 말한 뒤, 카터에게 도움말을 주면서 렝의 아래쪽 골짜기에 있는 무인 도시 사르코만드에는 섬록암(閃綠岩)의 날개가 달린 사자에게 갇혀, 어두운 계단이 꿈의 땅으로부터 한층 아래 나락으로 통하므로 그것을 이용해 사르코만드에 도달해 심연을 떠나는 것도 괜찮으며, 어쩌면 교회 묘지를 벗어나 각성 세계로 돌아가 새로운 탐구를 시작해, 얕은 잠을 자는 70개의 계단을 내려가 불꽃 동굴에 이르고, 나아가 7백 개의 계단을 내려가 '깊은 잠의 문'과 마법의 숲에 이르는 것도 괜찮다고 했다. 그러나 어느 것이든지 탐구자의 마음에 들지 않았던 것은 렝에서 우스나르가이에 이르는 길을 몰랐으며, 이 꿈에서 지금까지 알아낸 것 모두를 잊어버릴지도 모르기 때문에 아무래도 깨어날 기분은 들지 않기 때문이었다. 셀레파이스에서 줄무늬 마노를 팔고, 신들의 아들로서 진정으로 위대한 자들이 사는 얼어붙은 황야와 카다스로 향하는 길을 가르쳐준 게 틀림없는, 북쪽에서 온 선원들의 위엄으로 가득한 신다운 생김새를 잊어버려야만 한다면, 그것은 되돌이킬 수 없는 일이 될지도 모른다.

카터가 설득을 거듭한 뒤, 식시귀는 손님을 가그들의 왕국 거대한 성벽 안쪽으로 안내하는 데 동의해주었다. 카터가 돌로 만든 둥근 탑이 솟아 있는 어슴푸레한 곳으로 살그머니 들어가 중앙탑에 이르러 그곳에 있는 마법의 숲 돌문으로 통하는 계단을 오를 수 있는 기회는 오직 한 번, 거대한 가그들이 모든 것을 포식하고 집안에서 코를 골며 잠에 빠진 한 시간밖에는 없다. 픽맨은 돌문을 억지로 열 때, 묘석을 지렛대 대신 이용할 것과 도와줄 귀신 세 마리를 카터에게 빌려주는 것에도 동의해 주었는데, 그것은 가그들이 식시귀를 너무나 무서워하는 데다가, 이따금 자기들의 거대한 묘지에서도 식시귀들이 향연에 빠지는 것을 보면 그 길로 달아나 버리는 경우가 있기 때문이었다.

픽맨이 다시 카터에게 도움말을 주면서 시체를 먹는 귀신처럼 보이려면 제멋대로 자란 수염부터 깎고(식시귀에게 수염은 없다) 무덤의 흙 위를 알몸으로 구른 다음, 언제나 앞으로 구부린 자세로 뛰어 오르고, 옷은 하나로 두르고, 무덤에서 슬쩍한 먹이를 보여주는 것도 좋다고 말했다. 가그들의 거리——왕국의 모든 영토와 완전히 중복되는 거리——에 도달하려면, 올바른 동굴을 빠져나가, 계단을 둘러싼 코스의 탑에서 그리 멀지 않은 무덤으로 나올 것이다. 그러나 무덤 가까이 커다란 동굴에는 특히 주의해야만 한다. 이것은 진으로 가는 구멍의 입구이며, 한을 품은 골수 가스트들이 자기들을 먹이로 뒤쫓는 상부 심연의 주민을 붙잡으려고 살기등등하게 언제나 기다리고 있기 때문이다. 가스트들은 가그들이 자고 있을 때에 나와서 다니려 하지만, 사물을 판별하는 힘이 없기 때문에 가그에게, 또 식시귀에게도 주저 없이 덮친다. 매우 원시적이며, 서로 잡아먹는 녀석들이다. 가그들은 진의 구멍 속, 좁은 곳에 보초를 세워 놓았으나, 보초는 자주 졸며, 가스트 무리에게 불시에 습격을 당할 때도 있다. 가스트들은 빛이 비치는 곳에서는 살지 못하지만, 심연의 회색 어슴푸레함 속에서는 몇 시간이나 참아낼 수 있지.

이렇게 들은 카터는 문득 셀럼의 차터 스트리트 묘지에서 도난당한 1719년에 사망한 네페미아 더비 대령의 평평한 묘석을 돌보는 세 마리의 식시귀와 함께 끝도 없는 구멍을 기어갔다. 또다시 바깥 어슴푸레한 곳으로 나오자, 그곳은 지의류에 뒤덮인 거대한 돌기둥이 늘어선 곳이며, 돌기둥은 눈길이 닿지 않는 곳까지 높이 솟아 있으며, 그것은 가그들의 신중한 묘석에 틀림없었다. 발버둥쳐서 나온 구멍의 오른쪽, 묘석 사이에 보이는 것은 지구 내부의 회색 대기 속에 끝없이 솟아 있는, 거대하기 이를 데 없는 원탑이 늘어서 있는 경관이었다. 이것이야말로 가그들의 거리이며, 문 하나만도 높이가 10미터나 되었다. 식시귀는 자주 이곳에 오는데, 그것은 장사지낸 가그의 시체 하나로 거의 일 년은 식시귀 사회를 먹여 살릴 수 있으므로, 위험이 따르는 일이긴 하지만 인간의 무덤에 얽매이기보다 가그의 시체를 파내는 일이 훨씬 나았다. 노스 골짜기에서 가끔 발 밑에 거대한 뼈를 감지했던 일이 있었는데, 카터는 이제야 그 이유를 깨달았다.

정면으로 보이는 묘지의 바로 바깥쪽에 수직으로 깎아지른 벼랑이 솟아 있으며, 그곳의 바탕이 되는 부분에 광대하고 꺼림칙한 동굴이 입을 벌리고 있었다. 수행하는 식시귀들은 카터에게 가그들이 어둠 속에서 가스트들을 뒤쫓는 부정한 진의 동굴 입구라면, 되도록 피해야만 한다고 알렸다. 그리고 실제로 그 경고는 맞아 들어갔다. 가그들의 취침 시간이 정확하게 지켜지는지 보기 위해 때마침 한 마리의 식시귀가 살그머니 다니기 시작했을 때, 커다란 동굴 입구에 어슴푸레한 빛이 나타났고, 먼저 노란빛을 띤 빨간 눈이, 이어서 또 다른 눈이 떠올랐고, 가그들이 한 마리의 보초를 잃었으며, 그리고 가스트들이 실제로 예리한 후각을 갖추고 있음을 넌지시 비쳤다. 때문에 식시귀는 구멍으로 돌아가 동료에게 손짓으로 침묵을 촉구했다. 가스트들에게는 그들이 원하는 대로 내버려두는 것이 상책이며, 암담한 구멍에서 한 마리의 가그 보초와 싸움으로써 자연히 피곤한 게 틀림없으며, 그것은 곧 그만둘 가능성이 있는 것이었다. 다음 순간, 작은 말만한 물체가 회색의 어슴푸레함 속으로 날아들었다. 그 비천한 생김새의 코를 지닌 짐승의 겉모습, 코와 이마, 그 밖의 중요한 특징이 결여되어 있으면서도 묘하게 인간과 비슷한 점에 카터는 메스꺼움을 느꼈다.

곧 세 마리의 가스트가 날아올라 뒤를 잇자, 식시귀 한 마리가 카터에게 낮은 목소리로 싸움의 상처가 없는 것은 불길한 징조라고 말했다. 그러니까 이것이 가스트들이 가그 보초와 싸우지 않고 잠에 빠진 보초의 곁을 단독으로 빠져나갔음을 증명하는 것이며, 가스트들의 굶주림과 잔인성은 아직 덜해지지 않았으며, 먹이를 발견하면 그것을 잡을 때까지 계속한다고 한다. 지저분하고 못생긴 짐승은 곧 15마리에 이르렀으며, 거대한 탑과 돌기둥이 즐비한 회색의 흐릿한 어둠 속에서 주위를 둘러보며 캥거루처럼 뛰어오르는 것을 보는 것은 매우 불쾌한 일일 뿐더러, 가스트들이 콜록거리는 듯한, 목에 걸린 소리로 말을 나누기 시작하자 불쾌함은 한층 더했다. 그러나 가스트들이 아무리 무시무시하다고 하더라도, 곧 그 뒤를 따라서 갑자기 동굴에서 경악할 모습을 나타낸 것만큼은 아니었다.

나타난 것은 지름이 7, 80센티미터는 될 손이며, 얕보기 힘든 손톱이 있었다. 그 뒤를 이어 또 하나의 손이 나타났고, 그리고 검은 털로 뒤덮인 하나의 팔이 이어졌으며, 그 팔에 손이 둘 다 짧은 앞팔뚝 부분에 붙어 있는 것이었다. 이윽고 두 개의 분홍색 눈이 빛났고, 잠에서 깬 가그 보초의 머리가 나무 통만한 크기로 흔들흔들하며 나타났다. 눈은 옆으로 5센티미터나 튀어나왔고, 뻣뻣한 털이 밀집된 뼈의 융기가 그림자를 떨어뜨리고 있었다. 그러나 머리 부분이 입 때문에 유별나게 무서운 것처럼 보였다. 입에는 커다란 노란 색의 엄니가 나 있으며, 머리 위에서 아래로 수평이 아니라 수직으로 벌어져 있는 것이었다.

그러나 운 나쁜 가그가 동굴에서 나타나 거의 6미터는 됨직한 몸을 일으키는 것보다도 빨리 한을 품은 골수 가스트들이 눌러 덮쳤다. 카터는 순간 그 가그가 경고 소리를 내어 동료들을 불러내는 게 아닐까 우려했으나, 한 마리의 식시귀가 낮은 목소리로 가그들에겐 목소리가 없으며, 얼굴 표정으로 대화를 한다고 알려주었다. 이어서 일어난 전투는 실로 처참했다. 악의로 가득한 가스트들은 엎드려 기는 가그에게 사방에서 맹렬하게 습격을 했고, 입으로 물어뜯었으며, 찢고, 뾰족하고 단단한 발굽으로 잔인하게 찢어발겼다. 그러는 사이에도 흥분되어 쉴새없이 콜록거리는 듯한 소리를 냈고, 가그의 커다란 수직의 입이 때로 동료를 물어뜯으면 비명을 질렀으므로, 만약 보초의 힘이 약화되고 전투 장소가 동굴 안으로 서서히 옮겨가기 시작하지 않았더라면 이 떠들썩함이 잠든 거리를 확실하게 깨웠을 것이었다. 그리하여 소란은 어둠 속으로 사라져 완전히 보이지 않게 되었고, 다만 가끔 들려오는 불쾌한 울림이 여전히 싸우고 있음을 알릴 뿐이었다.

이윽고 식시귀 가운데서 가장 용의주도한 것이 전진 신호를 냈고, 카터는 가볍게 뛰어오르는 세 마리의 뒤를 따라 묘석 숲을 떠나 거대한 돌로 만든 원탑이 솟아 있는, 무서운 거리의 악취가 풍기는 어두운 거리로 들어섰다. 울퉁불퉁한 바위가 가득 덮여 있는 거리를 조심스레 나아가자, 불쾌하게도 거대한 검은 문에서 꺼림칙하고 흐릿한 코고는 소리가 들려와 가그들이 잠들어 있음을 알렸다. 휴식 시간이 끝나는 것을 염려하여 식시귀들은 서둘러 보초를 재촉하긴 했지만, 거인의 거리는 척도도 없고, 거리는 어디까지인지 알 수도 없었다. 그러나 문득 광장 같은 곳에 이르자 눈앞에 솟아 있는 탑은 다른 것을 제압하듯 거대하고, 뜻모를 무서움에 오싹할 정도로 전율할 상징이, 얕은 부조 기법으로 거대한 문 위에 자리잡고 있었다. 이것이 코스의 표시를 갖춘 중앙탑이며, 내부의 흐릿한 어둠을 뚫고 보이는 거대한 돌단이야말로 꿈의 땅 윗부분과 마법의 숲으로 통하는 커다란 계단의 시작임이 틀림없었다.

다시금 완전한 어둠 속에서의 끝없는 등반이 시작되었지만, 가그들을 위해 설치되었기 때문에 계단마다 높이가 1미터 가까이 되는, 계단의 터무니없는 크기로 인해 거의 불가능에 가까운 일이었다. 카터는 갑자기 너무 피곤해서, 피로를 모르는 건장한 식시귀의 도움을 받지 않을 수 없었으므로, 계단의 수에 관해서는 추측조차도 할 수가 없었다. 위대한 자들의 주술에 의해, 가그 한 마리가 감히 숲으로 통하는 돌문을 열지는 못하지만, 탑과 계단에 관해서는 그런 억제도 별 소용이 없으며, 도망친 가스트가 탑의 가장 윗단까지 쫓아오는 일도 이따금 있으므로 끝없는 등반을 계속하는 동안 눈치를 채고 뒤쫓아올 위험이 끊임없이 뇌리를 스쳐갔다. 가그들의 귀는 예민하기 이를 데 없으며, 거리가 깨어 있을 때에는 탑을 오르는 자가 내놓은 손발의 소리조차도 순식간에 들을 뿐만 아니라 진의 구멍에서 가스트를 사냥할 때에 빛이 없어도 볼 수 있고 활보할 수 있는 거인이라면 이처럼 거대한 돌로 만든 계단에서 작고 느린 획득물을 쫓는 것도 물론 그리 힘든 일은 아니다. 소리를 내지 않는 가그의 추적이 전혀 귀에 들려오지 않으며, 가그가 갑작스레 어둠 속에서 충격적인 모습을 나타내리라고 생각하면 기가 팍 꺾이는 것이었다. 식시귀에 대한 가그의 공포는, 오로지 가그에게 유리한 이곳 특수한 장소에서는 전혀 생각할 것이 못 되었다. 나아가 또한 가그의 수면 시간에 이따금 탑으로 날아드는, 한을 품은 골수의 불온한 가스트들이 초래할 위험도 있다. 가그들이 오랫동안 잠들도록, 그리고 가스트들이 동굴 안에서의 행동을 마치고 곧 돌아오거나 하면, 그 혐오스럽고 악랄한 생물이 몸 냄새를 맡기라도 한다면, 그럴 경우 가그에게 먹히는 편히 훨씬 나으리라.

마침내 영원처럼 여겨지는 등반을 계속한 뒤, 머리 위 어둠 속에서 콜록대는 듯한 소리가 들려왔고, 사태는 한가하고 여유로워짐으로써 예상 밖의 전개를 보였다. 한 마리 내지는 여러 마리의 가스트가 카터와 그의 인도자가 찾아오기 전에 탑에서 헤매고 있음은 자명하며, 위험이 가까이에 닥쳤음도 명백했다. 숨막히는 한순간 뒤, 맨 앞을 가던 식시귀가 카터를 벽으로 밀더니 동료 두 마리에게 생각할 수 있는 최선의 포진을 취하게 하고, 오래되고 평평한 묘석을 받쳐 들고는 적이 나타나자마자 맞부딪치려 했다. 식시귀는 어둠 속에서도 볼 수가 있으므로 아무리 어려운 상황이라고 해도 카터 혼자인 경우와는 달랐다. 다음 순간, 발굽 소리가 적어도 한 마리가 뛰어내려오는 것을 알렸고, 묘석을 받쳐든 식시귀는 맹렬한 타격을 가할 수 있도록 무기 준비를 했다. 곧 노란색을 띤 빨간 눈 두 개가 빛났고, 가스트의 숨소리가 발굽 소리 사이로 들려오기 시작했다. 그놈이 곧장 위의 돌단으로 뛰어내려왔을 때, 식시귀는 오래된 묘석을 엄청난 힘으로 휘둘렀으므로 희생자는 곧 괴로워하면서 숨을 몰아쉬었고, 쓰러져서 불쾌한 덩어리가 되었다. 이것 한 마리뿐이 아닌 듯, 식시귀는 계속 귀를 기울인 다음에 전진을 계속할 신호로써 카터를 가볍게 두드렸다. 전처럼 식시귀에게 손을 벌리지 않을 수 없었으나, 어둠 속에서 눈에 보이진 않지만 가스트의 꼴사나운 주검이 누워 있을 살육의 현장을 떠나게 된 것이 카터는 고맙게 여겨졌다.

마침내, 식시귀들에 의해 발길을 멈춘 카터는 위쪽을 손으로 더듬어 거대한 돌문에 마침내 다다랐음을 알았다. 이 정도로 커다란 것을 완전하게 여는 것 따위는 걱정할 필요도 없으며, 식시귀들이 바랐던 것은 묘석을 버팀대로 미끄러져 들어가게 한 다음, 틈새로 카터가 나갈 수 있을 만큼 문을 여는 것이었다. 식시귀들은 달아나는 것도 교묘했다. 다시 사자가 지키는 심연으로 향하는 문을 지나 무인의 사르코만드로 가는 육로를 모르기 때문에 카터를 내보낸 다음에 다시 계단을 내려가 가그들의 거리를 빠져나가 돌아갈 계획이었다.

머리 위 돌문에 대해 세 마리의 식시귀의 힘은 대단했고, 카터도 있는 힘을 다해 그들을 도왔다. 계단의 가장 위에 가까운 가장자리를 밀어 올리는 데 적합한 장소라고 판단하자마자, 식시귀는 이제 수상쩍은 자양분으로 강해진 근육의 힘을 모조리 쏟아 부었다. 이윽고 한줄기 빛이 나타나자, 카터가 그 틈새로 오래된 묘석의 가장자리를 미끄러뜨려 넣고 주어진 역할을 다했다. 계속해서 혼신의 힘을 다했으나 작업은 더디기만 하고 이루어지지가 않았다. 결국 문을 열려고 묘석을 돌리는 데 실패하자 원래대로, 최초의 위치로 돌아가지 않을 수 없었다.

갑자기 아래쪽 돌단에서 소리가 나서 필사의 노력은 천 배로 증강되었다. 살해당한 가스트의 발굽이 있는 사체가 굴러떨어지는 소리에 지나지 않았다고는 하나, 그 사체가 이동하고 구르게 된 원인으로 대강 생각할 수 있는 것 가운데 조금도 안심할 만한 것은 없었다. 따라서 가그들의 행태를 잘 알고 있는 식시귀는 죽을 힘을 다해 놀라우리만큼 짧은 시간에 문을 높이 들어올렸다. 식시귀가 그 문을 지탱하는 한편, 카터가 묘석을 돌려 상당한 개구부를 확보했다. 식시귀들은 카터가 개구부를 빠져나가는 것을 돕고, 고무 같은 어깨에 카터를 올려놓은 뒤, 카터가 밖에 있는 꿈의 땅 윗부분의 은혜 받은 땅으로 오를 수 있도록 다리를 밀어 올려주었다. 다음 순간, 식시귀들도 개구부를 빠져나가 아래쪽의 헐떡이는 소리가 분명하게 들리는 가운데, 묘석을 발로 차서 거대한 돌문을 닫았다. 위대한 자들의 주술로 인해 가그 한 마리가 그 문으로 나타날 일은 없으므로 깊은 안도와 해방감으로 가득 찬 채, 카터가 마법의 숲에 밀집된 검디검은 균류의 위에 살며시 눕는 한편, 카터를 인도한 자들은 식시귀의 휴식 방법으로 바로 옆에 쭈그려 앉았다.

전에 카터가 통과했던 마법의 숲은 기분 나쁜 곳이기는 하지만, 바로 지금 심연을 떠나기라도 한다면 실로 편안히 쉴 곳이며, 일대 환희이기도 했다. 주그 족은 신비로운 문을 두려워하여 가까이 오지 않으므로 주위에 사는 것이라고는 하나도 없으며, 카터는 앞으로의 갈 길에 관해 식시귀들과 곧장 의논을 시작했다. 탑을 지나 돌아가는 것은 이제 식시귀도 감히 시도할 용기가 없으며, 불꽃 동굴에 있는 두 사제, 나시트와 카만타의 옆을 지나가야만 한다는 사실을 알고부터는, 각성된 세계도 식시귀의 흥미를 돋구지는 못했다. 그리하여 마지막으로 사르코만드와 그 심연의 문을 벗어나 돌아가기로 결정했으나, 그러나 식시귀는 어떻게 그곳에 가면 좋을지를 전혀 알지 못했다. 카터는 사르코만드가 렝 아래쪽의 골짜기에 있음을 떠올리자, 렝에서 장사를 한다고 소문이 난, 눈꼬리가 치켜 올라간 이상한 늙은 상인과 전에 다일러스린에서 만났던 것도 생각이 났다. 때문에 식시귀에게 다일러스린을 찾아낼 도움말로서, 우선 들판을 가로질러 니르와 스카이 강에 이르고, 강을 내려가 강 입구를 목표로 하면 된다고 말했다. 식시귀들은 곧장 그렇게 하기로 결정하고, 깊은 어둠 속을, 꼬박 하룻밤 동안 여행을 계속하기로 약속했으므로, 때를 보아 출발하기로 했다. 카터는 코가 없는 짐승의 손을 잡고, 지금까지의 도움을 고마워하고, 전에 픽맨이었던 짐승에게 감사의 뜻을 전해 달라고 부탁했으나, 식시귀가 사라지자 저도 모르게 안도의 한숨을 쉬었다. 식시귀는 결국 식시귀에 지나지 않으며, 인간에게는 불쾌한 일행임에 틀림없기 때문이다. 그 뒤, 숲 속 연못을 발견하자 몸에 달라붙은 땅속의 때를 씻어내고, 조심해서 가지고 다니던 옷을 입었다.

괴물 같은 나무들이 무시무시하게 서 있는 숲으로 밤이 찾아왔으나, 인광을 발했기 때문에 낮과 마찬가지로 걸을 수 있었다. 때문에 카터는 타나르 구릉 저편의 우스나르가이에 있는 셀레파이스를 향해 잘 아는 길로 나아가기 시작했다. 발걸음을 옮기면서도 이제는 유구한 옛날인 것처럼 느껴지는 머나먼 오리압에서, 응그라네크의 나무에 매어놓은 채 두고 왔던 얼룩말을 떠올리고는 용암 채집꾼의 누군가가 먹이를 주어 놓아주었을 것으로 생각했다. 또다시 바하나르로 돌아가 야스 호반에 있는 태고의 폐허에서 밤에 죽임을 당한 얼룩말의 변상을 할 수 있을지, 오래된 여관 주인이 자신을 기억해줄 것인가도 생각했다. 겨우 되돌아온 꿈의 땅 윗부분의 대기에 둘러싸여 카터의 뇌리에 오간 것은 그런 생각들이었다.

그러나 곧 안이 비어 있는 매우 커다란 나무에서 소리가 들려와 전진을 계속하던 발길을 멈추게 했다. 발 아래 주그 족과는 이야기를 할 마음이 나지 않았으므로 거대한 둥근 모양으로 줄지은 돌은 피했지만, 그 거목 속에서 혀를 떨게 하는 특이한 소리가 났으므로 중요한 회의가 그 외에도 다양한 장소에서 개최되고 있음이 분명해졌다. 가까이 다가감에 따라서 열기에 넘치는 긴박한 토론의 어조가 느껴졌고, 카터는 심상치 않은 사태를 통감하고 심각한 걱정을 하기에 이르렀다. 주그 족의 최고회의에서는 고양이와의 전쟁을 논의하고 있었던 것이다. 모조리 울타르까지 카터의 뒤를 슬며시 따라와서 적합지 않은 행동으로 인해 고양이들에게서 당연한 벌을 받은, 그들 일행을 잃은 데서 출발한다. 이 문제는 철저하게 골수에 한이 서린 지 오래되어, 지금, 혹은 한 달 안에 결집했던 주그 족은 고양이족 모두에게 일련의 기습을 당해 개별 고양이나 무리를 이룬 고양이에 게 허를 찔려, 울타르의 엄청난 고양이에게 훈련이나 동원의 기회조 차 주지 않은 채, 공격을 하려는 것이었다. 이것이 주그 족의 계획 이며, 카터는 중대한 탐구에 나서기 전에 이것을 미연에 막아야 한 다는 것을 깨달았다.

때문에 랜돌프 카터는 발소리를 죽여 숲에서 떨어진 곳에 숨어들 어, 별이 빛나는 벌판을 향해 고양이 울음소리를 보냈다. 그러자 가 까운 농가의 늙고 커다란 고양이가 그의 뜻을 알아채고 중계했으므 로 꾸불꾸불한 초원을 넘어 크고 작은 것들 각양각색이 검정 고양 이, 회색 고양이, 호랑 고양이, 흰 고양이, 누런 고양이, 삼색털 고 양이 전사들에게 전달되어 차례로 중계하는 소리가 니르 전역에 울 려 퍼졌다. 스카이 강을 넘어서 울타르에까지 전해져 울타르의 엄청 나게 많은 고양이들이 소리를 모아 불러 제치면서 행진의 열을 맞췄 다. 다행스럽게도 달은 없었으므로 모든 고양이가 지상에 있었다. 차분하고도 재빠르게 고양이는 모든 난롯가와 지붕을 떠나 차츰 늘 어났으며 부드러운 털이 물결치는 엄청난 무리를 이루어 평원을 넘 어 숲 한켠에 이르렀다. 카터는 그곳에서 고양이들을 맞이했다. 윤 기 나는 목에 계급을 나타내는 목장식 표지가 있었다. 수염이 용맹 스런 각도로 솟아나 있는 것은 과거 울타르의 파견대 대장으로 구출 해주었던 적이 있는 나이든 고양이이며, 카터는 존경스런 친구를 만 난 것을 매우 기뻐했다. 나아가 기쁘게도 이 군대의 중위를 맡은, 힘이 좋고 젊은 자는 이미 옛날 일이 된 울타르에서의 그날 아침에 진한 크림을 접시에 가득 내주었던 새끼고양이에 틀림없었다. 이제는 몸집이 커다랗고 장래가 촉망되는 고양이가 되어, 악수를 해주자 기쁜 듯이 목을 가르랑댔다. 할아버지의 말에 따르면 군대에서 활동이 두드러지며, 다시 한 번의 전투를 끝낸 뒤에는 대위로의 승진도 기대된다고 한다.

카터가 고양이족에게 닥쳐올 위험을 대략 이야기하자, 곳곳에서 낮게 목을 울려대는 감사의 소리가 울려나와 그에 보답했다. 그리고 장관들과 협의해 곧장 행동 계획을 세우고, 주그 족의 평의회를 비롯해 알려져 있는 모든 거점으로 곧장 진군하고, 주그 족의 기습의 기선을 제압하여 침략군이 동원되기 전에 주그 족을 굴복시키기로 했다. 그리하여 틈을 두지 않고 고양이 군대는 대해처럼 마법의 숲에 차고 넘쳤으며, 물결을 이루며 평의회가 열리고 있는 나무와 둥글게 놓인 거대한 돌을 에워쌌다. 적이 새로운 방문객을 보자마자 혀를 떠는 소리가 들려와 차츰 높아졌고, 살금살금 탐색하기를 좋아하는 갈색의 주그 족은 저항다운 것도 거의 하지 않았다. 빨리도 패배한 것을 알아챘으며, 그 생각은 복수에서 당장의 신변 보전으로 바뀌었다.

고양이의 반수가 결박한 주그 족을 한가운데 둥글게 앉히고 좁은 길을 한 줄 내어둔 곳에, 숲에 흩어졌던 고양이들이 잡아온 새로운 포로들을 앉혔다. 이윽고 카터의 말을 통역하여 화평의 약정이 토의되었으며, 숲의 그리 멀지 않은 곳에 잡혀 있는 뇌조, 메추라기, 꿩을 대량으로 해마다 공물로써 고양이에게 바칠 것을 조건으로 하여, 주그 족은 자유민으로 남는 것이 결정되었다. 주그 족의 고귀한 가문의 젊은이 12명을 울타르의 고양이의 신전에 신병을 맡기기로 했으며, 만약 주그 족 영토의 경계에서 고양이가 없어지거나 잃는 일이 생기면 주그 족에게는 엄청나게 비참한 결과를 초래하게 되리라고 승리자는 사실대로 전했다. 이런 일들이 결말을 맺게 되자 그 자리에 모였던 고양이들은 열을 풀고 포로가 한 마리씩 자기 집으로 돌아갈 것을 허락했으나, 주그 족은 뚱한 눈초리를 뒤쪽에 던지면서 곧장 흩어졌다.

전쟁 기도(企圖)가 깨졌으므로 주그 족이 카터에게 엄청난 원한을 품게 되리라고 예상되어, 나이든 장군 고양이는 카터에게 숲에서 떨어진 어느 곳이든 바라는 데가 있으면 호위를 하겠다고 했다. 카터가 그의 요청을 고맙게 받아들였던 것은 그에 의해 안전이 확보되기 때문만이 아니라, 고양이라는 우아한 동료가 있는 것을 좋아했기 때문이기도 했다. 그리하여 임무를 처음부터 끝까지 완수해 여유로워진, 쾌활하고 명랑한 군대에게 둘러싸인 채 랜돌프 카터가 위엄을 지니고 비늘 빛을 내뿜는 마법의 숲 거목들 사이를 걸으면서 스스로의 탐구에 관해 나이든 장군 고양이와 그의 손자 고양이에게 이야기를 하자, 연대의 다른 고양이들은 들떠 뛰어 돌아다녔고, 바람이 원시림의 균류 사이로 불어와 낙엽을 떨구는 일에도 흥분을 했다. 그리고 나이든 장군 고양이든 얼어붙은 황야의 카다스에 관해서는 들어서 잘 알고 있지만, 어디에 있는지는 모른다고 했다. 매우 웅장하고 화려한 저녁놀의 도시에 관해서는 한 번도 들은 적이 없지만, 만약 듣게 되면 기꺼이 전해주겠노라고 했다.

장군 고양이는 꿈의 땅 고양이들 사이에서 매우 중요시하는 암호 몇 가지를 탐구자에게 가르쳐주었으며, 카터가 지향하는 셀레파이스의 고양이 대장에게 부디 안부를 전해달라고 했다. 늙은 고양이는 카터도 이미 적지 않게 알고 있었으나, 위엄 있는 말터 고양이이며, 장군 고양이의 말로는 그 어떤 일에 대해서도 권세가 흔들리는 일이 없다는 것이었다. 숲에서 떨어진 곳에 이른 때는 이미 날이 밝아서 카터는 친구들에게 안타까운 이별을 고했다. 나이든 장군 고양이가 금지하지만 않았더라면 새끼고양이였던 시절에 카터가 만난 적이 있는 젊은 중위는 동행했겠지만, 엄한 나이든 장군 고양이가 충성과 의리의 도리는 부족과 군대에 있다고 역설했던 것이다. 그리하여 카터는 버드나무가 가장자리에 나 있는 강의 옆으로 신비롭게 펼쳐진, 찬란하게 빛나는 들판으로 혼자서 나아갔으며, 고양이들은 숲으로 돌아간 것이었다.

세리네리언 바다에 이르기까지 숲 속에 흩어져 있는 화원(花園) 의 땅에 관해서는 여행객도 잘 알고 있으며, 진로를 나타내는 물소 리도 상쾌하게 오우크라노스 강을 흘러갔다. 나무와 잔디가 있는 완 만한 비탈면 위로 태양이 솟아올라, 작은 산과 저마다의 협곡을 눈 에 띄게 하는 수천 가지 꽃의 색을 한층 돋보이게 했다. 주위는 안 개가 깔렸고, 가끔 다른 곳보다도 햇볕이 꽤 많이 머무르며, 새와 꿀벌의 여름 날개 소리도 한층 바쁜데 그곳을 걷는 것은 마치 요정 의 땅을 나아가는 것과 같은 심정이며, 그렇게 느끼는 기쁨과 경이 는 기억에 잘 남지 않을 것만 같았다.

한낮이 될 무렵에 이른 키란의 벽옥(碧玉) 대지는 비탈면이 강기 슭까지 완만하게 내려가 있으며, 화려한 신전에는 이레크바드의 왕 이 오우크라노스 강 둔덕의 오두막에 살았던 젊은 시절에 노래해 주 었던, 강의 신에게 기도를 올리기 위해 황혼의 바다에 닿은 먼 나라 에서 황금 가마를 타고, 1년에 한 번 온다. 그 신전은 모조리 벽옥 으로 만들어졌으며, 4천 평방미터에 해당하는 부지에는 벽과 안마 당, 7개의 첨탑이 있으며, 신전 내부의 신당에는 감춰진 수로에 의 해 강이 흘러들며, 밤이 되기라도 하면 오우크라노스 강의 신이 상 냥하게 노래를 불러준다. 달이 이렇듯 안마당과 기둥 회랑, 그리고 첨탑을 비추며, 신비로운 음악을 듣는 적은 셀 수도 없으나 그 음악 이 과연 신의 노래인지 아니면 수수께끼 같은 사제들의 찬송인지는 이레크바드의 왕을 빼고는 아는 자가 없으며, 신전에 들어서서 사제 들을 보는 것은 왕만이 가능했다. 지금은 하루중에 가장 졸릴 때이 며, 조각된 섬세한 신전은 고요하고, 매혹적인 태양 아래를 계속 걷 는 카터에게 들리는 것은 단지 큰 강의 흐름과 새나 꿀벌의 날개 소리뿐이었다.

 해질 무렵까지 계속해서 나그네는 향기로운 초원과 강으로 둘러싸인 완만한 구릉의 나무 그늘을 천천히 걸었으며, 편안함으로 가득 찬 초가지붕의 농가와 벽옥 혹은 금록석에 조각한 사랑스러운 신들의 사당을 보았다. 때로는 오우크라노스 강의 둔덕에 가까이 다가가 수정처럼 맑은 물살 위에서 뛰노는 기운찬 무지개빛 물고기에게 휘파람을 불기도 했고, 바람에 흔들리는 난초의 한가운데에 멈춰 서서 맞은편 기슭에까지 나무들이 닿아 있는 검디검은, 커다란 숲을 바라보기도 했다. 과거 몇 번이나 꾸었던 꿈속에서는 한층 색다른 둔중한 부오포스 족이 그 숲으로 물을 마시러 조심스럽게 나오는 것을 볼 수 있었는데, 지금은 단 한 번도 볼 수가 없다. 가끔 멈춰 서서는 물고기를 잡는 새가 거꾸로 육식 물고기에게 잡히는 것을 바라보았다. 그 물고기는 새를 유혹하기 위해 비늘을 햇볕에 반짝이며 새를 불러모으고, 날개가 달린 사냥꾼이 단번에 강물로 뛰어들면 그 주둥이를 커다란 입으로 꽉 무는 것이었다.

 해질 무렵, 카터는 낮은 풀이 나 있는 언덕에 올라 스란의 금빛 찬란한 천 개의 첨탑이 저녁 해를 받아 불타오르는 것을 눈으로 보았다. 그 경탄할 수밖에 없는 도시의 눈꽃 같은 석고의 성벽은 믿기 어려우리만큼 장엄하고 화려하며, 위를 향해 안쪽으로 경사져 있고, 기억에도 남아 있지 않은 정도의 것이어서 그 누구도 알지 못하는 기법으로, 오직 하나의 무구한 영혼으로부터 만들어진 것이었다. 백 개의 성문, 2백 개 작은 탑을 갖춘 성벽은 화려하고 장엄하며, 모두가 황금의 뾰족한 꼭대기를 달고 성벽 안에 솟아 있는 하얀 탑의 장엄함은 이것을 웃돌았고, 성벽을 둘러싼 평원에 서면 하늘을 향해 솟아 있는 모습이 바라다보이고, 때로는 맑게 빛나며, 때로는 꼭대기가 가로로 뻗친 구름과 안개에 가려지고, 때로는 아래쪽이 구름에 섞이면서 꼭대기가 구름을 뚫고 현란하게 빛나는 적도 있다. 그리고 스란의 성문 운하에 닿아 열려 있는, 대리석의 커다란 부두가 몇 개나 있어서 아름다운 장식을 댄 향기로운 마호가니와 흑단의 갈리온 배가 천천히 정박해, 이국적 생김새의 선원들이 머나먼 땅의 상형문자로 기록된 물통과 궤짝에 앉아 있다. 성벽 저쪽 육지 쪽에는 경작지대가 펼쳐져 있고, 작고 하얀 농가가 소복한 언덕 사이에서 꿈을 건져 올리고 몇 개나 되는 좁은 길이 많은 돌다리를 지나면서 흐르는 물과 화원 속을 우아하게 구불구불 지난다.

카터는 신록으로 뒤덮인 땅으로 저녁 해가 내려가고, 옅은 어둠이 강물에서 스란의 금빛 찬란하고 화려한 첨탑으로 감돌아가는 것을 보았다. 때마침 해가 지는 마지막 순간에 남쪽 성문에 다다르자, 빨간 옷을 입은 보초가 불러 세웠다. 그는 믿기 어려운 세 개의 꿈을 이야기하고, 자신이 실제로 꿈을 꾸는 자이며, 스란의 신비로운 거리를 지나 아름답게 장식된 갈리온 배의 상품을 파는 시장에 머무르기에 아주 적합하다는 것을 입증했다. 마침내 카터는 경탄할 만한 도시에 들어갔고, 성문이 터널이 되어 있으리만큼 두터운 성벽을 지난 다음, 하늘을 향해 솟아 있는 탑들 사이를 깊고 좁게 구부러져 가는, 기복이 심한 길이 섞이는 곳으로 나왔다. 격자와 발코니가 있는 창으로부터 빛이 새어나왔고, 대리석 분수대가 속살거리는 안마당에서는 류트와 피리 가락이 희미하게 흘러나왔다. 카터는 갈 길을 알고 있으며, 발 밑을 조심해가면서 어두운 거리를 몇 개나 빠져나가 강에 이르자 오래된 여관을 물어서 지금까지의 수많은 꿈에서 알았던 선장들과 선원들을 찾아냈다. 초록색의 거대한 갈리온 배로 셀레파이스로 가는 표를 산 다음, 커다란 난로 앞에서 잠깐 졸았다. 과거의 전쟁과 망각된 신들의 꿈을 꾸었던 여관의 존귀한 고양이에게 정중하게 이야기한 뒤, 그날 밤은 그 여관에서 묵기로 했다.

아침이 되어 카터가 셀레파이스로 향하는 갈리온 배에 올라타고 뱃머리에 앉아 있으려니 매어둔 밧줄이 풀리면서 세리네리언 바다

를 건너는 오랜 항해가 시작되었다. 스란에서는 강 상류에 정박했으
므로 둔덕이 언제까지나 이어졌고, 때로는 오른쪽 멀리 구릉으로는
솟아 있는 기이한 신전과 빨간 지붕 위로 그물을 말리는, 바닷가의
고요한 마을이 바라다 보였다. 카터는 탐구를 잊지 않고, 선원들 모
두에게 셀레파이스 여관에서 만났던 자들에 관해 자세하게 묻고는,
북쪽으로부터 검은 배로 찾아와서 줄무늬 마노를 셀레파이스에 바
치는 빨간 작은 새나 금실, 또는 비취 조각품과 교역하는 눈이 가늘
고 기다랗고 귓불이 길며, 코가 옅고 턱이 뾰족한 이국 사내들의 이
름이나 습관을 물어보았다. 그런 사내들에 대해선 선원들도 거의 몰
랐으며, 말을 한 적도 매우 드물어서 외경심마저 갖는 것 같았다.

그들의 땅은 아주 멀리 있으며 인쿠아노크라 불리고 춥고 어슴푸
레한 곳이며 불쾌한 렝과 가깝기 때문에 많은 사람들은 일부러 그곳
에 가려 하지도 않지만, 렝이 위치하리라고 여겨지는 곳의 바로 앞
에는 도저히 가기 힘든 높은 산맥이 솟아 있으므로 돌로 만든 무시
무시한 마을과 입으로 말해서는 안 될 수도원을 옹호하는 그 사악한
고원이, 과연 그곳에 실제로 존재하는지, 또는 렝을 둘러싼 소문이
떠오르는 달을 배경으로 무서운 산맥 봉우리가 시커멓게 솟아 있는
밤에, 심장이 약한 자가 느끼는 공포에 지나지 않는지 어떤지는 아
무도 단정지을 수 없었다. 확실히 사람들은 완전히 다른 바다로부터
렝에 이르러 있다. 그러나 인쿠아노크의 다른 경계에 관해서는 선원
들도 전혀 몰랐으며, 얼어붙은 황야나 미지의 카다스에 대해 막연하
고 정리되지도 않은 소문 말고는 아무것도 들은 것이 없었다. 카터
가 찾아 헤매는 매우 장엄하고 화려한 노을의 도시에 대해서는 전혀
아무것도 아는 바가 없었다. 그리하여 나그네는 머나먼 곳에 관해서
는 더 이상 묻지도 않고, 응그라네크 산에 얼굴이 새겨져 있는 듯한
신들에 의해 탄생된, 춥고 어슴푸레한 인쿠아노크에서 온 이상한 사
내들과 이야기를 나누게 될 때까지 때를 기다리기로 했다.

그날 늦게 갈리온 배는 클레드의 그윽한 향기가 풍기는 밀림을 가로지르는 강의 구부러진 부분에 이르렀다. 카터는 여기서 내릴 수 있으면 좋겠다고 생각했으나, 그것은 과거 이곳 울창한 열대 밀림에 지금은 이름도 잊혀 사라진 나라의 전설적인 제왕들이 살았던, 멋진 상아로 만든 궁전이 몇 개나 완전한 형태로 조용히 잠들어 있기 때문이었다. 옛 신의 주문이 그런 장소를 온전하게 지키고 있는 것은 언젠가 다시 필요해질 때가 있으리라고 기록되어 있기 때문이며, 코끼리를 이끈 대상이 달빛에 의해 멀리 담장 사이로 보일 때가 있다고 하더라도 완전무결하게 지킬 수호자를 두려워하여 감히 가까이에 다가올 자도 없다. 그러나 배는 빠르게 달려갔고, 저녁 어스름이 하루의 웅성거림을 고요하게 만드는 가운데, 벌써부터 둔덕에 나타난 반딧불에 응답하여 일등성이 머리 위에서 반짝일 무렵에는 그 밀림은 이미 머나먼 뒤쪽으로 물러나 그 흔적으로 방향(芳香)을 남길 뿐이었다. 그날 밤 내내 갈리온 배는 보이지도 않고 있을 성 싶지도 않은 신비로운 것들을 뒤로 하고 표표히 흘러갔다. 한 번, 망을 보는 자가 동쪽 언덕에 불길이 보인다고 보고했으나, 불을 지핀 것이 누구인지 아무것도 몰랐으므로 선장은 안 보는 편이 낫겠다고 말했다.

아침이 되자 강폭이 매우 넓어져서 카터는 둔덕을 따라 나란히 있는 집으로 보아 세리네리언 바다에 근접한 커다란 교역 도시 흘라니스에 가까이 왔음을 알았다. 여기서는 까칠까칠한 화강암이 성벽을 이루고 있으며, 집들은 박공에 대들보가 지나갔고, 회를 칠했으며, 매우 독특한 모양이었다. 흘라니스의 주민은 꿈의 땅의 어느 주민보다도 우수하며, 각성된 세계의 주민과 닮았으므로 이 도시는 교역이 아닌 다른 일로 빈번하게 찾아드는 일은 없으나, 종사자들의 건실한 일솜씨에 의해 그 이름을 드날리고 있다. 흘라니스 부두는 떡갈나무로 만들어졌으며 선장이 여관에서 교역을 하는 동안, 갈리온 배는 그곳에 정박하고 있었다. 카터도 상륙하여 바퀴 자국이 난 거리를 신기하다는 듯 바라보며 다녔고, 소가 끄는 나무 수레가 소리를 내며 달리거나, 열에 들뜬 상인들이 시장에서 호객하는 모습을 보았다. 여관은 모두가 부두 가까이에 밀집되어 있으며, 높은 파도에서 날아온 물보라를 받아 소금기 어린, 자갈을 깔아놓은 골목길에 기둥을 나란히 했으며, 검디검은 대들보가 달리는 낮은 천장과 초록색을 띤 원형의 유리를 끼운 창 등은 필시 오래고 오랜 것 같았다. 그런 여관에선 나이든 선원들이 머나먼 항구 이야기를 하는 경우도 많고, 어슴푸레한 인쿠아노크에서 온 기묘한 사내들을 둘러싼 이야기도 들려 주었으나, 갈리온 배의 선원들이 가르쳐준 것에 덧붙일 만한 것은 거의 없었다. 이윽고 대량의 짐을 싣고 내리기를 마친 뒤, 배가 다시 노을 속의 바다로 나아가기 시작함에 따라 차츰 작아져 가는 흘라니스의 높은 성벽과 지붕은 하루의 마지막 금빛에 의해 인간에게 주어진 그 어떤 것보다도 경이와 아름다움을 갖추고 있었다.

갈리온 배가 세리네리언 바다를 항해한 이틀 낮과 밤 동안, 육지의 모습은 보이지 않고 다만 한 척의 배에 말을 붙여본 것에 그쳤다. 마침내 이틀째 되던 날의 해질 무렵에 앞쪽에 눈을 머리에 인 알란 산의 봉우리가 솟아올랐고, 그 기슭에 흔들리는 은행나무들이 보였으므로 카터는 우스나르가이 땅과 멋진 셀레파이스 도시에 가까이 다가왔음을 알았다. 순간 눈에 들어온 것은 도시의 놀랍게 빛나는 탑의 무리, 청동 조각상을 둘러싼 때가 타지 않은 대리석 성벽, 그리고 나라크사 강이 바다와 닿는 지점에 가로질러 있는 거대한 돌다리였다. 도시 뒤편으로 완만한 구릉이 보였고, 나무와 꽃밭, 그리고 작은 교회와 농가들이 점점이 흩어져 있고 그곳으로부터 멀리에는 각성한 세계와 다른 꿈의 영역으로 통하는 금단의 길을 배후에 감춘, 막막하고 신비로운 타나르 구릉이, 보랏빛을 띤 산등성이가 보였다.

　항구는 선명한 색깔의 갤리선으로 가득찼고, 하늘과 바다가 만나는 곳에 존재하는 대리석 같은 구름의 도시 세라니안에서 온 것도 있는가 하면, 꿈의 땅 나아가 실제로 있는 곳에서 온 것도 있었다. 이런 갤리선 사이를 뱃머리가 마주하듯 가까이에, 향료가 향기로운 부두에 이르러, 갈리온 배가 어슴푸레함 속에서 정박을 마쳤을 무렵에는 도시의 수많은 등불이 수면에 빛나기 시작했다. 여기에서 시간은 사물을 흐리게 하거나 파괴하는 힘을 지니지 않기 때문에 죽음을 모르는 이곳 환영의 도시는 끊임없이 새로워 보인다. 언제나처럼 나스호르타스 신전의 터키석은 여전히 밝음을 잃지 않았고, 난(蘭) 화관을 쓴 80명의 사제도, 1만 년 전에 그 신전을 건립했던 면면들 그대로이다. 청동 대문은 지금도 여전히 빛났으며, 길에 깔린 줄무늬 마노는 마모도 파손도 되지 않았다. 그리고 성벽에 늘어선 커다란 청동 조각상은 전설이 생겨나기 전부터 상인과 낙타 행렬을 내려다보면서도 턱수염에 흰 것은 단 한 가닥도 나지 않았다.

　카터는 당장 신전이나 궁전, 그리고 성 등을 탐구하려 하지 않고, 바다에 닿은 성벽 옆에서 교역 상인과 선원들 사이에 머물러 있었다. 그리고 소문이나 전설을 듣고 돌아다니기에는 너무 늦은 무렵이 되자, 잘 알고 있는 오래된 여관을 찾아내어 그가 좇는 미지의 카다스의 신들을 꿈꾸면서 잠을 잤다. 다음날은 인쿠아노크에서 온 이상한 선원이 없을까, 선착장을 빠짐없이 훑고 다녔으나, 이제는 항구에 단 한 명도 없으며, 갤리선이 북쪽에서 왔던 것은 두 달 전임을 알게 되었다. 그러나 인쿠아노크로 건너가, 그 어슴푸레한 땅의 줄무늬 마노 채석장에서 일한 적이 있는, 소라본 출신 선원 한 명을 찾아내, 카터는 그 선원에게서 사람들이 사는 땅의 북쪽에는 틀림없이 황야가 있으며, 모두가 두려워하여 가까이 가지 않는다는 말을 들었다. 소라본 사람은 자신의 생각을 펼쳐, 이 황야는 도저히 발을 들여놓을 수 없는 산봉우리 가장 깊은 산지에 둘러싸여 있으며, 렝의 무시무시한 고원으로까지 펼쳐져 있기 때문에 모두들 두려워한다고 했으나, 사악한 존재와 말로는 표현하지 못할 보초에 둘러싸였다는 막연한 소문이 있음도 확인했다. 이것이 미지의 카다스에 위치하는 전설의 황야인지 아닌지는 선원들도 몰랐다고 하지만, 그와 같은 존재와 보초가 참으로 실재한다면 이유도 없이 괜히 그러한 것들이 배치되었을 것 같지는 않았다.

다음 날, 카터는 원기둥의 거리를 걸어 터키석 신전으로 가서 대사제와 이야기를 나누었다. 셀레파이스에서는 오로지 나스호르타스를 숭배하고 있지만, 위대한 자들 모두가 일과책의 기도에 기록되어 있으며, 사제는 그들 나름대로 위대한 자들과 통한다. 대사제는 머나먼 울타르의 아탈처럼, 위대한 자들을 만나려는 의도를 강하게 품고 있으며, 위대한 자들은 짜증을 내고 변덕을 부리며, 기어드는 혼돈의 나이알라트호테프를 혼백 및 사자로 하여금, 외부 세계로부터의 백치 객신의 크나큰 보호를 받게 하고 있다고 밝혔다. 웅장하고 화려하기 그지없는 노을의 도시를 감추기에 급급한 것은, 그 도시에 누군가 오는 것을 바라지 않기 때문임을 분명하게 밝히는 것이며, 탄원을 위해 접견을 희망하는 사람들에게는 그 어떠한 처우가 기다리고 있을 터였다. 과거 카다스를 눈으로 본 자가 없으며, 앞으로도 보는 자가 없을 게 분명하다. 위대한 자들의 줄무늬 마노의 성을 둘러싼 소문 같은 것은 결코 아무런 도움이 되지 않으리라는 것이었다.

카터는 난 화관을 쓴 대사제에게 예를 표한 뒤, 신전을 뒤로 하고 셀레파이스의 고양이 대장이 윤기 나는 털에 만족하며 살아가고 있는, 양 푸줏간이 즐비한 시장을 찾아 나섰다. 권위 있는 회색 고양이는 줄무늬 마노의 돌 위에서 해바라기를 하고 있었고, 카터가 부르면서 가까이 다가가자 나른하게 앞발을 하나 내밀었다. 그러나 울타르의 나이든 장군 고양이에게서 배운 인사말과 소개를 반복하자 부드러운 털로 뒤덮인 우두머리는 친절해져서는 혀 주위를 부드럽게, 우스나르가이 바다에 접한 비탈면의 고양이들이 아는 비밀의 전승을 계속해서 보여주었다. 무엇보다 고맙게도 고양이가 결코 타는 법이 없는 검은 배에서 인쿠아노크에서 온 사내들에 관해, 셀레파이스 항구의 소심한 고양이들에게서 들었던 것을 그대로 알려주었던 것이다.

사내들에게는 이 세상의 것이 아닌 분위기가 있는 듯했으나, 고양이가 그 사내들의 배로 항해하려 하지 않는 것은 그 때문이 아닙니다. 이것은 결국, 인쿠아노크에는 고양이가 대적하지 못할 뭔가가 있기 때문이며, 따라서 춥고 어슴푸레한 땅에는 듣기 좋은 울음소리도, 흔한 울음소리도 전혀 없는 것입니다. 존재하리라고 여겨지는 렝으로부터 발을 들일 수 없는 봉우리를 건너 감돌아 오는 것 때문인지, 아니면 북쪽의 얼어붙은 황야에서 새어나오는 것 때문인지는 도저히 알 도리가 없습니다만, 저 머나먼 땅에는 고양이가 인간보다도 강하며, 우주 밖의 기운 같은 것이 있는 것은 분명합니다. 그러므로 고양이는 인쿠아노크의 현무암 선착장을 향하는 검은 배에 결코 타려 하지 않는 것입니다.

나이든 장군 고양이는 카터의 최근 꿈에 셀레파이스의 장밋빛 수정으로 만든 '70개의 환희의 궁전'과, 하늘에 떠 있는 셀라니언의, 작은 탑이 있는 구름성과 교대로 군림했던, 카터의 친구인 쿠라네스 왕을 어딘가에서 찾게 될지도 모른다고 가르쳐주었다.

왕은 이미 그런 장소에도 마음의 편안함을 발견하지 못한 채, 어린 시절의 영국의 벼랑이나 경사진 목초지를 향해 강한 동경을 품고 계신 듯하며, 그곳의 꿈꾸는 듯한 마을들에서는 영국의 옛 노래가 저녁 무렵에 격자창 안에서 흘러나오고, 회색의 교회가 멀리 골짜기의 신록 너머로 그 탑을 사랑스럽게 바라보게 한다고 합니다. 왕이 각성된 세계에서 이런 것을 회복할 수 없었던 것은 육체가 이미 죽었기 때문입니다만, 그러나 왕이 차선책을 취해 초원이 바다의 절벽에서 타나르 구릉 기슭을 향해 우아하게 펼쳐져 있는, 도시의 동쪽 지역에 그렇게 작게 펼쳐진 전원 지대를 꿈꿀 수 있었습니다. 그 땅에서 바다를 멀리 바라다보는 회색의 돌로 만든 고딕 양식의 장원 영지에 살면서, 그곳에 옛날의 트레바 타워스, 자신이 태어나고 13대에 걸친 조상님들 모두가 최초의 빛을 눈으로 보았던 트레바 타워스임을 깨달았던 것입니다. 그리고 가까이 해안에는 경사가 가파르고 둥근 돌이 깔린 길이 있는 콘월의 작은 어촌을 만들고, 가장 전형적인 잉글랜드인의 얼굴을 지닌 자들을 살게 하며, 그립게 여겨지는 옛적의 콘월 어부들의 사투리를 가르치려 했습니다. 그리고 멀지 않은 골짜기 사이에는 노르만 양식의 커다란 수도원을 세우고, 그 탑이 장원 영지의 창에서 보이게 하였으며, 수도원 주위 묘지에는 조상들의 이름을 새긴 회색 묘석을 세웠고, 잉글랜드의 이끼와 비슷한 것으로 둘러싸게 했던 것입니다. 이렇게 말씀드리는 것도 쿠라네스 왕은 꿈의 국가의 한 명의 군주이시며, 대강 상상할 수 있는 화려한 것과 놀랄 만한 것, 휘황찬란한 것과 아름다운 것, 황홀을 초래하는 것과 환희로 가득한 것, 신기한 것과 흥분을 부르는 것을 원하는 대로 하고 계시긴 합니다만, 왕의 사람 됨됨이를 형성함과 아울러 왕이 끊임없이 원하는 그것의 일부를 형성하는 것이 분명한, 낡고 사랑하는 잉글랜드, 그 지순하고 태평한 잉글랜드에서 순박한 소년으로서 행복한 나날을 하루라도 보낼 수만 있다면, 지금 지닌 권력이나 향락, 그리고 자유를 기꺼이 팽개치려 할 것입니다.

여기까지 듣자 카터는 나이든 회색의 나이든 장군 고양이에게 이별을 고하고, 기둥 회랑이 즐비한 장밋빛 수정궁을 찾으려 하지 않고, 동쪽 성문을 나서 데이지 초원을 가로질러, 바다 쪽 절벽을 향해 완만하게 올라가는 정원의 떡갈나무 잎 너머로 보이는, 뾰족한 지붕을 향했다. 그리고는 꽤 작은 오두막이 있는 커다란 생울타리와 문 앞에 이르러 방울을 울리자, 기름을 바름으로써 왕으로 선출된, 관복을 입은 궁전의 하인은 아니고, 농부 차림새의 땅딸막한 노인이 절름거리면서 나와 멀리 콘월의 오래고 우아한 사투리로 이야기하더니 카터를 안으로 안내했다. 카터는 잉글랜드의 나무와 매우 비슷한 나무들에 둘러싸인 나무 그늘 길을 지나, 앤 여왕 시대의 양식으로 배치된 정원에 있는 기둥 회랑에 올라섰다. 옛날 풍습에 따라 양옆을 돌로 된 고양이가 지키는 현관에서, 그에 어울리는 매무새를 하고 구레나룻을 기른 집사의 영접을 받고, 곧장 들어간 서재에서는 우스나르가이의 왕으로서, 세라니안 하늘의 지배자인 쿠라네스가 근심에 찬 가라앉은 표정으로, 작은 바닷가 어촌이 멀리 바라다 보이는 창가 의자에 앉아, 마차를 기다리다 못해 지치게 하면서도, 그가 매우 싫어하는 야유회에 나갈 준비도 하지 않는다면서 나이든 유모가 지금이라도 와서 혼내주기를 바라고 있었다.

쿠라네스는 젊은 시절에 런던의 양복장이가 즐겨 만든 실내복을 입고 있었으며, 비록 콘월이 아니고 매사추세츠의 보스턴에서 온 앵글로색슨이긴 하지만, 각성된 세계에서 찾아온 색슨을 만나는 것은 극히 있기 힘든 일이므로 서둘러 일어나서 나그네를 맞아들였다. 그리고는 오랫동안 둘이서 옛 이야기로 꽃을 피웠으며, 둘 다 오래 전부터 꿈을 꾸는 자이며, 믿기 힘든 땅의 경이에 잘 통했으므로 할 얘기는 산더미처럼 많았다. 사실 쿠라네스는 별 세계를 넘어 궁극의 허공을 향한 적이 있으며, 그와 같은 여행으로부터 제정신을 빼앗기지 않고 돌아온 오직 한 사람이라고 알려진 사내였다.

그쯤 해서 카터는 마침내, 자신의 탐구를 화제에 올렸고, 지금까지 셀 수 없이 많은 자에게 했던 질문을 다시 했다. 쿠라네스는 카다스가 어디 있는지도, 장엄하고 화려하기 그지없는 노을의 도시가 어디 있는지도 몰랐으나, 위대한 자들이 찾아내기에는 매우 위험한 생물이라는 점과, 객신들이 잘못된 호기심에서 기묘한 방법으로 위

대한 자들을 보호하고 있다는 것은 알고 있었다. 난 말이야, 카터,
우주의 다양한 곳, 특히 형태라는 것이 존재하지 않으며, 색을 띤
기체가 심오한 비밀을 연구하고 있는 영역에서, 위대한 자들에 관해
많이 배웠다네. 슨가크라는 제비꽃 색 기체에서는 기어드는 혼돈 나
이알라트호테프로 둘러싸인 무시무시한 것을 배웠고, 마왕 아자트호
스가 어둠 속에서 굶주려 물어뜯는 허공의 중심에서는 결코 가까이
오지 말라는 경고를 들었지. 요컨대 옛날의 자들에게는 상관하지 않
는 것이 좋겠다는 것이며, 장엄하고 화려하기 그지없는 노을의 도시
로 다가가는 방법 모두가 단호하게 거부된다면 그 도시는 찾지 않는
편이 낫지 않겠는가.

그 도시를 향해, 비록 그곳에 닿는다 하더라도 과연 자네에게 무
슨 득이 되겠는가. 나로 말할 것 같으면, 아름다운 셀레파이스나 우
스나르가이의 땅, 그러니까 속박이나 인습, 어리석음이 전혀 없는
인생의 고도한 체험이나 색채, 그리고 자유를 얼마나 동경하고 꿈꾸
었던가. 그런데도 지금은 그 도시, 그 땅에 이르러 왕이 되기에 이
르기까지 했지만, 나의 감정이나 기억 속에 분명히 남아 있는 것과
는 아무런 관련도 없는 만큼, 자유나 생기도 모조리 빛이 바래서,
단조로운 것이 되어버렸음을 깨달았다네. 우스나르가이의 왕이면서
도, 그것에는 아무런 의미도 찾아내지 못하고, 어린 시절의 나 자신
을 형성했던, 잉글랜드에 오래 전부터 있던 친숙한 것이 그리워서
언제나 이렇게 풀이 죽어 있다네. 목초지에 울려 퍼지는 콘월 교회
종소리의 음색이 들린다면 왕국의 모든 영토를 내팽개쳐도 상관없
으며, 내 집에 가까운 마을의 그립고 뾰족한 지붕을 볼 수만 있다면
셀레파이스의 천 개의 탑을 모조리 바쳐도 괜찮다네. 이렇게 이야기
한 쿠라네스는 지금껏 알려져 있지 않은 노을의 도시에는 네가 찾는
것과 같은 마음의 평안은 없을지도 모르며, 반쯤 기억하고 있는 빛
나는 꿈 그대로 간직하는 편이 나을지도 모른다고 나그네에게 말했

다. 그렇게 말하는 것도 과거에는 각성된 시절에 카터를 자주 찾아와, 카터에게 생을 부여한 아름다운 뉴잉글랜드의 구릉을 잘 알고 있기 때문이었다.

쿠라네스는 마지막으로 탐구자가 그토록 갈망하는 것이 결국 해질녘의 비콘힐의 휘황함이라든가, 고풍스런 킹스포트의 높은 첨탑이나 구릉의 휘어지고 가파른 비탈길, 마녀에 흘린 아캄의 오래된 안장 모양의 지붕, 돌담이 넘실거리는 흰 농가의 지붕이 신록의 잎 사이로 들여다보이는 축복 받은 목초지나 골짜기 등의 어린 시절의 기억에 머물러 있는 정경이 틀림없음을 확신했다. 그리고 이런 것들을 랜돌프 카터에게 말했으나 탐구자의 결의는 단단했다. 그리하여 둘은 저마다의 확신을 가슴에 품은 채 헤어지기로 했으며, 카터는 청동의 성문을 빠져나와 셀레파이스로 돌아가, 원기둥의 거리를 지나 오래된 제방에 이르자 멀리 항구에서 온 어부들과 이야기를 나누고, 위대한 자들의 피가 통하는 이상한 생김새의 선원과 줄무늬 마노 상인이 탄 검은 배가 어슴푸레하고 얼어붙은 인쿠아노크에서 오기를 기다렸다.

어느 별이 빛나는 밤에 파로스 등대가 항구를 비추는 가운데, 기다리고 기다리던 배가 항구로 들어와 이상한 생김새의 선원과 상인이, 혹은 한 사람씩 혹은 무리를 지어 제방을 따라 기둥이 즐비한 낡은 여관에 나타났다. 응그라네크 산에 조각된 신의 생김새와 닮은 모습을 또다시 태어난 자의 얼굴로서 보는 것은, 매우 가슴을 설레게 하는 일이긴 했으나, 카터는 침묵을 지키는 선원들과 이야기를 나누기를 서두르지는 않았다. 이 위대한 자들의 자손들이 얼마만큼의 긍지와 비밀, 그리고 이 세상의 자가 아닌 분명치 않은 기억을 갖고 있는지도 모르고, 그런 자들에게 자신의 탐구를 알리거나, 그들의 어슴푸레한 땅 북쪽에 펼쳐진 얼어붙은 황야에 관해 자세하게 묻거나 하는 것은 그다지 현명한 일이 아니라고 확신한 것이었다.

그들은 낡은 여관에서 다른 사람들과 이야기를 나누는 것도 드물며, 깊은 구석에 모여서는 자기들끼리 알지 못할 땅의 잊기 힘든 노래를 부르거나 꿈의 땅의 나머지 것들에 대해서 이질적인 사투리로 긴 이야기를 영창으로 노래하거나 하는 것이었다. 그런 노래나 담시의 멋지고 감동적이며, 이것에 귀를 자주 기울이는 자들의 얼굴에서 놀라움을 발견할 정도였으나, 그 말도 보통의 귀로 듣기에는 이상한 운율과 애매한 선율로밖에는 들리지 않았다.

일주일 동안, 이상한 선원들은 여관에서 체류하면서 셀레파이스 시장에서 교역을 한 다음 출항하기로 되어 있었으나, 카터는 그 전에 자신은 옛날부터 줄무늬 마노를 채집하고 있으며, 바라건대 여러분의 채석장에서 일을 하고 싶다고 하여 검은 배에 탈 허가를 얻어 놓았다. 그 배는 티크 목재에 흑단 건축 자재와 금으로 틈새 장식을 했으며 실로 아름답고 숙련된 기술로 만들어진 것이었다. 나그네가 사용하기로 된 선실에는 실크와 비로드 이불이 있었다. 어느 아침 조류의 흐름이 바뀔 무렵, 돛이 펼쳐지고 닻이 올라가자 카터는 높은 선미에 앉아서 세월을 모르는 셀레파이스의 아침해에 불타는 성벽, 청동의 조각상, 금색 빛탑이 멀리 가라앉고, 알란 산의 눈을 인 봉우리가 차츰 작아져 가는 것을 바라보았다. 정오가 될 무렵에는 눈에 들어오는 것은 세리네리언 바다의 고요하고 짙푸른 바다뿐이고, 오직 한 척의 채색된 갤리선이 육지를 멀리 떠나 바다가 하늘과 만나는 세라니안 영역을 향하고 있을 뿐이었다.

현란한 별들과 함께 밤이 찾아왔고, 검은 배가 북두칠성과 작은곰자리를 표지 삼아 방향을 잡자, 별들이 북극성을 중심으로 천천히 움직였다. 선원들이 알 수 없는 땅의 이상한 노래를 불렀고, 한 명, 또 한 명 뱃머리로 슬며시 올라가는 가운데, 당직 임무를 띤 자들은 안타깝다는 듯 옛 노래를 흥얼거리거나, 바다 속 잎 그늘에서 노니는 빛나는 물고기를 보려고 뱃전 너머로 몸을 내밀거나 했다. 카터는 한밤중에 잠이 들었고, 이른 아침에 눈을 뜨고 태양의 위치가 평소보다 남쪽으로 옮겨간 듯한 점에 주의했다. 그리고 이틀째에는 하루 종일 배에 타고 있는 자들과 친해지기 위해 노력하고, 그들의 춥고 어슴푸레한 땅과 아름답기 이를 데 없다는 줄무늬 마노의 도시, 그리고 렝이 있다는 땅을 가로막은 험준하고 들어갈 수 없는 산맥에 대한 공포에 관해 조금씩 묻기 시작했다. 선원들은 인쿠아노크 땅에 고양이가 한 마리도 머물지 않는 점을 얼마나 유감스럽게 생각하는지, 또한 가까이에 숨겨진 렝이 그 원인이라는 점에 관해 어떻게 생각하는지를 카터에게 말했다. 다만 북쪽 돌의 황야에 관해서만큼은 어떻게 해봐도 이야기하려 하지 않았다. 그 황야에는 뭔가 불온한 것이 있으며, 그 존재를 인정하지 않는 것을 매우 기뻐하는 분위기였다.

계속되는 나날 동안, 카터는 일을 하기로 한 채석장에 관해 배웠다. 인쿠아노크 도시는 모두 줄무늬 마노로 만들어졌기 때문에 채석장 수는 많으며, 잘려져 연마된 줄무늬 마노의 거대한 덩어리는 인쿠아노크는 물론, 리나르, 오그로턴, 셀레파이스에서도, 스라나 일라넥, 또는 카다테론의 상인들을 상대로 그런 전설적인 항구의 아름다운 물건과 교환된다고 한다. 그리고 북쪽 멀리, 인쿠아노크 사람들이 존재를 인정하려 하지 않는 돌의 황야 속이라고도 할 수 있는 곳에, 다른 어떤 것보다도 커다란, 쓰여지지 않은 채석장이 하나 있어서 잊혀진 태고에 그곳에서 잘려 나온 것은, 그 잘라낸 흔적을 본 자 모두를 공포에 몰아넣을 정도로 거대한 것이다. 누가 그런 덩어리를 잘라낸 것인지, 또는 어디로 옮겨갔는지는 아무도 알 도리도 없지만, 주위에는 인간이 아닌 것의 기억이 얽혀 있는지도 모르며, 그 채석장은 어지럽히지 말고 그대로 두는 것이 최선이라고 생각한다. 그리하여 어슴푸레함 속에 고요하게 남겨져, 커다란 까마귀라고 소문이 난 샨타크 새만이 드넓은 채석장에 둥지를 틀 뿐이다. 카터가 이 채석장 이야기를 들었을 때, 깊이 마음을 움직이게 한 것은, 옛 담시를 배울 때부터, 미지의 카다스 꼭대기에 있는 위대한 자들의 성이 줄무늬 마노로 되어 있음을 알고 있기 때문이었다.

해를 따라감에 따라 하늘을 도는 태양은 차츰 낮아졌고, 머리 위로 드리운 안개는 짙어져갔다. 그리고 2주일 동안 햇빛은 전혀 없이, 낮에는 영원히 뿌연 구름의 둥근 지붕 너머로 꺼림칙한 회색의 옅은 해만이, 밤에는 그 구름 아래서 별 하나 없는 인광만이 비칠 뿐이었다. 스무 날째가 되어 앞쪽 저 멀리 바다 위로 거대한 바위가 나타난 것은 아란 산의 눈을 인 봉우리가 뒤쪽으로 차츰 작아진 이래, 처음으로 본 육지였다. 카터는 선장에게 그 바위의 이름을 물었으나 이름은 없다고 하며, 밤에 소리가 들리기 때문에 가까이 가는 배도 없다고 알려주었다. 어두워진 뒤에 둔탁한 신음소리가 쉴새없이 그 거대한 화강암에서 났으므로 나그네는 배를 세우지 않은 것과, 그 바위에 이름이 없는 것을 기쁘게 여겼다. 선원들은 소리가 들리지 않을 때까지 기도와 영창을 계속했으며, 카터는 한밤이 지났을 무렵에 매우 무시무시한 꿈을 꾸었다.

그로부터 이틀째의 아침에 눈앞 저 멀리 동쪽 방향에 거대한 회색 산맥이 나타났는데, 그 꼭대기는 어슴푸레한 세계의 움직이지 않는 구름에 흐려져 보이지 않았다. 이 산맥을 보자마자 선원들은 기쁨의 노래를 불렀고, 개중에는 갑판에 무릎을 꿇고 기도하는 자마저 있었으므로 카터는 문득 인쿠아노크 땅에 가까웠으며, 이제 곧 그 땅의 이름을 지닌 현무암의 대도시의 부두에 배가 닿을 것임을 알았다. 한낮에 가까운 무렵이 되어 새까만 해안선이 나타났고, 3시 전에는 북쪽 방향에 줄무늬 마노의 도시의 구근 모양의 둥근 지붕과 독특한 첨탑이 솟아올랐다. 제방과 선착장 위로 높이 솟아오른 그 오랜 도시는 굉장하고 기이한 풍경이며, 모든 것이 금 상감의 소용돌이 무늬와 세로무늬, 당초무늬를 배합했고, 미묘한 검정 일색으로 통일되어 있었다. 집은 높고 창도 많으며, 모든 면에 빛보다도 강하게 마음을 움직이는 아름다움을 지녀 보는 자의 눈을 아찔하게 하는, 어둠의 균형을 지닌 모양과 꽃이 새겨져 있었다. 위쪽이 둥근 지붕으로 부풀어올라 있고, 그것이 끝이 뾰족하게 세워진 것도 있는가 하면, 테라스가 달린 첨탑이 있어 그 위에 있을 수 있는 모든 기이한 공상의 한계를 뛰어넘는 빛탑이 모여 있는 것도 있었다. 벽은 낮으며, 수많은 문이 있는데 대부분 보통보다도 높고 커다란 아치형을 이루고 있다. 저 멀리 응그라네크 산에 터무니없는 크기의 얼굴이 새겨진 것과 같은 기법으로, 신의 얼굴이 그 위에 비치되어 있었다. 중심부에 위치한 구릉에는 16각형 탑이 하나 솟아올라, 다른 것을 제압하는 커다랗고 평평한 둥근 지붕 위로 뾰족한 꼭대기를 갖춘 높은 종루가 있었다. 선원들의 말에 따르면 이것은 옛날 사람들의 신전이며, 이것을 모시는 대사제는 깊숙이 비밀을 안고 슬픔에 싸여 있다고 한다.

　간격을 두고 기이한 종소리가 줄무늬 마노 도시의 대기를 흔들었고, 그 때마다 각피리와 바이올, 영창 소리로 이루어진 신비로운 음악이 높게 울려 퍼졌다. 인쿠아노크 신전의 높고 둥근 지붕을 둘러싸고 똑같은 간격을 두고 불길이 타오르는 것은 그 도시의 자는 사제를 불문하고 원초의 비밀과 통하며, 《나코토 사본》보다도 오랜 두루마리에 분명히 밝혀져 있을 듯한, 위대한 자들의 율동을 지키기에 충실하기 때문이었다. 배가 거대한 현무암의 방파제를 통과해 항구로 들어감에 따라서 도시의 웅성거림이 분명해졌고, 카터는 제방에 있는 노예와 선원, 상인을 보았다. 선원이나 상인은 신들의 이상한 얼굴을 닮은 종족이었으나, 노예는 눈이 치켜 올라가고, 땅딸막한 체격의 사람들로, 소문으로는 렝 저편 골짜기에서 발을 들일 수 없는 산맥을 어떻게든 우회하거나 타고 넘어 흘러들어 왔다고 한다. 부두는 도시 성벽의 바깥쪽에 폭넓게 펼쳐져 있고, 그곳에 정박하는 다양한 갤리선에서 내려놓은 모든 상품이 줄지어 쌓여 있는 것들의 끝자락에는 조각이 되어 있는 것도 있는가 하면, 그렇지 않은 것도 있는, 줄무늬 마노가 산더미처럼 쌓인 것이 몇 개나 있으며, 리나르, 오그라턴, 셀레파이스 등의 머나먼 시장으로 실려나갈 것을 기다리고 있었다.

아직 저녁 무렵이 되기 전에 검은 배는 튀어나온 돌의 부두 옆에 닻을 던지고 선원과 상인이 모두 줄을 이뤄 배에서 내렸고, 아치형 문을 지나 도시로 들어갔다. 도시의 거리는 줄무늬 마노가 깔려 있으며, 폭넓고 똑바른 길도 있는가 하면 이리저리 굽은 좁은 길도 있었다. 바다 가까이의 집은 다른 것보다도 낮으며, 기묘하게도 아치형을 띤 문 위에 특정의 황금 상징이 있으며, 이것은 작은 신에게 경의를 표하는 것이라고 한다. 갤리선의 선장은 카터를 유별난 나라들의 선원들이 묵는 오래된 여관으로 데려갔는데, 내일은 어슴푸레한 도시의 경이를 보여주겠으며, 북쪽 성벽 가까이에 줄무늬 마노 채집꾼의 여관으로 안내하겠다고 약속해주었다. 이윽고 저녁의 장막이 내려와 작은 청동 램프에 불을 붙이자, 여관의 선원들은 머나먼 땅의 노래를 불렀다. 그러나 높은 탑에서 커다란 종소리가 도시에 울려 퍼졌고, 그에 응답하여 수수께끼 같은 각피리와 바이올, 그리고 사람 소리가 높게 터져 나오자 모두가 노래와 이야기를 멈추고 마지막 울림이 사라질 때까지 말없이 고개를 숙이고 있었다. 인쿠아노크의 어슴푸레한 도시에는 불가사의한 일, 기이한 일이 있으며, 모두가 파멸이나 천벌이 생각지도 않게 숨어드는 것을 두려워하여, 인쿠아노크의 의식을 대수롭지 않게 여기기 때문이다.

여관의 깊은 어둠 속에서 카터는 땅딸막한 사람의 그림자를 발견하고는 마음에 들지 않지만 잘못 보았을 리가 없는, 먼 옛날에 다일러스린의 여관에서 본 적이 있는 눈이 치켜 올라간 늙은 상인, 제대로 된 사람이 찾아오지 않는 밤에는 멀리 도깨비불이 보인다는, 렝의 돌로 만든 무시무시한 마을과 교역할 뿐만 아니라, 노란 실크 복면으로 얼굴을 덮고 선사 시대의 돌로 만든 수도원에 오직 홀로 사는, 입에 담기조차도 꺼림칙한 대사제와도 관계가 있다고 소문이 난 인물임에 틀림없었다. 늙은 상인은 카터가 얼어붙은 황야와 카다스에 관해 다일러스린의 상인들에게 묻고 다니던 때에 이상하게도 뭔가를 아는 듯한 표정을 지었던 것 같았으므로, 그런 사내가 무슨 까닭에선지 어둡고 음울한 인쿠아노크에, 북쪽의 경이에 그렇게나 가까운 곳에 나타났다는 것은 그리 마음이 편한 일은 아니었다. 카터가 말을 걸 사이도 없이 늙은 상인은 어느새 홀연히 자취를 감추고 말았으나, 나중에 선원들에게서 들은 바에 따르면 일라네크에서 상인들이 가져오는 교묘하게 세공된 비취 고블렛과 바꾸기 위해 소문으로 이름높은 샨타크 새의 향기 나는 커다란 알을 싣고 어딘지도 모를 곳에서 야크 대상을 끌고 왔다는 것이었다.

다음 날 아침, 갤리선의 선장이 카터를 데리고 어슴푸레한 어둠을 지배하는 인쿠아노크의 줄무늬 마노로 만든 도시를 안내해주었다. 상감 기법의 문과 조각상이 설치된 현관, 조각된 발코니와 수정이 끼워진 창문이 모두가 반짝반짝 닦여져 아름답고 은은하게 빛나며, 때로는 검은 기둥과 줄지은 기둥, 인간 혹은 전설 속 기묘한 생물의 조각상이 즐비한 광장이 눈앞에 나타나기도 했다. 똑바르고 길게 내려가는 가파른 비탈길 아래, 혹은 골목의 안쪽, 구근 모양의 둥근 지붕과 첨탑, 그리고 아라베스크 장식의 지붕 위로 바라다보이는 경치는 말할 수도 없이 이상하고 나아가 아름다운 것이었으나, 장엄하고 화려함에 있어서는 아찔한 높이에 달하는 옛 선인들의 중앙 대신전에 견줄 것은 없으며, 조각된 16개의 옆면, 평평한 돔, 첨탑 꼭대기에 달린 당당한 종루가 모든 것을 내려다보며 솟아올라, 그 장엄한 광경은 그 어떤 것도 이것을 능가하기 힘들 것이었다. 그리고 동쪽에는 도시의 성벽과 목초지가 펼쳐진 저 멀리, 정상이 보이지 않는, 발길이 닿지 않은 산맥이 꺼림칙한 회색의 비탈면으로 솟구쳐 올라, 그 뒤에 있다는 무시무시한 렝을 비밀리에 감추고 있었다.

선장이 카터를 데리고 갔던 신전은 벽으로 둘러싸인 정원 안에 있으며, 바퀴 축으로 모아진 바퀴살처럼 다양한 길이 모여지는 커다란 원형의 광장에 자리잡고 있었다. 그 정원의 아치형으로 세워진 7개의 문은 언제나 열려 있으며, 도시의 성문에 있는 것과 똑같은 생김새의 얼굴이 위쪽에 조각되어 있으며, 사람들이 타일이 깔린 통로를, 혹은 그로테스크한 경계 기둥이나 온후한 신들의 사당이 늘어선 좁은 길을 경건한 자세로 자유롭게 왔다갔다하고 있다. 정원에는 분수와 연못이 있으며, 모든 것은 줄무늬 마노로 만들어졌고, 바다 속 깊은 곳에 들어간 자가 잡아온 빛을 내뿜는 물고기가 헤엄치고, 높은 망루의 솥에서 불타오르는 불꽃을 받아 빛나고 있다. 신전의 종루에서 낮은 종소리가 화원과 도시의 하늘로 울려 퍼졌고, 각피리와 바이올, 그리고 사람의 목소리가 정원의 문 옆에 있는 일곱의 작은 집에서 서로 어울리자, 검은 옷으로 몸을 두르고 복면과 두건을 두른 사제들이 기다란 행렬을 이루고 어깨를 나란히, 기묘한 김이 솟아오르는 커다란 황금 고블렛을 받쳐들고, 신전의 일곱 문에서 나타난다. 일곱의 사제 줄은 모두 일렬 종대이며, 무릎을 굽히지 않고 발을 크게 앞으로 내뻗는, 점잔을 빼는 걸음걸이로 일곱의 작은 집을 향한 통로를 지났으며, 그 길로 작은 집으로 모습을 감추고는 다시는 나타나지 않았다. 지하 통로가 작은 집과 신전을 연결하며, 사제들의 기다란 행렬은 그 통로를 이용해 돌아간다고 하지만, 깊게 내려가는 줄무늬 마노 계단이 알려지지 않은 신비의 세계로 통한다는 애기를 속삭이기도 했다. 그러나 아주 적은 자들은 복면과 두건을 두른 행렬을 짓는 사제들이 인간이 아니라고 넌지시 비쳤다.

카터가 신전으로 들어가지 않았던 것은 복면으로 얼굴을 숨긴 왕만이 그럴 수 있도록 허락되어 있기 때문이었다. 그러나 정원을 떠나기 전에 종을 울리는 시각이 찾아와 귀청을 찢는 듯한 날카로운 소리가 머리 위에서 흐느껴 우는 듯한 각피리와 바이올, 그리고 사람 소리가 매우 높은 음량으로 문 옆의 작은 집에서 들려왔다. 그러자 화분을 받쳐든 사제들의 기다란 행렬이 독특한 걸음걸이로 일곱 개의 길로 나아갔고, 나그네에게 인간의 사제라면 거의 일으키지 않을 그런 공포를 안겼다. 행렬의 마지막이 모습을 감추자 카터는 그 정원을 떠났으나, 그 때 화분이 옮겨진 길 위에 흔적이 있음을 알아챘다. 갤리선의 선장마저도 거기에는 불쾌감을 나타냈으며, 카터를 재촉하여 복면의 왕이 있는 궁전의 수많은 둥근 지붕이 장엄하고 화려하게 솟아 있는 언덕을 향하게 했다.

줄무늬 마노의 궁전으로 가는 길은 경사가 가파르고 좁았으며, 오로지 왕과 그 수행원이 야크를 타거나 야크가 끄는 화려한 탈것으로 지나는 곳인데 구부러진 길만큼은 넓었다. 카터와 안내자가 오른 좁은 길은 돌계단이 계속됐으며, 기괴한 상징이 금으로 상감되어 벽에 끼워져 있으며, 발코니와 밖으로 내어 단 창문 밑으로는 가끔 듣기 좋은 음악의 가락과 코를 스치는 독특한 향기가 감돌 때가 있었다. 언제나 앞에는 복면한 왕의 궁전을 공공연한 것으로 보이게 하는 거대한 성벽, 튼튼한 부벽(扶壁), 무리를 이룬 구근 모양의 둥근 지붕이 솟아 있었다. 마침내 둘은 커다랗고 검은 아치문 밑을 지나 군주가 좋아한다는 정원으로 들어섰다. 카터가 엄청난 아름다움에 정신을 잃고 그 자리에 우뚝 멈춰버린 것도 무리가 아니며, 줄무늬 마노로 만들어진 보도와 기둥 회랑, 금색의 격자를 써서 담장을 치고, 섬세한 꽃을 피운 나무들, 형태도 크기도 다른 화려하기 그지없는 화단, 절묘하고도 얕은 부조를 새긴 놋쇠 항아리와 솥, 좌대 위에 거의 살아 있는 것처럼 보이는 검은 줄무늬 대리석의 조각상, 빛을 내뿜는 물고기가 헤엄치는 타일이 깔린 분수와 바닥이 현무암으로 된 연못, 조각을 새긴 기둥 위에 무지개 색의 지저귀는 새가 머무는

둥지, 눈이 휘둥그레질 만큼 아름다운 소용돌이 무늬가 있는 청동
대문, 반들반들 닦인 벽을 온통 뒤덮은 꽃을 피운 덩굴, 이런 모든
것들이 하나가 되어 자아내는 광경은 현실을 초월하는 아름다움, 꿈
의 땅에서조차도 거의 믿기 힘든 굉장함을 빚어내는 것이었다. 궁전
의 둥근 지붕과 번개무늬의 장엄하고 화려함을 앞에, 그리고 발길을
들여놓지 않은 머나먼 산맥의 기이한 모습을 오른쪽으로, 이 광경이
어슴푸레한 회색의 하늘 밑에서 환영처럼 흔들리고 있었다. 작은 새
들과 분수가 연이어 노래하는 한편, 진귀한 꽃향기가 장막처럼 믿기
힘든 정원을 에워싸고 있다. 달리 인간의 모습은 없었는데 카터는
그것을 기쁘게 생각했다. 이윽고 둘은 발길을 돌려 똑같은 줄무늬
마노의 돌계단을 내려갔는데, 그것은 궁전 자체를 방문하는 것이 허
락되지 않은 때문이며, 또한 중앙의 커다란 돔에는 소문으로 이름높
은 모든 샨탸크 새의 시조가 머물며, 호기심을 지닌 자에게 기괴한
꿈을 보낸다고 한다. 그리고 이 돔을 오랫동안 바라보는 것은 좋지
않기 때문이기도 했다.

　그 뒤 선장이 카터를 데리고 간 도시의 북쪽 지역은 대상(隊商)
의 가까이에 야크 상인과 줄무늬 마노를 채집하는 광부의 여관이 즐
비했다. 선장에게는 다른 볼일이 있어서 카터는 북부에 관해 광부들
과 이야기를 나누고 싶어서 이 지역의 광부들의 숙소인 천장이 낮은
여관에서 둘은 헤어졌다. 그 여관에는 많은 사람들이 있어서 카터는
곧 몇 사람인가와 이야기를 시작했고, 오래 전부터 줄무늬 마노를
채취하던 광부라고 이름을 대고 인쿠아노크 채석장에 관해 알고 싶
다고 했다. 그러나 그들을 통해 들은 것은 지금까지 알았던 것과 별
차이가 없으며, 북쪽의 얼어붙은 황야와 아무도 찾아간 적이 없는
채석장으로 화제가 돌아가자 광부들은 소심하게도 얼버무리는 것이
었다. 렝이 있다는 곳에서부터 산맥을 돌아서 온 전설로 이름높은
사절(使節)이나, 북쪽의 바위터에 숨어 있는 사악한 존재나 형언하

기 힘든 보초에 관해 광부들은 공포감을 안고 있었다. 그리고는 목소리를 낮추어 소문대로 샨타크 새는 정직하지 않으며, 단 한 마리도 본 적이 없으므로(왕의 돔에 있는 샨타크 새의 전설상의 시조는 어둠 속에서 사육되고 있다) 진심으로 바라지도 않는다고도 했다.

다음 날, 카터는 모든 채석장을 직접 눈으로 보고 다니면서 인쿠아노크에 흩어져 있는 농장이나 고풍스런 줄무늬 마노로 만든 마을에까지 가보고자 한 마리의 야크를 빌리고 여행 용품을 커다란 가죽 자루에 집어넣었다. 대상 문을 넘자 길은 경작지 사이를 똑바로 지나, 낮고 둥근 지붕을 이고 있는 기묘한 농가가 수없이 눈에 띄었다. 질문을 하기 위해 몇 채인가 이런 농가에 들렀다. 한 농가의 주인이 매우 엄숙하고 과묵해서, 응그라네크 산의 거대한 얼굴과도 닮은 초탈한 위엄으로 가득한 것을 깨닫자, 문득 인간과 뒤섞여 사는 위대한 자들의 일원이거나, 그도 아니면 그들의 피를 90퍼센트는 물려받은 자를 만났다는 확신을 가지게 되었다. 그리고 그 엄숙하고 과묵한 농부에 대해 주의 깊게 말을 가려서 신들을 더할 수 없이 칭찬하고 지금까지 부여받은 은혜를 찬미했다.

그 날 밤은 길가 초원의 라이거스 나무에 야크를 매어놓고, 나무 그늘에서 노숙을 했다. 아침이 되자 북쪽을 향해 여행을 다시 계속했다. 10시쯤에는 교역 상인이 휴식을 취하고, 광부가 사방산(四方山) 이야기를 하는, 낮고 둥근 지붕의 집이 세워진 우르그 마을에 도착해 정오까지 그곳 여관을 돌아다녔다. 넓은 대상(隊商) 길은 여기서부터 서쪽으로 꺾어져 셀란으로 향하는데, 카터는 채석장 길을 더듬어 북쪽으로 계속해서 나아갔다. 오후 내내 오르막 경사가 심한 길을 갔으나, 지금까지의 길보다도 약간 좁고 경작지보다도 바위 터를 지나는 경우가 많아졌다. 그리고 저녁때가 될 무렵에는 왼쪽의 낮은 구릉으로 보였던 것이 차츰 높아지다가 검디검은 절벽을 이루어, 채석장에 가까이 왔음을 알 수 있었다. 그런 동안에도 발길을 들여놓지 못하는 산맥의 당당하고도 꺼림칙한 비탈면이 오른쪽 멀리에 솟아올랐고, 가끔 만나는 농부나 상인, 줄무늬 마노를 모으는 짐차를 끄는 자에게서 들은 산맥 이야기는, 앞으로 나아감에 따라서 차츰 불길한 것이 되어갔다.

이틀째의 밤은 땅에 말뚝을 박아 야크를 매어 놓고, 튀어나온 커다랗고 검은 바위 그늘에서 노숙을 했다. 이곳 북쪽 땅에서는 구름의 인광이 강해졌음을 감지하고, 구름을 배경으로 검디검은 것을 본 것처럼 여겨지는 일이 여러 번 있었다. 그리고 사흘째 아침에는 최초의 줄무늬 마노 채석장을 발견하고, 곡괭이나 정을 들고 일하는 자들에게 말을 걸었다. 저녁때가 되기 전에 11군데의 채석장을 지나쳤으나, 그 주위의 땅은 모두가 줄무늬 마노의 절벽과 덩어리로 덮어 있으며, 식물은 전혀 없고, 시커먼 땅 위에 커다란 바위 덩어리가 여기저기 흩어져 있을 뿐, 발길을 들여놓지 못한 산맥의 회색 비탈면이 언제나 꺼림칙하고 흉측스럽게 오른쪽에 솟아올라 있었다. 사흘째 밤은 불꽃이 부드럽게 흔들리는 서쪽 절벽에 기분 나쁜 그림자를 던지는 광부들의 야영지에서 보냈다. 그리고 광부들이 많은 노래를 부르고 많은 이야기를 하며, 옛 시대나 신들의 가르침을 둘러싼 진기한 지식을 분명히 알고 있었으므로, 그들이 선조로 모시는 위대한 자들의 잠재된 기억을 수없이 많이 갖고 있음을 알 수 있었다. 어디에 가느냐고 묻더니 북쪽에는 그다지 멀리 가지 않는 편이 좋겠다고 충고했으나, 카터는 이에 응답하여 줄무늬 마노의 새로운 절벽을 찾으려 하며, 그런 광맥을 찾는 자에게는 흔히 있는 위험은 어쨌거나, 그것을 넘어설 위험을 일으킬 생각은 없다고 못박았다. 아침이 되자 광부들에게 이별을 고하고 야크를 타고는 인간보다도 오랜 존재가 터무니도 없는 크기의 줄무늬 마노를 채집한, 찾아오는 사람도 없는 무시무시한 채석장을 찾게 되리라고 광부들이 경고했던, 차츰 어두워져 가는 북쪽 땅을 향해 갔다. 그러나 마지막 이별

을 고하기 위해 뒤돌아보며 손을 흔들었을 때 렝과 교역을 하는 듯
하다며 머나먼 다일러스린에서 소문의 씨앗이 되었던 땅딸막하고
의심스러운 눈초리의 늙은 상인이 야영지에 가까이 오는 것이 보인
것처럼 여겨져 아무래도 마음이 편치가 않았다.

두 개의 채석장을 지나자, 인쿠아노크 사람이 사는 땅은 끝났는
지, 길도 좁아지고 금단의 검디검은 벼랑을 벗어난 험준한 야크 길
이 되었다. 계속해서 오른쪽에는 멀리 산맥이 꺼림칙하게 솟아 있
고, 그 미답의 영역으로 깊이 파고 들어감에 따라서 주위는 차츰 어
둡고, 또한 추워졌다. 곧 발 밑의 검은 길에 인간의 발자국도, 발굽
자국도 없음을 깨닫고 틀림없이 태고의, 그리고 미지의 무인의 길에
들어섰음을 알았다. 때로 커다란 까마귀가 멀리 높은 곳에서 울 때
가 있으며, 또한 거대한 바위 뒤에서 날개를 퍼덕이는 소리가 들렸
으므로 소문 속의 샨타크 새에 관한 불안한 생각이 날 때도 있었다.
그러나 대체로 카터와 털이 텁수룩한 야크 외에는 아무것도 없으며,
야크가 차츰 나아가기를 싫어하면서 길가의 사소한 소리에도 벌벌
떨면서 코를 쿵쿵댔으므로 마음의 평정이 무너지고 말았다.

이제 길은 시커멓고 완만한 바위벽에 눌려 짜부라질 것처럼 보여
서, 지금까지보다도 훨씬 경사가 가팔라질 조짐을 보이기 시작했다.
발 밑은 좋지 않았고, 엄청나게 흩어져 있는 바위 조각에 야크의 발
이 미끄러지는 일도 이따금 있었다. 두 시간이 지나 둔탁한 회색 하
늘이 펼쳐져 있을 뿐 틀림없는 산꼭대기를 보자 카터는 앞으로의 진
로가 평탄하게 이어지기를 기원했다. 그러나 산 정상에 이르기는 보
통 힘든 것이 아니었고, 오르는 비탈면은 거의 수직에 가까웠으며,
검은 바위와 잔돌이 부스러지기 쉬워서 위험했다. 카터는 지면에 놓
아봤자 의지할 데가 없는 야크를 계속 끌고 갔으며, 야크가 움직이
려고 하지 않거나 비틀거리거나 할 때마다 발 밑을 튼튼히 한 다음
힘을 주어 끌어당겼다. 그러는 사이에 어느덧 산 정상에 이르렀고,

그러자 숨을 삼켰다. 길은 똑바르게 앞으로 향해 있었고, 완만한 내리막을 이루었으며, 지금까지와 마찬가지로 높은 자연의 벽에 끼워져 있었으나, 그러나 왼쪽에는 무시무시한 공간이 몇 에이커에나 걸쳐 펼쳐져 있고, 뭔가 태고의 두려운 힘이 줄무늬 마노의 자연 벼랑을 도려냈으며, 비틀어 떼어낸 것처럼 그곳에는 거인의 채석장이 형성되어 있었다. 거대한 도랑은 견고한 절벽 속에까지 들어가 있으며, 밑은 대지의 창자에까지 깊게 입을 벌리고 있다. 인간의 채석장이 아니며, 웅덩이의 옆면에는 폭이 몇 미터나 되는 커다란 네모 모양 흔적이 몇 개나 있고, 이름도 알 수 없는 존재의 손과 끌이 과거에 잘라낸 돌덩이의 크기를 말해주고 있었다. 톱니 모양이 된 가장자리 상공 높은 곳에는 커다란 까마귀가 날개를 퍼덕이며 날고 있고, 눈에 보이지 않는 깊이에서 희미하게 바람을 가르는 소리는 박쥐 아니면 우르하그, 그도 아니면 뭐라고 표현할 수 없는 생물이 영원한 어둠 속에 흘러 있음을 알리고 있었다. 어슴푸레함 속에서 카터가 서 있는 좁은 길은 앞은 바위가 완만하게 내려가는 곳이고, 오른쪽에는 눈길이 닿는 데까지 높은 줄무늬 마노의 깎아지른 절벽이 이어졌으며, 왼쪽은 높은 절벽이 바로 앞에서 잘라져 밑으로 떨어지는, 이 세상의 것이라고는 도저히 여겨지지 않는 무시무시한 채석장을 이루고 있었다.

갑자기 야크가 신음소리를 내어 카터의 지배를 뿌리치고 뛰어오르더니, 쩔쩔매면서 내달려 북쪽으로 향하는 좁은 비탈면 아래쪽으로 모습을 감추었다. 뛰어오르는 발굽에 채인 돌이 채석장 가장자리를 넘어 떨어져 바닥에 닿는 소리도 없이 어둠 속으로 사라졌으나, 카터는 그 좁은 길의 위험은 생각지도 않고 질풍처럼 달려 내려가는 야크의 뒤를 숨도 쉬지 않고 뒤쫓았다. 얼마 안 있어 왼쪽에 절벽이 다시 나타나, 진로는 또다시 좁고 험한 길이 되었으나, 나그네는 크게 사이가 떨어진 발자국으로부터 야크가 아무렇게나 도망친 길을 알아내고는 그 뒤를 오직 달려서 따라갔다.

한 번 겁을 낸 야크의 발굽 소리가 들린 것 같아 그 소리에 용기를 내서 달리는 속도는 갑절이 되었다. 몇 마일이나 달리는 가운데 조금씩 앞길이 넓어졌고, 곧 북쪽의 적막하고 얼어붙은 황야가 나오리란 것을 알 수 있었다. 발길이 닿지 않은 머나먼 산맥의 꺼림칙한 회색 산허리가, 다시 오른쪽의 바위 위로 나타났고, 눈앞에 보이는 아득한 공간의 바위와 둥근 돌은 틀림없이 암담하기 짝이 없는 평원의 조짐이었다. 또다시 발굽 소리가 아까보다도 분명하게 귀에 들리기는 했지만, 도망치는 야크의 겁에 질린 발굽 소리가 아니었으므로 이번에는 오히려 공포에 휩싸였다. 발굽 소리를 내는 동물은 무정하게도 어떤 목적을 지니고, 카터를 등뒤에서 쫓고 있는 것이었다.

카터가 야크를 추적하는 것이 이제는 미지의 것으로부터의 도주로 바뀌었고, 뒤돌아볼 용기도 나지 않았으나, 등 뒤의 존재가 대체로 정직하지 않으며, 형언키 어려운 것임은 절실히 느껴졌다. 야크는 그 녀석이 뒤쫓아오는 것을 먼저 들었거나 느낀 것임이 틀림없으며, 카터는 그 녀석이 인간이 모여 있는 곳에서부터 뒤를 쫓아온 것인지, 그도 아니면 그 시커먼 채석장 구덩이에서 몸부림쳐 나온 것인지 스스로에게 물어볼 마음도 내키지 않았다. 그러는 동안에 절벽을 뒤로한 지도 꽤 시간이 흘러 밤의 어둠이 내려앉아서 모든 길은 모래와 유령 같은 바위뿐인 드넓은 황야에 묻히고 말았다. 야크의 발굽 자국을 볼 수는 없었으나, 언제나 뒤에서는 꺼림칙한 소리가 났고, 가끔 그것과 뒤섞여 들리는 것은 거대한 날개의 퍼덕임과 바람을 가르는 소리인 것 같았다. 불리한 입장에 떨어졌음이 참혹하리만큼 확실해졌고, 아무런 표지도 없는 바위와 발길이 닿지 않은 모래만이 있을 뿐인 적막한 황야에서 절망적이리만큼 길을 잃고 헤매고 있음을 깨달았다. 오른쪽으로 전인미답의 머나먼 산맥만이 겨우 방향 감각을 알려주었으나, 그것조차도 차츰 분명하게는 보이지 않게 되어, 회색의 어슴푸레함이 더욱 약해져 병적인 구름의 비늘 빛으로 바뀌고 말았다.

그러는 사이 차츰 어두워져 가는 북쪽으로 안개에 뒤덮여 몽롱하게, 무시무시한 것이 보였다. 순간 시커먼 산맥을 본 것 같았는데, 곧장 그 이상의 것임을 깨달았다. 뒤얽힌 구름의 비늘 빛이 그것을 분명하게 나타냈으며, 뒷쪽의 안개가 빛날 때에는 각 부분의 윤곽을 검디검게 나타내기조차 하는 것이었다. 얼마나 떨어져 있는지는 알 수 없지만 꽤 멀리에 있음이 틀림없었다. 천 미터나 되는 높이에 발길이 닿지 않는 회색 산맥으로부터 상상조차 하지 못할 서쪽의 공간으로, 거대하게 패인 요(凹)자 모양의 호를 그리며 솟아 있으며, 과거에는 분명히 거대한 줄무늬 마노 구릉의 꼬리 부분이었음에 틀림없었다. 그러나 지금은 그 구릉은 구릉이 아니며, 인간보다도 거대한 자의 손이 닿은 듯하다. 소리도 없이 늑대나 식시귀처럼 세상의 꼭대기에 웅크리고는 구름과 안개를 이고, 북쪽의 비밀을 영원히 지키려는 것이었다. 거대한 반원을 그리며 서려 있는, 이들 개(犬)와 같은 산봉우리는 어마어마한 크기의 보초 조각상에 조각되어 있으며, 오른쪽이 인류를 위협하기라도 하는 듯 치켜올려져 있었다.

주교의 관(冠)을 쓴 머리 두 개가 움직이는 것처럼 보였던 것은 구름이 흔들리는 탓이었다 하더라도, 카터가 비틀거리면서 진한 그림자의 무릎에서 거대한 것이 몇 개나 올라가는 것을 보았을 때, 그 움직임은 단순한 환영은 아니었다. 날개를 퍼덕이면서 바람을 가르는, 이들은 시시각각 크기를 불려갔으며, 나그네는 불안한 발걸음으로 앞으로 나아가는 것도 여기까지라고 단념했다. 바람을 찢으며 날아오는 것들은 지구나 꿈의 땅에서 알려진 새나 박쥐가 아니었다. 코끼리보다도 거대했으며 그것은 말처럼 생긴 머리를 가지고 있었다. 카터는 악명 높은 샨타크 새가 틀림없음을 알았다. 그 어떠한 사악한 수호자나 형언할 수 없는 보초가 인간을 북쪽 바위의 황야로부터 멀어지게 하는 것이 아닐까 수상쩍게 생각하지도 않았다. 그래서 각오를 단단히 하고 멈춰 서서 감연히 뒤돌아보니, 실제로 그곳에는 흉측한 소문으로 둘러싸인 땅딸막하고 치켜 올라간 눈의 상인이 비쩍 마른 야크에 걸터앉아 냉소를 보이며, 날개에 아직 지옥 구덩이의 서리와 초석(硝石)이 달라붙어 있는, 노려보는 샨타크 새의 무리를 거느리고 바싹 다가와 있었다.

거대하고 부정한 원들로 압박해오는, 황당무계한 말머리 모양의 날개를 펼치는 악몽에 사로잡혔지만, 랜돌프 카터는 의식을 잃지 않았다. 거대한 괴물이 사납고 무시무시하게 주위에 우뚝우뚝 솟아 있는 가운데, 눈이 치켜 올라간 상인이 야크에서 뛰어내려 싱긋 웃음을 띄우면서 포로 앞에 섰다. 그러더니 상인은 카터에게 불쾌한 샨타크 새에 타도록 재촉했고, 꺼림칙해서 망설이고 있는 카터에게 손을 내밀었다. 샨타크 새에는 깃털 대신에 비늘이 있으며, 굉장히 미끄러지기 쉬워서 올라타기가 매우 힘들었다. 간신히 카터가 새에 올라타자 눈이 치켜 올라간 상인은 카터의 뒤로 뛰어올랐고, 지금까지 타고 있던 야크는 믿기 힘든 거대한 새 한 마리에 의해 조각이 새겨진 북쪽 산 쪽으로 옮겨졌다.

그 뒤 얼어붙은 하늘을 가로지르는 엄청난 비상이 있었고, 끝도 없이 위로 올라가 렝이 있다고 하는, 발길이 닿지 않은 산맥의 기분 나쁜 회색의 산허리를 향해, 오직 서쪽으로만 비행을 계속했다. 구름 위 저 멀리로 높이 날아가, 마침내 눈 아래로는 인쿠아노크의 주민이 지금까지 본 적도 없는, 전설 속에 나오는 산 정상이 이어져 있었고, 빛나는 안개의 높은 소용돌이 속에 뾰족한 봉우리가 늘 솟아 있었다. 카터는 그 상공을 날 때 산 정상을 빠짐없이 살펴보고, 가장 높은 위치에 있는 산꼭대기에서 이상한 동굴을 보고는 응그라네크 산의 동굴을 떠올렸으나, 늙은 상인과 말머리 모양의 샨타크도 이상하게도 그 동굴을 두려워하는 듯, 신경을 곤두세우고는 서둘러

지나갔고, 꽤 멀어질 때까지 무척이나 긴장하고 있음을 느꼈으므로 자신을 잡은 자에게 질문을 하지는 않았다.

이제 샨타크는 낮게 날았고, 구름 덮개 아래로 회색의 황량한 평원이 나타났으며, 그곳에는 꽤 거리를 두고 작은 불꽃이 미약하게 불타고 있었다. 그 평원으로 내려감에 따라서 점점이 흩어져 있는 화강암으로 만든 작은 집과 돌로 이루어진 매우 추운 마을이 나타났고, 작은 창이 창백한 빛을 발하고 있었다. 그런 오두막과 마을에서 흐느껴 우는 듯한 낮은 피리 소리와 기분 나쁜 심벌즈 소리가 들려옴으로써, 이 땅에 관한 인쿠아노크 주민의 소문이 맞는 것임을 금세 확인했다. 아무래도 나그네들은 이런 소리를 들은 적이 있으며, 정상적인 자가 찾아오지 않고, 얼어붙은 황야의 고원, 즉 렝이 분명한 사악과 신비에 홀린 땅에서만이 이런 소리가 떠도는 것임을 알고 있었다.

미약한 불꽃 주위에서 시커먼 것이 흥에 취해 춤추고 있는 것이 보임에 따라, 정상적인 자가 렝을 찾아온 적이 없으며, 이 땅은 아주 멀리에서 볼 수 있는 불꽃과 돌로 만든 작은 집에 의해서만 알려져 있는데 지나지 않으므로 카터는 어떤 생물이 춤을 추는지 강한 호기심에 휩싸였다. 매우 느리고 어색하게 춤을 추고, 미친 듯이 몸을 꼬거나 휘는 것은 정말이지 유쾌한 구경이 아니었고, 그래서 카터는 그들에게 악귀가 따라다닌다는 모호한 전설이나 그 치가 떨리게 얼어붙은 고원에 대한 꿈의 땅 모든 주민이 가진 공포를 이상하게 생각하지 않았다. 샨타크가 낮게 춤추며 내려옴에 따라 춤에 흥겨워하는 자들의 혐오스러움에는 지옥 같은 익숙함이 더해지게 되었고, 카터는 뚫어져라 바라보면서, 어디서 이런 생물을 보았는지, 그 단서를 찾고자 기억을 더듬었다.

그들은 발 대신에 발굽이 있는 것처럼 뛰어올랐다가는 내려왔고, 작은 뿔이 달린 가발 내지는 모자 같은 것을 쓰고 있는 것 같았다.

그 밖에는 실오라기 하나도 몸에 걸치지 않았으며, 대부분의 자들은 빽빽하게 부드러운 털로 뒤덮여 있다. 등에는 왜소한 꼬리가 있으며, 그들이 위쪽으로 고개를 들 때는 엄청나게 커다란 입이 눈에 들어왔다. 그 때 카터는 그들이 누구인지를 알았으며, 그들이 가발도 모자도 쓰고 있지 않다는 것을 깨달았다. 렝의 수수께끼 같은 사람들이란, 결국 다일러스린에서 홍옥을 교역하는 검은 갤리선의 불쾌한 상인들, 괴물 같은 달의 생물의 노예이며, 인간이 아닌 상인들임에 틀림없었다. 아주 오래 전 카터가 악취를 풍기는 갤리선에 납치를 당했던 때와 똑같은 검은 자들이며, 카터는 그들의 동족이 주술 들린 달의 도시 깨끗하지 못한 부두에서 쫓기는 것을 본 적이 있으나, 살집이 있는 나쁜 자들이 힘든 고역을 당하는 한편, 뚱뚱한 자들은 폴립 상태의 무정형의 주인들의 다른 욕구를 채우기 위해 나무 궤짝에 갇혀 운반되었던 것이다. 지금 카터는 그 불가사의한 생물의 고향을 알고, 렝이 달의 무정형의 꺼림칙한 생물들에게 알려진 것이 틀림없음을 깨닫고 자기도 모르게 떨려오기 시작했다.

그러나 샨타크는 불꽃 위도, 돌로 만든 오두막이나 인간 이하의 춤추는 자들의 위도 날아 지나면서 회색 화강암의 불모 구릉과 바위와 얼음, 그리고 눈덮인 약간 어두운 황야 위로 춤추며 올랐다. 날이 새고 낮게 드리운 구름의 인광이 북쪽 영역의 몽롱한 어슴푸레함으로 바뀌어도 불쾌한 새는 냉기와 침묵 속을 의미 있는 듯이 계속 날았다. 때로 눈이 치켜 올라간 상인이 목에 걸린 꺼림칙한 말로 말머리 모양의 새에게 말을 거는 때가 있는데, 그 때마다 샨타크는 불투명한 유리를 할퀴는 듯한 목소리로 대답했다. 그러는 동안에도 땅은 계속 높아지기만 했다. 이윽고 나타난 대지는 황량한 무인의 땅 꼭대기 그 자체인 것처럼 보였다. 침묵과 흐릿한 어둠과 냉기의 한가운데에 땅딸막하고 창이 없으며, 돌로 지은 이상한 건축물이 오직 하나 솟아 있는데, 그 주위를 조잡한 돌들이 둘러싸고 있었다. 그 배열에는 인간다움은 추호도 없으며 카터는 옛 시에서 기억을 더듬었다. 노란 실크 복면을 쓰고 객신과 기어드는 혼돈의 나이알라트호테프에게 기도를 바친다는, 뭐라고 형언하기 힘든 대사제가 오직 혼자서 사는 먼 선사 시대의 수도원, 가장 두려운 전설상의 땅에 실제로 왔음을 깨달았다.

무서운 새는 이제 지면에 내려섰고, 눈이 치켜 올라간 상인이 뛰어내리더니 카터가 내려오도록 손을 내밀었다. 포박의 목적에 관해 카터는 강한 확신을 가지게 되었다. 그것은 눈이 치켜 올라간 상인이 분명히 암담한 자들의 부하이며, 미지의 카다스를 찾아내 줄무늬 마노의 성에 있는 위대한 자들의 앞에서 간청하려는 인간을, 뻔뻔스럽게도 자기들의 지배자 앞으로 끌어가는 데 급급하다는 것이었다. 아무래도 이 상인이 다일러스린에서 달의 악마의 노예를 사용해 먼저 카터의 포박을 획책했던 듯, 지금도 다시 구원의 고양이들이 좌절하기를 바라고, 포로를 무시무시한 나이알라트호테프와의 전율할 만남의 장으로 데려가서, 미지의 카다스를 탐구하는 행위가 얼마나 대담한 일인가를 알려줄 작정인 것 같았다. 렝과 인쿠아노크 북쪽 얼어붙은 황야는 객신의 익숙한 장소에 틀림없으며, 바로 그 때문에 카다스로 통하는 길은 매우 튼튼하게 보호되어 있을 것이었다.

눈이 치켜 올라간 사내는 몸집이 작았으나, 말머리 모양의 새가 감시를 늦추지 않았으므로 카터는 끄는 대로 끌려가, 옆에 둥글게 서 있는 돌들 사이를 가로질러 창이 없는 돌로 된 수도원의 낮은 아치형 문으로 발을 들여놓았다. 내부에 빛은 전혀 없었으나, 사악한 상인이 얕게 부조된 기분 나쁜, 작은 도자기 램프에 불을 붙이고 포로를 끌어다가 미로 같은 좁고 구부러진 복도를 걷게 했다. 복도 벽에는 역사보다도 오래된 무시무시한 광경이 그려져 있으며, 그 양식은 지구의 고고학자들도 모를 것이었다. 엄청난 세월이 흘렀음에도 안료가 여전히 선명한 것은 렝의 가공할 추위와 건조함이, 수많은 원초의 것을 그대로 살려놓았기 때문이 틀림없다. 앞으로 나아가는 희미한 램프 빛으로 카터는 그림을 차례로 보았으나, 그 그림이 나타내는 이야기에 몸서리를 쳤다.

그들 태고의 프레스코화에는 렝의 연대기가 생생하게 그려져 있으며, 뿔과 발굽을 지니고 입이 커다란, 거의 인간과 닮은 생물들이 망각의 늪에 가라앉은 도시 한가운데서 사악하게 춤추고 있었다. 과거의 몇 개의 정경이 있는데, 렝의 인간과 비슷한 것이 근교 골짜기에 있는 거대한 보랏빛 거미와 싸우고 있었다. 달에서 검은 갤리선이 도래하는 정경도 있는가 하면, 그런 갤리선에서 몸부림과 발버둥을 치며 날아오르는 폴립 모양의 무정형의 모독적인 생물에게, 렝의 주민이 굴복하는 광경도 있었다. 이들 회색의 끈적끈적하고 모독적인 생물을 렝의 주민은 신으로서 우러러 받들고, 가장 살이 찐 사내들이 몇십 명이나 검은 갤리선에 태워져 사라져도 불평을 터트리지 않았다. 괴물 같은 달의 생물은 바다의 작은 섬에 야영하고 있었는데, 카터는 일련의 프레스코화에서 이것이 인쿠아노크로 가는 항해 도중에 보았던 이름도 없는 외딴섬, 인쿠아노크 선원들이 기피하던 곳의, 밤새 혐오스런 포효를 울려 퍼지게 하던, 그 회색의 주술 들린 바위가 분명하다는 것을 깨달았다.

그리고 이들 프레스코화 속에는 인간과 비슷한 거대한 항구와 수도도 있으며, 절벽과 현무암의 부두 사이에 자리잡은 항구와 수도는 돌기둥으로 받쳐져 있고, 위풍당당하게 높은 신전과 조각된 건축물을 옹호하는 훌륭한 것이었다. 커다란 정원과 기둥이 즐비한 거리는 절벽과 스핑크스를 인 6개의 문에서 저마다 드넓은 중앙 광장으로 통하며, 광장에는 한 쌍의 날개를 지닌 거대한 사자가 지하 계단의 가장 위쪽을 지키고 있다. 이렇게 날개가 달린 거대한 사자는 몇 번이나 거듭 그려져 있으며, 섬록암의 억세고 늠름한 옆구리는 낮에는 회색의 어슴푸레한 빛을 받고, 밤에는 구름의 인광을 받아 빛났다.

카터는 비틀거리듯 앞으로 나아가면서도 빈번하게 반복되는 정경을 바라보면서 문득 그것이 무엇인지, 인간과 닮은, 검은 갤리선의 도래 이전 머나먼 옛날에 지배하던 것이 어떤 도시에서 있었는지에 생각이 이르렀다. 꿈의 땅의 전설은 너무나도 많으므로 틀릴 것도 없다. 의심할 여지도 없이 원초의 도시는 수많은 전설에 나오는 사르코만드이며, 그 폐허는 처음으로 진정한 인간이 빛을 보게 되는 백만 년이나 전부터 비바람에 씻기고 있었으며, 한 쌍의 거대한 사자는 꿈의 땅으로부터 거대한 심연에 이르는 돌계단을, 영원히 굳게 지키고 있는 것이다.

다른 정경은 렝을 인쿠아노크와 구분하는 꺼림칙한 회색 산맥과, 산맥 안쪽에 사는 괴물 같은 샨타크 새를 나타내고 있었다. 그리고 마찬가지로 최고봉의 정상 가까이에 있는 기묘한 동굴을 나타내는 정경도 있으며, 샨타크 새 가운데 가장 대담한 것조차도 그 동굴에서는 비명을 지르며 날아 도망치는 모습이 그려져 있었다. 카터는 산맥을 넘었을 때 그런 동굴을 보고, 응그라네크 산의 동굴과 비슷하다는 점을 깨닫기도 했다. 이제는 그렇게 닮은 것이 우연 이상이라는 것이 분명했으나, 이들 그림에 그런 가공할 만한 동굴 주민이 그려져 있으며, 박쥐의 날개, 구부러진 뿔, 바늘털 돌기가 있는 꼬리, 쥐는 힘이 있는 앞다리, 고무 상태의 몸은 결코 카터에게 낯선 것이 아니었다. 그런 비행(飛行)과 쥐는 힘을 지닌 침묵의 생물, 위대한 자들조차도 두려워하며, 나이알라트호테프가 아니라 장엄한 노덴스를 주인으로 모시는, 커다란 심연의 백치 수호자를 전에 만난 적이 있었다. 얼굴이 없기 때문에 웃지도, 웃음을 띠는 일도 없으며, 노스 골짜기와 외부 세계로 가는 길 사이의 어둠 속에서 영원히 날개를 퍼덕이는, 그 가공할 밤귀신들이었기 때문이다.

눈이 치켜 올라간 상인이 카터를 밀어 넣은 커다란 돔 상태의 공간은 벽에 충격적인 옅은 부조가 새겨져 있으며, 중앙에는 원형의 구멍이 뻥하니 입을 벌리고 있었고, 기분 나쁘게 채색된 여섯 개의 돌 제단이 그를 둘러싸고 있었다. 사악한 냄새가 가득 차 있는 드넓은 성당 예배실에 빛은 없으며, 상인이 들고 있는 꺼림칙하고 작은 램프가 미약하게 빛을 발할 뿐이어서 자세한 것을 살펴보는 것도 조금씩밖에는 할 수가 없었다. 가장 안쪽에는 앞에 5개의 돌단이 달린 높은 좌대가 있으며, 좌대에 놓인 황금 옥좌에는 빨강 무늬가 들어간 노란 실크를 휘감은 땅딸막한 인물이 앉아 있으며, 노란 실크 복면으로 얼굴을 감추고 있었다. 그 인물에게 눈이 치켜 올라간 사내가 두 손으로 어떤 종류의 신호를 하자, 어둠에 잠겨 있는 자는 그에 응답하여, 실크로 뒤덮인 앞 팔로 무시무시한 조각이 새겨진 상아 플루트를 들더니 얼굴에 내려진 노란색의 복면 밑에서 속이 메스꺼운 가락을 연주하기 시작했다. 한동안 그런 행동이 계속됐고, 카터에게는 그 플루트 소리에도, 또 흉측한 방안의 악취에도, 역겨울 정도로 매우 익숙한 데가 있었다. 그런 것들로부터 카터가 떠올린 것은 빨갛게 빛나는 무시무시한 도시와, 그 안을 걸어다니던 구역감을 일으키는 행렬, 나아가서는 지구의 친숙한 고양이들이 서둘러 구출하러 달려오기 전에 그 도시 저쪽 달의 구릉을 두려움 속에서 오르던 일이었다. 좌대 위의 생물은 의심할 것도 없이, 전설이 소리를 낮추어 악마적이고 이상한 힘을 지녔다고 전하는, 뭐라 형언하기 힘든 대사제임을 깨달았으나, 그 혐오스러운 대사제가 누구인지에 생각이 미치자 카터는 너무나도 무서워 아무런 생각도 나지 않았다.

그러는 사이 무늬가 들어간 실크 옷이 미끄러져 내려와 회백색의 앞 팔이 조금 드러나면서 카터는 유해(有害)한 대사제의 정체를 알았다. 그리고 그런 전율할 한순간 속에서 너무나도 공포에 휩싸인 나머지, 이성이 있다면 감히 시도할 리도 없을 행위에 이른 것은, 움츠러드는 의식 속에서도 황금의 옥좌에 앉아 있는 자에게서 도망치고 싶다는, 그런 의지만큼은 있기 때문이었다. 지금 있는 곳과 밖의 얼어붙은 대지 사이에 절망적인 돌의 미로가 있는 것은 물론이며, 그 대지에 유해한 샨타크 새가 여전히 기다리고 있다는 것조차도 알고 있었으나, 그런 것들이 무엇을 의미하든지 카터는 오직 하나, 몸이 꼬이고 뒤틀린 실크 옷 속의 괴물에게서 당장이라도 도망치고 싶은 생각뿐이었다.

눈이 치켜 올라간 상인은 구멍 옆의 사악하게 염색된 높은 제단 돌 하나에 기묘한 램프를 놓고, 대사제와 수화를 주고받기 위해 조금 앞으로 나아갔다. 지금까지 완전히 수동적인 처지에 있던 카터가 엄청난 공포로 인해 놀라운 힘으로 상인을 밀어 제치자 희생자는 고꾸라졌고, 가그들이 어둠 속에서 가스트들을 부르는 지옥 같은 진의 움막으로 통한다는, 뻥 뚫린 구멍 속으로 순식간에 떨어져버렸다. 지체하지 않고 카터는 제단에서 램프를 집어들자 프레스코화가 그려진 미로 같은 복도로 뛰쳐나가, 모든 것을 운에 맡기고 달렸다. 등 뒤의 돌로 된 복도에 무정형의 다리가 살며시 소리를 내는 것도, 빛이 없는 복도를 소리도 없이 몸을 뒤틀며 기어다니는 게 틀림없다는 것도 애써 생각하지 않기로 했다.

조금 지나자 생각 없이 너무 성급하게 행동한 것을 후회했다. 들어올 때와는 반대로 프레스코화를 더듬어 왔더라면 좋았을 것이었다. 프레스코화는 너무나도 반복이 많고, 착오를 일으키기 쉬워서 그리 도움이 될 것 같지도 않았으나, 그렇더라도 시도해보았더라면 하는 후회를 했다. 지금 눈에 들어오는 프레스코화는 지금까지 보았던 것보다도 한층 무시무시하며, 외부로 통하는 복도에 있는 것이 아님을 깨달았다. 이윽고 카터는 뒤를 쫓는 것이 없음을 확신하게 되어 발걸음을 조금 늦췄으나, 안도의 한숨을 쉴 새도 없이, 새로운 위험이 닥쳐왔다. 램프의 불꽃이 차츰 작아지면서 마침내 그는 시야를 확보하거나 길잡이를 삼을 만한 것도 없는 채, 칠흑 같은 어둠에 휩싸이고 말 것이었다.

불꽃이 완전히 사라지자 어둠 속을 손으로 더듬어 천천히 앞으로 나아가면서 위대한 자들에게 기도를 올려 도움을 청했다. 때로 돌로 된 바닥이 오르막이었다가 또 내리막이기도 한 것이 감지되었고, 한 번쯤은 아무런 존재 이유도 없을 듯한 섬돌에 발이 걸린 적도 있었다. 안쪽으로 나아감에 따라서 차츰 습기가 많아지는 듯하다가 분기점, 혹은 옆 복도로 통하는 입구를 감지하자, 가장 내려가는 경사가 완만한 통로를 선택했다. 그러나 이런 식으로 더듬어 가는 진로는 꽤나 내리막이었던 듯, 납골당을 연상시키는 악취는 끈적끈적한 벽과 바닥의 부착물과 마찬가지로 렝의 부정한 대지 속 깊은 곳으로 들어왔음을 경고하고 있었다. 그러나 마침내 나타나게 될 것에 관해서는 아무런 징조도 없으며, 그것 자체가 공포와 충격과, 숨막히는 혼돈을 수반해 현실로 나타났다. 거의 평탄한 통로의 미끄러지기 십상인 바닥을, 살살 손으로 더듬어가며 앞으로 나아가는가 싶었는데, 다음 순간 거의 수직으로 떨어지는 게 틀림없는 암흑의 구멍 속을 아찔하게 떨어져 내려갔던 것이다.

무시무시한 활강의 길이가 어느 만큼이었는지는 도저히 가늠조차 할 수 없었으나, 눈이 핑핑 도는 구역질과 정신을 잃는 광란이 몇 시간이라도 계속될 것처럼 여겨졌다. 마침내 몸이 정지했음을 깨달았을 때는 북쪽의 인광을 내뿜는 밤의 구름이 머리 위에서 병적으로 빛나고 있었다. 주위는 온통 무너져 내린 벽과 부서진 기둥이며, 카터가 쓰러져 있는 돌은 무성한 잡초에 꿰뚫리고 관목과 뿌리로 여기저기가 부서져 있었다. 뒤에는 꼭대기가 보이지 않는 현무암 절벽이 수직으로 솟아 있고, 그 시커먼 바위에는 꺼림칙한 정경이 새겨져 있으며, 카터가 나왔던 칠흑 같은 어둠으로 통하는, 조각이 새겨진 아치 문이 있었다. 앞에 솟아 있는 두 줄 기둥, 아울러 기둥의 잔해와 좌대는 전에 폭넓은 거리가 있었음을 암시했으며, 길가에 항아리와 수반(水盤)이 줄지어 있는 것으로 보아 이곳이 정원의 대로였음을 알 수 있었다. 길의 멀리 안쪽에는 기둥 줄이 넓었는데, 그것은 매우 커다란 원형 광장을 이루고 있음을 나타냈다. 그곳에는 기분 나쁜 검은 구름 아래, 한 쌍의 괴물이 거대하게 솟아올라 있다. 섬록암으로 만든 날개가 달린 거대한 사자가 어둠과 그림자 사이에 웅크리고 있는 것이었다. 조금도 훼손되지 않은 그로테스크한 머리 부분을 거의 6미터는 떠받치고, 주위의 폐허를 조롱하고 있었다. 카터는 전설이 말해주는 이런 한 쌍의 조각은 달리 없으므로, 이 사자가 무엇인지를 확실하게 알았다. 한 쌍의 사자는 커다란 심연의 변함없는 수호자, 그리고 이곳 암담한 폐허는 틀림없는 원초의 사르코만드였다.

카터는 우선 주위에 어지럽게 흩어져 있는 돌덩어리와 파편으로 벼랑의 문 입구를 막았다. 앞에도 위험이 충분히 기다리고 있을 터이므로, 렝의 무시무시한 수도원으로부터 쫓아오는 자가 없기를 바랐다. 어떤 방법으로 사르코만드에서 꿈의 땅의 거주지로 더듬어 갈 것인가에 관해서는 아무런 전망도 없으며, 카터는 여전히 식시귀와 그들의 사정에 어두웠으므로 식시귀의 움막에 떨어짐으로써 얻을 것은 아무것도 없을 것이었다. 가그의 도시를 벗어나 외부 세계에 도달하는데 힘을 빌려주었던 세 마리의 식시귀도 돌아갈 때에 사르코만드에 이르는 길을 몰랐으며, 다일러스린에서 늙은 상인들에게 길을 물을 작정이었던 것이다. 또다시 가그들의 지하 세계로 내려와, 마법의 숲으로 통하는 거대한 섬돌이 있는, 지옥 같은 코스의 탑을 오르는 위험을 저지르는 것은, 아무래도 마음에 들지 않았으나 다른 모든 시도가 실패한다면 그렇게 해 볼 도리밖엔 없을 것 같았다. 대사제의 부하는 분명 수없이 많으며, 또 여행의 마지막에는 샨타크 새를 비롯해 필경은 다른 생물도 상대해야만 할 터이므로, 고립된 수도원으로 되돌아가 렝 고원으로 나가는 것 따위는 단독으로는 감히 저지를 용기도 없었다. 수도원의 미로 같은 복도에 그려진 원초의 프레스코화에는 바다 속의 무시무시한 바위가, 사르코만드의 현무암으로 만들어진 부두에서 그리 멀지 않음을 시사했으므로, 작은 배를 손에 넣는다면 그 가공할 장소를 지나 인쿠아노크로 돌아갈 수 있을지도 모른다. 그러나 유구한 세월에 걸쳐 무인의 땅으로 변한 이곳 폐허 도시에서 작은 배를 찾아내기란 거의 불가능한 일이며, 작은 배를 만드는 것 또한 가능할 것 같지도 않았다.

그런 것들을 생각하고 있을 때, 랜돌프 카터는 새로운 인상을 받게 되었다. 지금까지는 계속해서 눈앞에 전설의 사르코만드의 송장 같은 폐허가, 무너진 검은 기둥, 스핑크스를 인 무너진 문, 커다란 돌, 날개가 달린 괴물 같은 사자를 둘러싸고, 그 빛을 내뿜는 밤 구름의 병적인 빛 앞에 떠올라 있었다. 지금 저 멀리 오른쪽 전방으로 보이는 빛은 구름이라고는 설명할 수 없는 것이며, 이곳 죽은 도시의 침묵 속에 있는 것이 자기 혼자가 아님을 깨달았다. 빛은 단속적으로 커졌다 작아졌다 하며, 초록색을 띠고 흔들리는 모습은 대체로 힘이 있는 것은 아니었다. 카터는 돌더미가 흩어져 있는 거리를 지나, 무너진 벽의 갈라진 좁은 틈을 빠져나가 부두 가까이에 모닥불이 타고 있는, 그 가까이에 몽롱한 모습을 한 물체가 시커멓게 웅성대고 있으며, 주위에 참혹한 악취가 짙게 들어 차 있음을 알았다. 모닥불 저편에는 끈적끈적한 물결이 선착장을 부딪고, 커다란 배가 닻을 내리고 있었다. 카터는 그 배가 틀림없이 달의 무시무시한 검은 갤리선 한 척임을 깨닫고 경악과 전율로 그 자리에 우뚝 멈춰 섰다.

그 꺼림칙한 모닥불로부터 슬며시 떠나려 하는데, 몽롱한 자태를 한 자들 사이로 움직임이 있고, 또 잘못 들었을 리가 없는 독특한 목소리가 들려왔다. 식시귀의 겁에 떠는 목소리가 순식간에 높아지더니 틀림없는 고민의 절규가 되었던 것이다. 거대한 폐허의 그림자 속에 있다는 편안함과 호기심이 공포를 몰아냈는지 카터는 물러서는 대신 다시 앞으로 슬며시 나왔다. 장애물이 없는 거리를 가로지를 때는 구더기처럼 배밀이를 해서 나아갈 수밖에 없었고, 다른 곳에서는 허물어진 대리석 퇴적물을 건드려 소리가 나지 않도록 일어서야만 했다. 그러나 여전히 찾아낸 것은 없이, 녹색 빛으로 빛나고 있는 현장이 훤히 내다보이는 곳, 거대한 기둥 뒤에 이르게 되었다. 달의 버섯의 불쾌한 기둥에 불을 지펴놓은 무시무시한 불꽃 주위에 두꺼비 같은 달의 생물이 인간처럼 생긴 노예를 동반하고, 악취를 풍겨가며 둥글게 진을 치고 쭈그리고 앉아 있었다. 노예 가운데는 타오르는 불꽃 속에 기괴한 쇠창을 찔러 넣고 달구는 자도 있는데, 가끔 하얗게 달구어진 창 끝을 포박된 세 마리의 포로에게 과격하게 갖다대어 주인들 앞에서 몸부림치게 했다. 카터는 촉각의 움직임으로 보아 코가 뭉툭한 달의 생물들이 이 광경에 몹시 흥분하고 있음을 알았으나, 갑자기 포로들의 여리디여린 울음 소리를 어디선가 들은 기억이 있음을 떠올리고는 고문을 받고 있는 식시귀가 심연에서 안전하게 이끌어내 준 뒤, 마법의 숲에서 사르코만드와 고향의 심연으로 가는 길을 찾으러 갔던, 그 충실한 세 마리가 틀림없음을 깨닫자, 몸 속으로 어마어마한 공포가 차 오르게 되었다.

초록을 띤 불꽃을 둘러싼, 악취를 풍기는 달의 생물의 수는 엄청나며, 지금으로서는 과거의 맹우(盟友)를 도와줄 아무런 방도도 없었다. 세 마리의 식시귀가 어떤 과정으로 포박에 이르게 되었는지는 추측하는 것조차도 뜻대로 되지 않았으나, 어쨌든 세 마리가 다일러 스린에서 사르코만드로 가는 길을 묻는 것을, 야만스럽고 모독적인 회색 생물이 듣고는, 증오스러운 렝 고원과 뭐라고 형언하지 못할 대사제에게 접근하는 것을 바라지 않았던 것이리라. 잠시 카터는 어떻게 해야 할까 생각하다가 식시귀의 암흑 왕국의 문 입구가 가까이에 있음을 떠올렸다. 분명히 가장 현명한 방법은 살며시 서쪽으로 나아가 한 쌍의 사자가 굳게 지키는 광장으로 가서, 순식간에 심연으로 내려가는 것이며, 심연으로 가면 지금보다 무시무시한 것을 만나는 일도 없을 뿐더러, 동료를 구하고자 하는 식시귀를 곧 찾아낼지도 모르며, 그렇게 되면 검은 갤리선에서 내려온 달의 생물들을 한꺼번에 물리칠 수 있을지도 몰랐다. 광장의 문 입구가 심연으로 가는 다른 문과 마찬가지로 밤귀신 무리들이 굳게 지키고 있을지도 모른다는 생각이 들었지만, 카터는 이미 이 무모한 생물을 두려워하지 않았다. 밤귀신이 식시귀와의 엄숙한 약정을 준수한다는 것도 알고 있었으며, 과거 픽맨이었던 식시귀에게서 밤귀신이 알아듣는 신호말을 배운 적도 있었다.

그리하여 카터는 또다시 소리가 나지 않도록 폐허를 빠져나와 드넓은 중앙 광장과 날개가 달린 사자를 향해 천천히 나아가기 시작했다. 신경을 지나치게 소모시키는 행위였으나, 달의 생물들은 환락의 흥에 취해서 카터가 돌이 흩어져 있는 곳에서 두 번에 걸쳐서 무심결에 냈던 작은 소리도 듣지 못했다. 카터는 마침내 광장에 이르자, 그곳에 무성하게 자라 있는, 발육을 저해당한 나무들과 덩굴식물 사이를 누비듯 나아갔다. 인광을 내뿜는 밤 구름의 병적인 빛을 받아 거대한 사자가 눈앞에 무시무시하게 솟아 있었으나, 과감하게 전진을 계속해 사자가 굳게 지키는 드넓은 암흑이 대강 이쯤이리라고 가늠하고는, 곧 얼굴 쪽으로 돌아갔다. 섬록암으로 만들어진 비웃는 야수는 3미터쯤 떨어져서 몸을 움츠리고는 옆면에 무시무시한 얕은 부조가 새겨진 거대한 좌대에 그 거대한 몸을 올려놓고 있었다. 한 쌍의 사자 사이에는 전에는 중앙 공간이 줄무늬 마노의 난간으로 둘러싸였던 것 같으며, 타일을 깐 네모진 정원이 있었다. 이 공간의 한가운데에 검은 우물이 뻥하니 입을 열고 있는데, 카터는 이윽고 심연에 이르러 초석(硝石)과 곰팡이가 달라붙은 돌계단이 실제 악몽의 구렁텅이로 통하는 것임을 알았다.

그 암흑으로 내려간 기억은 너무나도 무시무시하며, 시간이 장난처럼 지나는 가운데, 카터는 전혀 눈앞을 볼 수 없는 채 경사가 가파른 미끄럽고도 바닥을 모르는 나선형의 계단을 계속해서 내려가는 것이었다. 섬돌은 매우 닳은 데다가 좁았으며, 또한 지구 내부의 습기로 눅눅했으므로, 언제 숨이 멈출지 모를 낙하를 계속하다가 궁극의 구렁텅이에 내팽개쳐질지도 모르며, 이 세상의 처음의 통로에 밤귀신이 실제로 배치되어 있어, 언제 어떤 모습으로 그 수호자가 갑자기 덮쳐올는지도 알 수 없었다. 주위는 지하 심연의 숨쉬기 힘든 악취로 가득하며, 이 숨막히는 나락은 인류를 위해 만들어진 것이라고는 생각되지 않았다. 카터는 마침내 감각이 마비되어 잠이 오기 시작했고, 이성을 바탕으로 한 의지라기보다 반사적인 충동에 몸을 맡기고는 계속 내려가다가 뒤에서 누군가에게 소리도 없이 붙들려 움직임이 완전히 멈췄을 때조차도 아무런 변화를 의식하지 못했다. 엄청난 빠르기로 날면서 악의가 있는 간질임을 받고서야 비로소 고무 같은 피부를 지닌 밤귀신이 자기의 임무에 충실하고 있음을 깨달았을 정도였다.

무모한 비행 생물의 차갑고 젖은 손에 붙들려 있다는 사실을 깨닫고 정신이 돌아왔으며, 카터는 식시귀의 신호 말을 생각해내자 비행에 의한 바람과 혼돈을 뚫고 목청껏 외쳤다. 밤귀신은 백치라고 알려져 있으나, 그 효과는 곧 나타났다. 간질임이 멈춤과 동시에 밤귀신들은 포획자가 편한 자세가 되도록 허둥지둥 붙잡는 방법을 바꾸었다. 카터는 이에 힘을 받아, 감연히 사정을 설명하고 세 마리의 식시귀가 달의 생물들에게 붙들려 고문을 당하고 있다는 것, 세 마리를 구출할 부대를 모을 필요가 있음을 알렸다. 밤귀신들은 말을 하지는 못했으나 들은 말을 이해한 듯, 목적을 띤 비행의 속도가 한층 빨라졌다. 갑자기 짙은 어둠이 지구 내부의 회색의 어슴푸레함으로 바뀌었고, 눈앞에 식시귀들이 즐겁게 식사를 위해 쭈그려 앉은, 그 불모의 한 평원이 나타났다. 어지럽게 흩어져 있는 묘석과 뼈 조각이 그곳에 누가 사는지를 말해주었으며, 카터가 긴급 신호를 소리 높여 내자, 스무 개쯤의 구멍에서 개를 떠올리게 하는 피부의 강인한 식시귀가 나타났다. 밤귀신들이 낮게 춤추며 내려와 승객을 내려놓고 나서 조금 내려가 지면에 반원을 그리며 웅크려 앉는 한편, 식시귀들이 새로운 방문객을 마중했다.

카터가 그로테스크한 동료에게 빠른 말로 분명하게 소식을 전하자, 네 마리가 곧장 저마다 다른 구멍으로 들어가서 다른 식시귀에게 소식을 전하고 구출에 나설 군사를 모으기 위해 출발했다. 오랫동안 기다린 끝에 꽤 관록 있는 식시귀가 한 마리 나타나더니 밤귀신들에게 어떤 종류의 신호를 보내 어둠 속에서 두 마리를 날아오게 했다. 그 뒤, 평원의 밤귀신들의 웅크려 앉은 무리는 끊임없이 늘어났으며, 마침내는 진흙투성이의 흙이 검게 뒤덮이기에 이르렀다. 한편, 새로운 식시귀들도 구멍에서 한 마리씩 기어 나와 모두가 흥분하여 빠른 말로 지껄였고, 웅크려 앉은 밤귀신들에게서 그리 멀지 않은 곳에 조잡한 진을 쳤다. 그러는 동안 과거 보스턴의 화가 리차드 픽맨이었던, 대단한 영향력을 지닌 당당한 식시귀가 나타나 카터는 무슨 일이 일어났는지를 상세하게 전했다. 과거의 픽맨은 옛 친구와의 재회를 기뻐하며 매우 깊이 감동한 모습으로 늘어만 가는 무리에서 조금 떨어진 곳에서 다른 족장들과 협의를 했다.

마지막으로 늘어선 병사들을 주의 깊게 둘러본 다음, 모여든 족장들은 일제히 소리를 높여 식시귀와 밤귀신 무리에게 지시를 내리기 시작했다. 뿔이 달린 비행 생물의 부대가 순식간에 사라지는 한편, 남은 밤귀신들은 두 마리씩 짝을 지어 앞다리를 내밀고 무릎을 꿇고는 식시귀들이 한 마리씩 다가오는 것을 기다렸다. 식시귀가 할당받은 밤귀신에게 가까이 다가가면 저마다 태우고는 어둠 속으로 운반해 갔으며, 마침내는 무리를 이루었던 것들이 모두 자취를 감추어 카터, 픽맨 다른 족장들, 그리고 몇 안 되는 밤귀신이 남아 있을 뿐이었다. 픽맨이 밤귀신은 식시귀의 전위(前衛)이며 군마(軍馬)를 대신한 것이라고 설명했고, 군대는 달의 괴물과 싸우기 위해 사르코만드로 진군하고 있다고 했다. 그리고 카터와 족장들은 기다리고 있는 밤귀신에게 다가가 끈적끈적해서 미끄러지기 십상인 허벅지에 올라탔다. 다음 순간, 바람과 어둠 속에 한 바탕의 춤이 일어났고, 끝없이 날아올라 날개가 달린 사자의 문과 원초의 사르코만드를 암시하는 폐허를 향했다.

꽤 시간이 지난 뒤, 또다시 사르코만드의 밤하늘의 병적인 빛으로 둘러싸였을 때, 카터는 전투적인 식시귀와 밤귀신이 드넓은 중앙 광장에 웅성대고 있는 것을 보았다. 새벽이 다가오고 있었으나 이 정도로 강대한 군세라면 적에게 기습을 퍼부을 것까지도 없다는 생각이 들었다. 부두 근처의 초록을 띤 흔들리는 불꽃은 여전히 희미하게 타오르고 있었으나, 포박된 식시귀의 울음소리가 들리지 않는 걸로 보아 포로에 대한 고문은 당분간 중단된 듯했다. 식시귀들은 저마다의 군마와, 눈앞에 있는 탄 자가 없는 밤귀신들에게 소리를 낮추어 지시를 냈고, 순식간에 폭넓은 종대를 이루어 사악한 불꽃을 목표로 황량한 폐허의 상공을 날아올랐다. 카터는 지금은 이열 횡대를 이룬 식시귀의 앞줄에서 픽맨의 옆에 서서 악취로 인해 코를 들 수가 없는 야영지로 접근하고는 달의 괴물들이 전혀 무방비임을 알았다. 세 마리의 포로가 모닥불 옆에 묶인 채 쓰러져 있는 한편, 두꺼비와 비슷한 괴물들은 아무렇게나 앉아서 졸린 듯이 고개를 떨어뜨리고 있었다. 인간과 닮은 노예들은 자고 있으며, 보초조차도 임무를 소홀히 하는 것으로 보면, 이곳에선 임무 따위는 그저 이름뿐인 것으로 여기는 모양이었다.

밤귀신과 식시귀의 습격은 전혀 느닷없는 일이었던 때문에 회색을 띤 두꺼비 같은 모독적인 괴물과 인간을 닮은 노예들은 소리를 지를 틈도 없이 한 떼의 밤귀신들에게 붙들렸다. 달의 괴물은 물론

소리를 내지는 않았으나, 그 노예들조차도 비명을 지를 기회도 없는 채, 밤귀신들의 고무 상태의 팔로 입이 막혔던 것이다. 비웃는 밤귀신들에게 억눌려 거대한 젤리 상태의 이상하기 이를 데 없는 괴물이 몸을 비트는 모습은 참으로 무시무시한 것이었으나, 뭔가를 쥐는 검은 발톱의 힘을 어떻게 써볼 도리도 없었다. 달의 괴물이 심하게 몸을 비틀자, 밤귀신은 흔들리는 분홍색 촉각을 붙들고 잡아당겼다. 그러자 저항은 곧장 멈춰버렸다. 카터는 좀더 잔인한 행위를 기대했으나, 식시귀들의 계획이 한층 절묘한 것임을 깨달았다. 식시귀들이 포로를 붙들고 있는 밤귀신들에게 간결한 명령을 내리고, 나머지 밤귀신들에게는 본능대로 움직이게 하자, 곧 불운한 포로들은 소리도 없이 커다란 심연으로 운반되어 사라져, 돌과 가그, 그리고 가스트를 비롯한 어둠의 주민들에게 공평하게 분배되었는데, 그들의 자양분을 섭취하는 방법은 선택된 희생자에게 고통이 없는 것은 아닌 모양이었다. 그러는 동안에도 묶여 있던 세 마리의 식시귀가 해방되어 승리를 거둔 동료에게 위로를 받음과 동시에, 부대마다 달의 괴물들의 잔당은 없는지 주위를 수색하거나, 부두에 정박한 악취를 풍기는 검은 갤리선에 타고 포로가 되기를 모면한 자가 없는지를 확인하거나 했다. 포박은 꽤 철저했으며, 승리자는 달리 살아 있는 것이 있는 기색을 알아차리지 못했다. 카터가 꿈의 땅 밖의 영역에 가기 위한 수단을 확보하고자 닻을 내린 갤리선을 가라앉히지 말도록 주장하자, 세 마리 포로의 어려운 지경을 알린 공적에 보답하기 위해 그 바람은 관대하게 받아들여졌다. 배에 타고 보니 매우 희귀한 물건과 장식품이 있어서 카터는 그 일부를 곧장 바다에 던져 넣었다.

　식시귀와 밤귀신들은 이제 별개로 나뉘어, 식시귀들은 구출된 세 마리의 동료에게 지금까지의 일들을 묻고 있었다. 세 마리는 카터의 지시를 따라 마법의 숲에서 니르로 나가 스카이 강을 따라 나아갔으며, 아무도 없는 농가에서 인간의 옷을 훔쳐 입고, 되도록 인간다운 걸음걸이로 다일러스린을 향했던 모양이다. 다일러스린의 여관에서는 그로테스크한 언행과 생김새가 꽤 이목을 끌긴 했으나, 집요하게 사르코만드로 가는 길을 물어 마침내 나이든 나그네에게 들을 수 있었다. 그 때 렐라그렝으로 향하는 배만이 자기들의 목적에 부합된다는 것을 깨닫고, 그 배가 찾아오기를 참을성 있게 계속 기다렸던 것이다.

그러나 흉악한 간첩이 자세하게 보고했음이 분명했다. 곧 검은 갤리선이 항구로 들어와 입이 커다란 홍옥 상인이 술을 마시자며 이들 세 마리를 여관으로 유인했다. 하나의 홍옥에 그로테스크한 조각이 새겨진, 그 꺼림칙한 술병에서 포도주를 따랐고, 한참만에 정신을 차리고 보니, 과거 카터의 몸에 일어났던 것처럼 갤리선의 포로가 되어 있었던 것이다. 그러나 이 때는 카터 때와는 달리, 모습을 드러내지 않는 노잡이들은 달이 아닌 낡고 녹슨 사르코만드 쪽으로 키를 틀었으며, 틀림없이 포로들을 형언하기 힘든 대사제 앞으로 데려갈 참인 듯했다. 갤리선은 인쿠아노크의 승객들이 기피하는 북쪽 바다의 톱니 모양 바위에 정박해, 세 마리는 그곳에서 비로소 배의 진정한 지배자들을 보았던 것인데, 극단적인 꺼림칙한 추함이나, 참혹한 악취에는 무감각하면서도 끊임없이 구역감을 느꼈다고 한다. 그 섬에서는 두꺼비 같은 괴물의 주둔 부대가 장난삼아 행하는 오락——인간을 와들와들 떨게 하는 밤의 포효를 내지르는 등의 오락——을 목격하기도 했다. 그 뒤, 폐허로 변한 사르코만드에 상륙해 고문이 시작되었고, 다시 고통으로 들볶이던 때에 구출된 것이었다.

앞으로의 계획이 다음으로 논의되었고, 톱니 모양의 바위를 급습해 그곳의 주둔 부대를 쳐부숴야만 한다고 포로가 되었던 세 마리가 제안했다. 그러나 그것에는 밤귀신들이 반대를 했다. 바다 위를 나는 것이 싫었던 것이다. 식시귀의 대부분은 이 계획에 찬성했으나 날개가 있는 밤귀신의 도움 없이는 실행할 도리가 없었다. 그래서 카터는 식시귀가 정박한 갤리선로 항해하지 않음을 간파하고, 몇 겹이나 되는 노의 취급 방법을 가르쳐주겠다고 했더니 식시귀들은 열렬한 감사를 표했다. 이제 회색의 아침이 되어 납빛 북쪽 하늘 아래, 선발된 식시귀의 특별반이 열을 지어 악취가 풍기는 배에 올라타, 저마다 노잡이의 자리를 잡았다. 카터는 식시귀들이 배우고 싶어한다는 것을 알고 밤이 되기까지 몇 번인가 위험을 무릅쓰고 선착장 주위를 항해하게 했다. 그러나 안전하게 정복의 항해에 나설 수 있으리라고 판단한 것은 사흘 뒤의 일이었다. 그 날은 노잡이들은 충분한 훈련을 쌓았으며, 밤귀신들은 뱃머리에 무사히 수용되었고, 일행은 곧 항해에 나섰다. 픽맨을 비롯한 족장들은 갑판에 모여서 접근 방법과 순서에 관해 논의를 했다.

첫날밤에 바위에서 포효 소리가 들려왔다. 너무나도 소름이 끼치는 포효에 갤리선의 선원들은 모두 그 때마다 몸을 떨었으나, 그 포효가 뜻하는 것을 분명히 알고 있는 구출된 세 마리의 식시귀는 완전히 부들부들 떨고 있었다. 밤에 공격을 하는 것은 좋은 방법이 아니라고 여겨져, 인광을 내뿜는 구름 아래 배를 세우고, 하늘이 회색으로 둘러싸이는 새벽을 기다리기로 했다. 빛이 충분해졌고 포효가 멎자, 노잡이들은 다시 노를 젓기 시작해 무시무시하게도 화강암의 뾰족한 봉우리가 잔뜩 흐린 하늘을 집어삼키려는 것처럼 보이는 톱니 모양의 바위로, 갤리선은 서서히 다가갔다. 바위의 옆면은 몹시도 깎아지른 모양이었으나, 그곳 어딘가의 바위 선반에는 창이 없는 기묘한 집이 튀어나와 있는 벽, 그리고 왕래가 많은 대로를 지키고 있는 낮은 난간이 눈에 들어왔다. 인간의 배가 이만큼이나 가까이 다가온 적은 없으며, 적어도 여기까지 다가온 뒤에 물러난 배는 없었다. 카터와 식시귀들은 두려움도 모르는 채 단호하게 배를 앞으로 나아가 동쪽의 옆면을 돌고 구출된 세 마리가 깎아지른, 곶을 이용한 항구에 있다고 전하는 남쪽 부두를 찾았다.

두 군데 있는 곳은 섬 자체의 돌출 부분이며 한 번에 한 척의 배밖에는 지나지 못할 만큼 간격이 좁았다. 밖에는 망을 보는 그림자도 없었으므로 갤리선은 대담하게도 협곡과도 비슷한 해협을 지나 그 안쪽 썩은 내가 진동하는 물이 괸 항구로 들어갔다. 그러나 그곳은 활기 넘치는 다양한 활동이 일어나고 있으며, 몇 척이나 되는 배가 꺼림칙한 석조 부두를 따라 닻을 내리고 있었다. 거기서는 인간을 닮은 노예와 달의 괴물이 몇십 명이나 해안 거리에서 나무 궤짝이나 상자를 옮기거나 짐을 가득 실은 짐차에 딸린, 이름도 모를 거대하고 무시무시한 짐승을 몰거나 했다. 부두 위에는 수직의 암벽을 뚫어 만든 작은 마을이 있으며, 그곳에서 구부러진 길이 저 너머의 높은 바위 선반으로 나선을 그리듯 통하고 있다. 그 거대한 화강암 봉우리 안쪽에 무엇이 있는지는 모르지만, 밖으로 보이는 것으로 보더라도 대체로 힘이 있을 만한 것은 아니었다.

갤리선이 다가오는 것을 보자마자 부두에 있던 군중은 지대한 관심을 보였고, 눈이 있는 자는 뚫어져라 쳐다봤으며, 눈이 없는 자는 공공연하게 분홍색 촉각을 곤두세웠다. 식시귀들은 뿔과 꼬리를 지닌 인간과 매우 비슷했으며, 밤귀신들은 배 안에 모습을 감추고 있었으므로 그들은 물론 검은 배의 선원이 바뀌었다는 것을 알 리가 없었다. 그 무렵에는 식시귀의 족장들이 충분히 계획을 세운 뒤여서 접근하자마자 순식간에 밤귀신들을 푼 뒤 곧장 항구를 떠났고, 나중 일은 거의 지성이 없는 생물의 본능에 맡기기로 되어 있었다. 바위에 내버려두고 가자 뿔이 있는 비행 생물은 먼저 살아 있는 것을 발견하면 붙잡았고, 그 뒤에는 귀소본능에 따르는 것 말고는 아무것도 생각할 수가 없으므로 바다를 건널 공포도 잊고 재빨리 심연으로 날아 돌아갈 것이며, 그 때에는 유해한 희생물들을 살아서 빠져나가게 하지 않을 것이며, 어둠 속의 목적지로 옮겨갈 것이 분명했다.

지난날 픽맨이었던 식시귀가 배 안으로 들어와 밤귀신들에게 간단한 지시를 내리는 동안에도, 배는 악취가 떠도는 꺼림칙한 부두로 계속 다가가고 있었다. 곧 해안 거리에 새로운 소동이 일어났고, 카터는 갤리선의 움직임이 의혹을 불러일으키기 시작했음을 알았다. 틀림없이 조타수가 배를 올바르게 부두에 향하게 하지 않았으며, 그래서 결국에는 망보는 자가 인간을 닮은 노예인 척하는 식시귀들을 알아챈 것이리라. 침묵 속에서도 경종이 울린 것이 분명하며, 거의 때를 놓치지 않고 창이 없는 집의 시커멓고 작은 문에서 흉악한 달의 괴물 무리가 나타나 오른쪽으로 구불구불한 길로 모여들기 시작했다. 뱃머리가 부두에 부딪자, 기묘한 창이 비처럼 쏟아졌고, 두 마리의 식시귀가 쓰러져 한 마리가 경상을 입긴 했으나, 이 때 해치가 모조리 열리면서 밤귀신들이 검은 구름처럼 몰려나와 뿔이 있는 거대한 박쥐 떼처럼 마을 하늘을 뒤덮었다.

젤리 상태의 밤의 괴물들은 거대한 기둥을 들고 나와 침입하는 배를 물리치려 했으나, 밤귀신들에게 습격을 당하자 이미 그런 생각은 하지도 않았다. 얼굴이 없는 고무 상태의 몸을 지닌 괴물 새가 장난에 푹 빠진 모습은 실로 무시무시한 광경이며, 짙고 촘촘한 구름 같은 괴물 새떼가 마을 전체를 이리저리, 휘어진 길을 따라 높이 춤추며 날아오르는 것은 더 없이 인상적인 광경이었다. 때로는 한 떼의 검은 괴물 새가 실수로 높은 곳에서 두꺼비처럼 생긴 포로를 떨어뜨릴 때도 있는데, 먹이가 바위에 부딪쳐 날아 흩어지는 모습은 보기에도 처참하기 이를 데 없었다. 밤귀신 최후의 한 마리가 갤리선을 떠나자 식시귀 족장들은 퇴각 명령을 내렸고, 노잡이들은 마을이 투쟁과 정복의 혼돈으로 변하는 것을 곁눈질하면서 소리도 없이 선착장을 떠나 회색 곶 사이를 나아갔다.

픽맨이었던 식시귀는 밤귀신들이 아직 발달되지 않은 정신을 가다듬고, 바다를 건너는 공포를 극복하는 데 몇 시간이 걸릴 것으로 보고, 갤리선을 톱니 상태의 바위에서 1마일 떨어진 곳에 정박시켰다. 기다리는 시간을 이용해 부상자의 치료를 하게 했다. 밤이 되어 회색의 어슴푸레함이 낮게 드리우고 구름의 병적인 인광으로 바뀌는 가운데, 족장들은 밤귀신들이 언제 날아오를까 그 저주스런 바위의 높은 봉우리를 바라보았다. 아침이 되어 검게 물든 것이 가장 높은 봉우리 위로 주뼛주뼛 춤추며 오르는 것이 보였고, 얼마 안 있어 그 정체는 무리가 되었다. 정확히 새벽이 밝아올 즈음, 무리가 흩어져 열린 것처럼 보였으며, 15분 사이에 저 멀리 북동쪽 방향으로 완전히 모습을 감추고 말았다. 한두 번 흩어진 무리로부터 뭔가가 바다로 떨어지는 것 같았으나, 두꺼비와 비슷한 달의 괴물이 헤엄치지 못한다는 것을 이미 알고 있었으므로 카터는 걱정할 필요도 없었다. 마침내 밤귀신들이 운명을 다한 짐을 나르고, 사르코만드와 커다란 심연을 향해 모조리 날아오른 것을 확인하자 식시귀들은 갤리선을 다시 회색의 곶으로 들여보내 선착장으로 돌아갔다. 그리고는 추악한 한 떼가 모조리 상륙하여 초목 한 뿌리 나지 않은 섬의, 단단한 바위로 새겨진 탑과 보루, 요새를 호기심에 휩싸여 돌아다녔다.

흉측하고 창이 없는 움막에서 발견된 비밀은 가공할 만한 것이며, 환락으로 채워지지 않고 끝난 흔적이 많고, 그들이 먹다 남긴 것은 급한 납치로 인해 다양한 단계를 보여주었다. 카터는 아직 살아 있는 일부의 자들을 죽이거나 할 마음이 나지 않아서 허둥지둥 도망쳤다. 악취로 가득한 가옥에는 달의 나무로 만든 그로테스크한 의자나 벤치가 있었으며, 안쪽에 뭐라고 형언할 수 없는 광기의 표시가 그려져 있었다. 엄청난 무기, 용구, 장식품이 발견되었고, 지구 생물이 아닌 특이한 생물을 본뜬, 하나의 홍옥으로 조각한 커다란 우상도 있었다. 이들 우상은 그 재질에도 불구하고 대부분 갖고 싶다거나 오랫동안 바라볼 마음이 내키지 않는 것들이어서 카터는 일부러 망치를 써서 5개쯤을 조각조각 부쉈다. 주위에 흩어져 있는 창과 투창을 모아, 픽맨의 허락을 받아 식시귀들에게 나눠주었다. 이런 무기는 개를 닮은 식시귀들이 처음으로 가져보는 것이었으나, 다루는 방법이 비교적 간단해서 조금 가르쳐주자 편하게 잘 쓰게 되었다.

바위산의 윗부분에는 주거용 집보다도 신전이 많으며, 바위를 파내 만든 엄청나게 많은 방에는 전율할 조각이 새겨진 제단과, 괴상한 물을 들인 수반(水盤), 그리고 카다스의 꼭대기에 있는 온후한 신들보다도 무시무시한 것을 숭배하기 위한 사당이 있었다. 한 채의 대신전의 뒤에는 천장이 낮고 어두컴컴한 통로가 나 있어서 카터가 횃불을 들고 그 통로를 더듬어 바위산 속으로 들어가자, 마침내 암흑으로 둘러싸인 둥근 천장의 널찍한 방이 나왔다. 천장은 악마적인 조각으로 뒤덮여 있고, 바닥 중앙에는 바닥 모를 암담한 우물이 뻥하니 입을 열고 있으며, 형언하지 못할 대사제만이 묵상에 빠지는, 그 가공할 렝의 수도원에 있는 우물을 연상시켰다. 유해한 우물 맞은편, 어둠으로 둘러싸인 안쪽에 기이하게 생긴 청동의 작은 문이 보이는 것 같았으나, 카터는 어찌된 일인지, 그것을 열기는커녕, 그곳에 가까이 다가가는 것조차도 엄청난 공포를 느끼고는 허둥지둥 동굴을 빠져나와 자신은 거의 느껴지지 않는 편안함과 분방함에 한창 빠져 있는 추악한 동료들이 있는 곳으로 되돌아왔다. 식시귀들은 달의 괴물이 먹다 남긴 것을 발견하자 자기들의 방법대로 몫을 할당하고 있었다. 지독한 달의 포도주가 들어간 커다란 통도 갖다놓았고, 구출된 세 마리가 다일러스린에서 이 포도주를 마셨던 때의 효과를 기억하고 있어서 절대 입에 대지 않도록 주의했으나, 언젠가 외교적인 거래로 이용하기 위해 부두로 가져갔다. 달의 광산에서 채취한 홍옥에 관해서는 바다에 가까운 움막 하나에 원석과 연마된 것이 많이 있었으나, 식시귀들은 이것이 먹을 수 없는 것임을 알자 이내 홍미를 잃어버렸다. 이들 홍옥을 채취한 자들을 너무나도 잘 알고 있기 때문에 카터는 단 한 개라도 가질 마음이 내키지 않았다.

갑자기 부두에 있는 보초들에게서 흥분한 목소리가 나는 바람에 흉악한 약탈자들은 모두가 손을 멈추고 바다를 보고는 해안 거리로 모여들었다. 회색 곶 사이를 새로운 검정 갤리선이 빠르게 다가오고 있으며, 당장이라도 갑판에 있는 인간을 닮은 것이 마을의 침략을 눈치채고 배 안의 괴물들에게 경고를 내리는 것 같았다. 다행히 식시귀들은 카터가 나눠준 창과 투창을 아직 손에 들고 있으며, 카터의 명령, 그리고 픽맨이었던 식시귀의 격려에 따라 곧 전투 대형을 짜고 갤리선의 상륙을 저지할 준비에 나섰다. 곧 갤리선에서 흥분한 목소리가 나면서, 선원이 섬의 변화를 알아챘음을 알 수 있었다. 배가 곧장 멈춘 뒤에는 식시귀들의 수가 압도적임을 눈치채고 뭔가를 고려하고 있는 것 같았다. 잠깐 동안의 망설임이 있은 뒤, 새로이 나타났던 배는 소리도 없이 방향을 바꾸어 다시 곶의 밖으로 나갔으나, 이것으로 전투를 피할 수 있을 것 같지는 않았다. 검은 배는 증원 부대를 요청하거나, 섬의 다른 지점으로 상륙할 것이므로 적의 진로를 탐색하기 위해 서둘러 정찰대를 파견했다.

매우 짧은 시간 동안에 정찰에 나섰던 식시귀가 숨을 몰아쉬면서 돌아와, 달의 괴물과 인간을 닮은 자들이 톱니 모양의 회색 곶 바깥의 동쪽으로 상륙하여 산양조차도 무사히 지날 수 없을 듯한 숨겨진 길과 바위 선반을 오르고 있다고 보고했다. 그 뒤 얼마 안 있어 갤리선이 또다시 협곡 사이의 해협으로 들어오는 것이 보였으나 그것은 순간에 지나지 않았다. 잠깐 시간을 두었다가 정찰에 나섰던 한 마리의 식시귀가 헐떡이며 돌아와, 다른 한 부대가 다른 하나의 곶에 상륙했으며 앞선 부대와 마찬가지로 갤리선의 수용 능력을 훨씬 웃돈다고 보고했다. 문제의 갤리선은 한 줄의 노만을 움직여 천천히 나아가 곧 절벽 사이로 보이기 시작했으나 악취가 감도는 항구에 배를 세우고, 다가올 전투를 기다리며 뭔가 목적에 대비하여 대기하고 있는 것 같았다.

그 무렵에는 카터와 픽맨이 식시귀들을 세 부대로 나누어 두 부대는 저마다 침입 부대와 맞서고, 나머지 한 부대는 마을에 머물도록 했다. 두 부대가 저마다의 방향을 향해 바위를 기어오르는 한편, 세 번째 부대는 다시 육상 부대와 해상 부대로 나뉘었다. 해상부대가 카터의 지휘 아래 닻을 던진 갤리선로 올라가 선원이 줄어든 새 갤리선과 싸우기 위해 앞으로 나아가기 시작하자, 적인 갤리선은 해협을 빠져나가 바깥 바다로 퇴각했다. 카터는 마을에 도움이 필요할지도 모르는 경우에 대비해 바로 뒤를 쫓지는 않았다.

한편, 달의 괴물과 인간 비슷한 무시무시한 분대는 저마다 곶의 정상으로 기어올라, 회색의 어슴푸레한 하늘을 배경으로 흉악한 윤곽을 그리고 있었다. 침입자들의 지옥처럼 가느다란 플루트 소리가 나기 시작했고, 반은 무정형인 잡종 행군의 전체적인 효과란, 두꺼비 같은 달의 모독적인 생물이 내뿜는 악취와는 비교되지 않을 만큼 매우 불쾌하기 짝이 없는 것이었다. 그러는 사이 식시귀의 두 분대가 무리를 이뤄 나타나 윤곽만을 보이는 광경에 더해졌다. 투창이 양쪽 진영으로부터 날아오르기 시작했고, 식시귀의 들끓는 소리와, 인간과 비슷한 자의 짐승 같은 포효가 차츰 지옥 같은 플루트 소리와 뒤섞이기 시작하면서 표현조차 할 수 없는 광란의 악마적인 불협화음의 혼돈이 되었다. 가끔 곶의 좁은 곳에서 바깥 바다나 항구 안으로 떨어지는 것이 있었으나, 항구로 떨어진 것은 터무니없는 포말에 의해 바다 속으로 순식간에 삼켜지고 말았다.

반 시간에 걸쳐, 두 군데에서 일어난 전투는 맹위를 떨치며 하늘로 울려 퍼졌고, 마침내는 서쪽 벼랑에서 침입자들이 전멸하기에 이르렀다. 그러나 동쪽 벼랑에서는 달 괴물의 대장이 있는 듯, 식시귀들의 기색은 좋지 않았으며, 초조하게 첨봉의 경사면으로 후퇴하고 있었다. 픽맨이었던 식시귀가 곧장 마을에 있던 부대를 최전선으로 증강시키도록 명령을 내렸으므로, 지원군은 싸움의 초기 단계에서 크게 도움이 되었다. 그러자 서쪽 전투가 끝났고, 승리를 거둔 생존

자들이 고전을 면치 못하던 동료들에게로 달려가자 형세는 빠르게
침입자들은 곶의 좁은 산등성이를 따라 후퇴하지 않을 수 없었다.
그 무렵에는 인간 비슷한 자들은 모두 죽었으나, 두꺼비같이 생긴
무시무시한 생물의 잔당들이 매우 꺼림칙한 팔로 기다란 창을 붙들
고는 죽기살기로 덤벼들었다. 투창을 쓸 시기는 지났으므로 전투는
좁은 산등성이에서 마주볼 수 있는 소수의 창을 쓰는 병사들의 싸움
이 되었다.

광포함과 무모함이 도를 더해감에 따라 바다로 떨어지는 자들의
수도 늘어갔다. 항구 쪽으로 떨어진 자는 모습을 보이지도 않고 바
다 속에서 거품을 일으키는 수수께끼의 생물에게 삼켜 들어갔으나,
바깥 바다 쪽으로 떨어진 자는 그 중 일부가 벼랑의 기슭으로 헤엄
쳐 썰물 때 나타나는 바위로 상륙할 수 있었고, 떠다니는 적의 갤리
선이 달 괴물 몇 마리를 구출했다. 달 괴물들이 상륙한 곳을 겨냥해
벼랑을 기어오르는 것은 불가능하므로 바위에 있는 식시귀 한 마리
가 전선으로 복귀할 수는 없었다. 갤리선과 머리 위 달 괴물들이 던
진 창에 죽임을 당한 자도 있어서 구출해야 할 생존자들은 매우 적
었다. 육상 부대의 안전이 확보되었는가를 보기 위해 카터는 갤리선
을 곶 사이로 전진시켜 적선을 바깥 바다로 쫓아내는 한편, 때로는
배를 멈추고는 바위에 있는 식시귀와 아직 헤엄치고 있는 식시귀를
구출했다. 바위와 얕은 바다로 떠오른 두꺼비 같은 몇 마리의 달 괴
물은 그 자리에서 숨통을 끊었다.

결국, 달 괴물들의 갤리선이 멀리 있어 안전한 가운데, 침입하는
적의 육상 부대가 한 군데에 결집해 있으므로 카터가 상당한 군세를
동쪽 곶으로 상륙시켜서 적의 뒤를 치자, 그로부터의 전투는 실로
맥빠지는 것이 되고 말았다. 등과 배를 찔린 유해한 괴물들은 그 자
리에서 토막토막 잘리거나 바다로 떨어져서 저녁때가 될 무렵에는
식시귀 족장들이 섬의 적을 완전히 물리쳤음을 확인했다. 한편, 적

인 갤리선은 자취를 감추었으므로, 달의 무시무시한 괴물들이 여럿 밀려들어 승리자에게 싸움을 걸기 전에 사악한 톱니 모양의 바위에서 퇴각하는 것이 좋겠다고 판단되었다.

그리하여 밤이 되자 픽맨이었던 식시귀와 카터는 모든 식시귀들을 모으고, 꼼꼼하게 숫자를 셈으로써 그 날의 전투로 4분의 1 이상의 동료를 잃었음을 알았다. 부상자를 죽여 먹어치우는 식시귀의 습관을, 픽맨이었던 식시귀가 시종일관 단념하게 했으므로, 부상을 당한 자는 갤리선의 침대에 눕혔고, 몸을 움직일 수 있는 자는 노를 젓거나, 가장 어울릴 것으로 여겨지는 부서에서 일을 하게 했다. 인광을 내뿜는 밤의 구름이 낮게 드리운 가운데, 갤리선은 출항을 했으나, 카터는 유해한 비밀을 안고 있는 섬을 떠나게 된 것을 아쉬워하지 않았다. 바닥 모르는 우물과 흉악한 청동제 문이 있는, 그 빛이 없는 둥근 천장의 방이 끊임없이 뇌리를 스쳤고, 수많은 상상이 분방하게 솟아오르기만 하는 것이었다. 새벽녘이 되자 갤리선에서 사르코만드의 현무암 부두가 보였고, 그곳에는 아직 밤귀신 보초 몇 마리인가가 대기하고 있었으며, 부두에 웅크리고 있는 모습은 인류가 탄생하기 전에 세워졌다가 사멸된, 무시무시한 도시의 훼손된 스핑크스 상과 부서진 기둥 위에 도사린, 뿔을 기른 시커먼 홈통주둥이처럼 보였다.

식시귀들은 사르코만드의 이리저리 흩어져 있는 돌덩이 사이에서 야영을 했으며, 군마로서 도움이 되었던 밤귀신들을 부르기 위해 심부름꾼이 파견되었다. 픽맨을 비롯한 족장들은 지금까지 카터가 주었던 도움에 대해 계속해서 깊은 감사를 표했다. 카터는 자신의 계획이 충분히 실현된 뒤에는 이 무시무시한 아군의 힘을 빌려 꿈의 땅인 이곳을 떠날 뿐만 아니라, 미지의 카다스 꼭대기에 있는 신들과, 그 신들이 이상하게도 자신의 꿈으로부터 감춰버린 장엄하고 화려하기 그지없는 저녁놀의 도시에 대한, 궁극적 탐구를 할 수 있으리라고 생각했다. 그리하여 식시귀 족장들에게 이런 이야기를 하고, 카다스가 위치한 얼어붙은 황야와 괴물 같은 샨타크 새, 카다스를 지키는 쌍두 조각상이 세워진 산에 관해 자신이 알고 있는 것을 말했다. 샨타크 새가 밤귀신을 무서워하는 것에 관해 이야기하고, 인쿠아노크와 증오스러운 렝을 구분 짓는 꺼림칙한 회색 산봉우리 높은 곳에 있는 캄캄한 구멍에서 거대한 말머리의 새가 어떻게 울부짖으며 달아나는가를 가르쳐주었다. 또한 형언키 힘든 대사제가 있는, 창이 없는 수도원에 있었던 프레스코화에서부터 밤귀신들에 관해 배워 들은 것을 이야기하고, 위대한 자들조차 밤귀신을 두려워한다는 것, 그리고 밤귀신들의 지배자가 기어드는 혼돈의 나이알라트호테프가 아니며, 거대한 심연의 주인이자 태고적부터 나이를 거듭한 장엄한 노덴스임을 알려주었다.

카터는 이런 이야기를 모여든 식시귀들에게 말하고, 곧이어 가슴에 품고 있는 소원, 지금까지 고무 상태의 개처럼 생긴 식시귀들에게 대한 것으로 볼 때 결코 터무니없지 않은 소원을 대강 말했다. 밤귀신들에게는 샨타크 새의 영역과 조각이 새겨진 산을 넘어 다른 인간이 되돌아온 적이 없는 얼어붙은 황야의 높은 곳에, 자신을 옮겨주기만을 간절하게 바랐다. 자신에게 저녁놀의 도시를 단념시킬 것을 위대한 자들에게 탄원하기 위해, 얼어붙은 황야의 미지의 카다스 꼭대기에 있는 줄무늬 마노의 성까지 날아서 가고 싶으며, 밤귀신들이라면 평원의 위험을 저 아래로 내려다보면서 날아서, 회색의 어슴푸레함 속에서 영원히 웅크리고 있는, 조각된 보초가 있는 산의 무시무시한 쌍두를 넘어서 날아갈 수 있으므로 문제없이 그곳으로 자신을 날라다 줄 터였다. 뿔이 달린 무모한 생물이라면 위대한 자들조차도 두려워할 것이므로 지상의 위험에 노출될 염려도 없다. 게다가 지구의 온후한 신들의 행동에 곧잘 눈을 반짝이는 객신에 의해 생각지도 않던 사태가 발생하더라도 밤귀신들은 나이알라트호테프를 주인으로 모시는 것이 아니며, 강대하고 장엄한 노덴스만을 섬기는 것이므로 이 세상 밖의 지옥 따위는 아무런 상관도 없으며, 두려워할 것도 없다.

열 마리 내지 열 다섯 마리의 밤귀신이 있으면 그 어떤 샨타크 새 무리라도 멀리 내쫓기에 충분하겠지만, 밤귀신들의 습성은 인간보다도 식시귀 동포 쪽에 훨씬 가까우므로, 밤귀신들을 다루기 위해서는 일행 속에 몇 마리인가의 식시귀가 있는 편이 좋을지도 모른다. 전설에 나오는 줄무늬 마노의 성채에 그 어떤 성벽이든지, 그 안의 형편이 괜찮은 곳에 내려준 뒤에는 자신이 용기를 내어 성으로 들어가 지구의 신들에게 호소를 하는 동안, 어둠 속에 몸을 숨기고 자신의 귀환이나 신호를 기다리면 되었다. 만약 식시귀 가운데 자신과 함께 가서 위대한 자들을 알현해줄 자가 있다면, 식시귀가 있는 것만으로도 호소에 무게와 중요성이 더해질 것이므로 고마울 것이었다. 그러나 이 일은 강하게 요구할 수는 없으며 다만 미지의 카다스의 꼭대기에 있는 성으로 데려갔다가 다시 데리고 돌아와 주기만을 바랄 뿐이고, 마지막 여행은 신들이 호의를 보여준다면 장엄하고 화려하기 그지없는 저녁놀의 도시에 가게 될 것이며, 간청이 허사가 되면 마법의 숲의 '깊이 잠든 문'의 지상으로 돌아오게 될 것이다.

카터가 이야기하는 동안 식시귀들은 모두 열심히 귀를 기울였고, 시간이 감에 따라서 심부름꾼이 부르러 갔던 밤귀신들이 구름처럼 하늘을 검게 물들여갔다. 날개 달린 무시무시한 생물은 식시귀 군대 주위에 반원을 그리며 웅크리고 앉아, 개처럼 생긴 족장들이 지상의 나그네의 바람을 심사숙고하는 동안 경의를 표하며 계속 기다렸다. 픽맨이었던 식시귀가 동료에게 무겁게 이야기를 꺼내면서 카터는 기대를 훨씬 웃도는 의견을 듣게 되었다. 달 괴물들을 정복하는데 카터가 식시귀들에게 힘을 빌려주었던 것처럼, 이번에는 식시귀들이 아무도 돌아온 적이 없는 영역으로의, 카터의 대담한 여행을 돕고,

더구나 얼마 안 되는 동포인 밤귀신들뿐만 아니라 포획한 검은 갤리선에 몇몇 주둔 부대를 두고 톱니 모양의 바위에서 데리고 돌아온 부상자는 남겨두고, 지금 야영하고 있는 군대 모두를, 허공을 나는 데 익숙한 식시귀와 새로이 결집된 밤귀신들과 함께 몽땅 제공하겠다는 것이었다. 카터가 희망할 때는 언제라도 날 것이며, 카다스에 도착해 줄무늬 마노의 성에 있는 지구 신들의 앞에서 카터가 간절한 호소를 할 때는 되도록 식시귀들이 카터를 수행하겠다고도 했다.

말로는 다할 수 없을 만큼의 감사와 만족감으로 가득한 채 카터는 식시귀 족장들과 대담한 여행 계획을 세웠다. 이름도 없는 수도원과 사악한 석조 마을이 있는 무시무시한 렝의 상공 높은 곳을 날며, 회색의 드넓은 산봉우리에서만 몸을 쉴 수 있고, 그런 산봉우리에 개미집처럼 구멍을 파고 돌아다니며, 샨타크 새조차도 두려워하는 밤귀신들과 이야기를 나누게 되었다. 그런 다음 현지의 밤귀신에게서 얻은 도움말에 따라 최종적인 진로를 선택하고, 인쿠아노크 북부의 조각상 산맥의 황야와, 나아가 북쪽의 흉악한 렝을 경유하여 미지의 카다스로 접근한다. 개처럼 생긴 식시귀와 영혼이 없는 밤귀신은 지금껏 누구도 발 들여놓지 않은 황야에 무엇이 나타나건 손톱만큼도 두려움을 품지 않으며, 신비로 둘러싸인 줄무늬 마노의 성만이 솟아 있는 카다스에 관해서도 두려워하는 마음을 갖지도 않았다.

정오 무렵 식시귀들과 밤귀신들은 비행을 위한 준비를 하고, 자신을 나르기에 적합한 식시귀를, 뿔이 달린 군마 두 마리를 골랐다. 카터는 대열 앞쪽에서 픽맨의 옆에 자리잡았고, 전방에는 아무도 타지 않은 밤귀신들이 전위 대열로써 이열 종대를 이루었다. 픽맨의 엄중한 명령에 따라 가공할 군세(軍勢) 모두가 원초의 사르코만드의 부러진 기둥과 훼손된 스핑크스를 뒤로 하고, 악몽 같은 구름 한 가운데로 날아올라 높이높이 춤추며 올라가자, 길 뒤의 거대한 현무암 벼랑마저 날아 넘어서, 렝의 얼어붙은 불모의 대지 주변이 눈에 보이기 시작했다. 검은 군세가 높이 춤추며 올라, 대지조차도 발 아래에 작아지기만 하는 채, 바람이 황량하게 부는 무시무시한 고원을 북쪽으로 나아갔을 때, 조잡한 돌기둥으로 이루어진 꺼림칙한 둥근 모양의 돌과 창이 없는 땅딸막한 건물을 다시 눈으로 보면서, 그곳에 숨어 있는 실크 복면을 한 두렵고도 모독적인 존재인 마수로부터 간신히 도망쳐 나왔던만큼, 카터는 저도 모르게 몸을 떨었다. 이번에는 하강하지도 않고 군세는 박쥐처럼 불모의 경관 위를 스치듯 날아가, 저 멀리 높은 곳의 꺼림칙한 석조 마을의 미약한 불꽃 위를 지나, 그곳에서 영원히 피리를 불며 춤을 추는 발굽과 뿔을 지닌, 인간과 비슷한 것을 자세히 보기 위해 멈춰 서거나 하지는 않았다. 단 한 번 평원 위를 낮게 나는 한 마리의 샨타크 새를 보았으나, 이 녀석은 군세를 보자마자 불쾌한 비명을 지르면서 보기에도 그로테스크한 모습으로 쩔쩔매면서 북쪽으로 달아났다.

어둠이 다가올 무렵 군세는 인쿠아노크의 경계를 이루는, 회색을 띤 톱니 모양의 산봉우리에 이르렀고, 샨타크 새가 두려워하던 것을 카터가 기억하고 있는, 꼭대기 가까이의 기괴한 동굴 주위를 날았다. 식시귀 족장들이 집요하게 불러 제치자 거대한 구멍 하나 하나에서 뿔이 달린 검은 괴물새가 꼬리를 물고 날아 나왔고, 그들을 상대로 식시귀와 밤귀신들은 곧장 추악한 몸짓을 써가며 대화를 나누었다. 얼마 지나지 않아 분명해진 것은, 회선의 진로가 인쿠아노크 북쪽의 얼어붙은 황야를 가로지르는 것이었다. 왜냐하면 렝의 북쪽 주변은 밤귀신조차도 좋아하지 않는 낙하 구멍이 엄청나게 있을 뿐만 아니라, 바닥 모를 힘이 기묘한 작은 산에 세워진 흰 반구형의 건축물에 집중되어 있으며, 많은 전승이 이 건축물을 불쾌하게도 객신과 기어드는 혼돈의 나이알라트호테프와 결부시키고 있기 때문이라는 것이다.

카다스에 관해서는 산봉우리에 서식하는 밤귀신들도 거의 무엇

하나 아는 것이 없으며, 오직 북쪽에는 뭔가 놀랄 만한 것이 있어서 그것을 샨타크 새와 조각상 산맥이 지키고 있다고 알려져 있을 뿐이었다. 또한 지금껏 누구 하나 발 들여놓지 않은 땅에는 터무니도 없이 커다란 것이 있다는 소문을 넌지시 비추면서, 밤이 영원히 서려 있는 영역에 관한 막연한 전래를 떠올리게 했을 뿐 자세한 것은 아무것도 알 수가 없었다. 카터와 군사들은 그들에게 진심으로 감사의 뜻을 전하고는 현무암 산맥의 최고봉을 가로질러, 인광을 내뿜는 밤의 구름 아래 인쿠아노크 하늘을 날아서 어떤 거인의 손이 처녀바위에 공포를 새겨 넣기까지는 산맥이었던, 그 흉악한 가르고일을 멀리서 확인했다.

가르고일들은 그곳에 지옥 같은 반원을 이루어 웅크리고 있으며, 다리는 황야에 두고 사제관(司祭冠)은 인광을 내뿜는 구름을 꿰뚫고, 꺼림칙하게 늑대를 닮은 두 개의 머리를 쳐들고, 얼굴은 지독한 분노의 형상으로 인간 세계 주위를 원한으로 가득 차서 나태하게 바라보며, 인간의 것이 아닌 얼어붙은 북쪽 영역의 주위를 굳게 지키고 있었다. 가르고일들의 무릎에서 코끼리처럼 거대한 체구의 사악한 샨타크 새가 춤추며 올랐으나, 전위 부대를 형성한 밤귀신들의 무리를 안개 낀 허공 사이로 확인하자마자 광란의 소리를 지르며 달아났다. 군사들은 가르고일 산맥을 넘어서 북쪽으로, 표지가 될 만한 것 따위는 아무것도 없는 몽롱한 황야를 계속해서 날아갔다. 구름이 내뿜는 인광이 차츰 옅어졌고, 마침내 카터는 주위에 어둠 말고는 아무것도 보이지 않게 되었으나, 날개 달린 군마는 대지의 가장 어두운 굴속에 살았던 만큼 조금도 기세가 꺾이지 않고 눈에는 보이지 않는 끈적끈적한 몸의 습한 체표 전체로 바라보고 있었다. 비행은 잠시도 멈추지 않고 계속됐으며, 괴상한 냄새를 풍기는 바람과 뜻을 알 수 없는 소리를 뒤로 하고, 가장 짙은 어둠 속을 돌진해 카터가 아직 지구의 꿈의 땅에 있는지 아닌지를 가늠조차 하지 못할 만큼의, 터무니도 없는 공간을 날아갔다.

갑작스레 구름이 옅어지면서 머리 위에서 별이 몽롱하게 빛났다. 눈 아래는 아직 어둠으로 둘러싸여 있었으나, 허공의 창백한 화톳불은 달리 드러낸 적이 없는 의미와 지시를 품으며 숨쉬고 있는 것 같았다. 별자리 모양이 달라지지는 않았으나 눈에 익숙한 형태가 전에는 볼 수 없었던 의미를 선명하게 나타내고 있는 것이었다. 모든 것이 북쪽에 초점을 맞추고 빛나는 하늘의 곡선과 모든 별자리가 거대한 의장(意匠)의 일부를 이뤘으며, 그것이 하는 일이란 우선 눈을, 다음에는 관찰자 자신을, 눈앞에 끝도 없이 펼쳐진 드넓은 얼어붙은 황야 저쪽으로 수렴하는, 비밀로 둘러싸인 가공할 목적지를 향해 달려가는 것이었다. 카터는 인쿠아노크 전체에 걸쳐 산봉우리의 등성이가 솟아 있는 동쪽으로 눈을 옮겨 하늘의 별을 배경으로 톱니 모양의 검은 그림자를 보고, 아직도 봉우리가 계속 이어져 있음을 알았다. 지금은 전보다도 끊어진 곳이 있으며 뻥하니 입을 벌린 틈새가 이상하리만큼 기묘한 모습으로 봉우리가 두드러졌다. 카터는 그로테스크한 윤곽의 암시적인 구부러진 곳과 경사를 자세히 바라보면서 별과 함께 기묘하게 북쪽으로 재촉하는 뭔가가 있음을 느꼈다.

군세(軍勢)는 엄청난 속도로 비행을 계속했으므로 카터가 자세한 부분을 살펴보려면 눈을 한곳에 집중시켜야만 했으나, 갑자기 최고봉이 이어진 산맥 바로 위에 하늘의 별을 배경으로 움직이는 검은 물체를 확인하고, 그 진행 방향이 이상한 군세의 그것과 똑같이 병행하고 있음을 알았다. 식시귀들도 마찬가지로 그것을 보았던 듯, 주위에 온통 낮은 목소리가 솟아나는 가운데, 카터는 순간 움직이는 물체가 보통 것보다 훨씬 거대한 샨타크 새가 아닐까 생각했다. 그러나 얼마 안 있어 그 생각은 틀렸으며, 산맥 위를 나는 물체의 모양이 말머리의 새와는 전혀 비슷하지도 않음을 알았다. 하늘의 별을 배경으로 한 윤곽은 몽롱하면서도 어딘가 주교의 관(冠)을 쓴 거대한 머리가 끝도 없이 거대해진 쌍두와 닮았으며, 아래위로 움직이면서 빠르게 허공을 나는 모습은 날개를 지니지 않은 것 같았다. 카터는 그것이 산맥의 어느 쪽에 있는 것인지도 몰랐으나, 곧 그것이 지날 때 산등성이가 깊이 도려내진 곳의 별을 모조리 사라지게 했던 일로 미루어 처음으로 보았던 부분의 밑에도 몸의 일부가 있음을 깨달았다.

다시 말해 이어진 산의 커다랗게 갈라진 곳이 생겨났고, 그곳은 마치 산 저쪽 렝의 무시무시한 곳 주변이 낮은 산길에 의해 이쪽의 얼어붙은 황야와 이어진 곳이며, 별들이 여리디여리게 빛나고 있었다. 카터는 뾰족한 봉우리 위를 넘실거리면서 나는 거대한 것의 아랫부분이 갈라진 곳 저쪽의 별을 배경으로 윤곽을 나타내리라고 짐작하고, 뚫어져라 그 갈라진 곳을 지켜보았다. 비행하는 것은 지금은 조금 앞을 날고 있으며, 곧 그 전모를 나타내게 될 갈라진 곳으로 군세의 모든 눈이 모아졌다. 차츰 뾰족한 봉우리 위를 날던 것이 갈라진 틈으로 가까이 다가왔으며, 식시귀 군세를 떼어놓은 것을 알아챘는지 비행 속도가 약간 더뎌졌다. 그보다 더한 긴박감이 없을 그런 순간 순식간에 전체의 윤곽이 나타나게 되어 식시귀들의 입에는 우주적인 공포를 나타내는 엄청난 두려움으로 가득 찬, 반쯤 목이 막힌 목소리가 났고 나그네의 가슴에는 완전히 없애버릴 수도 없는 냉기가 밀려왔다. 산등성이 위로 펼쳐져 위아래로 흔들리는 거대한 것은 한 개의 머리부분——주교의 관을 쓴 쌍두——에 지나지 않으며, 그 밑에는 터무니도 없는 넓이를 지니고, 머리부분을 받치는 무시무시하리만큼 부풀어오른 몸이 질주하고 있으며, 그러면서 소리도 내지 않고 살며시 걸어다니는 산처럼 높다란 괴물이며, 밤하늘을 배경으로 시커멓게 활보하는 유인원을 하이에나 같은 모습으로 찌푸린 것이 분명하며, 삼각형의 관을 쓴, 내다 팽개쳐야만 할 쌍두는 하늘 꼭대기의 반쯤까지 이르렀던 것이다.

미지의 카다스를 꿈에 그리며 287

카터는 경험을 쌓은 꿈꾸는 자였으므로 의식을 잃기는커녕 비명을 지르지도 않았으나, 공포에 휩싸여 뒤쪽을 돌아보고 지금 하나의 괴물 같은 쌍두가 산봉우리 위에서 시커멓게 윤곽을 그리면서 소리도 없이 위아래로 흔들리면서 최초의 쌍두의 뒤를 잇고 있는 것을 보았을 때는 온몸이 와들와들 떨렸다. 뒤쪽 저 멀리에는 엄청나게 거대한 모습 셋이, 남쪽 밤하늘에 또렷하게 온몸의 윤곽을 그리면서 늑대처럼 발톱 끝을 세우고 무겁게 앞으로 나아가고, 높다란 주교의 관(冠)이 1천 미터도 더 되는 높은 공중에서 흔들리고 있었다. 그런가 하면 조각상 산맥은 인쿠아노크 북부에서 견고한 반원을 그리면서 왼팔을 든 채 그냥 웅크리고 있는 것만은 아니었던 것이다. 그들에게는 다해야만 할 임무가 있으며 그 임무를 소홀히 하지는 않는다. 그러나 그들이 말을 하기는커녕 무슨 소리 하나조차도 내지 않고 걷는 것은 엄청나게 무시무시했다.

한편 픽맨이었던 식시귀가 밤귀신들에게 명령을 내리고 있으며 모든 군사가 한층 하늘 높이 날아올랐다. 그로테스크한 대열이 별을 향해 빠른 상승을 계속하자, 이윽고 하늘을 배경으로 윤곽을 그리지도 않고 고요하게 가라앉은 회색의 화강암 산등성이도 허공을 활보하는 주교관을 쓴 조각상 산맥도 보이지 않게 되었다. 밀려드는 바람, 그리고 눈에는 보이지 않는 에테르 안의 웃음을 뚫고 날개 치는 군세가 북쪽으로 쇄도하는 동안, 아래는 검정 일색으로 뒤덮이고, 황량하게 가라앉은 황야에는 샨타크 새도, 한층 형언하기 힘든 실체도, 뒤를 따라 춤추며 오르는 것은 없었다. 날면 날수록 그 속도는 한층 빨라졌으며, 이윽고 눈앞이 아찔한 속도가 탄환의 속도를 넘어 궤도를 도는 혹성의 속도에 이를 것만 같았다. 카터는 꿈의 땅에서는 차원(次元)에 기괴한 특성이 있음을 알고는 있었으나, 이와 같은 속도로 날아서 대지가 한층 드넓게 펼쳐지는 일 따위가 있을 수 있을까 생각했다. 영원한 밤의 영역에 있는 것만은 확실하며, 머리 위 별자리는 미묘하게 북쪽으로 집중도를 더했고, 스스로 무리를 지어 마치 자루 안에 마지막까지 남아 있는 자를 던져버리기 위해 자루의 아귀를 틀어막고 있는 것처럼, 그러면서 비행하는 군세를 극지의 허공으로 던져 넣으려는 것 같았다.

그 때였다. 밤귀신들의 날개가 더 이상 퍼덕이고 있지 않음을 눈치채고 카터는 경악했다. 뿔이 달린 무모한 군마는 막(膜) 상태의 부속 기관을 접고, 거꾸로 돌면서 밀려드는 바람의 혼돈에 완전히 몸을 맡긴 채 쉬고 있었던 것이다. 이 세상의 것이 아닌 힘이 군세를 포위하고 있으며, 인간이 절대로 돌아온 적이 없는 북쪽으로 미친 듯이 밀려드는 흐름을 앞에 두자, 식시귀도 밤귀신도 완전히 무력했다. 곧이어 오직 하나의 창백한 빛이 전방의 능선에 보였고 군세가 다가오는 동안에도 차근차근 상승을 계속했다. 그 아래로는 별을 소멸시키는 검은 덩어리가 있었다. 하늘의 이러한 높이에서 바라보아 이만큼 광대하게 솟아 있는 산은 하나밖에 없을 것이며, 카터는 그 산에서 피우는 화톳불에 틀림없다고 생각했다.

빛과 그 아래의 어둠은 차츰 높이 올라가다가 마침내는 북쪽 하늘의 반쯤이 톱니 모양의 원추형 덩어리에 소멸되기에 이르렀다. 군세는 멀리 높은 곳에 있었으나 창백하고 꺼림칙한 화톳불은 한층 위에 있어서 지상의 모든 산봉우리와 커다란 산을 능가하고 솟아올라, 수수께끼 같은 달과 미친 혹성이 선회하는 원자 하나 없는 에테르를 충분히 음미하고 있었다. 눈앞에 삐죽 솟아 있는 것은 인간이 아는 산 따위는 아니었다. 멀리 아래에 떠 있는 높은 구름도 그 기슭의 가장자리 장식에 지나지 않는다. 아찔하리만큼 높은 대기의 최상층조차 그 산의 허리를 휘감는 띠에 지나지 않았다. 하늘과 땅을 잇는 다리는 영원한 어둠 속에서 시커멓고 엄숙한 죽은 이의 넋처럼 솟아 있고, 두렵게도 의미 있는 듯한 윤곽을 시시각각 선명하게 드러냈고, 미지의 별들의 이중 관(冠)을 쓰고 있었다. 그것을 보자 식시귀들이 경악의 소리를 질러 카터는 돌진하는 군세가 거대하기 이를 데 없고 강건한 줄무늬 마노의 절벽에 격돌하여 산산조각이 되지나 않을까 싶은 공포로 몸이 떨려왔다.

빛은 여전히 높이 오르고 하늘 꼭대기 가장 높은 별과 뒤섞여 비웃는 듯한 반짝임으로 비행하는 군세를 내려다보고 있었다. 그 아래 북쪽은 지금 검정 일색이며, 끝없는 심연에서 한없이 높은 곳에 이르기까지 무시무시하고도 냉혹하리만큼 새까맣고, 오직 창백하게 깜박이는 빛만이 도달하는 곳도 모르는, 눈이 닿는 곳 이상의 높은 곳에 떠올라 있는 것이었다. 카터는 그 빛을 더욱 자세하게 바라보았다. 그리고는 문득 별을 배경으로 빛 뒤편에 새까만 것이 어떤 윤곽을 만들어내는가를 보았다. 거대하기 이를 데 없는 산꼭대기에는 탑이 몇 개나 솟아 있으며, 공포스런 둥근 지붕이 달린 탑이, 인간이 꿈꿀 수 있는 작품을 초월하는, 불쾌하고 그 수를 가늠하지 못할 층들을 이루며 무리를 짓고, 경이와 위협으로 부푼 틈새의 흉벽이, 눈길이 닿지 않는 그런 높이에서 악의를 가득 담고 빛나는 별의 이중관(冠)을 배경으로 작고 검게 떠올라 있었다. 도저히 계측도 불가능한 높은 산 꼭대기에 있는 것은 인간의 생각이 미치지 않는 성(城)이며, 그 안에서 악마적인 빛이 빛나고 있는 것이었다. 그래서 랜돌프 카터는 자신의 탐구가 끝났다는 것, 머리 위에 보이는 것 모두가 금단의 여행과 대담무쌍한 몽상의 목표, 미지의 카다스 꼭대기에 있는, 전설로 이름높은, 위대한 자들의 믿지 못할 주거임을 깨달았다.

카터가 그것을 깨달았을 때조차도 어쩔 도리가 없는, 바람에 실려 군세의 진로에 변화가 생겨났다. 그것은 이제 당돌하게 상승하고 있으며, 그 비행이 목표하는 곳은 바로 창백한 빛이 빛나는 줄무늬 마노의 성임은 확연했다. 새까맣고 거대한 산에 너무나도 가까이 있으므로 빠르게 상승함에 따라서 거대한 산의 옆면이 아찔하리만큼 희미해졌고, 어둠으로 둘러싸여서 옆면에는 아무것도 볼 수가 없었다. 밤의 어둠으로 둘러싸인 산꼭대기 성의 암흑의 탑이 차츰 거대하게 솟아오르는 가운데, 카터는 거대함 그 자체가 거의 모독적인 것임을 깨달았다. 성을 만들어낸 거대한 돌은 이름도 알지 못하는 자들이 인쿠아노크 북쪽 암벽에 있는 가공할 심연을 파고 깎아낸 것임에 틀림없으며, 너무나도 거대하기 때문에 문 입구에 서 있는 인간 따위는 지상 최대 성곽의 돌단에 있는 개미에도 이르지 못한다. 몇천이나 되는 둥근 지붕의 작은 탑이, 머리 위에 떠오른 미지의 별의 이중 관(冠)이, 창백하고 병적으로 흔들리는 빛을 내뿜음으로써 일종의 어슴푸레함이 매끈한 줄무늬 마노의 벽에 감돌았다. 지금은 창백한 빛도 높은 탑에 있는 하나의 빛나는 창으로 바라보았으며, 어쩔 도리도 없는 군세가 산꼭대기로 접근함에 따라 몇 개나 되는 불쾌한 그림자가 미약한 빛의 넓이를 지나는 것이 보이게 되었다. 기이한 아치형 창이며, 그 양식은 아무리 보아도 이 세상의 것은 아니었다.

　견고한 바위가 이제는 엄청난 규모를 지닌 성의 거대한 토대로 바뀌었고, 군세가 상승하는 속도가 얼마간 떨어진 것 같았다. 광대한 성벽이 솟아오르고, 거대한 성문이 눈에 들어왔다고 여기는 순간, 군세는 그곳을 빠져나갔다. 넓디넓은 중앙 정원은 대부분 어둠으로 둘러싸여 있으며, 거대한 아치형 입구가 군세를 집어삼키자, 안쪽 깊숙한 곳에 시커먼 어둠이 나타났다. 차가운 바람이 소용돌이를 일으키면서 형체도 분간할 수 없는 줄무늬 마노의 미궁 속을 눅눅하게 불며 지나고 있으며, 구불구불 휘어지면서 공중을 끝없이 옮겨놓는 진로를 따라, 거대한 계단과 통로가 존재하리라고는 카터는 전혀 생각지도 못했다. 어둠 속에서의 무시무시한 돌진은 언제나 위를 향했으며, 신비의 짙고 촘촘한 장막을 부수는 소리도, 감촉도 빛도 없다. 식시귀와 밤귀신으로 이루어진 군세는 대규모이긴 했으나 지상의 것을 훨씬 초월하는, 성의 아득한 허공 속에서는 없는 것이나 다를 바가 없었다. 그러다가 마침내, 오직 하나의 등불이 역할을 다하고 있던, 높은 곳에 창이 있는 탑에서 빛나던 빛이 갑자기 조금 더 밝아졌을 때, 카터는 얼마간의 시간에 걸쳐 안쪽의 벽과 멀리 높은 천장을 확인하고, 다시 바깥의 끝없는 대기 속으로 나온 것이 아님을 알았다.

랜돌프 카터가 바라던 것은, 양옆과 뒤에 격식을 차리는 열을 지어 식시귀들을 따르게 하고, 위엄으로 가득 차고 태연자약한 태도로 위대한 자들을 알현하는 곳으로 들어가, 꿈꾸는 자들의 자유롭고 나아가 유력한 주인에게 호소를 하는 것이었다. 위대한 자들이 인간의 힘으로 다룰 수 있는 존재가 아님을 알고 있으며, 인간이 위대한 자들의 주거나 산을 찾아냈을 때는 객신과 기어드는 혼돈의 나이알라트호테프가 빈번하게 위대한 자들을 돕고는 있지만, 이렇게 중대하기 이를 데 없는 때에 그런 일이 일어나지 않도록 행운을 바라고 있었다. 식시귀는 주인이 없으며, 밤귀신은 나이알라트호테프가 아니라 준엄한 노덴스만을 주인으로 삼고 있으므로, 필요하다면 객신조차 도발할 것을 반쯤 기대하고 있었던 것이다. 그러나 지금은, 얼어붙은 황야의 영묘한 카다스가 실로 암담한 경이와 이름도 모를 보초로 가득 차 있을 뿐만 아니라, 객신이 지구의 온후하고 나아가 허약한 신들을 경호하기에 즈음하여 세심한 주의를 하고 있음도 알았다. 정신(精神)으로 정해진 형태를 지니지 않은 우주 바깥의 모독적인 존재는, 식시귀와 밤귀신에 대한 지배력은 없지만, 그러면서도 필요하다면 그들을 지배할 수 있으므로 식시귀들과 함께 위대한 자들을 알현하는 곳으로 들어간 랜돌프 카터는 자유롭고 유력한, 꿈꾸는 자의 주인으로서의 입장에 있을 수는 없었다. 별에서 불어 내려오는 악몽 같은 폭풍에 실린 채, 북쪽 황야의 보이지 않는 공포에 휘감겨, 모든 군세가 빛나는 빛 속에서, 어쩔 도리도 없이 붙잡혀 우주에 떠 있으며, 목소리가 아닌 지시에 의해 공포의 질풍이 사라지자,

줄무늬 마노의 바닥에 망연자실한 모습으로 낙하했던 것이다.

랜돌프 카터 앞에는 황금의 좌대도 없으며, 꿈꾸는 자가 호소를 하는 상대로서, 응그라네크 산에 조각되어 있는 얼굴과 닮은 가느다란 눈, 기다란 귓불, 엷은 코, 뾰족한 턱을 지닌 듯한, 관을 쓰고 후광으로 빛나는 존재가 좌대에 앉아 있는 것도 아니었다. 탑의 한 방을 들여다보니 카다스 꼭대기의 줄무늬 마노의 성은 칠흑 같은 어둠으로 둘러싸여 성의 주인들의 모습은 없다. 카터는 얼어붙은 황야의 카다스에 왔으나 신들을 발견한 것은 아니었다. 그런데도 여전히, 드넓은 문 밖의 그것에 뒤지지 않는, 멀리 벽과 천장이 소용돌이를 도는 엷은 안개 속에 거의 소실된, 그 탑의 한 방에서는 빛나는 빛이 비치고 있었다. 지구의 신들은 틀림없이 그곳에는 있지 않았으나, 한층 미묘하고 눈에 보이지 않는 존재가 없을 이유도 없었다. 온후한 신들이 없는 곳, 객신들이 존재하지 않을 이유도 없으며, 실로 줄무늬 마노의 성은 무인의 장소는 아니었다. 뒤이어 공포는 어떤 터무니없는 형태로 자신의 모습을 드러낼지, 카터는 상상하는 것조차도 불가능했다. 자신의 방문이 예기된 것이라는 느낌이 들어서, 기어드는 나이알라트호테프에게 얼마만큼 가까운 곳에서 감시를 당하고 있었는가를 생각했다. 균류 같은 달의 괴물들이 떠받치는 것이야말로, 객신들의 심부름꾼으로서 무한의 형태와 전율할 혼을 지닌 공포, 나이알라트호테프임에 틀림없었다. 카터는 바다 속 톱니 모양의 바위에서 전투가 두꺼비처럼 생긴 모독적인 생물에게 불리해졌을 때, 모습을 감춰버렸던 검은 갤리선을 떠올렸다.

카터가 이런 것들을 다시 생각하면서 악몽 같은 동료들의 한가운데서 비틀거리면서 일어섰을 때, 창백하게 빛나는 방안에서 갑자기 마적(魔的)인 트럼펫의 살풍경한 음색이 울려 퍼졌다. 무시무시한 놋쇠의 포효는 세 번 울렸고, 세 번째 소리의 반향이 비웃는 것처럼 사라졌을 때, 랜돌프 카터는 오직 혼자가 되었음을 깨달았다. 식시귀들과 밤귀신들이 어디로, 어째서, 어떻게 운반되어 사라졌는지, 카터는 도저히 추측할 수조차 없었다. 단지 아는 것이라고는 자신이 홀연히 홀로 남게 되었다는 것과, 비웃는 것처럼 주위에 가라앉은 보이지 않는 힘이 그 어떤 것이든 간에 우호적인 지구의 꿈의 땅의 것은 아니라는 것뿐이었다. 곧 그 방의 깊숙한 곳에서 새로운 소리가 들려왔다. 이것도 리드미컬한 트럼펫 소리였으나 대군을 사라지게 했던 세 번에 걸친 소란스러운 음색과는 가락이 달랐다. 낮은 연주소리에는 천상의 꿈에 있는 모든 경이와 선율이 담겨 있으며, 이상한 화음과 미묘하게 이계적인 하나하나의 리듬으로부터 생각지도 못할 아름다움을 담은 색다른 경관이 감돌아오는 것이었다. 향기로운 냄새가 황금의 선율과 조화되는 듯하며, 머리 위에는 커다란 빛이 비추고, 그 색이란 지구의 스펙트럼에는 알려지지 않은 주기로 변화하며, 이상하게 조화되는 화음의 가락을 연주하는 트럼펫의 노래를 따르고 있었다. 멀리서는 횃불의 불꽃이 빛나고, 긴박한 기대로 가득한 파동의 한가운데서 커다란 북을 치는 소리가 차츰 커져왔다.

옅어져 가는 안개, 그리고 똑바르게 솟아오르는 색다른 향기의 구름 속에서 무지개 색 비단 천을 두른 커다란 덩치의 흑인 노예가 두 줄로 나타났다. 머리에는 빛나는 금속으로 된 투구에 커다란 횃불을 묶고, 그곳에서 어떤 향기로운 냄새가 연기가 되어 퍼져나갔다. 오른손에는 끝에 쏘아보는 키메라가 조각되어 있는 수정 지팡이를 들고, 왼손에는 길고 가느다란 은제 트럼펫을 쥐고는 그것을 차례대로 불고 있다. 황금 팔찌와 발찌를 차고 있으며, 좌우 한 쌍의 발찌 사이에 금으로 된 사슬이 이어져 있어서 발걸음을 자유롭지 못하고 일정하게 했다. 이 노예들이 지구의 꿈의 땅의 진정한 흑인임은 대번에 알 수 있었으나, 그들의 풍속이나 옷차림이 모두 지구의 것이라고 하기는 어려웠다. 카터의 3미터 앞에서 흑인 노예의 줄은 멈췄고, 갑자기 모두가 두꺼운 입술에 트럼펫을 갖다 대었다. 그 뒤를 이은 연주는 분방하고 환희에 가득한 것이며, 그런 직후에 검은 목에서 울려나온 여전히 분방한 합창 소리는 뭔가 기이한 기법의 날카로운 것이었다.

그러는 동안 흑인 노예의 두 줄 사이에 생겨난 통로를 하나의 사람 그림자가 걸어왔으나, 키가 크고 마른 체구에 고대 파라오를 연상시키는 젊은 용모에, 무지개 색 로브(길고 헐렁한 옷)를 걸친 모습은 눈부시게 화려하며, 고유한 빛에 의해 빛나는 황금의 이중 관을 쓰고 있었다. 카터의 가까이로 걸어온 인물은, 거만한 태도와 정돈된 용모에는 암흑신과 타락한 천사의 매력을 지녔으며, 눈 주위에는 변덕스러운 기질을 나타내는 어딘가 나른한 빛이 감돌고 있었다. 그 인물이 입을 열자 온화한 어조에는 망각의 강의 몹시 거친 음악이 물결쳤다.

"랜돌프 카터여" 목소리는 그렇게 말했다. "너는 인간이 보는 것이 금지된, 위대한 자들을 보러 왔는가. 망을 보는 자들이 이 사실을 알려와, 객신들은 그 이름을 감히 입에 대는 자도 없는 마왕이 웅크리고 있는, 캄캄한 궁극의 허공에서 가느다란 플루트 음색에 맞춰 어리석게도 뒹굴고 다니면서 불평을 늘어놓았지."

"현인 바르자이는 하테그클라 산에 올라, 달그림자로 둘러싸인 구름 위에서 요란하게 춤추는 위대한 자들을 보았다가 두 번 다시 돌아오지 못했다. 객신들이 그곳에 계시며 예상했던 일을 한 것이다. 아포라트의 제니그는 얼어붙은 황야의 카다스에 이르고자 했다가 그 두개골이 지금은 어떤 자의 새끼손가락 반지에 끼워져 있으나 그 자의 이름은 말할 필요도 없으리라."

"그렇지만 랜돌프 카터여, 너는 지구의 꿈의 땅의 모든 일에 용감하게 맞섰고, 여전히 탐구의 뜨거운 불꽃으로 몸을 태우고 있구나. 너는 호기심이 왕성한 자로서가 아니라 당연히 얻어야만 할 것을 추구하는 자로서 온 것이며, 너는 지구의 온후한 신들에 대한 경의를 소홀히 하지도 않았다. 그렇지만 이 신들이 너의 꿈에 나타난 장엄하고 화려하기 그지없던 노을진 도시에 너를 가까이 오지 못하게 하는 것은, 사실 이 신들이 너의 기이한 생각이 만들어낸 그 도시의 신비한 아름다움에 매료되어 이제 다른 곳에서는 살 수 없다고 말하기 때문이다.

신들은 미지의 카다스의 성을 떠나 너의 장엄하고 화려하기 짝이 없는 도시에 살고 있는 것이다. 낮에는 줄무늬 대리석 궁전을 떠다니고, 해가 저물면 향기가 솟는 정원으로 나가서 황금빛으로 둘러싸인 신전과 기둥 회랑, 아치형 다리와 은제 수반의 분수, 꽃이 가득한 항아리와 상아 조각이 휘황찬란하게 줄을 이루는 큰길을 바라다본다. 그리고 밤이 찾아오면 밤이슬에 젖은 높은 계단 정원에 올라 암반에 조각이 새겨진 벤치에 앉아서 별을 바라볼 때도 있는가 하면, 희푸른 난간 밖으로 몸을 내밀고 도시 북쪽의 깎아지른 경사면을 바라보면서 오래되고 뾰족한 지붕의 작은 창이 소박한 납촉(蠟燭)의 은은하고 노란빛으로 하나, 또 하나 빛나기 시작하는 것을 바라보는 때도 있다.”
“신들은 그런 장엄하고 화려하기 그지없는 것들도 사랑하며 이제는 신의 길을 밟지도 않는다. 지구 언덕의 신전이나 신들의 젊은 모습을 보았던 산맥을 완전히 잊었다. 지구에는 이제는 신들은 없으며 우주 밖에서 도래한 객신만이, 잊혀 사라진 카다스를 지배하고 있는 것이다. 랜돌프 카터여, 너 자신의 머나먼 유년기의 골짜기에서 생각 없는 위대한 자들과 희롱하고 있을 터. 현명하며 지고의 꿈을 꾸는 자여, 너는 너무나도 자주 많은 꿈을 꾸게 되면서, 꿈의 신들을 모든 인간의 공상의 세계로부터, 널리 너 자신의 상상의 세계로 끌어넣었다. 너는 너 자신의 유년기의 사소한 공상을 바탕으로 과거에 존재했던 그 어떤 환상보다도 아름다운 도시를 만들어냈던 것이다."

"지구의 신들이 옥좌를 떠나 거미에 집을 짓고 그 영토를 객신들의 암담한 방법으로 지배하게 하는 것은 잘한 일이 아니다. 외부 세계로부터 도래한 권세는, 신들이 마음을 흩뜨리는 원인이 된 너, 랜돌프 카터에게 기쁘게 혼돈과 공포를 초래하겠지만, 나아가 신들을 원래의 세계로 되돌릴 수 있는 것도 너뿐임을 알고 있기도 하다. 너의 것인 반쯤 각성된 꿈의 땅에 있어서는, 지고의 밤의 권세로써, 위대한 자들을 따르지 못하며, 너만이 방자한 위대한 자들을, 너의 것인 장엄하고 화려하기 그지없는 노을의 도시로부터 데리고 나와, 북쪽의 어슴푸레한 지대를 지나, 얼어붙은 황야의, 미지의 카다스의 꼭대기에 있는 평생의 장소로 데려다놓을 수 있다."

"그러므로 랜돌프 카터여, 나는 위대한 자들의 어명에 따라 너를 용서하며, 나의 의지에 따르도록 명령한다. 너의 것인 노을의 도시를 찾아내고, 꿈의 세계가 기다리고 있는 전횡나태한 신들을 되돌려보내는 것이다. 신들의 장밋빛 흥분, 천상의 트럼펫 연주와 불멸의 심벌즈 소리, 그리고 장소와 의미가 각성의 공간에서도 꿈의 심연에서도 너의 마음을 사로잡아, 기억이 사라져 없어지지 않을까 하는 의심이나 두려워해야 할 중대한 것을 잃었다는 비통함으로 너를 괴롭히던, 그 신비한 곳에서 찾아내는 것은 어렵지 않은 일이다. 너의 경이의 나날의 그 상징과 유물을 발견하는 것도 어렵지 않으며, 실로 그것이야말로 움직이지 않는 영원한 선물이다. 그 안에 경이의 모든 광채가 결정화되어 있으며, 너의 길을 비추기 때문이다. 아직 모르겠는가. 너의 탐구 여행이 향해야만 할 곳은 미지의 바다를 건너는 것이 아니며, 잘 아는 세월은 거슬러 오름으로써 옛날의 정경이 어린 눈을 뜨게 했던, 유년기의 휘황하고 불가사의한 것, 태양 빛이 내리쬐는 가운데 순식간에 보게 될, 마술적인 것으로 돌아가는 것이다."

"저 황금과 대리석으로 이루어진 경이의 도시야말로 네가 어린 시절에 보고 사랑했던 것들이 모여 있는 것에 지나지 않기 때문이다. 저녁 해에 빛나는 보스턴 구릉의 지붕과 서향 창문, 허다하게 많은 다리가 걸린 찰스 강이 졸린 것처럼 흐르는 골짜기에 웅성대는 박공과 굴뚝, 구릉의 커다랗고 둥근 지붕, 꽃향기가 가득한 코먼의 장관이 틀림없다. 랜돌프 카터여, 봄날에 네 유모가 처음으로 유모차로 널 밖으로 데려갔던 때 보았던 이런 것들은, 추억과 사랑의 눈으로 네가 본 마지막의 것이 되리라. 그리고 잠에 빠진 세월과 함께 있는 세일럼, 암벽의 과거 몇 세기의 층으로 나눈 무지개 같은 마블헤드, 그리고 마블헤드의 목초지로부터 저녁 노을이 비치는 항구 너머로 바라다보이는 세일럼의 탑과 뾰족한 지붕의 장관이 있다."

"푸른 항구를 내려다보는 7개의 언덕에는 고풍스런 정취가 감도는 당당한 프로비던스가 있으며, 초록빛을 띤 단구(段丘)는 옛모습을 현재에 묶어두는 첨탑과 보루로 통하며, 또한 꿈꾸는 듯한 방파제에서 망령처럼 올라가는 뉴포트가 있다. 이끼가 낀 말안장 모양의 지붕이 연이어 있고, 그 뒤쪽에 바위를 뒤덮어 넘실대는 초원을 지키는 아캄이 있으며, 수많은 굴뚝, 낡은 부두, 뾰족하게 튀어나온 박공을 지닌 오래된 킹스포트가 있으며, 배를 이끄는 부표가 떠 있는 유백색의 안개에 흐려진 바다와 높은 절벽의 경이가 있다."

"콩코드에는 으스스 추운 골짜기, 포츠머스에는 돌이 깔린 작은 길, 촌스러운 뉴햄프셔 거리의 어슴푸레한 길모퉁이에는 커다란 느릅나무가 흰 농가의 벽과 삐걱거리는 두레박을 반쯤 가리고 있다. 글로스터에는 소금을 뿌린 부두, 툴로에는 바람에 나부끼는 버드나무. 롱아일랜드 주 북해연안의 첨탑이 늘어선 머나먼 거리와, 거대한 둥근 돌을 배경으로 덩굴이 얽힌 키 작은 시골집과, 돌이 뒤섞인 조용한 경사면의 경관. 바다 냄새에 초원의 향기, 어두운 숲의 매력에 새벽녘의 과수원과 화원의 즐거움. 랜돌프 카터여, 이런 것들이 너의 도시인 것은, 모두가 너 자신이기 때문이다. 뉴잉글랜드가 너를 낳고, 너의 마음에 꺼지지 않는 해맑은 아름다움을 부어넣고 있음이다. 이 아름다움이 오랜 세월에 걸린 추억과 몽상에 의해 조형되고 구체화되며 연마되어 요령부득인 저녁놀 아래 정원의 경이가 되어 있으므로 진기한 항아리나 조각된 난간이 있는 대리석 흉벽을 찾아내고, 그리고 난간이 있는 끝없는 계단을 마침내 내려가 아득한 광장과 무지개빛 분수가 있는 도시로 가려면 단지 옛 추억에 빠진 소년 시대의 생각과 공상을 되돌아보기만 하면 되는 것이다."

"보라, 저 창문 밖에선 영원한 밤의 별들이 빛나고 있지 않은가. 지금도 여전히 별들은 그대가 아는 자비로운 경관 위에서 빛나며, 그들의 매력을 마시고 있으면 꿈의 화원 위에서는 한층 사랑스럽게 빛날지도 모르지. 그곳에 보이는 것이 안탈레스야. 지금도 트레만트 스트리트의 지붕 위에서 반짝이며, 그대는 비콘 힐 저택의 창문을 통해 볼 수가 있으리라. 저 별들 저편에는 우리 백치의 지배자들이 나를 배웅하던 깊은 연못이 입을 벌리고 있지. 어느 날엔가 그대도 그 심연을 지나게 될지도 모르지만, 그곳에 들어와 귀환했던 인간들 가운데, 때리고 잡아 찢는 허공의 가공할 것들과 부딪치면서 정신이 망가지지 않고 지켜낸 것은 오직 한 사람뿐이며, 그대가 만일 현명하다면 그런 어리석음을 저지르지 않도록 조심하는 게 좋아. 가공할 만한 것들, 모독적인 것들이 공간을 둘러싸고 서로 괴롭히며, 약자에겐 강자보다도 사악한 자가 있으며, 그대를 내 손에 오게 한 것들의 행위로 인해 그대도 알겠지만 나 스스로는 그대를 해칠 생각 따위는 갖고 있지 않으며, 진정으로 다른 일에 얽매인 적이 없다면 먼 옛날에 그대를 구해내 이곳으로 불러들였을 것이며, 그대가 길을 찾아낼 것을 확신하고 있었던 것이다. 그렇다면 외부의 지옥을 피하고 그대 청춘의 평온함, 나아가 아름다운 것에 의지하는 게 좋을 터. 그대는 장대하고 화려하기 그지없는 도시를 찾아내고, 그 도시로부터 배신의 주동자들을 쫓아내고, 위대한 자들의 청춘의 것인 경관, 위대한 자들의 귀환을 불안하게 기다리고 있는 곳으로 친절하게 되돌려보내는 게 좋아.

"그때야말로 확실치 않은 기억의 길을 내가 그대를 위해 손쉽게 보여주리라. 보게나! 그대의 정신적 편안함을 위해 최선을 다해 눈에 보이지 않게 했는데, 흑인 노예에게 끌려 거대한 샨타크 새가 왔다네. 샨타크 새를 타고 출발할 채비를 하게나! 흑인 요가슈가 비늘이 있는 공포의 새에 타는 것을 도와줄 것일세. 맨 꼭대기 남쪽의 가장 밝은 별로 가는 거라네. 베거를 목표로 날아가면 두 시간 안에 그대의 노을의 도시 정원 바로 위에 이르게 되리라. 높은 곳의 에테르 속으로 멀리서 노랫소리가 들릴 때까지 베거를 향해 가면 되지. 그보다 높은 곳에는 광기가 서려 있으므로 첫 번째 가락에 유혹을 받았을 때 샨타크 새가 춤추며 오르지 않도록 억눌러야 해. 그 때 대지를 뒤돌아보면 신전의 성스러운 지붕으로부터 이레드나아의 불멸의 제단에서 불꽃이 빛나는 것이 보이리라. 그 신전은 그대가 구하기를 그치지 않던 노을의 도시에 있는 것이므로 노랫소리에 현혹되어 정신을 잃기 전에 그 빛을 향해 나아가야 하네."

"도시에 다가가면 과거 그대가 드넓은 장관을 건너다보았던 높은 흉벽을 향해 소리를 높일 때까지 샨타크 새를 내리눌러야 하지. 향기가 솟는 정원에 앉아 있는 위대한 자들이 듣고, 그게 무엇인가를 알고 그리운 고향 생각에 가슴이 메어지면, 카다스의 늠름한

성, 그리고 그 위에서 빛나는 영원한 별들의 이중관(冠)이 없음
으로 해서 도시의 모든 경이도 위대한 자들의 마음을 위로해주지
는 못하리라.”

“그러면 샨타크 새와 함께 위대한 자들의 한가운데로 내려서서 꺼
림칙한 말 머리 모양 새를 위대한 자들에게 보이고 만지게 하면서
그대가 막 뒤로 했던 미지의 카다스에 관해 이야기를 하고, 과거
위대한 자들이 지고의 광채 속에서 들떠 소란을 피웠던, 카다스의
끝없이 넓은 공간 몇몇 개가 얼마나 쓸쓸하게 어둠에 갇혀 있는가
를 알려야만 하지. 샨타크 새는 제 나름의 방법으로 위대한 자들
에게 말을 하겠지만, 그러나 샨타크 새에게는 과거의 세월을 떠올
리게 하는 것 이외에 설득력은 갖고 있지 않다네.”

“그대는 몇 번이고 반복하고, 떠돌아다니는 위대한 자들이, 문득
그들이 눈물을 흘리면서 잊었던 귀환의 길을 가르쳐달라고 애원
할 때까지, 위대한 자들의 고향과 청춘을 구구절절 말해야만 하
네. 그 때 대기하고 있던 샨타크 새를 떼어놓고 허공을 향해 귀소
(歸巢)의 음성을 내게 하면, 그것을 들은 위대한 자들은 옛날의
쾌활함으로 춤추어 오를 것이며, 신들의 방식으로 곧장 꺼림칙한
새의 뒤를 따라 걷고, 카다스의 친숙한 탑과 둥근 지붕을 향해 하
늘의 심연을 벗어나게 되리라.”

“그때 장대하고 화려하기 그지없는 도시에서 그대는 영원히 사랑
하며 살아가게 될 것이며, 또다시 지구의 신들이 친숙한 옥좌에서
인간의 꿈을 지배하리라. 자, 가거라. 창은 열려 있고 별들이 밖
에서 기다리고 있을 터. 이미 그대의 샨타크 새는 기다림에 지쳐
입을 다문 채 웃고 있지 않은가. 어둠을 뚫고 베거를 향해, 노랫
소리가 울리면 방향을 바꿔야 한다. 상상도 못할 공포에 의해 절
규와 포효, 광기의 심연으로 빨려 들어가지 않도록, 결코 이 경고
를 잊지 않아야 하리. 객신들은 강력하고 생각이 없는 두려운 존

재이며 밖의 허공에 도사리고 있음을 명심하라. 피하는 것보다 나은 것은 없다."

"혜이, 아아샨타, 나이그! 길을 떠나게! 지구의 신들을 미지의 카다스의 거주지로 되돌려놓고, 두 번 다시 천 가지 다른 모습을 지닌 나를 만나지 않도록 우주에 기도하는 게 좋아. 그러면 랜돌프 카터. 이것은 잊지 않았겠지. 나야말로 기어드는 혼돈, 나이알라트호테프임을."

랜돌프 카터는 무시무시한 샨타크 새에 올라타고 숨을 헐떡이고 눈앞이 아찔해지면서 북쪽 베거의 맑디맑고 푸른빛을 향해, 비명을 계속 질러대는 허공으로 날아올라, 단 한 번 뒤를 돌아보면서 악몽 같은 줄무늬 마노의 성의 혼돈과 웅성대는 작은 탑을 보았으나, 지구의 꿈의 땅의 구름을 내려다보는 높은 창에는 아직도 단 하나의 선명한 빛이 빛나고 있었다. 거대한 폴립 모양의 공포의 존재가 어둠에 둘러싸여 몇몇이 스쳐 지나갔고, 눈에는 보이지 않는 박쥐의 날개가 주위에서 수없이 퍼덕이고 있었으나 카터는 꺼림칙하게도 비늘로 뒤덮인 말머리 새의, 속이 메스꺼우리만큼 갈기에 바짝 매달려 있었다. 별들이 비웃는 것처럼 춤추고 때로는 완전히 위치를 바꾸었는데, 전에 그것을 보고 두려워하지 않았음이 이상하게 여겨질 듯한, 흉한 운명의 창백한 표지를 만들어내는 것처럼 여겨질 정도였고, 지옥의 바람이 쉴새없이 우주 저편의 몽롱한 어둠과 고독을 전달하는 신음소리를 내고 있었다.

마침내 머리 위의 빛나는 둥근 천장에 더 없는 적막함이 낮게 드리웠고, 밤의 것들이 새벽을 앞에 두고 모습을 감추는 것처럼 바람도, 공포의 존재도 모두가 어느새 사라지고 없었다. 성운의 어슴푸레한 황금빛이 기분 나쁘게 눈에 비치는 파장 속에서 몸을 떨고 있으려니, 멀리서 가락처럼 여겨지는 것이 희미하게 들려왔고, 이곳 우주 별들의 알지 못할 가냘픈 화음으로 낮게 울려 퍼졌다. 그 음악이 차츰 커져감에 따라서 샨타크 새는 귀를 세우고 앞으로 돌진했으며, 카터와 마찬가지로 아름다운 모든 선율을 듣고자 기를 썼다. 그것은 노래였으나 그렇다고 어떤 노랫소리도 아니었다. 어둠과 둥근 하늘이 부르는 노래, 우주와 나이알라트호테프와 객신들이 태어났을 때까지 거슬러올라가는 오래고 오랜 노래였다.

샨타크 새는 한층 빠르게 날았고, 카터는 더욱 몸을 낮추고 기이한 심연의 경이에 취하고, 바깥 우주의 수정 같은 마법의 소용돌이 속에서 빙글빙글 돌았다. 그러는 가운데 사악한 자의 경고, 그 노래의 광기에 주의하라고 탐구자에게 명령했던, 마왕의 전권 사절을 비웃는 훈계가 너무나도 뒤늦게 뇌리에 되살아났다. 나이알라트호테프는 놀리기 위해서 나를 장엄하고 화려하기 그지없는 노을의 도시에 무사히 이르는 길을 계획했던 것이며, 그 검은 사자(使者)는 오로지 비웃기 위해서 나태한 신들의 비밀을 밝힌 것이며, 신들의 발자취를 더듬는 일 따위는 자유롭고 손쉽게 할 수 있는 것이다. 광기와 허공의 터무니없는 복수야말로 대담무쌍한 자에 대한 나이알라트호테프의 유일한 이별의 선물에 다름 아니다. 카터는 미친 듯이 꺼림칙한 새의 진로를 바꾸려고 했지만, 곁눈질을 하면서 입을 다물고 웃고 있는 샨타크 새는 무자비하게도 단호히 방향을 바꾸지 않고, 악의로 가득 찬 환희 속으로 미끌미끌하고 거대한 날개를 퍼덕였고, 꿈에서도 이르지 못할 더러운 구렁텅이를 향하고 있으며, 감히 그 이름을 입으로 말한 자도 없을 백치의 마왕 아자트호스가 무한의 한가운데서 거품이 이는 모독의 말을 토해내는, 심오한 혼돈의 마지막 무정형의 어두운 그림자를 향하고 있는 것이었다.

밉살스럽기만 한 전권 사절의 명령에 무척이나 충실하게 지옥 같은 새는 오로지 앞으로만 나아갔으며, 형태가 없는 채로 잠재한 자들의 무리, 어둠 속에서 날뛰며 돌아다니는 자들의 무리, 허공에 떠돌면서 끊임없이 손으로 더듬어오는 실체의 무리 속으로 들어갔는데, 이러한 자들은 객신의 이름도 없는 유충(幼蟲)이며, 객신과 마찬가지로 맹목적이고 나아가 백치인 데다가 엄청난 굶주림과 갈증만을 지니고 있을 뿐이었다.

단호하고 무자비한 전진을 계속해 어둠과 둥근 하늘의 노래가 광란하고 시끌벅적한 웃음으로 변화해 가는 것을 깨닫고는 들떠 소란을 피우며 입을 다문 채 계속 미소를 지었고, 비늘로 뒤덮인 지옥의 괴물은 어쩔 도리도 없이 승객을 태우고, 엄청난 기세로 하늘을 달렸고, 궁극의 가장자리를 돌파해 가장 마지막인 심연을 건너, 별들과 물질 세계를 뒤로 하고 망망하고 표표한 허무를 혜성처럼 날았다. 큰북이 낮고 어슴푸레하게 미친 듯이 계속 울려댔고, 주술 들린 플루트의 가늘고 단조로운 음색의 한가운데서 암흑의 아자트호스가 굶주려 물어뜯으며, 시간을 초월하고 상상이 단절된 빛이 없는 곳을 향하고 있었다.

앞으로, 오로지 앞으로. 비명과 커다란 웃음소리를 내는 검디검은 것이 웅성대는 심연을 차례로 가로질러 돌진하자 이윽고 어딘가 확실치 않은 지복(至福) 저편으로부터, 운명이 결정된 랜돌프 카터에게 어떤 이미지, 어떤 생각을 가져왔다. 나이알라트호테프는 카터를 우롱하고 괴롭힐 계획을 너무나도 매끄럽게 완수한 나머지, 공포의 찬바람으로 완전히 사라지지 않는 것을 초래했던 것이다. 고향인 뉴잉글랜드 비콘 힐, 다시 말해 각성의 세계가 그것이었다.

"왜냐하면 황금과 대리석으로 된 그대의 경이의 도시야말로 그대가 어린 시절에 보고 사랑했던 것이 모아진 것에 지나지 않는 때문이다……. 저녁 해에 불타는 보스턴 구릉의 지붕과 서향 창문, 무수한 다리가 걸려 있는 찰스 강이 잠든 것처럼 흐르는 보랏빛 계곡에 모여 있는 박공과 굴뚝, 구릉의 커다랗고 둥근 지붕, 꽃향기가 그윽하게 풍기는 커몬의 장관이다……. 이 아름다움이 오랜 세월에 걸쳐, 추억과 몽상에 의해 조형되고, 구체화되고, 다듬어져 포착할 수 없는 노을 빛 정원의 경이가 된 것이므로 진기한 항아리와 조각된 난간이 달린 대리석 흉벽을 찾아냈으며, 그리고 난간이 있는 끝없는 계단을 마침내 내려가 드넓은 광장과 무지개 빛 분수가 있는 도시에 가려면 그냥 사색에 잠겼던 소년 시절의 사색과 공상을 되돌아보기만 하면 되는 것이다."

앞으로, 오직 앞으로. 궁극의 운명을 향해 아찔하리만큼 거침없이 나아가 암담한 어둠 속에서 눈에는 보이지 않는 촉수에 닿고, 끈적끈적한 코에 눌리고, 이름도 모르는 것들에게 비웃음을 당했다. 그러나 이미지와 사고가 형성되어 있으며, 랜돌프 카터는 자신이 꿈을 꾸고 있다는 사실, 그저 꿈을 꾸는 것에 지나지 않는다는 사실을, 그리고 배경 어딘가에 깨어 있는 세계와 유년기의 도시가 여전히 존재한다는 사실을 이제야 분명하게 깨달았다. 언어가 다시 찾아왔다. "사색에 빠지던 소년 시절의 생각과 공상을 단순히 되돌아보기만 하면 되는 것이다." 목적지를 바꾸고 방향을 돌리자. 어느 곳에나 어둠이 있었으나 랜돌프 카터는 목적지를 바꿀 수가 있었다.

소용돌이치는 악몽에 감각을 빼앗기는 것은 대단한 일이었으나 랜돌프 카터는 방향을 돌려 움직일 수가 있었다. 몸을 움직일 수 있으며, 만약 꿈이라면 나이알라트호테프의 명령에 따라 카터를 쏜살같이 파멸로 운반해갈 사악한 샨타크 새로부터 뛰어내리는 것도 가능할 듯했다. 샨타크 새에게서 뛰어내려 아래로 끝도 없이 입을 벌리고 있는 나락, 그것이 비록 혼돈의 중핵에 침잠하여 기다리는 처참한 운명보다도 정도는 낮다 하더라도, 그렇더라도 여전히 공포로 가득 찬 나락으로 감히 뛰어들 수도 있을 것 같았다. 카터는 목적지를 바꾸고 몸을 움직여 뛰어내리는 것도 가능할 것 같았다——가능했다——그렇게 할 작정이었다——기필코…….

거대한 말머리의 혐오스런 괴물로부터 운명이 정해진 절망에 찬 꿈꾸는 자는 뛰어내려서 지각력이 있는 어둠으로 둘러싸인 끝없는 허무를 떨어져 내려갔다. 영겁의 세월이 단숨에 지나갔고 우주가 사멸했다가는 다시 태어나고, 별들이 성운으로, 성운이 별들로 뒤바뀌는 가운데서도 여전히 랜돌프 카터는 지각력이 있는 암흑의 끝없는 허무를 낙하하고 있었다.

그러는 가운데, 영원이 느릿느릿 지나는 과정 가운데에 우주의 궁극의 주기가 스스로 공허한 성취를 이루는 때를 다시 향해, 모든 것이 가늠할 수 없는 영겁의 파도를 보던 이전과 똑같은 것이 되었다. 우주가, 전에 알던 물질과 빛이 새로이 태어나고, 혜성과 태양이 그리고 세계가 불타올라 탄생했는데, 그것들이 과거 존재했다가는 사라지고, 다시 태어났다가는 사멸하며 언제나 끊임없이 원초의 시작으로 돌아가는 것을 살아서 알려주는 것이었다.

그리고 또한 커다란 공간이 나타났고 바람이 불어왔으며, 낙하하던 꿈꾸는 자의 눈에 보라색 빛 광채가 비쳐 들어왔다. 신들과 존재와 의지가 있으며, 아름다운 것, 사악한 것, 먹이를 빼앗긴 유해한 밤의 절규가 있었다. 알려지지 않은 궁극의 우주적 주기를 통해 꿈꾸는 자의 유년기의 사색과 공상은 살아나기 시작했으며, 지금은 깨어 있는 세계와 옛날부터 자비로웠던 도시가 다시 만들어지고, 이들을 구현하고 용인했던 것이다. 허공에서 보라색의 기체 슨가크가 길을 보여주었고 장엄한 노덴스가 생각지도 않은 심연으로부터 울려 퍼지는 음성으로 지시를 하고 있었다.

별들이 더욱 늘어나 새벽이 되었고, 새벽이 폭발해 금색, 붉은 자주색, 보라색의 빛이 찬란하게 빛나는 가운데 꿈꾸는 자는 여전히 떨어져 내려가고 있었다. 비명이 에테르를 잡아 찢었을 때, 몇 가지나 되는 빛이 외우주의 마물(魔物)들을 흩뜨려 물러나게 했다. 그리고 장엄한 노덴스가 승리의 함성을 올렸을 때, 목표물에 다가가던 나이알라트호테프는 닥쳐오는 무정형의 공포의 부하들을 회색 먼지가 될 때까지 불태운 광채에 망연자실하여 붙박힌 듯 서 있었다. 랜

돌프 카터는 마침내 장엄하고 화려하기 그지없는 도시의 폭넓은 대
리석 계단에 분명히 내려서 있었으나, 그곳은 자신을 기른 아름다운
뉴잉글랜드의 세계를 다시 찾기 위함이었다.

오르간 화음처럼 울려 퍼지는 아침의 갖가지 소리, 그리고 언덕
위 주의회 의사당의 거대한 금색 돔에 의해 보라색 유리창을 빛나게
하는 새벽녘의 빛 속으로 랜돌프 카터는 소리를 지르며 날아올랐고,
보스턴의 거실에서 잠을 깨었던 것이다. 숨죽인 정원에서 새들이 지
저귀었고 격자 담을 타고 오른 담쟁이덩굴의 향기가 할아버지가 지
은 동쪽 집에서 그립게 감돌아 왔다. 고풍스런 난로 선반, 조각이
새겨진 처마, 기이한 그림 무늬의 벽지가 아름다움과 빛을 휘황하게
내는 한편, 구석구석까지 깨끗이 손질한 검은 고양이가 주인의 경악
에 찬 음성과 절규에 잠을 깨어 난롯가에서 몸을 일으켜 하품을 했
다. 멀리 무한의 저편, '더욱 깊은 잠의 문', 마법의 숲, 화원의 땅,
세리네리언 바다, 인쿠아노크의 어슴푸레한 땅을 넘은 곳에서는 기
어드는 혼돈의 나이알라트호테프가 생각에 잠겨 얼어붙은 황야 미
지의 카다스 꼭대기에 있는 줄무늬 마노의 성에 발을 들여놓고, 장
엄하고 화려하기 그지없는 노을의 도시인 향기 나는 환락으로부터
갑작스레 데리고 돌아온 지구의 온화한 신들을 앞에 두고, 신들을
오만하게 꾸짖고 있었다.